中国博士后科学基金资助项目（项目编号：2012M511295）
2017年度江苏省社科基金重大项目《江苏区域文化内涵及特征研究》（17ZD008）阶段性成果

清词研究新境域丛书

主编 张宏生

继承与革新：早期《申报》所载旧体诗词研究

陈璇 著

南京大学出版社

《清词研究新境域丛书》总序

2008 年,我主编了一套《清词研究丛书》,出版至今,已经整整十年。十年来,这个新的学科增长点显示出蓬勃的生命力,在不少方面,都有了新的发展。

首先,清词中的一些以往重视不够的领域,得到了关注。一些"亚文体"研究,如集句词、檃括词、回文词等,都被放在一个很大的时空范围内,得到了讨论。还有某些题材,如祝寿词、咏物词、题画词、战乱词、民俗词、观剧词等,也都出现了新的研究成果。其次,一些老领域被赋予了新思考。如一直是清词研究重要关注点的清初词风,其演化的痕迹,得到了进一步梳理。而晚清以降,如四大家的词学理论、王国维的词学思想、由晚清延及民国的词学建构等,也都有了新的研究思路。第三,一些有意义的、值得进一步探讨的新问题被提出,如清词经典化研究、清词统序构建研究、清词中的自度曲研究、清代的唱和词研究、清词与宋词的传承新变研究、明清词曲之辨研究、选本批评与清代词选研究、经学与清词关系研究、庄学与清词关系研究、填词图研究、近代报刊中的词体创作研究等。第四,过去一些较为薄弱的环节得到了弥补,如乾隆词坛的发展面貌、乾嘉词学的基本特征、道咸词坛的分化演绎等。清词研究长期形成的"两头大,中间小"的格局,逐渐得到了改变。第五,清词的地域性特征得到更广泛的体认,研究范围除以往着眼较多的江苏、浙江、广东、广西外,也延伸到云南、湖北、安徽、贵州、河南等地,甚至一些边疆地区。

第六，视野更为开阔，不仅本土的著述得到重视，域外的词学也被包括进来，如关于日本《填词图谱》、《词律大成》的研究，关于越南词学、韩国词学的研究等，也别开生面。至于《全清词》的陆续出版，给清词研究提供了新的文献资源，对清词研究产生了重要的推动作用，更是显而易见的。

十年来，清词的研究确实取得了很大的成绩，在中国学术史上，写下了浓墨重彩的一笔。不过，就一个新的学科增长点而言，清词研究要进一步发展，还有很长的路要走，还有很多的领域要加强。在这方面，或许有两点应该特别提出来。

文献是从事研究的基础。与宋词文献整理相比，清代词籍的文献尚未得到充分发掘，作为一代总集的《全清词》的编纂，固然要大力推进，而其他方面的文献整理，如年谱、提要、传记、序跋、评点、资料汇编等，也应该予以重视，全面展开。另外，以往的清词研究，涉及外部因素的较多，如历史传承、时代特征、地域因素、家族特色、政治内涵、学术互动等，但进入具体审美层面上的，如风格、意象、手法、体式、语言、句法等，尚有欠缺。无论是专人、专书还是专题，这一类的研究都应该更为加强。清词，说到底还是一种文学作品，如果说，清词的创作在文学史上确有其重要价值的话，最主要的标准之一，还是要看其在审美上提供了什么新的因素。

随着清词的价值和意义得到不断挖掘和认识，清词研究的总体趋势是向着更为广阔、更为深入的方向发展，清词研究的参与者也越来越多，特别是一批年轻学者，表现出旺盛的创造力。因此，我们有理由期待，在下一个十年，清词研究一定会取得新的、更大的成就。

张宏生

2018 年 3 月

目　录

绪　论

一、问题的提出与学术史的回顾

近代中国,风云突变。西方资本主义强国用坚船利炮,敲开了传统中国的金锁铜关。与此同时,这些列强国家挟其政治、经济、军事、文化的强势,冲破了传统中国固有的看似坚不可摧的文化堡垒。面临"千年未有之大变局",很多具有先进思想的国人为了救国图存,开始"开眼看世界",积极吸收西方先进的科技和理念。

在中国近代化进程中,上海是一个有着独特气质的城市。元至元二十九年(1292),上海设县,成为正式的地方一级行政机构。至清朝雍正年间,基本完成总体建制,有了和今天上海直辖市相似的属区结构。王韬在《瀛壖杂志》中这样描述:"上海居南吴尽境,古为《禹贡》扬州之域。春秋属吴,后属越。"[①]应该说,开埠以前,上海始终处于吴越文化圈的影

---

① 王韬《瀛壖杂志》,上海古籍出版社 1989 年版,第 1 页。

响之中。尽管由于其位于我国海岸线的中点，长江的入海口，北扼长江，东临大海，有着非常优越的地理位置，从清嘉庆年间开始，上海已经有了比较活跃的商业萌芽。但从整个中国来看，它始终只是一个偏安于江南一隅的中小城镇。清道光二十年（1840），中英鸦片战争爆发，清政府战败，签署了《中英南京条约》，提出"五口通商"，即清政府开放广州、厦门、福州、宁波、上海等五处为通商口岸，准许英国派驻领事，准许英商及其家属自由居住。1843年，作为首批口岸，上海被迫正式开放，与外国通商。开埠后短短的几十年时间，随着中外贸易的增长，上海像打了强心剂似的迅猛发展，不仅赶超作为中国传统文化中心的北京，甚至还一度将接触西方先进科技理念较早的广州和香港远远地甩在了后面。昔日的平静小镇，一下子变身为摩登的国际大都市，成为全国最大的通商巨埠，华洋商号林立，中西客商云集。随着西洋商船及商人带来种种西方先进技术及衍生产物，林立的高楼洋房，闪烁的霓虹灯，热闹的剧院，喧嚣的跑马场，还有各种新鲜器物，如眼镜、钟表、玻璃器皿、电灯等，充斥着上海人的眼球。此时的上海，已经完全摆脱了吴越文化圈的附庸地位，有了自己鲜明的文化性格特征。"近代的上海文化，属于近代中国文化的一个特殊侧面。它是中国的若干城市率先突破中世纪文化范式的一个表征。在近代历史的任何时期，它都不具有普适性，因为它总是超越同时期的整体意义的中国文化，但它又具有典范性，因为它总在预示中国文化的某种取向。"①

　　上海文化在中国近代化进程中的典范作用，使其文学也带有显著的近代化特性。瓦尔特·本雅明在《机械复制时代的艺术》一文中说："新

---

① 朱维铮《晚清上海文化：一组短论》，见《上海研究论丛》第八辑上卷，上海社会科学院出版社1993年版，第163页。

的技术、新的生产和消费方式将创造出一种全新的生活方式,因而对文学产生根本性的影响。"①在近代之前,上海文学只是源远流长的中国古典文学中的沧海一粟。开埠之后,无论是古典诗词,还是小说、戏曲、戏剧等,上海的近代文学样式空前繁盛,名家辈出。这与上海的开埠和西方先进科学技术的传播不无关联。上海的开埠,使其迅速成长为全国最大的工商业城市。西方先进技术的涌入,作为国人引以为豪的四大发明之一的"印刷术"再次得到西方工业革命机器化工艺的提升。于是,人类进入机器印刷时代。这使得大众传媒的手段发生变化,从而促使文学传播速度加快、传播范围变大。同时,报刊作为一种崭新的传播形式应运而生,并在十九世纪六十年代进入蓬勃发展的时期。近代上海报刊的发展,在中国报刊史上具有其他城市和地区所无法比拟的重要地位。上海,也因此成为全国的新闻中心。

1865—1895 年各主要城市新办报刊统计表②

地点	上海	香港	澳门	广州	厦门	福州	汉口	天津	宁波	其他	合计
外文报刊	41	12	14	5	2	5	2	2	/	7	90
中文报刊	45	6	/	10	3	4	7	1	2	8	86

从上表可以看出,1865 年至 1895 年,上海新办的报刊约为 86 种,几乎占当时全国新办报刊总数的二分之一。这其中,有一份报纸特别引人关注,那就是同治十一年(1872)在上海创刊的《申报》。《申报》的面世,冲破了当时"邸报"、"京报"与"政治公报"的樊篱,开始重视对国内外大

---

① 瓦尔特·本雅明著,李伟、郭东编译《机械复制时代的艺术》,重庆出版集团 2006 年版,第 38 页。

② 秦绍德《上海近代报刊史论》,复旦大学出版社 1993 年版,第 17 页。根据秦绍德的统计,表格中的"其他"表示其他城市出版的报刊、在伦敦出版为在华侨民服务的报刊以及未确定地点的报刊。

事的采访与记载，将目光投向社会市井，成为"中国第一张现代意义的报纸"。① 而且，它也是中国报业史上发行时间最久、具有广泛社会影响的报纸。作为报纸的重要内容之一，早期《申报》刊登了大量的诗词歌赋。据笔者不完全统计，从 1872 年 4 月 30 日创刊号始，至 1890 年 4 月底止，《申报》刊登的诗词作品约有 34760 首，其数量是相当惊人的。

旧体诗词，作为中国文学史上的一种文学样式，有着灿烂的历史。它几乎是伴随着整个中华民族悠远的发展史而并行前进的。早在西周初年，《诗经》就以其优美的节奏，向人们展示着华夏古老民族特有的文化气质。从四言至五言，发展至唐代，诗歌已经各体兼备。晚唐五代，又出现了句式长短不一、节奏跳跃，可以和乐演唱的词。至有宋一代，词的发展进入了高潮。到了近代，随着社会结构的变化，文学样式也发生着相应的改变。大众传媒时代的到来，报纸作为一种新的传播手段，在很大程度上影响旧体诗词的刊布与流传。传统的传播手段不再能完全满足大众的需求，而传统的创作方式显然也不适应报刊的需求。所以，旧体诗词从思想内容、艺术形式和创作方式上，都在自觉或者不自觉地发生变革。而这种变革也显示了旧体诗词由古典走向现代的过渡特性，为近代诗词的发展作了开创性的尝试。

翻检近年来学界的研究资料，现将"报刊史"与"传媒嬗变对报章文学影响"等的相关研究成果作如下回顾：

1. 关于报刊史的研究

近年来，学界对报章研究予以很大关注。其实，早在二十世纪二三十年代，戈公振、阿英、张静庐等先生就开启了近代报章研究的先声。戈公振的《中国报学史》（1927 年，上海商务印书馆），全书分六章，近三十

---

① 　郭汾阳、丁东《报馆旧踪》，江西教育出版社 1999 年版，第 45 页。

万字。该书以其较为翔实的考证、较为系统的论述,被公认为是第一部系统研究中国报业发展史的专著。同时,该书也是新闻史研究的奠基之作。1958 年 3 月,上海古典文学出版社出版了阿英的《晚清文艺报刊述略》。该书包括《晚清文学期刊述略》、《晚清小报录》、《辛亥革命书征》三部分。其中《晚清文学期刊述略》写于 1957 年,是为了配合中国作家协会召开的全国文学期刊编辑工作会议而作,曾在《文艺报》上连载。《述略》介绍了清末的主要文学杂志,从十九世纪七十年代的《瀛寰琐纪》、《四溟琐纪》等起,至辛亥革命前的《小说月报》、《南社》止,共二十四种。书中阐述了这些杂志的基本内容和性质,概括出晚清文学期刊发展的轮廓,从中可看到从 1872 年至 1911 年这四十年间文学的流派、创作的成果,以及文学运动怎样结合政治运动发展的过程。张静庐的《中国近代出版史料》初编、二编(1954 年,上海群联出版社)以及其自传《在出版界二十年》,整理辑录了近百年来早期报刊的大量相关资料,具有重要的史料价值。上世纪八十年代,郑逸梅的《书报旧话》(1983 年,学林出版社)以通俗平实的文字,讲述了清末民初上海出版的文史性书报以及出版界、报界之旧闻逸事。另外,上世纪八十年代出现了中国报刊系统研究的又一人,那就是中国人民大学方汉奇教授。其主要成果有《中国近代报刊史》(1981 年,山西人民出版社)、《辛亥革命时期期刊介绍》(1982 年,人民出版社)、《中国近代报刊名录》(1991 年,福建人民出版社)等。其中,《中国近代报刊史》一书对中国近代新闻事业的产生和发展作了科学、系统的论述。此书涉及到的报刊五百余种,报人一千五百余人,纠正前人著述失误两百余处,受到海峡两岸新闻学界高度评价和国外新闻学界的注意,被认为是继 1927 年戈公振《中国报学史》之后的又一中国新闻史权威著作。步入二十一世纪,更有一批青年学者投身报刊史研究中。如陈玉申的《晚清报业史》(2003 年,山东画报出版社)、李焱胜的

《中国报刊图史》（2005年，湖北人民出版社）、王天根的《晚清报刊与维新舆论建构》（2008年，合肥工业大学出版社）等。

在研究报刊史的同时，还有一部分学者对晚清近代上海报刊的研究也投入了较大的热情，如曹正文、张国瀛《旧上海报刊史话》（1991年，华东师范大学出版社），秦绍德《上海近代报刊史论》（1993年，复旦大学出版社），李楠《晚清民国时期上海小报·插图本》（2006年，人民文学出版社），简平《上海少年儿童报刊简史》（2010年，少年儿童出版社）等。总之，二十世纪至二十一世纪，关于报刊史的研究呈现出繁荣的景象。上述著作，主要将中国报业形成、发展的过程，报刊的特色以及相关报刊与新闻出版业的史料等作为论述对象进行梳理，具有重要的史料价值，但除了阿英的《晚清文艺报刊述略》在论述文艺报刊沿革史的同时，介绍了相关文学发展概况之外，其他均对报刊文学关注较少。

2. 关于报刊文人及文学的研究

随着古籍资料以及近代文献资料整理工作的展开，学界也逐渐将研究视角伸向报章文学方面。如冯并关于中国文艺副刊的研究著作《中国文艺副刊史》（2001年，北京华文出版社）、蒋晓莉《中国近代大众传媒与中国近代文学》（2005年，巴蜀书社）、李楠《晚清、民国时期上海小报研究：一种综合的文化、文学考察》（2005年，人民文学出版社）等。还有关于近代报人的研究著作，如关于近代重要报人王韬的研究，就有众多相关著作，如忻平《王韬评传》（1990年，华东师范大学出版社）、张海林《王韬评传》（1993年，南京大学出版社），以及美国学者柯文《在传统与现代性之间：王韬与晚清改革》（1994年，江苏人民出版社）等。

同时，一大批专家、学者，如北京大学的陈平原、夏晓虹教授，复旦大学的陈思和教授，华东师大的郭豫适、陈大康教授，山东大学的郭延礼教授，苏州大学的范伯群、汤哲声教授等，都将其研究视角转向近代报章与

文学的相关方面。他们指导的硕士、博士生,或从文学流派,或从报业文人等方面撰写论文。博士论文有:

方晓红《晚清小说与晚清报刊发展关系研究》,南京师范大学中国古代文学专业,2000。

王燕《晚清小说期刊研究》,北京师范大学中国古代文学专业,2001。

刘永文《晚清报刊小说研究》,上海师范大学中国古代文学专业,2004。

邱培成《前期〈小说月报〉与清末民初上海都市文化》,复旦大学中国古代文学专业,2004。

文迎霞《晚清报载小说研究》,华东师范大学中国古代文学专业,2007。

阚文文《晚清报刊翻译小说研究》,华东师范大学中国古代文学专业,2008。

……①

与此同时,海外学者对中国近代报刊与文学演变的研究关注甚多,如 Kirk A. Denton 撰写 *Modern Chinese Literary Thought:Writings on Literature 1893-1945*(Stanford University Press,1996)。另外,港台学者如李仁渊(台湾)出版的《晚清的新式传播媒体与知识分子:以报刊出版为中心的讨论》(2005 年,稻乡出版社),从晚清的新式传播媒体与中国传统知识分子的角度去探讨传播手段的变化对于中国知识分子的影响以及发生的变革,角度新颖。较新的研究成果还有高桂惠教授指导的研究生钱琬薇所作硕士论文《失落与缅怀:邹弢及其〈海上尘天影〉研究》

① 近年来,报章研究一直是学界关注的热点之一,出现了大量的相关论文。在这一背景下,关于"报章与文学"的研究也掀起了一轮小高潮,出现了一批硕士、博士论文及专著。本文只选取一部分予以说明,不再一一赘述。

（台湾政治大学中国文学系，2007）。

　　3. 关于《申报》的研究

　　在众多的报刊及报刊文学研究中，作为近代商业报刊的典范，《申报》更是吸引了众人关注的目光，从多个方面对其进行研究。著作有徐载平、徐瑞芳的《清末四十年申报史料》（1988 年，新华出版社），宋军《申报的兴衰》（1996 年，上海社会科学院出版社），林升栋《中国近现代经典广告创意评析：〈申报〉七十七年》（2005 年，东南大学出版社）等。博士论文有李彦东《早期申报馆》（北京大学中国古代文学专业，2004）、王儒年《〈申报〉广告与上海市民的消费主义意识形态》（上海师范大学中国近现代史专业，2004）等。在海外，《申报》也是众多汉学家研究的热点。德国海德堡大学有汉学家长期从事《申报》的研究，如 Barbara Mittler 教授有 *A newspaper for China: power, identity, and change in Shanghai's news media, 1872–1912*（Harvard University Asia Center，2004）专门论述 1872 至 1912 年的《申报》。

　　4. 关于《申报》文学的研究

　　随着《申报》研究热的兴起，关于《申报》所刊载文学作品的研究也逐渐增多。博士论文有方迎九的《文学性与新闻性的消长——早期〈申报〉文人研究》（北京大学中国古代文学专业，2002）、王灿发的《30 年代〈申报〉副刊研究》（中国社会科学院新闻学专业，2004）、文娟的《申报馆与中国近代小说发展之关系研究》（华东师范大学中国古代文学专业，2006）、孙琴的《我国最早之文学期刊——〈瀛寰琐纪〉①研究》（苏州大学中国古代文学专业，2010）等。

----

① 《瀛寰琐纪》为申报馆创办的上海最早一批文学刊物之一，主要刊载寓沪文人的诗词小品、山水游记等，当时一批海上名宿如王韬、蒋敦复等均有作品刊载其中，下文会作具体论述，此处不赘言。

细细研读这些研究著作或硕博士论文,可以发现报章文学研究的焦点还是在小说、戏曲方面,对旧体诗词的关注较少。即便有所论述,也只是将其作为报刊研究的一个方面、一个章节,泛泛谈之。当然,这固然与小说、戏曲同报章文学样式更为契合、更能体现报章文学的特质有关。但旧体诗词作为报章文学的一个方面,特别是在《申报》这样的大型商业报刊中,诗词刊载的数量如此巨大,涉及创作文人面如此广泛,且相较于以往的旧体诗词,其在传播方式上也发生了巨大的变化,是值得我们关注和研究的。而本文就试图将这些旧体诗词的研究放在传播理论之下,探讨媒介嬗变对旧体诗词各方面的影响。

"一部近代文化史,从侧面看去,正是一部印刷机器发达史;而一部近代中国文学史,从侧面看去,又正是一部新闻事业发展史。"①曹聚仁还提出:"中国的文坛和报坛是表姊妹,血缘是很密切的。"②应该说,文学传播媒介的嬗变对近代文学的影响巨大。近代报刊作为文学传播媒介的主要形式之一,与近代文学有着休戚相关的联系。

上海是晚清中国的文化和商业中心,它是中国近代城市发展的典范,在晚清中国的城市中地位特殊。其文学也代表着中国近代文学的一个发展态势。《申报》产生于上海,在上海发展并且繁荣。作为商业报刊典范的它,在中国新闻发展史上具有里程碑的意义,并与近代上海这样一个摩登大都市孪生共存。《申报》的影响力,能够由上海逐步辐射到周边城市,最终影响全国,乃至走向世界,也正是因为其凭借了"大上海"这样一个近代文明都市的公共空间。《申报》是近代中国的新生事物,旧体诗词却是中国文学史上历史悠久的传统文学样式,这两者究竟该如何结

---

①　曹聚仁《文坛五十年》,东方出版社1997年版,第83页。
②　曹聚仁《文坛五十年》,东方出版社1997年版,第8页。

合，或者说如何在调整与变革中达到完美的统一，即在新与旧的碰撞之下，旧体诗词的发展态势如何，这是近代文学发展过程中值得关注的。另外，在这种由传播手段的嬗变而导致的文学样式的发展变革中，文学创作的主体，即早期的《申报》文人们究竟起到什么样的作用？他们扮演着什么样的角色？这也是需要思考的问题。总之，研究《申报》文学，特别是研究《申报》所刊载的旧体诗词作品、作家以及以《申报》为传播手段的旧体诗词在近代社会所发生的嬗变，对研究整个中国近代文学有着重要的启迪意义，这也是推动本文写作的一个原动力。

二、几个概念的界定

在行文之前，先界定文中的几个概念。

1. 关于"旧体诗词"

"旧体诗词"，也可以简称为"旧诗"，是中国现代文学术语。它是"五四"文学革命兴起之后，对中国传统讲究格律的诗体的一种通称。这一概念主要是为了与现代的新诗相区别。"五四"时期，新文化运动的倡导者们主张废除中国古典诗歌不利于表现当时社会生活和思想感情的形式约束，采用白话写诗，于是有了"新诗"的出现。为了区别这两种不同的诗体，便把"中国古典诗歌"称为旧诗。它包含两方面的意义：一是指新诗出现以前，自《诗经》开始的古体诗、近体诗和词等诗歌样式，与"古典诗歌"的意思相近。它们虽然体式众多①，却有着共同的特征，那就是以文言文为语体、有一定的韵律形式并且遵循固有的章法结构。二是指新诗诞生后，现代人用古典诗歌形式创作的诗歌作品。本文中所涉及的

---

① 古体诗中有骚体诗、四言诗、六言诗、歌行体、乐府等样式；近体诗中有五七言绝句、五七言律诗以及排律等，词中有小令、中调、长调等，因此说，旧体诗词体式众多。

"旧体诗词"采用第一层涵义,即《申报》文人所创作的符合旧体诗词格律要求的诗词作品。

2. 关于"早期《申报》"

《申报》自 1872 年 4 月 30 日创刊始,至 1949 年 5 月停刊止,共历时七十七年零六十二天,是出版历史最久的中国近代报纸之一。在这漫长的七八十年间,《申报》的办报过程几经周折。本文所涉及的"早期",指1872 年 4 月至 1905 年。选择 1905 年作为下限是有历史原因的。《申报》创刊之初,免费刊登文人诗词作品。这一举措,使得诗词稿件蜂拥而至。1890 年 3 月 21 日,由于版面的限制,申报馆决定暂停刊载文学作品。此后的十五年间,《申报》上再无相关的诗词等文学作品出现。直至1905 年除夕后,《申报》内部进行了改革,原保守派主笔黄式权离职,金剑华主持编务,张蕴和主持言论。[①] 黄式权是传统文人的代表,他以其保守的态度主笔《申报》,使得在其任期内《申报》的言论较为顽固守旧。并且由于他反对康梁变法的态度和吹捧慈禧的媚态,使得《申报》不再像创刊伊始时那样受读者欢迎,从而在竞争相对激烈的上海报坛处于衰退局面。为此,申报馆进行了大的改革,《申报》也从此进入了一个相对更新的历史时期。同时,《申报》又恢复刊载小说、戏剧和诗词等文学作品。此外,1890 年至 1905 年间,《申报》虽然不再刊载旧体诗词作品,但还有部分与早期《申报》文人相关的文章刊登,这为我们考察早期《申报》文人的生平提供了很好的资料。因此,从 1872 年《申报》创刊,至 1905 年,是《申报》创业发展时期,也是旧体诗词利用报章作为传播媒介蓬勃发展的时期,理应成为本文研究的一个合理的时间段。

---

① 徐载平、徐瑞芳《清末四十年申报大事记》,见《清末四十年申报史料》,新华出版社1988 年版,第 364 页。

3. 关于"近代"

学界有着不同的划分标准。从传统的史学角度看，近代当从 1840 年起，至 1919 年止。当然，近年来，关于"近代"的时间划分也有新的意见。一部分学者提出 1840 年鸦片战争起至 1949 年中华人民共和国成立前都可以算作近代，这是中国半殖民地半封建社会的历史①。但文学史的分期无法与社会史的分期完全吻合。目前，学界普遍认为的近代文学史从 1840 年鸦片战争开始，至 1919 年"五四"新文化运动止，近八十年的时间。二十世纪二三十年代，胡适著有《五十年来中国之文学》②一书。书中论述了自 1872 年《申报》问世至 1922 年这五十年间中国新旧文学过渡时期的历史。胡适，作为文学变革的倡导者之一，依据文学进化的观点紧紧抓住"新旧文学过渡时代"这样一个关键词，阐述五十年间的文学发展过程，"本书堪称有意识探索近代文学史的开山之作"③，是胡适为了纪念《申报》创刊五十周年而作。书中又探讨了近代文学发展的轨迹问题，与本文的研究对象在时间上是一致的。因此，本文中所提及的"近代"，主要在 1872 年至 1922 年间。但每一种文学现象的产生、发展和变革，在一定的历史阶段都有其延展性，人为将其生硬割裂是不科学的。这也就决定了在本文的写作过程中，研究上限和下限均有可能向前或向后延伸数十年。这样，才有利于更科学地研究旧体诗词在近代文学史中的发展历程。

---

① 这一观点目前得到历史学界众多学者的认同。港台学者，如原"中央研究院"近代史研究所所长郭廷以先生在《近代中国史纲》（香港中文大学出版社 1979 年版）中把"1830 年至 1950 年"定义为近代，稍有出入。

② 该书初载于 1923 年《申报》五十周年纪念专刊，原为纪念《申报》五十周年（1872—1922）而作，后收入 1924 年 11 月上海亚东图书馆出版《胡适文存》第二集第二卷。

③ 徐鹏绪、张俊才《中国近代文学研究概论》，天津教育出版社 1992 年版，第565 页。

三、研究目标和研究方法

本文将采用文献学与文艺学相结合,历史学与社会学、传播学相结合,宏观论述与微观考辨相结合的方法,以早期《申报》为中心,在最大限度收集文献资料的基础上,围绕《申报》所载旧体诗词的总体规模和数量,《申报》旧体诗词的内容、主题、类型以及《申报》旧体诗词创作文人群体与近代文学、文化的关系等,联系文人们及其创作、诗坛词坛风气和其它相关文学、文献学以及社会历史学资料,在传播视域之下,将旧体诗词创作放入整体诗史、词史的发展中,多方面考察其发展、变化的轨迹,从而思考近代传媒的嬗变对诗人词人群体、诗派词派之间交游等现象与生态产生的影响,论述报刊所载旧体诗词作品中的理论、文献价值,对诗词传播(如词作经典化)及尊体与破体等的作用。本文还将从传播学角度观察旧体诗词与媒介嬗变的关系,旧体诗词与都市书写的关系等,进而厘清旧体诗词在近现代文学进程中发生的变化、所起的作用,展望其未来的发展趋势和动态。

| 第一章　传播概述与旧体诗词 |

第一节　传播的定义及人类传播
活动的发展阶段

　　童庆炳在《文学理论教程》中认为,文学活动"由世界、作家、作品、读者四要素和文学创作、文学接受两个具体活动过程组成。"①也就是说,作为文学创作主体的作家,从世界中获取文学创作的素材,进行加工整理,形成文学作品;而作为文学接受主体的读者,阅读文学作品,最终使文学创作的价值得以实现。但是,这种观点忽视了文学活动中一个十分重要的环节,那就是文学传播。什么是传播? 文学传播在文学活动中究竟起到了什么样的作用? 美国学者库利在 1909 年出版的《社会组织》中为传播作出了定义:"传播指的是一种机制,是人类赖以维持和发展人类

—————————

① 童庆炳主编《文学理论教程》,高等教育出版社 2004 年版,第 35 页。

关系的方式——人类思维中所有的符号，可以穿越空间进行传递，并且得以保留的手段。它包括面部表情、态度、手势、声调、言语、文字、印刷品、铁路、电报、电话，以及人类在征服空间和时间方面的其他任何最新成就。"①库利是从人类社会学的角度阐述了传播的定义。与此同时，另一位美国学者皮尔士在 1911 年出版的《思想的法则》中有这样一段论述："直接传播某种观念的唯一手段是像（icon）。即使传播最简单的观念也必须使用像。因此，一切观点都必须包含像或者像的集合，或者说是由表明意义的符号构成的。"②之后，很多国外学者都对"传播"这一概念进行了定义。如美国传播学大师、传播学的学科奠基人威尔伯·施拉姆，传播学者阿耶尔等。简言之，所谓传播，就是"指社会信息的传递或社会信息系统的运行"。③

结合传播的概念，我们重新整理文学活动的整个过程，可以将其概括为：

作家需要通过一定的传播媒介、传播手段或工具，才能将其创作的作品传递到读者的身边。根据传播手段的不同，我们可以将人类的传播活动分为以下几个阶段④：

---

① Charles Horton Cooley, *Social Organization: A Study of the Larger Mind*, New York: Charles Scribner's Sons, 1909, p45.

② Peirce, Charles Sanders, *The Law of the Mind*, *Collected Works*, *The Process and Effects of Mass Communication*, Cambridge: Cambridge University Press, 1933, p396.

③ 郭庆光《传播学教程》，中国人民大学出版社 1999 年版，第 5 页。

④ 郭庆光《传播学教程》，中国人民大学出版社 1999 年版，第 28—34 页。

一、口语传播时代

这是人类传播史上的第一个阶段，也是具有里程碑意义的阶段。随着人类的进化，语言的产生使得人类真正意义上的传播时代的大幕拉开。语言，是一种将声音与周围事物或环境联系起来的符号。口语的出现大大促进了人类思维能力的发达，也大大加速了人类社会进化和发展的进程。直到今天，口语依然是人类最基本、最常用和最灵活的传播手段。但是，其局限性在于，口语受时空限制十分明显，它只能适用于较小规模的、近距离社会群体或部落内的信息传播。

二、文字传播时代

文字的发明是人类历史上又一创举，是人类进入文明阶段的开始，同样也是人类传播发展史上的第二座重大里程碑。文字是在结绳符号、原始图画的基础上发展而来的。英国历史学家巴勒克拉夫在《泰晤士世界历史地图集》中指出："公元前 3000 年左右的文字发明，是文明发展中的根本性的重大事件。它使人们能够把行政文献保存下来，把消息传递到遥远的地方，也就使得中央政府能够把大量的人口组织起来，它还提供了记载知识并使之世代相传的手段。"[1]

文字作为人类掌握的第一套体外化符号系统，其意义重大。首先，文字克服了声音语言在时间上的局限。文字能够将人们大脑中的记忆保存下来，因此流传的时间更长。其次，文字通过载体记录下来，可以被传递到更远的地方，打破了声音语言空间上只能小范围、短距离流传的局限。再次，通过口耳相传的方式传递信息，容易出现误传和被刻意修

---

[1]　*The Times Atlas of World History*，英国伦敦泰晤士图书公司 1978 年出版，转引自郭庆光《传播学教程》，中国人民大学出版社 1999 年版，第 35 页。

改,而文字更能精确地记载人类的各种信息,从而提供确切可靠的资料和文献依据。但是,文字传播也有缺陷。文字的记录需要载体。文字传播时代之初,纸张尚未被广泛应用到各个领域,只是一些特权阶层的专用品。而且,手抄传播在很长一段时间内占了主导地位。手抄传播有着自身不可避免的局限性,用九个字概括,即效率低、规模小、成本高。

三、印刷传播时代

纸张和印刷术的发明,为印刷传播时代的到来提供了必不可少的物质条件基础。印刷术的发明,标志着人类已经掌握了复制文字信息的技术原理,有了对信息进行批量生产的观念。在中国,虽然毕昇发明了活字印刷技术,但其在世时,活字印刷技术一直未被全面推广。直到 15 世纪 40 年代,德国工匠古登堡,在中国活字印刷和油墨技术的基础上创造了金属活字排版印刷技术,并把造酒用的压榨机改装成了印刷机,才使文字信息的机械化生产和大量复制成为可能。在欧洲工业革命中,印刷技术不断革新,迅速跨越了人力生产而进入机械动力和电力生产的阶段,印刷时代此时才真正来临。印刷机的出现催生了近代报刊,伴随着读写能力的普及,印刷媒介开始在社会变革和社会生活中扮演着越来越重要的角色。传播学家史拉姆指出:"书籍和报刊同 18 世纪欧洲启蒙运动是联系在一起的。报纸与政治小册子参与了 17 世纪和 18 世纪所有的政治运动和人民革命。正当人们越来越渴求知识的时候,教科书使得举办大规模的公共教育成为可能。正当人们对权利分配普遍感到不满的时候,先是报纸,后来是电子媒介,使普通平民有可能了解政治和参与政治。"[1]

---

[1] 威尔伯·施拉姆著,陈亮、周立方、李启译《传播学概论》,新华出版社 1984 年版,第 18 页。

因此，可以说，印刷时代的到来，是人们真正大范围接触社会、接触世界的时代的到来。通过报刊、书籍等印刷制品，人们可以"开眼看世界"，了解身边事，知道周围世界的动态。这种进步，对社会政治、经济、文教等各个领域产生深远影响。

四、电子、传媒传播时代

这一时代的主要标志是电脑的出现以及传媒的产业化运作。电子媒介为人类传播带来的变革并不仅仅是空间距离和速度上的突破。从人类社会历史发展的角度来看，随着摄影、录音和录像技术的进步，人们可以将声音、图像完整地保留下来，并使之流传。这样，就为千百年后的人们提供了更加直观、真实的影像和数据资料，这在很大程度上使得人类文化的传承更为便捷和确凿。

第二节　旧体诗词的早期传播形式

王金寿在《中国古代文学传播概论》中谈及文学传播方式的时候，论述道："古代文学传播的方式和途径是由文学传播的动因决定的。……从传播媒介看，可分为口头传播、文字传播（或曰书面传播）两种；从传播主体主观意志看，可分为组织传播、自由传播两种；从传播的组织形式看，可分为直接传播和间接传播。……"[①]旧体诗词，作为中国文学中一种古老的文学样式，也同样遵循文学传播的一般规律。《论语·阳货》篇记载："子曰：'小子何莫学夫诗？诗可以兴，可以观，可以群，可以怨。迩

---

① 　王金寿《中国古代文学传播概论》，甘肃教育出版社 2009 年版，第 69 页。

之事父,远之事君,多识于鸟兽草木之名。'"①这就是著名的关于诗歌传播的社会功用的"兴观群怨"说。孔子认为,诗歌传播具有很强的启发和感染作用。诗歌可以通过其自身的独特的审美特征,以情感人,陶冶人们的感情,提高人们的思想认识,从而使人们得到交流并且产生共鸣。

因此,旧体诗词的传播需要通过一定的方式和媒介来实现。在印刷传播时代到来之前,旧体诗词的传播主要以传统意义上的传播方式为主。从传播的媒介看,主要分成以声音为主的动态口头传播和以文字为主的静态书面传播两种。

一、旧体诗词的动态口头传播方式

在文字出现之前的相当长时间内,人类只能通过口头语言和肢体动作表达自己的情感与思想。正如摩尔根在《古代社会》中所说:"人类的语言似乎是由最粗糙、最简单的形式表达发展起来的。必然是先有思想而后才有语言;同样,必然是先用姿势或手势表达语意而后才有音节分明的言语。"②因此,口头传播是文字产生之前的旧体诗词传播的主要形式。旧体诗词的韵文特征,也十分适合人们的口头传唱。台湾朱传誉曾论道:"口头传播是最早的传播方式之一,韵文则是为了便于口传的最早的传播技术。"③

旧体诗词的口头传播又分为歌唱和吟诵两种。

1. 歌唱

《诗经》是我国现存的第一部诗歌总集,共收录从西周初年到春秋中

---

① 《十三经注疏·论语注疏》,中华书局 2008 年版,第 2525 页。
② 路易斯·亨利·摩尔根著,杨东莼译《古代社会》(新译本),商务印书馆 1977 年版,第 5 页。
③ 朱传誉《先秦唐宋明清新闻事业论集》,台湾商务印书馆 1988 年版,第 3 页。

叶的诗歌 305 首，因此又称"诗三百"。"诗三百"全都是可以用来配乐演唱的，我们称之为"乐歌"。胡震亨所谓"古人诗即是乐"①，其实，先秦的诗歌都是诗歌、音乐、舞蹈三者的结合。"诗者，志之所之也。在心为志，发言为诗。情动于中，而形于言；言之不足，故嗟叹之；嗟叹之不足，故咏歌之；咏歌之不足，不知手之舞之足之蹈之也。"②这很好地形容了诗、乐、舞的关系。《郑风·子衿》毛传："古者教以诗乐，诵之、歌之、弦之、舞之。"③《墨子·公孟篇》也有"诵诗三百、弦诗三百、歌诗三百、舞诗三百"④之说。这些都可以看出，配乐演唱，结合舞蹈，是当时诗歌传播最为主要的方式。

汉魏六朝乐府的流行，以及唐代诗歌的传播，也都与歌唱这样一种口头传播方式有紧密的关系。这种歌唱的形式至另一种文学样式——词的出现发展到了一个重要的阶段。南宋鲖阳居士《复雅歌词序略》中有这样一段论述：

> 迄于开元、天宝间，君臣相为淫乐，而明皇尤溺于夷音，天下熏然成俗。于是才士始依乐工拍但之声，被之以辞句；句之长短，各随曲度，而愈失古之"声依永"之理也。温、李之徒，率然抒一时情致，流为淫艳猥亵不可闻之语。我宋之兴，宗工巨儒，文力妙于天下者，犹祖其遗风，荡而不知所止。脱于芒端，而四方传唱，敏若风雨，人人歆艳，咀味于朋游樽俎之间，以是

---

① 胡震亨《唐音癸签》，上海古籍出版社 1981 年版，第 174 页。
② 《十三经注疏·毛诗注疏》，中华书局 2008 年版，第 269—270 页。
③ 《十三经注疏·毛诗注疏》，中华书局 2008 年版，第 345 页。
④ 孙诒让《墨子间诂》，中华书局 1986 年版，第 418 页。

为相乐也。其韫骚雅之趣者,百一二而已。①

这段论述固然总结了唐以来词的发展,但同样也揭示了词与音乐的关系,歌妓与词人的关系。词兴起于唐五代,大盛于两宋,衰微于元明,而又复兴于清代。这是学界普遍认同的观点。词从开始的时候,就是"绮筵公子,绣幌佳人,递叶叶之花笺,文抽丽锦;举纤纤之玉手,按拍香檀。不无清绝之辞,用助妖娆之态"②的一种文学样式,词从产生初期,就与音乐息息相关。南宋王炎在《双溪诗余·自序》中谈到,只有女子婉转的歌喉才能表达出词特有的绵转悠长的韵味:"长短句宜歌不宜诵,非朱唇皓齿,无以发其要妙之声。"③所谓"自作清歌传皓齿",词可以和乐演唱的特质决定其可以通过声音来传播,而在声音传播的过程中,歌妓往往成为词传播的媒介。

宋代开国初年,宋太祖为了笼络士大夫,曾公开鼓励大臣"多置歌儿舞女,日饮酒相欢"④。因此,宋人家里多蓄养歌姬家妓。宋代的歌妓也就出现了职业化和专业化的倾向。歌妓一般在公私宴会以及歌馆酒楼唱词。歌妓多为年轻貌美的女子,其声音婉转,姿态动人。因此,美人唱词,可以表达文字所不能表达的特殊的感染力。宋代的很多词人,都希望自己填的词能够通过色艺绝代的美人歌妓唱出,仿佛这样,才能完全实现词人创作的价值转换。黄庭坚《木兰花令》"使君落笔新词就,应唤歌坛催舞袖",吴礼之《渔家傲》"云笺漫写教谁传。闻道笙歌归小院。梁尘颤,多因唱我新词劝",都表现了词人想要通过歌妓的唱词,将作品传

① 施蛰存《词籍序跋萃编》,中国社会科学出版社1994年版,第658页。

② 华钟彦《花间集注》,中州书画社1983年版,第1页。

③ 王炎《双溪诗余》,上海古籍出版社1989年影印《四印斋所刻词》本,第793页。

④ 司马光《涑水纪闻》卷一,中华书局1989年版,第12页。

播开的愿望。同时，歌妓也会向著名的词人索要词作进行演唱。宋代词人柳永，对词进行了改革，将市井俚语放入词的创作中，使词的创作更加浅近通俗，更为适合歌唱。所以，当时的很多歌妓向他要词，希望演唱他的词作。叶梦得《避暑录话》记载："柳永为举子时，多游狭邪，善为歌辞。教坊乐工每得新腔，必求永为辞，始行于世，于是声传一时。余仕丹徒，尝见一西夏归朝官云：'凡有井水处，即能歌柳词。'"①

因此，歌唱是一种极富现场感染力的口头传播方式，具有艺术震撼的作用。音乐为载体，再加之美人歌妓的婉转歌喉，让仅仅通过文字无法达到的传统诗词意境有进一步的提升，更能为时人所接受。

2. 吟诵

吟诵是旧体诗词口头传播的另一种方式。吟诵的概念历来不甚统一。一直以来，有吟唱、吟咏、吟哦等多种说法。究其字面，吟诵是吟和诵的合称。吟，即吟咏；诵，即诵读。先秦时期的诗歌都是可以配乐演唱的。到了唐代，还有可以演唱的声歌。著名的"旗亭画壁"的故事，就反映了当时诗歌由伶人配曲演唱的情景。前文论述的初期唐宋词，更是将诗词配乐演唱推向了高潮。可随着词乐的失传，诗歌和词作渐渐与音乐相脱离，而吟诵则成了传统诗词口头传播的另一种主要方式。吟诵的意义"是以音韵声调为媒介，来即兴地传达情意，表达生动和立体的感受，将沉睡的记忆唤醒，充实心灵世界，达到文学鉴赏的最高目的"②。民间有"熟读唐诗三百首，不会作诗也会吟"的说法。可见，吟诵对于旧体诗词的鉴赏、体悟以及创作来说，都有着重要的作用。

总之，歌唱作为旧体诗词传播的一种方式，具有形象生动、感染力

---

① 叶梦得《石林避暑录话》卷三，上海书店 1990 年影印涵芬楼本，第 1 页。
② 钱锡生《唐宋词传播方式研究》，复旦大学出版社 2009 年版，第 95 页。

强、现场效果好的优点,是大众最喜欢的一种传播方式。吟诵的效果虽然不及歌唱那么强烈,但是对于诗人词家以及读者来说,吟诵是更易实现的一种鉴赏手段。通过心灵的沉静,对作品的反复吟诵,有利于读者的鉴赏和作家本身的再创作。丹纳在《艺术哲学》中写道:"一句句子是许多力量汇合起来的一个总体,诉之于读者的逻辑的本能,音乐的感受,原有的记忆,幻想的活动;句子从神经、感官、习惯各方面激动整个的人。"①但口头传播也有其十分明显的局限性。声音本身的局限性,阻碍着诗人词家的作品在时空上的延展性传播。

二、旧体诗词的静态书面传播方式

在漫长的中国古代文学的历史长河中,书面传播方式还是占据着主导地位。尽管口头传播有其生动性和现场感,但声音作为媒介的传播途径使得旧体诗词的发展和流传受到局限。即使是口耳相传、一代一代地流传下去,环境的变化、传递者的口误等各种问题,使得传统诗词再难保留其原来的真实面目,给后代的传承与研究带来极大的困难。而以文字为记载手段的书面传播方式,在很大程度上解决了这一问题。当然,我们且排除那些为了一定目的②而有意对诗歌本来面目进行篡改的行为。应该说,书面传播方式对于较好地记录传统诗词的内容、真实反映作家的创作意图以及传统诗词的流传,都有着很重要的意义。

旧体诗词书面传播方式有以下几种:

1. 手写传抄

我国古代的文献资料浩如烟海。在印刷术广泛应用之前,手工的抄

---

① 丹纳著,傅雷译《艺术哲学》,人民文学出版社 1963 年版,第 398 页。

② 这种目的,如避讳、商业炒作、躲避灾祸等等,都是人为的故意篡改,不在本文的探讨范围之内,故不深入展开。

写活动，是文献复制、传播的主要形式。而手写传抄也是中国古代最为古老、最被广泛应用的文学传播方式。它肇始于汉代，兴盛于六朝，直至隋唐。唐以前的图书均为手写本书籍。宋代，印刷术得到广泛应用之后，手写传抄的文学传播方式才逐渐退居为非主流的传播形式。但由于手写本、抄本资料具有的特殊意义，直到明清时期，以手写传抄方式复制的诗词文集资料仍受到特殊的关注，而手写传抄的方式也没有完全退出历史舞台。著名的"洛阳纸贵"的典故，就真实反映了文学作品通过手写传抄的方式大范围传播的效果。而唐代，从书面传播层面看，诗歌的传播也大都是通过手写传抄进行的。宋代在印刷术普遍运用前的词作以及词集流传亦如此。黄昇在《中兴词话》中云："世传其词，不知为刘招山所作。余旧抄其全集得之。"①从这里，我们可以看出，手写传抄的传播方式具有时空的延展性，有利于诗词作品的广泛传播与保存继承。其次，手写传抄的传播方式还有一定的文献学上的意义。由于手写传抄的写本和抄本真实地记载着作者创作的本来意图，所以在后世的文献考订和文字校勘方面都起着积极的作用。

但是，与印刷技术相比较，手写传抄受人为因素的困扰，如抄写纸张、抄写速度等，还是具有传播范围小、传播成本大的局限性。

2. 题壁

广义地说，题壁，即将诗词作品题写于自己游历之处的墙壁、树木、石壁以及屏风等上，使南来北往之行人见而读之，从而达到使自己诗词作品快速传播的目的。"题壁及其相关的题诗形式，是中国古代一种常见的诗歌创作与传播形式，也是古代文人富有艺术意味的生活内容，它

---

① 黄昇《中兴词话》，见《词话丛编》，中华书局 1986 年版，第 216 页。

们曾经留下了许多美妙浪漫的轶事佳话。"①题壁的传统很早就有了。《吕氏春秋》中记载介子推不言禄,至死不肯受赏的事件。"晋文公返国,介子推不肯受赏,自为赋诗曰……悬书公门而伏于山下……"②这是目前所见较早的题壁诗的记载。六朝因为佛学传入以及书学繁荣,题壁的风气日盛。唐宋时期,大量出现题壁的诗歌作品,究其原因,与当时游学之风的盛行密不可分。"在师承传授和书本之外,读书人又寻索出一条快捷的吸取知识的渠道,他们既在'游'中接受自然界的陶冶,也在'游'中随处随时留下心得感受,这就形成了一种跨越时空的传播方式——题壁文化。"③题壁是当时作品传播中较为有效的手段之一。由于邮亭驿站、酒楼茶肆、风景胜地、寺院道观等地方流动人口众多,信息传播迅速,题诗于壁上,常常能收到良好的传播效果。题壁不受时间限制,传播范围广、速度快。题壁的作品可以是自己亲自题写,也可以由他人转题。唐宪宗元和年间,白居易、元稹诗歌盛行一时,题元、白诗歌于壁上者到处可见。元稹《白氏长庆集序》云:"二十年间,禁省观寺、邮侯墙壁之上,无不书;王公妾妇、牛童马走之口,无不道。"④白居易在《答微之》诗中所说:"君写我诗盈寺壁,我题君句满屏风。与君相与知何处,两叶浮萍大海中。"⑤由此可见,白居易、元稹诗歌在当时的流行,题壁传播功不可没。翻检唐宋诗、唐宋词,从题壁作品的数量之多上,就可以看出题壁在当时的盛行程度。

---

① 吴承学《论题壁诗——兼及相关的诗歌制作与传播形式》,载《文学遗产》1994 年第 4 期,第 4 页。

② 《吕氏春秋·介立》篇,《诸子集成》第 6 册,上海书店 1986 年影印本,第 117 页。

③ 刘金柱《中国古代题壁文化研究》,人民出版社 2008 年版,第 73 页。

④ 白居易著,顾学颉校点《白居易集》,中华书局 1979 年版,第 1 页。

⑤ 白居易著,顾学颉校点《白居易集》,中华书局 1979 年版,第 361 页。

3. 石刻

所谓"石刻"，又叫碑刻，是以石碑为载体，利用刻刀等工具镌刻文字、图形等的一种造型艺术。从现存的资料看，石刻作为一种传播媒介，至少在秦始皇时期就已经开始。古代石刻有东汉的儒家石刻经文以及后来的佛教、道教石经等，但以儒家石刻经文为主。唐宋时代，是中国石刻的兴盛期。从总数上看，唐代的石刻要远多于宋代。但是，到了宋代，石刻成为了一种十分重要的文学传播方式。特别是诗词类的刻石，宋碑却要比唐碑多。因此，诗词刻石在宋代成为了一种普遍的行为。宋代诗词的石刻，主要有作者"自刻"与"他刻"两种，而"他刻"又有官刻与私刻之别。从石刻的性质、目的来区分，有营利性（商业性）刻石与非营利性刻石之别。其中最引人注目的是专营刻石的寺庙僧侣。因为寺庙是文士、游人、香客频繁过往会集之处，石刻拓印本便于传播，也利于过客拓印或传抄。如宋代大诗人黄庭坚就常将自己的诗文作品寄往寺庙。朱彝尊在《词综》中记载："向客太原，见晋祠石刻，多为宋人唱和词。而平遥县治西古庑下，有金人所作小令，勒石嵌壁，令工人拓回。经十余年，简之故簏，则已为鼠啮尽。"①从这段文字我们可以看出，石刻传播的优势，在于既可以穿越时间的障碍，使作品、文字永久流传下去，又可以超越空间的阻隔，传布四方。清代的朱彝尊距离宋代四五百年的时间，他还能看到晋祠石刻上宋人的词作。但是拓本带回后，居然十年间已经损毁，其利弊不言而喻。石刻传播的途径之一是拓印传卖。石刻拓本的售价一般视碑文作者和书法者声名地位的高低而浮动。其二是朋友间的相互赠送。第三种途径是过往行人自行拓印、传写。

总之，石刻传播具有便捷性、可复制性、广传性等特点。同时，石刻

---

① 　朱彝尊《词综发凡》，见《词综》，上海古籍出版社 1999 年版，第 10 页。

艺术也是我国悠远的经典艺术门类。刻石上留下的历朝历代名家、大家的行书、隶书、草书等书法作品，更是中国书学史上的艺术珍品。当然，石刻传播同样也存在缺陷，石头作为载体，重量大、不易搬动，而且随着时间的流逝，曝露在外面的石头容易因自然条件而风化、腐蚀。

综上所述，不论是动态的口头传播还是静态的书面传播，对旧体诗词的传播都有着积极的影响。口头传播以其富有感染力、现场效果强烈等优势，给人以通俗、易懂、易记的传播印象，深受大众的喜爱；书面传播的形式打破了时间、空间的界限，使得旧体诗词的内容保存的时间更长久，更适合一代代的流传。但是，纵观上述几种诗词传播样式，也还各有其局限性，如歌唱、吟诵受到声音介质的限制，不能精确地记录旧体诗词的内容，而手抄、题壁、石刻则受到传播材质的影响，需要很大的人力成本，不适合旧体诗词向大众普及的要求。到了宋代，随着印刷业的兴盛，情况发生了变化。

第三节　旧体诗词的印刷传播形式

印刷技术古已有之。从出土文物和文献记载来看，中国现存最早的雕版印刷实物是 1900 年在甘肃敦煌千佛洞发现的《金刚经》[①]。该经卷末尾题有"咸通九年四月十五日王玠为二亲敬造普施"字样。唐懿宗咸通九年为公元 868 年，因此，可以基本推断，中国较早的雕版印刷技术始于唐代。唐代的雕版印刷品，主要是一些日常、宗教用品，如佛经、佛像、

---

① 卡特著，吴泽炎译《中国印刷术的发明和它的西传》，商务印书馆 1957 年版，第 54 页。

历书、语言文字工具书以及票据等。除了纯文字的读物外，还有图文并茂的插图本。但这些印刷品基本上是单张印刷品，成书印刷品在当时还是极少数的情况。雕版印刷比手工抄写方便很多，一次可以印制出多部书籍。但是，雕版很费工时，印一页就得刻一块版，雕印一部大型书籍，往往需要几年的工夫。雕好的版片，要有专门的储存场所，而且只限于一部著作的印刷使用，若想出版另一部作品，又得从头雕起。这在生产力还不是那么发达的中国古代社会，限制性很大。

宋代，生产力有了更进一步的发展，社会生活繁荣。这在很大程度上推动了文化传播事业的发展。雕版印刷到了宋代有了较大的发展。到了南宋以后，书籍的印刷更是呈现出产业化和集团化的趋势。张秀民在《中国印刷史》一书中提及，就刻书地点而言，"北宋可考者不过三十余处，南宋则约近二百处"①。也正是从宋代开始，中国的书籍传播由写本时代进入了印刷时代。元代吴澄称："宋三百年间锓版成市，布满天下，而中秘所储莫不家藏而人有，无汉以前耳授之艰，无唐以前手抄之勤，读者事半而功倍，何其幸也。"②吴澄的描述的确精当。宋代的刻书业之发达，大大改变了书籍在"前印刷时代"通过口授和手抄的传播途径，并提高了传播的效率。

而且，宋代社会十分重视文学作品的摹刻出版，对古籍进行了大规模的编纂整理工作，很多作品因为印刷的及时得以广泛传播。同时，全国上下出现了大大小小的民间刻书作坊。"书籍自唐时镂版以来，至天水一朝，号为极盛。而其间分三类：曰官刻本，曰私刻本，曰坊行本。"③官刻、私刻和坊刻，不仅使前代的很多诗文集得以保存，同时还使得当世

---

① 张秀民《中国印刷史》，浙江古籍出版社 2006 年版，第 44 页。

② 吴澄《草庐吴文正公全集》卷二十七，清乾隆五十一年万氏刻本。

③ 叶德辉《书林清话外二种》，北京燕山出版社 1999 年版，第 3 页。

文人的诗文词总集、别集、选集以及丛刊得以刊布。前代如唐代的《孟东野诗集》、《李贺歌诗编》、《王建诗集》等，当世如欧阳修《欧阳文忠公集》、苏东坡《东坡集》、黄庭坚《山谷集》等，再如南宋词集的四大丛刻《百家词》、《典雅词》、《琴趣外编》和《六十家词》，就是通过当时的坊间刊刻而广泛传播的。郑文焯在《清真集校后录要》中记载："尝谓两宋词刻，善本流传，在南宋为《白石道人歌曲》，云间钱希武以嘉泰壬戌刻于东岩之读书堂；北宋则《清真集》，晋阳强焕以淳熙庚子刻于溧水县斋者。"①

　　印刷术的发明以及宋代印刷业的繁荣，是中国古代文学传播史上一次重大变革，对于旧体诗词的传播，也是一次质的飞跃，对于旧体诗词的刊刻、发行和保存，都有着极为重要的意义。

---

① 施蛰存《词集序跋萃编》，中国社会科学出版社 1994 年版，第 105 页。

| 第二章　大众传媒的出现与旧体诗词的刊印——以早期《申报》为例 |

晚清中国在屈辱与变革中蹒跚前进。1840年鸦片战争以后,中国面临着空前的民族危机。这时,一批有志之士开始"开眼看世界",寻求救亡图存的新道路。西方列强的入侵,在瓜分中国,并使其陷入半殖民地半封建国家的同时,也带来了工业革命先进的科学技术和民主理念。在新与旧、传统与现代、封建保守与民主共和的矛盾碰撞中,中国社会出现了重大变革,主要反映在政治、经济、科教、文化以及宗教等各个领域。在这样的转型时代,中国文学也受到了巨大的冲击,尤其是作为古典文学代表形态之一的旧体诗词,无论在体式、韵律、用语,还是在思想、内容以及艺术特色方面,都不得不随着时代的变化而调整。当然,这些变化很大程度上是在各种外部力量的作用下产生的。其中,印刷术的进步,印刷手段的更新,印刷机构的建立,印刷业的繁荣,以及大众传媒时代的随之到来,使得真正意义上的近代报刊得以刊行。《申报》正是在这一背景下出现的。细细比较,可以发现,早期的报刊都会大量刊登文人创作的旧体诗词。这些旧体诗词,在大众传媒时代到来之前,大多以纸本刊刻为主要传播手段。而报刊出现后,为了适应报刊文体的特征,旧体诗词的传播手段发生了重要的变化,其创作主体也相应调整。旧体诗词创作的传统格局被打破,一种新兴的、适应新形势的文学格局正在摸索中建立。如果说印刷时代的到来,是旧体诗词传播的第一次飞跃的话,那么,大众传媒时代的到来,则是旧体诗词传播的第二个跨越性的变革时期。

第一节　机器印刷的出现与大众 传媒时代的到来

　　沙莲香在《传播学》一书中,这样定义大众传播:"特定的社会集团通过文字(报纸、杂志、书籍等),电波(广播、电视),电影等大众传播媒介,以图像、符号等形式,向不特定的多数人表达和传递信息的过程。"①而美国学者马克·波斯特在《第二媒介时代》论述大众传媒时说道:"大众传播即职业传播者通过某种现代化的传播媒介向为数众多的不确定人群传递信息的活动。"②郭庆光在《传播学教程》中,则将其定义为:"专业化的媒介组织运用先进的传播技术和产业化手段,以社会上一般大众为对象而进行的大规模的信息生产和传播活动。"③

　　以上定义各有侧重点,从中我们却可以看出大众传媒的共通性,即特定组织、先进技术和人民大众。区别于之前的各种传播样式,大众传

---

① 沙莲香《传播学:以人为主体的图像世界之谜》,中国人民大学出版社 1990 年版,第 145 页。

② 马克·波斯特《第二媒介时代》,南京大学出版社 2000 年版,第 84 页。

③ 郭庆光《传播学教程》,中国人民大学出版社 1999 年版,第 111 页。

播有其自身的特点，最为明显的是：传播发出者的有组织性、传播手段的先进性和传播接受者的广泛性。其中，传播手段的先进性是决定性因素，在大众传播过程中也是最重要的。

中国是印刷技术的发明地，很多国家的印刷技术或是由我国传入，或是由于受到我国的影响而发展起来的，如朝鲜、日本等国。中国的雕版印刷技术经中亚传到波斯，大约在十四世纪由波斯传到埃及，最终传入欧洲。1450年前后，德国人J·谷登堡受中国活字印刷术的影响，用合金制成了拼音文字的活字，用来印刷书籍。谷登堡创建活字版印刷术大约在公元1440至1448年，虽然比毕昇发明活字版印刷术晚了四百余年，但谷登堡在活字材料的改进、脂肪性油墨的应用，以及印刷机的制造方面，都取得了巨大的成功，从而奠定了现代印刷术的基础。1845年，德国生产了第一台快速印刷机，从此开始了印刷技术的机械化过程。1860年，美国生产出第一批轮转机。此后德国相继生产出双色快速印刷机，印报纸用的轮转印刷机，至1900年，制造了六色轮转机。自1845年起，大约经过了一个世纪，各工业发达国家都相继完成了印刷工业的机械化。

在广播、电视等音像传媒尚未发明之时，文字是传递信息的主要载体。印刷技术的发达与否就成为了一个国家文明与否的重要标志之一。所以，印刷业的发展，也是近代文明演进的重要标识。在中国，清政府继续做着"天朝上国"的美梦，实行闭关锁国的政策，使得中国的印刷技术仍然处于宋明时期的水平。但是在上海，由于清政府对租界制约较少，故而工业、商业、金融业等在租界均得到迅猛发展，这使得租界成为近代上海城市的核心区域。此时，一大批外国传教士将西方的先进技术传入中国，其中包括印刷术的改进以及机器印刷的出现。近代西方先进的印刷术，包含了三方面的要素：石印、铅印和机器动力。

石印技术于 1796 年由奥地利人施纳菲尔特（Alois Senefelder）发明，是人类印刷史上一次重要的飞跃。鸦片战争后，这一技术由传教士带到我国，最早传入广州，后来传到上海。1874 年，上海徐家汇天主教堂附设的土山湾印书馆设石印印刷部，印制教会宣传品。1876 年，创设申报馆的英国人美查（E. Major）在上海开设了点石斋石印局，开始石印图书和期刊，先后出版了《考正字汇》、《康熙字典》、《佩文韵府》、《点石斋画报》、《飞影阁画报》等。随后，中国人徐裕子、徐润等于 1881 年先后开设了同文书局和拜石山房，专印古书，如《二十四史》、《古今图书集成》、《佩文斋书画谱》等。1887 年，李盛铎创办的蜚英馆石印书局，拥有火轮石印机十多台，厂房规模宏大，影响深远。

从清末到民国时期，中国出现的大小石印书局达百余家。而光绪年间，上海一地的石印书局就不下八十家。① 上海成为当时全国石印书籍的中心。石印技术印刷便捷，传统的印刷技术根本无法与之相比。同时，石印技术大大降低了印刷出版成本，有利于大众文化的普及和近代报刊的发行。清末老报人黄式权在《淞南梦影录》中就有这样一段描述："石印书籍，用西国石板，磨平如镜，以电镜映像之法，摄字迹于石上，然后傅以胶水，刷以油墨，千百万页之书不难竟日而就，细若牛毛，明如犀角。"②

石印技术推动了文化市场的发展。开埠后的三十年间，上海的文化传播事业进一步发展。印刷出版行业又不断改进，铅印技术被广泛使用。当时的墨海书馆、美华书馆、申报馆以及商务印书馆，逐渐都以铅印为主要的印刷手段。"铅字排成夺化工，聚珍活板得毋用。文章有用原

---

① 张秀民著，韩琦增订《中国印刷史》，浙江古籍出版社 2006 年版，第 466 页。

② 黄式权《淞南梦影录》（"上海滩与上海人"丛书），上海古籍出版社 1989 年版，第 118 页。

无几，省却灾梨易奏功。"①这是当时铅字印刷的真实写照。同时，墨海书局还开创了上海使用铅活字排版机械化印刷的先河。该书局有三台印刷机，动力来源于三头牛。以牛作为印刷机器的驱动力，时人称奇。1848年，王韬第一次参观墨海书局的时候这样记录："时西士麦都思主持墨海书馆，以活字版机器印书，竞谓创见。余特往访之，竹篱花架，菊圃兰畦，颇有野外风趣。入其室中，缥缃插架，满目琳琅。……坐甫定，即以晶杯注葡萄酒殷勤相劝，味甘色红，不啻公谨醇醪也。后导观印书，车床以牛曳之，车轴旋转如飞，云一日可印数千番，诚巧而捷矣。书楼俱以玻璃作窗牖，光明无纤翳，洵属琉璃世界。字架东西排列，位置悉依字典，不容紊乱分毫。……"②1897年，申报馆采用大印架单滚筒印机，用电器马达拖转，每小时可以印报纸一千份。

　　技术的进步，降低了书刊、报纸印刷的成本，使得"看书读报"为广大普通民众所接受。阅读不再是文人士大夫的专利和特权，近代报刊即在这一环境中应运而生。

第二节　《申报》的创刊

一、《申报》创刊的历史背景

（一）上海的开埠与十里洋场的形成

　　中英《南京条约》第二款规定：自今以后，大皇帝恩准英国人民带同所属家眷寄居大清沿海之广州、福州、厦门、宁波、上海等五处港口，贸易

①　葛元煦《沪游杂记》（"上海滩与上海人"丛书），上海古籍出版社1989年版，第54页。
②　王韬著，王稼句点校《漫游随录图记》，山东画报出版社2004年版，第23页。

通商无碍。1843 年 11 月 17 日,首任英国驻沪领事巴富尔抵达上海到任,标志上海正式开埠。

上海,面对浩瀚大海,背枕横贯中国东西全境的长江,处于中国最富裕的长江三角洲平原,有着优越的地理位置。早在宋代,上海就是一个较为重要的港口商镇。王韬在《瀛壖杂志》中记载:"宋末于其地设市舶提举及榷货场,百货辐辏,称为雄镇。元时遂成壮县。"①明清两朝,随着开海、禁海的交替,上海曾几度兴衰。直至鸦片战争爆发,开埠通商,上海的港口地理优势再次被人们发现。"黑暗世界中,有光艳夺目之新世界焉。新世界安在? 在扬子江下游,逼近东海。海上潮流,紧从艮隅拥入坤维,左拥宝山,右拥川沙,近环黄浦,远枕太湖,遵海而南,广州胜地,顺流而下,三岛比邻,占东亚海岸线万五千里之中心,为中国本郡十八行之首市。此地何? 曰上海。美哉上海,何幸而得此形式!"②这是蔡元培在其主编的《警钟日报》上发表的一篇题为《新上海》的社论。蔡元培在文章中毫不避讳地赞颂上海得天独厚的地理位置,并将其称为"黑暗世界中的新世界"。正是由于这样优越的地理环境,使得当时在广州的一批英国洋行,如怡和洋行、宝顺洋行等,发现这是五口中最靠近丝绸和茶叶产地的一个港口③。于是,英国商人在见到商机后纷纷涌入上海。通过上海,内地大宗农产品,如丝、茶、桐油等,出口远销海外;同时,大量的洋货,如呢绒、布匹以及各种日用五金等,又通过上海进口运销内地。一时间,上海成了外国商人以及各式人等冒险的乐园。1845 年 11 月 29 日,由上海道台和英国驻沪领事巴富尔共同商定了《上海土地章程》,将

---

① 王韬《瀛壖杂志》,上海古籍出版社 1989 年版,第 1 页。

② 蔡元培《新上海》,《警钟日报》,1904 年 6 月 26 日。

③ 当时中国供出口的生丝,主要是产于浙江省湖州南浔镇附近的辑里丝,从南浔到上海的内河航运极为便利。

上海县城以北的外滩一带划归外国人居留地，在上海建立起第一块租界。接着，法、美等国也效仿英国，在上海相继建立起租界来。租界实行治外法权，这为租界内的资本主义国家提供了政治、经济以及外交、文化上的特权，加快了资本主义在上海的发展。一时间，外国的轮船公司、自来水厂、银行、煤气公司、电话公司等在上海纷纷建立。资料显示，仅开埠的第一年，就有8家英国的洋行向当地中国人租借土地，建造洋房①。至1870年，上海租界的外国人口有1666人②，外国洋行至1872年时已达到343家之多③。外商贸易的发展，在一定程度上也刺激了中国民族工商业的发展。十九世纪五十年代，上海租界内中国人办的各种商铺林立，有专营进口洋货生意的洋布店、西药店、五金店等；有专营出口生意的丝栈、茶栈等；还有大大小小的服务娱乐性行业，如酒楼、茶馆、戏馆、书场、烟馆、赌馆、妓院等。到了十九世纪六七十年代，在外商贸易和民族工商业的共同作用下，上海已然发展成为全国最大、最为繁华的通商口岸。清代哀梨老人《同光梨园记略》："沪北十里洋场，中外巨商，荟萃于此。"④上海"十里洋场"也由此得名。租界内有先进的生活设施，以及相对独立自由的生活空间，而这一时期的国内其他城市和地区，战乱频仍，动荡不安，国人或是为了寻求生存的空间，或是想要获得谋生的手段，纷纷迁居租界，在租界内形成了"华洋杂居"的局面。

十里洋场的繁华和华洋杂居的生活环境，要求文化讯息能够快速传播。传统的口耳相传显然已经无法满足这样的需求。于是，一种新兴的文化传播方式应运而生。

---

① 费成康《中国租界史》，上海社会科学院出版社1991年版，第14页。
② 汤志钧《近代上海大事记》，上海辞书出版社1989年版，第275页。
③ 《上海外贸史话》，上海人民出版社1976年版，第40页。
④ 《同光梨园记略》，《小说新报》1916年第8期，第207页。

（二）上海近代报刊的创办与全国新闻中心的形成

十九世纪以前，中国几乎没有所谓近代意义上的报纸。至于起源于唐代的邸报，又称京报，是封建王朝的政府机关报。因为由"邸吏"负责传发，所以称为"邸报"。主要内容是：一、皇帝的诏书、命令、起居言行；二、封建王朝的法令、公报；三、皇室的动态；四、关于封建政府官员的升黜、任免、赏罚、贬斥等；五、各级臣僚的章奏疏表和皇帝批语等。[①] 由于邸报只在京城中上层官员中传阅，它并不是近代意义上的大众传播媒介。鸦片战争以后，大批移民涌入上海，由于移民对信息传播的要求日益明显，上海出现了具有近代意义的报刊。其实，早在 1815 年 8 月 5 日，伦敦布道会传教士米怜在马六甲创建了中文近代报刊《察世俗每月统纪传》（*Chinese Monthly Magazine*），这是外国人创办的第一份以中国人为宣传对象的报刊。1850 年，《北华捷报》（*North China Herald*）发刊，标志着上海报刊业发展的开端。《北华捷报》，又名《华北先驱周报》或《先锋报》，是上海第一家英文报刊。1850 年 8 月 3 日，《北华捷报》由英国拍卖行商人奚安门（Henry Shearman）在上海的英租界创办，每周六出报，主要刊载广告、行情和船期等商业性材料。同时也刊有言论、中外新闻和英国驻沪外交、商务机关的文告，并转载其他报刊的稿件，供外国侨民阅览。从创刊至 1951 年 3 月 31 日停刊，此报出版时间长达 101 年，是旧中国出版时间最长、发行量最大、最有影响的外文报纸。

1857 年，英国伦敦传教士亚历山大·伟烈亚力（Alexander Wylie）在上海创办了《六合丛谈》，它是上海第一家中文期刊，属月刊。不同于此前的其他刊物，《六合丛谈》并非纯粹宣传基督教义的宗教性刊物，而是综合性期刊。亚历山大本意是想将其办成新闻性刊物，同时又想使所有人都成为自己刊物的读者。于是，他将宗教宣传、自然科学、商业行

---

① 方汉奇《中国近代报刊史》，山西教育出版社 1981 年版，第 1—2 页。

情、中外新闻融于一刊，内容杂芜。其发行区域很大，但实际发行量很小，一年后就停刊了。

1861年，《上海新报》问世，标志上海中文报纸的开始。此报起初为周刊，次年5月7日改成每周三次，逢星期二、四、六出版。它是纯粹意义上的商业性报纸，由上海最早的英国企业"字林洋行"出资创办。《上海新报》在创刊后十年内，是上海出版的唯一的中文报纸。主笔皆由英人担任，宗旨在于及时报道市场信息，以商业动态为主。因此发刊词中宣称："大凡商贾贸易，贵乎信息流通。本馆印此新报，所有一切国政军情、市俗利弊、生意价格、船货往来，无所不载。"①《上海新报》用进口的白报纸印刷，虽然成本较高，但由于经营得当，几乎年年赢利。直至1872年4月《申报》出现，经过半年多的激烈竞争，最终《上海新报》不敌《申报》而停刊。

1850年至1872年《申报》创刊前，外文报刊占据着上海报业的主要江山。具体情况如下表②：

1850—1872年上海外文报刊概况表

中文名称	英文名称	起讫时间	创办人/主笔
北华捷报	*North China Herald*	1850. 8. 3—1951. 3.31	创办人：奚安门（Henry Shearman）
皇家亚细亚文会北中国分会报	*The Journal of the North China Branch of the Royal Asiatic Society*	1858年刊行，停刊复刊，至20世纪30年代仍在出版。	主笔：伟烈亚力（Alexander Wylie）
上海趣事、真相与小说记事	*The Shanghai Chronicle of Fun, Fact and Fiction*	1859.3—1859.6	不详
上海每日时报	*Shanghai Daily Times*	1861.9.15—1862.4	主笔：史密斯

---

① 林乐知、傅兰雅主编《上海新报》，见《近代中国史料丛刊三编》第90辑第581册，台北文海出版社2000年版，第1页。

② 该表格根据熊月之主编《上海通史》第六卷《晚清文化》第51页《晚清上海外文报刊录要》整理而成。

续　表

中文名称	英文名称	起讫时间	创办人/主笔
上海载记	*Shanghai Recorder*	1862—1869.12	主笔：鲍克（J. T. F. Bowker） 1864 年以后，主笔：琼司（C. Treasure Jones）
中国之友	*The Friend of China*	1863.1—	创办人：笪润特（William Tarrant）
海关中外贸易年刊	*Annual Returns of Trade and Trade Reports*	1864—	创办人：上海海关
江海关贸易月报	*Monthly Reports on Trade*	1866.1—	创办人：上海海关
晚差报	*Shanghai Evening Express*	1867.10.1—1871	主笔：琼司（C. Treasure Jones）
远东释疑	*Notes and Queries on the Far East*	1867—	主笔：伟烈亚力（Alexander Wylie）
美国月报	*Shanghai News Letter*	1867.10.16—	创办人：美国商人桑恩（John Thorne）和温伯利（Howard Twombly），主笔：茹波特（J. P. Robert）
上海差报	*Shanghai Evening Courier*	1868.10.1—	主笔：罗扎瑞奥、郎格
循环	*The Cycle*	1870.5.7—1871.6.30	创办人：詹姆生（R. Alexander Jamieson）
上海锦囊与每周差报	*The Shanghai Budget and Weekly Courier*	1871.1.4—	不详
顽童	*The Puck*	1871.4—	不详
中国顽童	*China Puck*	1872—	不详

　　外文报刊主要服务于上海租界的外国人，但对中国社会有间接影响。外文报刊的刊行，将国外一些先进理念以及风土人情带入上海，使得上海人民得以接触到许多外来信息，拓宽了眼界。同时，由于外文报刊也刊登大量上海本土的新闻讯息及风俗习惯，使居住在上海租界的外国人更多地了解了当地的文化，推动了中西方文化的融合。

　　与外文报纸的兴盛相对应，这一时期的中文报刊发展却相对缓慢。

1872 年《申报》创刊前，上海的中文报刊只有三种：《六合丛谈》、《上海新报》和《教会新报》。前两种上文已经介绍，此处不再赘述。《教会新报》，1868 年 9 月 5 日创刊，由上海林华书院出版，美国人林乐知（Young J. Allen）创办和主编。周刊，每期四张八面，约六七千字。逢阴历年终和年初，休刊两次，全年出五十期。初创时，每期发行一千册，以宣传宗教为主。1870 年调整篇幅，每期由四张增加为八张。1872 年 8 月 31 日，即从第五年二百零一卷起，改称《教会新报》，册次续前。1874 年 9 月 5 日，即第三百零一卷起，又改名《万国公报》。1904 年停刊。协助林乐知担任编辑工作的有慕维廉（William Muirhead）、艾约瑟（Joseph Edkins）等。除了宣传宗教外，该刊物也介绍一些物理、化学知识和商务、行情诸事。"其所载文字，以中东战纪为最有价值，足以唤醒中国人士。林乐知支持此报，先后至三十七年之久，其热心毅力，不能不令吾人钦佩。"[1]

外文报刊的繁盛，一方面扩大了国人的眼界，读报慢慢变成国人的一种生活方式；另一方面，由于语言的障碍，阅读还无法完全顺畅地展开。在这一背景下，上海急需一份专门针对国人的中文报刊，《申报》就在这一环境下应时而生。

随着外文和中文报刊的出现，上海逐渐凭借其港口优势、繁荣的都市经济、发达的交通电讯，渐渐成为中国新的新闻中心。姚公鹤在《上海闲话》中有这样的论述："从政治上观之，则上海为外力侵占首入地；从物质上观之，则上海又为全国文明发轫地。"[2]绪论中已经论述过，以 1865 年至 1895 年为例，上海新创办的报刊数多达八十六种，差不多占同期全

---

① 戈公振《中国报学史》，中国新闻出版社 1985 年版，第 59 页。

② 姚公鹤《上海闲话》，上海古籍出版社 1989 年版，第 1 页。

国新办报刊总数的二分之一。全国新闻中心的确立,得益于上海租界的建立。由于上海租界一直不承认清政府的报律,使其成为"清朝末年相对可以自由发表言论并形诸报刊书籍而较少遭到清政府迫害的地方"①。这为商业报刊的发行创造了健康的环境,而这种良好的环境又为报刊开辟了广阔的市场基础。广大读者在自由的氛围内,自觉将报刊阅读变成一种生活方式,从而成为社会生活不可分割的一部分。另外,基于广大的市场需求,近代报刊也就有了商业发行的经济基础,并得以摆脱早期报刊依赖外来经济支援②的弊端,而在市场商品经济的环境下进行运作,进一步寻找更大更好的发展空间。

（三）英人美查的促成

上海的开埠,使得各国商人都急切地想来淘金。英国人美查和他的哥哥腓力特力克·美查(Fredredruck Major)也是如此。他们兄弟俩十九世纪六十年代到中国上海,从事进出口贸易,主要经营茶叶和棉布生意。他们将江南一带的丝绸和茶叶贩运到欧洲,又把欧洲的洋布等工业日用品贩卖到中国。后来,随着资本的积累,美查在苏州河南岸开设了燧昌自来火局。这是上海第一家火柴厂。同时,他还开设了江苏药水厂,规模很大。但是,十九世纪六七十年代,上海一度爆发了太平天国和捻军的起义。起义部队被清政府勾结外国军队镇压后,来上海避难的一部分地主、富商以及地方豪绅返回家乡。租界中人口骤减,上海的工商业受到影响,美查经营的生意陷入困境。后来,他的买办江西人陈庚莘看到外国人办的华文报纸《上海新报》销路好,有利可图,便劝美查办中文报纸。美查来中国多年,会说中文,对中国的情况也比较了解。他深

---

① 陈伯海、袁进《上海近代文学史》,上海人民出版社 1993 年版,第 26 页。
② 早期的报刊,多依靠宗教的资助,或者官方的补贴,所受限制较大,无法进一步发展。

知上海这个地方外文报刊很多，但是中文日报只有《上海新报》一家，而租界内华人占了绝大多数。而且，随着交通运输的发达，报刊的销量或许会提高。于是，美查采纳了陈庚莘的建议，决定投身报业。为了取得办报的经验，美查派钱昕伯去香港向当时的报人王韬学习。香港是华文报纸诞生较早的地方，本土报纸《中外日报》当时在上海也已经发行。钱昕伯与王韬是旧交，又是王韬的女婿，且别号"天南遁叟"的王韬又是当时小有名气的报人。钱昕伯去香港时，王韬正在筹办《循环日报》。钱昕伯从旁帮忙，同时探讨如何办好《申报》。王韬为《申报》的创刊提了不少好的意见和建议。学成后的钱昕伯回国，协助美查着手展开《申报》的筹备工作。美查与他的英国朋友伍华特（C. Woodward）、普莱亚（W. B. Pryce）和约翰·瓦基洛（John Wachillop）商定，每人各出银四百两，共一千六百两，作为办报资金，并于 1871 年 5 月 19 日签订了合资创办的协议，明确规定各自的责权。实际上，美查是报纸的全权负责人。

二、《申报》的创刊与办报宗旨

在上述条件的作用下，清同治十一年三月二十三日（1872 年 4 月 30 日），《申报》创刊。《申报》是《申江新报》的缩写。因为之前已经有过一份属于上海的报纸——《上海新报》，所以《申报》的创办者用上海的古称"申"来代替，取名《申江新报》。所谓"新报"，表明了创办者想要办出一张与当时朝廷所办不同的报纸。

创刊伊始，《申报》上有文章《邸报别于新报论》①，强调了作为新报

---

① 《邸报别于新报论》，《申报》，1872 年 7 月 13 日，第 1 册，第 249 页。见《申报》（影印本），上海书店，1983 年 12 月版。下文引用《申报》材料，如为同一版本，不再详细著录，只注发行日期和所在影印本册数、页码。另，《申报》发行之初，只有农历日期，后来采用农历和公历并行。本书行文中所用均为公历日期。

的《申报》创刊的意义。

> 各国新报，系传各国国家之事，上自朝廷，下及阎里，一言一行，一器一物，无论美劣精粗，备书于报。中国邸报只传朝廷之事，不录闾里之琐屑，故阅者士大夫居多，而农工商贾不愿焉。……邸报作成于上，新报作成于下。

美查在创办《申报》时，宣称其"原为谋利所开耳"①。作为商人，美查办报的目的在于谋利。因此，他大力创新，克服了当时很多条件的束缚。由于美查在中国生活多年，他深知，报刊想要有所发展，必定要取得中国为数众多的士绅的认可。于是，申报馆将《申报》定位为以华人为主要市场和经营主体的商业性报纸。他们一反以往西人作为主体的办报模式，聘请华人知识分子蒋其章等人具体负责申报馆事务，请赵逸如作买办。《申报》最初为二日刊，后改为日刊。1907 年盘给报馆华人买办席子佩，不过在名义上仍归西人所有。1912 年售给报业巨子史量才，《申报》才成为纯粹的华人报纸。以后，《申报》历经时代风雨，一度迁至外地发行，1949 年 5 月停刊，共历时 77 年 62 天，发刊 25600 号。《申报》是近代上海，也是近代中国历时最久、影响最大的报纸，其初创时销量为600 份，三年后日销 6000 份。至 1877 年初，《申报》已在"各省码头风行甚广"②。进入稳定发展阶段后，发行量增长至日销近万份。老上海人至今都习惯将过期的旧报纸统称为"申报纸"，足见其影响之大。

创建初期，申报馆租住在上海租界汉口路红礼堂对面，即后来工部

---

① 《本报作报本意》，《申报》，1875 年 10 月 11 日，第 7 册，第 349 页。

② 葛元煦《沪游杂记》（"上海滩与上海人"丛书），上海古籍出版社 1989 年版，第 12 页。

局位置的旧房内。房屋敝旧,除了美查的办公室外,其他地方都很狭窄,但交通尚属便捷。申报馆在此大约十年时间。后来因为经营兴旺,人员增多,1882 年 9 月 14 日,移至望平街。次日①,申报馆刊出启事如下:

> 启者,本馆与申昌书画室诹吉于八月初三日迁在英租界三马路大礼拜堂南首,诸君欲上告白以及买本馆暨点石斋书籍,统祈光顾,各外埠有鲤信鸿词寄示,信封面上请照此开明当无□误,此布。申报馆主人启。②

1918 年,新的申报馆舍建成竣工,共五层,有升降机。馆内分营业部、总编辑部、增刊部、翻译部、常识部、自由谈部、机器房、排字房、浇字房、照相铜锌部、印刷部、总理室、总主笔室、藏书室、会议室、客室、会食室、大餐室、弹子房、洗浴室、修容室、卧室及屋顶花园。③

刚建馆时,申报馆使用的机器为人力手摇印机,每小时只能印数百张,且单面印刷。因为刚开始,仅日销 600 份,所以勉强能够应付。随着报纸销量的攀升,申报馆购置了大印架单滚筒印机,用电力拖动,每小时可印 1000 份,满足了报刊大印刷量的需求。

《申报》从创刊之初就兼顾新闻性与娱乐性,采取雅俗并蓄的方针。在创刊号上,申报馆发表了一篇《本馆告白》④,开宗明义地介绍了其报

---

① 徐载平、徐瑞芳《清末四十年申报史料》(新华出版社 1988 年版)第 72 页上著录"在迁入后的第三天即是公元九月十七日,《申报》刊出启事"日期有误,在搬迁后的第二天,即农历八月初三,公历 9 月 15 日,申报馆即刊出了搬迁启事。

② 《本馆迁移》,《申报》,1882 年 9 月 15 日,第 21 册,第 457 页。

③ 李嵩生《五十年来之新闻业·本报之沿革》,申报馆《最近之五十年》(下册),见《近代中国史料丛刊三编》第 90 辑第 893 册,台北文海出版社 2000 年版,第 32 页。

④ 《本馆告白》,《申报》,1872 年 4 月 30 日,第 1 册,第 1 页。

刊宗旨和办报方针：

今天下可传之事甚多矣，而湮没不彰者比比皆是。其故何欤？盖无好事者为之纪载，遂使奇闻逸事阙然无称，殊可叹惜也。溯自古今以来，《史记》、《百家》载籍极博，《山经》、《地志》纪述綦详，然所载皆前代之旧闻，已往之故事，且篇幅浩繁，文辞高古，非缙绅先生不能有也，非文人学士不能观也。至于稗官小说，代有传书，若张华志《博物》，干宝记《搜神》，《齐谐》为志怪之书，《虞初》为文章之选，凡兹诸类，均可流观。维其事咸荒诞无稽，其文皆典赡有则，是仅能助儒者之清谈，未必为雅俗所共赏。求其纪述当今时事，文则质而不俚，事则简而能详，上而学士大夫，下及农工商贾，皆能通晓者，则莫如新闻纸之著矣。新闻纸之制，创自西人，传于中土，内见香港《唐字新闻》，体例甚善，今仿其意设《申报》于上洋。凡国家之政治，风俗之变迁，中外交涉之要务，商贾贸易之利弊，与夫一切可惊可愕可喜之事，足以新人听闻者，靡不毕载。务求其真实无妄，俾观者明白易晓，不为浮夸之辞，不述荒唐之语。庶几留心时务者，于此可以得其概，而出谋生理者，于此亦不至受其欺。此新闻之作，固大有益于天下也。且夫天下至广也，其事亦至繁也，而其人又散处不能相见也，夫谁能广览而周知哉？自新闻纸出而凡可传之事，无不遍播于天下矣。自新闻纸出而世之览者，亦皆不出户庭而知天下矣。岂不善哉？惟是事虽才兴，例若初创，或恐囿于方隅，限于知识，遗漏滋多，尚希四方君子进而教之，匡其不逮，实有厚望焉。申报主人谨白。

所谓"上而学士大夫，下及农工商贾"，兼顾社会各个层面的读者，这是《申报》草创时期重要的方针政策。

总之，《申报》的面世，冲破了当时"邸报"、"京报"与"政治公报"的樊篱，开始重视对国内外大事的采访与记载，并将目光投向社会市井。自创刊始，历经晚清、民国，至 1949 年终刊，《申报》几经变革，见证了历史的更迭，真实地记录了中国社会，特别是上海从近代走向现代的历程。即使在最困难的时期，《申报》始终坚持出刊，几乎没有中断。它的出现，影响了几代人的阅读和生活习惯，无愧于"中国近现代史的百科全书"之称。

第三节 《申报》及"三琐"所载旧体诗词概况

一、《申报》刊登旧体诗词的原因

1. 提高报刊销量的手段

美查办报的主要目的是为谋利。要获得利润，就要设法提高报刊销量，所以申报馆采用了免费发表文学作品的方法来刺激报刊销量的增长。就早期《申报》内容而言，正如老报人张默所说："一为谕旨宫门抄等，以备官场之浏览；一为大小考试文章题目，以备学子之揣摩；一为诗词歌曲，以备名流文人之推敲；一为各地盗命火警及一切狐怪异闻，以备一般人茶余酒后之谈助。"①《申报》在其创刊号上刊登过一则《本馆条例》："如有骚人韵士，有愿以短什长篇惠教者，如天下各名区竹枝词及长歌纪事之类，概不取值。"②

"概不取值"，是早期申报馆创办成功较为重要的一个原因。由于诗

---

① 张默《六十年来之申报》，见《申报七十七年史料》，徐忍寒编，1962 年 7 月油印本，第 27 页。

② 《本馆条例》，《申报》，1872 年 4 月 30 日，第 1 册，第 1 页。

文取士科举制度的长期存在,文学成为广大知识分子生活必备的一个方面。诗文,"出"则能够益于仕进,"入"则可以抒发心性。因此对于有着广大知识分子的中国市场而言,拉拢了这一个阶层,报刊的销量随即会大大提高。当然,在此之前,《上海新报》就有过这样的尝试:"如有切要时事,或得自传闻,或得自目击,无论何事,均可携至本馆刻刷,分文不取。"①但是,它免费刊登的内容中不包括文学作品。中国文人的文学作品历来多需自费出版。很多寒士因为家贫,即便才华横溢,也无法出资将自己的稿件付梓,只能任由作品随着时间的流逝而淹没。《申报》条例一出,无疑给当时的贫苦寒士打了一针兴奋剂。原本无法流传的作品,一下子有了交流的平台,一时诗词稿件蜂拥而至,以至后来碍于篇幅,在出版日报的同时,申报馆又出版了一批副刊和增刊。后期最为著名的就是《自由谈》,在早期则是《瀛寰琐纪》(月刊,1872 年 11 月创刊,1875 年 1 月停刊,共 28 卷)、《四溟琐纪》(月刊,1875 年 2 月创刊,与《瀛寰琐纪》前后相接,1876 年 1 月停刊,共 12 卷)以及《寰宇琐纪》(月刊,1876 年创刊,体例与《瀛寰琐纪》和《四溟琐纪》同,共 12 卷),简称"三琐"。"三琐"是上海最早一批文学刊物,主要刊载寓沪文人的诗词小品、山水游记等,当时一批海上名宿,如王韬、蒋敦复等,均有作品刊载其中。②

　　2. 填充版面的需要

　　早期《申报》由于受到印刷、交通、人员等方面的制约,新闻稿件不是很多。以创刊号为例,其版面内容如下③:

---

① 《上海新报》,1862 年 5 月 7 日。

② "三琐"作为中国最早的文学刊物,刊载的诗词同样有着很高的文学及社会历史价值,考察《申报》所载旧体诗词时是不能将其割裂开的。因此,本书的论述范围包括"三琐"。

③ 《申报》创刊时版面大小每版高十英寸又八分之一,宽九英寸又二分之一,分为八面,即八版,当时称为八章,至 1872 年 5 月 27 日改章为页。

第一章：本馆告白、本馆条例

第二章：本馆条例（续上文）、驰马角胜（新闻）

第三章：完人夫妇得善报（选自《香港新报》）

第四章：京报

第五章：京报

第六章：京报、广告

第七章：广告

第八章：行情及船期

　　和现代意义上的报纸相比，《申报》的创刊号除了《驰马角胜》一条可以作为现代意义上的新闻之外，第三章《完人夫妇得善报》摘自《香港新报》，但内容里没有时间，也没有地点，这与新闻写作的"5W1H原则"，即Who、What、When、Where、Why、How，相去甚远。其他内容基本都与新闻无关。

　　为了填充版面，增加报刊的趣味性和可读性，《申报》的第二号除了增加了具有现代社论性质的论说文《议建铁路引》、外埠通讯《宁波新闻》以及国际新闻《外国轮船失事》外，从第二版开始，《申报》在第四章刊登了署名为"南湖蘅梦庵主"的《观西人驰马歌》。也就是从这一号开始，旧体诗词作为《申报》的一个版块几乎伴随着《申报》发展的始终。

二、《申报》刊登旧体诗词概况

　　从1872年5月1日，也就是创刊后的第二天起，《申报》开始刊登旧体诗词作品。刚开始每天几首①。慢慢地，稿件越来越多，版面逐渐扩

---

① 《申报》刊登的旧体诗词版式有两种情况：一、同题组诗一组为一则；二、同一诗人词家创作的不同题的诗词多首放在一起为一则。

至一章,甚至两章。这一情况到 1887 年达到空前繁盛。据笔者统计,1887 年,《申报》刊载旧体诗词作品共约 3284 首。其中,词 131 首,诗 3139 首,竹枝词 14 首,总数为近二十年之最。1890 年 3 月 21 日,因为诗词稿件太多,《申报》版面无法容纳,申报馆只能刊登启事,表明之后不再接受诗词稿件。之后的一段时间,《申报》未再刊登诗词稿件。应该说,旧体诗词几乎伴随着早期《申报》发展的始终,并且作为报刊发行不可或缺的一部分,历经了约二十年。这二十年,是晚清政府发生巨变的二十年,也是中国社会迅速变革的二十年。旧体诗词面对社会变革的冲击,也在寻求自身发展的道路。笔者将这近二十年的旧体诗词刊载情况编目统计,得出统计数据表格如下:①

1872—1890 年《申报》刊载旧体诗词数据统计表

年份	词(首)	诗(首)	竹枝词(首)	总计(首)
1872.4.30—12.31	26	546	473	1045
1873	42	1441	371	1854
1874	27	817	313	1157
1875	54	1787	89	1930
1876	43	1547	30	1620
1877	60	1630	126	1816
1878	80	1207	180	1467
1879	40	1108	19	1167
1880	94	1429	84	1607
1881	74	1752	5	1831

---

① 笔者对 1872 年至 1890 年的《申报》所刊载的旧体诗词做了梳理以及编目,获得的数据均为第一手资料。《申报》刊载的旧体诗词数量极为庞大,形式也很复杂,统计工作实难保证百分之一百的精确。但管中窥豹,可见一斑,该表格还是能够真实地反映早期《申报》所刊载的旧体诗词的基本创作情况。

续　表

年份	词(首)	诗(首)	竹枝词(首)	总计(首)
1882	79	1834	42	1955
1883	113	2580	96	2789
1884	120	2033	0	2153
1885	93	1704	56	1853
1886	198	2386	25	2609
1887	131	3139	14	3284
1888	159	1851	8	2018
1889	193	1939	110	2242
1890.1.1—3.21	34	324	5	363
总计	1660	31054	2046	34760

注:

1. 1872 年的统计数据为 1872 年 4 月 30 日至 1872 年 12 月 31 日。

2. 1890 年 3 月 21 日,申报馆刊登《词坛雅鉴》启示:"本馆创始迄今,时承诸词坛惠示佳章,美玉明珠,动盈简牍,兹以报纸限于篇幅,暂置不登,所有诗词及一切零星杂著,请勿邮寄,俾省笔札之劳,区区割爱之苦衷,当亦同人所共谅也,特缀芜词,藉邀雅鉴。申报馆协赈所谨启。"至 1905 年《申报》再次改版之后,才又刊登诗词。因此,1890 年的统计数据从 1890 年 1 月 1 日至 1890 年 3 月 21 日止。

从上表,可大体看出早期《申报》的发行过程中刊登旧体诗词的发展演变规律。笔者将之做成柱状分析图,如下:

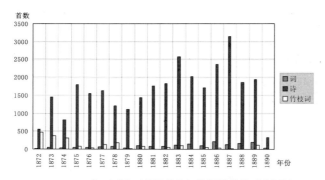

1872—1890 年《申报》刊载旧体诗词数据统计柱形分析图

　　首先,从 1872 年 4 月 30 日创刊,到 1890 年 3 月 21 日停发旧体诗词作品止,《申报》共计发表旧体诗词作品约 34760 首。当然这还尚未包括《申报》同一时期创刊的《瀛寰琐纪》《四溟琐纪》《寰宇琐纪》上的诗词作品。"三琐"作为专门的文学期刊,其刊登的诗词作品与《申报》上刊登的诗词作品既有联系,又有区别。下文将作专论,此处不赘。《全唐诗》一共收录唐代诗人 2529 人的诗作 42863 首,而早期《申报》短短的不到二十年的时间就刊登了旧体诗词作品三万多首。当然,数量并不完全等同于质量,但是数量在一定程度上也可以说明一些问题。至少可看出,在中国大众传媒发展的起步阶段,旧体诗词借助《申报》这样一份有实力的商业报刊在进行着传播。彼时,文人诗词创作有相当的热情,而且形成了较为固定的创作群体和传播模式。

　　其次,在列为研究对象的三种文体中,诗的数量占绝对优势。自 1872 年 4 月至 1890 年 3 月,《申报》共计刊登旧体诗数量约为 31054 首,且呈现曲折上升的趋势,这一趋势到了 1887 年达到顶峰。排名第二的是竹枝词,总数约为 2046 首,虽然排名第二,但绝对数量也大概只有诗的十五分之一。而且,竹枝词的创作趋势与诗作和词作正好相反,是呈逐年曲折下降的趋势。词作的数量最少,总数约为 1660 首,约占诗作数量的十八分之一。但与诗作相同,总体趋势呈曲折上升的态势。诗、竹枝词、词三种文体在《申报》刊登的旧体诗词中的比重分别为 89%、6%和 5%。

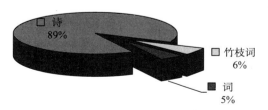

1872—1890 年《申报》刊载各文体比例图

分析这组比例数据，首先，我们可以看出，"诗词有别"、"诗庄词媚"、"词为末技小道"的观念在早期《申报》诗家词人创作中仍然占有主要地位。关于诗词的地位问题，历代都有探讨。词在发展初期，普遍被视为"小道"。钱惟演有"坐则读经史，卧则读小说，上厕则阅小辞（词）"①之举。由此可见，在传统的文学观念中，词的地位还是远逊于诗。究其原因，与诗的经典化过程不无关系。孔子删诗，编选《诗三百》，后来冠之以"经"，作为儒家的经典流传。而词则相对缺少这样一个经典化过程。《白雨斋词话》卷一有"诗词不尽相同"条：

> 诗词一理，然亦有不尽同者。诗之高境，亦在沉郁，然或以古朴胜，或以冲淡胜，或以巨丽胜，或以雄苍胜。纳沉郁于四者之中，固是化境，即不尽沉郁，如五七言大篇，畅所欲言者，亦别有可观。若词则舍沉郁之外，更无以为词。盖篇幅狭小，倘一直说去，不留余地，虽极工巧之致，识者终笑其浅矣。②

这段话论述了虽然诗词一理，但是在境界篇幅方面，始终是诗胜于词的。卷七则有"学词贵在能诗之后"条：

> 诗词一理。然不工词者可以工诗，不工诗者断不能工词。故学词贵在能诗之后。若于诗未有立足处，遽欲学词，吾未见有合者。③

---

① 欧阳修《归田录》，中华书局 1981 年版，第 24 页。
② 陈廷焯《白雨斋词话》卷一，见《词话丛编》，中华书局 1986 年版，第 3776 页。
③ 陈廷焯《白雨斋词话》卷九，见《词话丛编》，中华书局 1986 年版，第 3936 页。

更是强调了学词必先学诗,将词的地位置于诗之后。

有清一代,经过浙派朱彝尊、常派张惠言等词学大家的努力,词的地位逐渐抬升。随着《全清词·顺康卷》、《全清词·雍乾卷》的编辑整理出版,清词中兴已慢慢被学界认同。然而,通过阅读早期的报刊文学可看出,文人士子还是以诗的创作为中心,填词只是偶尔为之的行为。1873年《申报》刊登了香海阁主人所作的一首词作《高阳台·无题词》:

> 绮阁春深,画堂人静,门前绿水平桥。玉珮珊珊,双成飞下云霄。嫣然欲对桃花笑,晕微涡、两颊红潮。最难描、百样娉婷,一种丰标。　生成绝世风流态,便不曾真个,也要销魂。十二阑干,几回屈戍轻敲。蓬山此去无多路,倩何人、传语娇娆。梦迢迢、碧海青天,暮暮朝朝。

此词描写细腻传神,用语情态艳丽,算得上是艳词中较为优秀的作品。但是作者香海阁主人在词作后面加了一条跋语:"黄曾直好填艳词,秀和尚每诃之,谓必堕犁泥地狱。然宣圣删诗,何以不去郑卫?仆填此词,颇犯绮语之戒,犁泥之堕知不免矣。"[1]犁泥是梵语的音译,即地狱的意思。此跋读来颇有意味,作者以孔子删诗未去郑卫之音为由,给自己填词找来依据,但也还是颇有明知不可为而为之的情状的。由此,我们也可大致见出《申报》的作家群体对词的认识,这也是早期《申报》诗作十倍于词作的原因之一。

其次,从上述柱状图中可以看出,词的绝对数量较少,可诗词的创作趋势是呈上升态势的。与之相对,竹枝词却是呈下降趋势。尽管其在

---

[1] 《高阳台·无题词》,《申报》,1873 年 4 月 21 日,第 2 册,第 354 页。

1889年有一个反弹，但总体数量还是下降的。甚至，1884年的数量为零。我想这与早期申报馆的办报方针有着很大的关系。上文已经论述过，《申报》创刊初期，需要通过文学作品来招揽读者，扩大发行量，"如天下各名区竹枝词及长歌纪事之类，概不取值"的广告刊出，竹枝词首当其先。竹枝词通俗、浅近，与报章文学的体式正好吻合①，所以，《申报》创刊之初，竹枝词在数量上几乎与诗平分秋色。当然，刊登竹枝词不仅为早期《申报》的创办者带来了大批稿件，解决了报章创办初期新闻不足、版面无法铺满的问题，同时，通过这些"概不取值"的稿件，形成了一个固定的创作群体，也建立起自己的读者群。这就是创办之初，《申报》大量刊登竹枝词的动机和益处。随着《申报》办报理念的逐渐成熟，新闻性特质日益显露，其读者数量也基本固定。尽管《申报》旧体诗词稿件数量越来越多，但报纸已经不需要用其填充版面，主笔开始有意识地减少了竹枝词刊登的数量。同时，这也与其似"民歌俚曲"的文体有关。因为，早期《申报》的主笔多为晚清的文人士子，他们中的大多数还是将诗看作"经国之大业"，崇尚雅化。尽管随着大众传媒的发展，报章文学已经不再是昔日文人骚客附庸风雅的舞台，但使他们转变观念、顺应潮流，是需要时间的。所以，当《申报》在市场上站稳脚跟，主笔在选择刊登文学作品的时候，还是有倾向性地选择"诗"这种"雅"文体，多于"竹枝"或"词"这种"俗"文体。

最后，根据统计表格，可以看到早期《申报》刊登的诗词作品总数量，总体是呈曲折递增的上升态势，并且在1883年有一个小高潮，到1886至1887年达到顶点。分析这三年《申报》刊载诗词的目录，与其他年份

---

① 关于竹枝词的文体特征和内容形式下文有专章论述，这里因为分析早期《申报》刊载诗词的总体态势，所以先大略提及。

作比较，笔者发现，这三年诗词创作的题材比较集中和单一，且围绕一种或几种题材进行创作的作家人数众多。而这一种题材往往与当时《申报》圈的知名文人或社会名流有关。如细细检索 1883 年《申报》刊载旧体诗词的目录，我们发现上、下半年各有一件大事。上半年，署名珠江拙闲庐主人的杜凤岐游历全国，在《申报》上发表作品纪游、感怀，一时激起当时很多诗人词家和作，《申报》更是用了大量的篇幅刊登其纪游、怀人的诗作。这些作品的分布情况如下表：

1883 年 1 月至 6 月拙闲庐主人杜凤岐游历诗作刊登情况表

西历	卷号	所在影印本页码①	首数
1883 - 2 - 13	3511	194	1
1883 - 2 - 19	3517	226	8
1883 - 2 - 21	3519	238	1
1883 - 2 - 24	3542	250	7
1883 - 2 - 25	3543	254	6
1883 - 2 - 27	3545	262	1
1883 - 2 - 28	3546	266	4
1883 - 3 - 1	3547	270	6
1883 - 3 - 6	3552	294	8
1883 - 3 - 7	3553	298	6
1883 - 3 - 10	3556	312	4
1883 - 3 - 11	3557	316	5
1883 - 3 - 13	3559	326	4
1883 - 3 - 15	3561	338	16
1883 - 3 - 18	3564	356	1
1883 - 3 - 19	3565	356	1
1883 - 3 - 22	3568	378	11
1883 - 3 - 26	3572	402	10

---

① 本表格统计的数据来源于《申报》(影印本)第 22 册，1883 年。

西历	卷号	所在影印本页码	首数
1883 - 3 - 27	3573	408	10
1883 - 3 - 31	3577	430	11
1883 - 4 - 1	3578	436	5
1883 - 4 - 3	3580	448	12
1883 - 4 - 4	3581	454	14
1883 - 4 - 7	3584	472	1
1883 - 4 - 10	3587	486	14
1883 - 4 - 11	3588	492	1
1883 - 4 - 12	3589	498	3
1883 - 4 - 25	3602	572	2
1883 - 4 - 28	3605	590	6
1883 - 5 - 1	3608	607	6
1883 - 5 - 5	3612	630	6
1883 - 5 - 6	3613	634	1
总计			192

从1883年2月13日开始至5月6日止,共刊载杜凤岐诗歌192首。与此相对应,当时还刊载了一批与他的唱和之作,此处不再一一统计。从他与《申报》文人的唱和中大体可以看出,他是当时影响较大的一个人物。如果要给1883年上半年的《申报》诗词刊载内容加一个关键词的话,"拙闲庐主人纪游"是最合适不过的。

1883年下半年,另一位重要的人物,仓山旧主袁祖志的行程经历也占据了重要的篇幅。袁祖志(1827—1898),字翔甫,号仓山旧主,钱塘(今杭州)人,为随园老人袁枚之孙,著作丰硕。清咸丰时曾做过县令、同知,晚年寓沪。1881年5月,他在沪北仿照其祖父袁枚的随园建窥园,曰"杨柳楼台",并且建立"窥园诗社",与当时的文人名流诗酒唱和。他与《申报》主笔钱昕伯、何桂笙等交往甚笃,在《申报》上发表大量的诗词。

著有《谈瀛录》①六卷(光绪十年上海同文书局铅印,又名《出洋须知》),
又有《随园琐记》一卷(申报馆,1877年排印)、《孤忠录》、《沪城备考》、
《海上吟》、《上海竹枝词》等,编有《袁随园全集》。他在《申报》文人圈中
影响甚大,"曾三至伦敦,四至巴黎"②。1883年下半年,他受唐景星观察
之邀,游历欧洲,参加赛珍会,即现今所说的世博会,一路经过香港、越
南、新加坡,到达伦敦,然后又游历德意志国都城柏林、荷兰、巴黎等国家
和城市。他将游历诗作邮寄回上海,在《申报》上发表,同时还撰写了一
组《海外怀人诗》,共计作品119首。当然,如果算上跟他唱和的其他诗
人词家的作品,数量还要多。

　　分析1886年至1887年的数据,列表如下:

1886—1887 重要诗词创作情况一览表

内容		1886			1887			总计
		词	诗	小计	词	诗	小计	
生辰	雾里看花客钱昕伯五十四岁生辰		33	33		2	2	35
	仓山旧主袁祖志六十岁生辰		68	68				68
	王韬六十岁生辰				1	66	67	67
唱和	以众人题咏小楼主人《小楼吟饮图》为中心的唱和		96	96	4	102	106	202
	徐园唱和				1	240	241	241
	意琴室主将有八闽之游留别题赠				1	99	100	100
	日人北条鸥所与海上诸公唱和	3	25	28	1	28	29	57
总计		3	222	225	8	537	545	770

---

①　据《申报》诗词唱和记载,此书大约成于1885年。见吴中戴渔湘作《翔甫先生惠〈谈
瀛录〉赋此鸣谢》,《申报》,1885年4月25日,第26册,第602页。
②　袁祖志《论沪北驰禁事》,《申报》,1888年5月16日,第32册,第779页。

　　1886 年至 1887 年,是早期《申报》诗词创作的一个高峰时期,两年共刊登诗词作品约 5893 首。之所以大量刊登诗词作品,有以下几种原因。一是庆祝三位《申报》重要人物的生辰,即《申报》主笔雾里看花客钱昕伯五十四岁生辰、仓山旧主袁祖志六十岁生辰、天南遁叟王韬六十岁生辰。

　　钱徵(1833—?)①,字昕伯,别署雾里看花客、修月楼主人等。浙江吴兴(今湖州市)人。早年考中秀才。才思敏捷,善诗文,嗜音律,有诗集。申报馆第二任总主笔。同治七年(1868),与王韬长女苕仙在上海结婚。同治十一年(1872)《申报》创刊时,曾被派赴香港考察报业。同治十三年(1874)回沪后,协助蒋其章任《申报》编纂。蒋其章离任后主持《申报》编辑部"尊闻阁"二十余年。光绪元年(1875),曾主持编辑出版《申报馆丛书》。此丛书卷帙浩繁,许多珍贵资料得以保存。任总主笔时,美查十分信任他,听从其对稿件的裁夺。因其体弱多病,总主笔的位置一度由何桂笙代理。何桂笙去世后,由钱昕伯一人全权承担繁重的编务。光绪四年(1878),与蔡尔康合编《屑玉丛谈》,共四集二十四卷。还曾主编中国最早的画报《寰瀛画报》五卷。1898 年初,因体力不支,主动辞去总主笔职务,由黄式权接替。

　　王韬(1828 年 11 月 10 日—1897 年 5 月 24 日),中国资产阶级第一代思想家、政论家、教育家,著名报人。初名利宾,字兰瀛。十八岁县考第一,改学名为王瀚,字懒今。后因上书太平军,事发遭通缉,又改名韬,字紫诠、子潜、仲弢。号天南遁叟、甫里逸民、淞北逸民、欧西富公、弢园老民、蘅华馆主、玉鲍生等。江苏苏州府甫里村(今角直镇)人。其父昌

---

① 　根据何镛《丙戌人日为雾里看花客五十四岁初度,同人醵资公祝,首倡一律录呈郢政并请诸大吟坛赐骀和》推算,钱昕伯当为 1833 年左右生人,《申报》,1886 年 2 月 11 日,第 28 册,第 206 页。去世时间不详。

桂，字肯堂，诸生，以教馆授徒为生；其母朱氏，出生书香门第。道光二十八年（1848）至上海省亲时，应英国传教士麦都思之邀，到上海墨海书馆工作。1862 年因化名黄畹上书太平军被发现，清廷下令逮捕。在英国驻沪领事帮助下逃亡香港，流亡生活长达二十二年之久。在香港，应邀协助英华书院院长理雅各将《十三经》译为英文。1867 年冬至 1868 年春，漫游法、英、苏格兰等国，对西方现代文明了解更深。1868 年至 1870 年，旅居苏格兰克拉克曼南郡的杜拉村，协助理雅各。1870 年，返香港。1874 年，在香港集资创办《循环日报》，评论时政，提倡维新变法，影响很大。1879 年，王韬应日本文人邀请，前往日本进行为期四个月的考察。他考察了东京、大阪、神户、横滨等城市，写成《扶桑记游》。

王韬一生与报刊事业息息相关。1857 年，参加《六合丛报》的编辑工作，是他报刊活动的开始。1864 年，兼任《近事编录》的编辑工作。1874 年，在香港创办《循环日报》，是近代报刊思想的奠基人。王韬是我国新闻史上第一位报刊政论家。他的政论反帝爱国，倡言变法，短小精悍，深入浅出，富于感情。后来梁启超深受启发，将之发展为一种新的报章文体。他的部分政论文章后收编为《弢园文录外编》，是我国最早的一部报刊政论文集。他关于办报的言论，代表了维新变法前报刊理论的最高成就，奠定了近代报刊理论的基石。

王韬在 1884 年回到阔别二十多年的上海，定居在沪北吴淞江滨的淞隐庐。此时，王韬被聘为《申报》编辑。光绪十一年（1885），王韬创办弢园书局，以木活字出版书籍。1886 年，主持格致书院，推行西式教学。1887 年，著《淞滨琐话》。1890 年，石印出版《漫游随录图记》。同年秋，王韬被聘为《万国公报》特约写稿人。1894 年，孙中山拜见王韬，王韬为孙中山修改《上李傅相书》，安排在《万国公报》发表。光绪二十三年四月二十三日（1897 年 5 月 24 日），王韬病逝于上海寓所内。王韬一生在哲学、教育、新闻、史学、文学等许多领域均作出杰出成就，有著作四十余种。任《申报》编辑期间，王韬与《申报》文人圈诗酒唱和，相交甚笃。他不仅与钱昕伯翁婿关系融洽，与当时的报坛主笔，如何桂笙、黄式权、蔡尔康等，以及其他知名文人，如袁祖志、高莹等，都过从甚密。他精通诗词创作，在上海期间，与蒋敦复、李善兰相契，被称为"海天三友"。

三位《申报》诗坛重要人物的生辰，大大激发了《申报》文人创作的热情。一方面出于社会交游的需要，另一方面，也是感情的真挚流露。

除此之外，导致这两年旧体诗词创作数量激增的又一重要原因是几次重要的唱和和题咏。

1. 与王恩溥相关的《小楼吟饮图》唱和

王恩溥(1853—?)，四明(今浙江宁波)人。字松堂，号小楼主人、酒国将军、中山醉侯。曾为官。在美国驻上海租界领事馆工作，精通外语。在上海黄浦江边筑有小楼，故自号小楼主人。小楼成为当时上海文人的吟咏酬唱之地。1884年，《申报》刊登了王恩溥为《小楼吟饮图》题的诗。接下来几年里，《申报》上不断地登出以《奉和小楼吟饮图原韵》为题的诗篇，数量之多令人惊叹。1887年，王恩溥出版了一本选有三百首诗的《小楼吟饮图题咏纂录》，何桂笙作序。①

2. 徐园唱和

徐园，亦称双清别墅。1883年，为寓沪的浙江丝商徐鸿逵所建。园址初在闸北唐家弄(今福建北路)，占地三亩。1909年，徐鸿逵子徐仁杰、徐文杰以周围过于嚣闹，迁筑于康瑙脱路(今康定路)5号，面积扩至五亩，布景一依旧式。有草堂春宴、曲榭观鱼、桐阴对弈、萧斋读画、平台

---

① 关于《小楼吟饮图》唱和，下文将作详细论述，此处提出，意在说明名人效应是导致《申报》诗词创作数量激增的一个重要原因。

眺远、长廊觅句、盘谷鸣琴等十二景。① 游资一角,茶资每碗二角。此园
以优雅古朴闻名,占地不多,而结构颇称可观。园中筑一大厅,名鸿印
轩,有戏台者,专为演说与演戏而设。台前有联云:"莫道戏为嬉,却是现
身说法;请观歌以可,无非借口宣言。"②园主人爱好书画曲艺,结诗社、
曲社,艺术界人士常在此雅集。民国年间,在此办过昆曲讲习所,后毁于
大火。1887 年 8 月 13 日(农历六月二十四日),文人聚集于此,庆祝荷花
生日,一时唱和不断。

3. 意琴室主将有八闽之游留别唱和

潘岳森(1858—约 1889),字月舫,号意琴室主,斋名纫秋馆。生平
资料不详,但从《申报》唱和中还是可以看出一些线索。1887 年 1 月 13
日,《申报》刊登署名毗陵醉墨生濮阳镜的一首《赠意琴室主并引》的诗,
序文中写道:"潘月舫孝廉以粤西名士作沪北寓公。依翠偎红,谢太傅之
风流宛在,吟风弄月,苏长公之佳话犹存。久慕盛名,难观雅教,昨偕玉
洲谱弟相访,倾盖交欢,即承招饮,爱赠俚句,就正方家,即请赐和。"③依
此可知,意琴为粤西名士。关于粤西的概念历来说法不一,但有清一代,
粤西的地域概念主要是指高州府(茂名、电白、信宜、化州、吴川、石城)、
雷州府(海康、遂溪、徐闻),廉州府(合浦、钦州、灵山)的区域。1887 年 1
月 6 日,《申报》刊登署名高昌寒食生(即《申报》又一任主笔何镛)一首题
为《丙戌嘉平十有一日,意琴室主三十初度,纫秋馆主设宴以庆之,为赋
一律即请教正》的诗歌:"桂林喜见一枝秋,况值新添悔屋筹。有酒有花
犹有客,多情多病漫多愁。翩翩书说称三绝,落落雄才震九州。倘使遭

---

① 《上海县续志》卷二七,宅第园林,民国戊午上海南园精刻本。
② 中华图书集成公司编辑所编《上海游览指南》,中华图书集成公司 1919 年版,第
　　23 页。
③ 《申报》,1887 年 1 月 13 日,第 30 册,第 77 页。

逢同邓禹,六年前已早封侯。"①丙戌年为 1887 年,当年为意琴三十岁生日,由此可以推断意琴当在 1858 年出生。1889 年 7 月 23 日,《申报》发表署名为丹徒劭轩词客少仙杨家禾的一首挽诗。序文中写道:"前岁意琴室主有留别诗,余未及和,今闻仙逝,感慨系之,即用前诗原韵率赋二律,聊当挽歌。录请高昌寒食生、百花祠香尉同政。"②关于意琴的材料,《申报》上还有很多诗人词家与其唱和的诗词。如 1886 年 12 月 26 日,《申报》刊登署名小蓝田忏情侍者魏塘毕玉洲的一首诗《喜晤意琴室主潘月舫孝廉于木樨香馆口占二十八字录请梦畹生政刊》:"种遍河阳花满枝,骚坛群聊玉溪诗。屡读赠纫秋馆主大著。茂林病骨支离甚,寄语相如善护持。君方示疾。"③此处不再一一赘述。根据上述材料,我们可以推断出,意琴室主潘岳森寓居上海,和《申报》的文人交游,关系甚好,而且喜欢流连歌舞之场,属青年才俊。但是其身体一直多病,1887 年 10 月底至 12 月有入闽之游。1888 年 1 月 13 日,在《申报》最后一次发表作品。到 1889 年 4 月,《申报》还有人提及其行状。1889 年 7 月 8 日,《申报》第一次出现挽意琴的作品。意琴当卒于 1889 年 4 月至 7 月间,卒时不过三十二岁,英年早逝。因潘岳森在海上《申报》文人圈内应颇有声名,故其出游也同样引起了《申报》文人留别唱和的热情。

4. 与日本人北条鸥所的唱和

北条鸥所,名直方,字方大,别号海上浮槎客、碧海舍人、狎鸥生、石鸥等。东京人,生于 1866 年(庆应二年)9 月。曾任职司法省,做过大审院书记长。因肺病于 1905 年(明治三十八年)7 月去世,年仅四十岁。

---

① 何铺《丙戌嘉平十有一日,意琴室主三十初度,纫秋馆主设宴以庆之,为赋一律即请教正》,《申报》,1887 年 1 月 6 日,第 30 册,第 32 页。
② 《申报》,1889 年 7 月 23 日,第 35 册,第 313 页。
③ 《申报》,1886 年 12 月 26 日,第 29 册,第 1098 页。

他早年便在日本有很高的诗名,其诗友大久保湘南评价他:"为人刚强有骨气,头角峥嵘,敢于不求与人苟合,其诗峭削奇隽,为调自成一家。实在是难得之人才。"①但大久保湘南说的只是北条晚年的诗风,其至交好友,也是日本当时极负盛名的诗坛巨匠森槐南,对其做过这样的评述:"鸥所诗,初以绮丽称,中辄才气喷薄,珠玉离披,烟云缭绕;近来所诣日上,登峰造极,直将不可量。"②据《近现代金石书画家润例》介绍:"1886年10月10日,日本画家岛田友春邀集上海名流,聚集聚丰园,介绍来华之彼国青年画家北条鸥所。"③由此可以推测,北条是作为青年画家的身份来上海学习或交流。方柏令主编的《十里长街·坎墩》一书中有这样的记载:"胡杰人又有《剩馥续吟》,现以清钞本存世,集中大多是与当时如王滔、俞樾、李慈铭、袁祖志、日人北条鸥所、杨泰亨、郭传璞、戎金铭、杨积芳等百余位名流大雅的唱和之作。"④从这些材料可以看出,北条鸥所以日本画家的身份赴上海,在上海与当地的名流雅士相处十分融洽。且因其诗名远播,所以在上海时与《申报》文人圈的名士们酬唱应答。

经过分析,并与其他年份《申报》刊登的诗词数据作比对,我们发现之所以1883年、1886年、1887年《申报》刊登旧体诗词的数量大大超过其他年份,名人效应是首当其冲的原因。重要人物的生日、出游等,都对旧体诗词创作产生了重要的影响。如1886至1887年,三位名人的生日以及重要人物之间的唱和诗词,占了这两年总诗词数量的13%。对于

---

① 神田喜一郎著,程郁缀、高野雪译《日本填词史话》,北京大学出版社2000年版,第269页。
② 神田喜一郎著,程郁缀、高野雪译《日本填词史话》,北京大学出版社2000年版,第269页。
③ 王中秀、茅子良、陈辉编著《近现代金石书画家润例》,上海画报出版社2004年版,第407页。
④ 方柏令主编《十里长街·坎墩》,新华出版社2006年版,第118页。

《申报》题材众多的诗词创作情况而言，这个数量已经很大了。① 因此，以一个或者几个重要人物为中心的重大事件，往往会激发众人创作的激情，这或许也与从众心理颇有关联。

综上所述，自1872年《申报》创刊开始刊登旧体诗词始，至1890年3月21日《申报》刊登《告白》决定暂时不再刊登旧体诗词止，《申报》共刊登旧体诗词作品约34760首。作为一份纯粹为谋利的商业报刊，而非刊登诗词的专业报刊而言，这个数目是相当惊人的。分析这些数据，我们可以发现：一、大众传媒时代的到来，诗词创作的大数量刊印成为了可能。同时，借助报刊这一新的传播模式，时间、空间的距离被缩短和缩小，文人间跨地域、跨时空的酬唱应答成为可能。二、报刊创办之初，为了照顾到"大众"的阅读习惯，《申报》大量刊登"竹枝词"这样浅显、通俗的作品，数量几乎与诗齐平。大量描写地方、岁时、风土人情的竹枝词的刊登，为《申报》招揽众多读者，奠定稳固的读者群起到了重要的作用。三、随着文人办报的逐渐发展，由文人所构成的创作群体逐渐形成，并且相对稳定。"概不取值"的诗词作品刊登政策，使得文人群体创作热情高涨，也使得《申报》旧体诗词数量逐年递增，并且在1887年达到了顶峰。四、这些作品中，诗的创作数量最多，占了89％，竹枝词和词分别占6％与5％。这一现象说明，传统文学意义上"诗庄词媚"、"重雅避俗"、"词为小道末技"的观念，在《申报》诗人词家的创作群体中还是占了主要地位。当然，我们也可以看到，面对这个新旧交替的社会，面对大众传媒的影响，站在十字路口的传统文人一方面不得不改变自己的创作，去适应社会的发展，另一方面，他们自觉或者不自觉地想要保留传统的样式，不

---

① 做寿庆生时，以诗相酬唱，本就是古人彼此交往的重要方式之一。但有了现代传媒，"当下"的效应显然大大增强，这是一个新的现象，值得关注。

想做过多的改变与尝试。正是因为这种矛盾体现在了《申报》旧体诗词的创作中，我们才会看到现在这样的数据统计与创作格局。五、名人效应对于旧体诗词的创作有着十分重要的影响，一个重要的人物或者一个重要的事件，往往会引起几十位甚至是上百位文人的呼应，从而唱和应酬。这同样也与报刊作为旧体诗词的传播手段相关。作为快捷便利的新闻传递手段，报刊使得人们间的距离拉近。人们能及时、准确地获得消息，知晓身边发生的事情，从而做出反应。

以上是早期《申报》旧体诗词刊登的大体概述。关于大众传播媒介与旧体诗词创作的关系以及特点、优势，下文会有详细论述。

三、"三琐"与旧体诗词的刊布

申报馆不但是报馆，也是一个出版公司，而且是商务印书馆出现以前，中国最重要的出版机构之一。其附属事业，有申昌书局、点石斋书局、古今图书集成书局。这三个机构负责印刷出版当时流行的图书，以出售营利，"三琐"就是由它们负责出版发行的。"三琐"是我国出版史上最早的月刊，《瀛寰琐纪》更是我国历史上第一种文学刊物。同治十一年九月初十日（1872 年 10 月 11 日），《申报》刊载了《刊行〈瀛寰琐纪〉自叙》，宣布《瀛寰琐纪》的创刊。

　　　　新闻纸之流布于寰区也，香港则间日呈奇，峙佳名于三秀；沪渎则每晨抽秘，斗彩笔于两家。或著录应来复之期，教堂握椠；或成帙在合朔之候，京国传书。凡此纪事而纂言，莫不标新而领异。议分乡校，愿考见夫济世之经猷；源讨楹书，愿采辑夫证今之学问。下至方言里语，足备谈谐；杂笔小诗，亦供喁噱。奈日力之有限，致篇幅之无多。花类折枝，仅悦一时之目；玉非

全璧，谁知千古之心。断烂之朝报堪嗤，闻见之屡录难遍。用
特勤加搜讨，遍访知交。积三十日之断锦零缣，居然成幅；合四
大洲之隋珠和璧，用示珍奇。拟为《瀛寰琐纪》一书，凡已登《申
报》者不录。每月以朔日出书一卷，其价则每本八十文。若本
馆蚤售，则每本六十五文。初印之时，以二千本为率，如有各书
坊定印，必当预先知会，临时不能议添矣。备中朝之史料，名敢
托夫稗官；广异域之谈资，陋不嫌夫蛮语。琐闻兼述，用附搜神
志怪之余；碎事同登，不薄巷议街谈之末。所愿文坛健者、儒林
丈人，惠赠瑶页，共襄盛举。庶几琳琅日耀，如入宝山；梨枣风
行，不惭词苑。则本馆有厚望焉。①

《自叙》交待了《瀛寰琐纪》创刊的目的以及每月出书的情况，更提出了杂
志拟刊载的内容，并号召文人积极投稿。《瀛寰琐纪》创办两年后停刊，
更名为《四溟琐纪》。1876 年，《四溟琐纪》更名为《寰宇琐纪》。《申报馆
书目》介绍这三种杂志时说：

　　是书皆近时诸同人惠投本馆嘱刊之作，延请名人详加选
择，其中崇论宏议层出不穷，骈体诸作亦可与古作者并驾齐驱。
各体诗词则浓淡清奇，不拘一格。间附杂著，亦簌簌生新。《寰
宇琐纪》后四卷又得缕馨仙史精心评骘，其尊闻阁同人诗选皆
诸君先后三四年中所遥寄者也，至《瀛寰琐纪》中又将《听夕闲
谈》一书逐卷分刊。此五十二卷真所谓分之则明珠成颗，合之

---

① 《申报》，1872 年 10 月 11 日，第 1 册，第 557 页。

则美玉无瑕者也。①

所谓瀛寰、四溟、寰宇，大概就是大千世界的意思，与其在《自叙》中"合四大洲之隋珠和璧，用示珍奇"的办刊宗旨大体吻合。上文论述过，《申报》创刊之初，为了取得市场优势，吸引文人们的关注与购买，提出了"概不取值"的方针。但文学稿件随《申报》销量的迅速扩大而递增，造成稿件的日益积压，这给报人很大压力。正是在这样强大的刊登压力下，《瀛寰琐纪》创刊。《瀛寰琐纪》的创办，可使被积压的作品有发表的地方，以平息投稿人的不满；同时，由于是专业的文学类期刊，它的创办也能扩大《申报》在缙绅间的影响力，文人的关注又可转化为报馆的利润。在创刊后的第二卷，申报馆又对刊物做了一些改革，使得文章议论更加开拓，而所刊的词章更加繁复，还增加了版面，变为二十四张。

"三琐"之封面

作为我国最早的文学期刊，"三琐"刊印的文学作品体裁主要包括科普及论说文章、旧体诗词、小说、诗话词话以及一些信札等。由于《四溟琐纪》和《寰宇琐纪》在内容和体例上几乎是传承《瀛寰琐纪》，且办刊时间大大短于《瀛寰琐纪》，所以，此处仅以《瀛寰琐纪》为例，考察"三琐"刊

---

① 《申报馆书目》，申报馆，清光绪三年(1877年)版。

登旧体诗词的情况。笔者将二十八卷《瀛寰琐纪》进行梳理，得出其刊登旧体诗词的目录及数量。① 除去第十一卷未见之情况，《瀛寰琐纪》二十八卷共刊载诗约 1061 首，词 175 首，竹枝词 247 首。② 从《瀛寰琐纪》所刊载的诗词篇目上，我们可以大致考察出"三琐"旧体诗词的刊载以及题材、内容分布情况。

从编辑方式上看，《瀛寰琐纪》所刊载的旧体诗词，其实是《申报》旧体诗词内容与题材的延伸。首先，《瀛寰琐纪》在创刊初表明，文人所寄来的稿件会经过大家的细细挑选，然后刊出。参与这一挑选和编辑的"大家"，如李芋仙、王韬、何桂笙、邹翰飞、钱昕伯、蔡尔康等人，或是《申报》的主笔，或是《申报》主要创作撰稿人。因此，在旧体诗词的删选上，《瀛寰琐纪》无疑带着《申报》旧体诗词刊载的痕迹。其次，《瀛寰琐纪》中刊登的诗词稿件也多是《申报》的编余产品，或者说是编余稿件的再次利用，凡是在《申报》刊出的作品，在《瀛寰琐纪》中不再刊登。再次，较重视诗的创作，词和竹枝词的比重较小。诗排名第一、竹枝词第二、词第三，这样的排名并非偶然，与《申报》所刊载的旧体诗词情况完全吻合。再考察其他两种"琐记"，得到的结果类似。由此可知，以《瀛寰琐纪》为首的"三琐"确是延续了《申报》的办刊理念。

———————————

① 《瀛寰琐纪》共二十八卷，目前所知公藏只有国图藏一套全本，因为各种原因，笔者未得亲见。同时，据周振鹤《书城》1997 年第 2 期发表的《瀛寰琐纪》介绍一文可知，他也藏一套全本。笔者整理的表格是根据南京图书馆、上海图书馆、北京大学图书馆、苏州大学图书馆等几个图书馆的残本拼凑整理而成，几家图书馆均未见第十一卷。《申报》在《瀛寰琐纪》发刊之前会有一个广告介绍该卷情况，因此，十一卷的诗词内容是根据《申报》刊《瀛寰琐纪》目录整理，没有作者及内容简介，在此存目，以俟他日再访。

② 《瀛寰琐纪》诗词整理目录参见附录。由于第十一卷未见，目录中《畹云女史徇秋轩诗草》、《湘畹女史凝翠庵诗存附题词》、《庾云摘艳》及《感旧述愁诗附题词》未及统计首数。

　　从题材看,《瀛寰琐纪》刊登的旧体诗词大致为以下三类:文人酬唱交游之作、个人抒写情怀之作以及描写各地风土节序的作品,这与《申报》所刊载的旧体诗词题材大致吻合。[①] 其中,唱和或同题共作的诗有279首,占了诗创作数量的四分之一左右;唱和词有48首,占词创作数量的三分之一左右。因此,在讨论《申报》刊载旧体诗词题材、内容及其特征之时,我们应该将"三琐"与《申报》视作一个有机整体。下文论述《申报》刊载旧体诗词诗人作家群体及题材时,不再另分"三琐"与《申报》。但由于"三琐"是我国最早的一批文学期刊,与商业报纸还存在一定的区别。前者的文学性更强,专业性也更突出。如《瀛寰琐纪》所刊载的旧体诗词作品中,出现了更多较为有名望的诗人词家,如黄仲则、郭𪩘、尤维熊、蒋敦复等。同时,一些专门论诗、论词的诗话、词话也被刊登出来,有一些专门的作诗、作词的方法等问题的探讨,这些都表明了"三琐"在题材内容方面比《申报》更为专业。只有将两者结合起来考察,才更能全面地反映《申报》所刊载旧体诗词的面貌和规律。

　　从刊载的旧体诗词的时代看,《申报》更加注重当代人作品的刊载。这同样与《申报》作为商业报刊的办报宗旨是相关的。其刊载旧体诗词是为了吸引文人士子购买,而达到盈利的目的。最好的办法就是调动这些文人士子的积极性进行创作,然后期待自己的作品被刊载,从而掏腰包去购买印有自己诗词作品的报纸。从心理学角度分析,在报章上读到自己的作品,远比阅读前人的作品更有吸引力。而《瀛寰琐纪》不同,作为一份专门的文学性期刊,其"文学性"这一特质是被放大的。如果一份号称专门的文学性期刊,没有著名的作家作品,其专业档次也就下降了很多。而且,这本期刊的受众是广大文人雅士,而不像《申报》那样更多

① 关于《申报》的题材,下文作专章论述。

的针对的是大众。所以，"三琐"在选择刊登诗词作品的年代的时候，重在当世。

四、结论

随着印刷手段的改进与更新，晚清是中国大众传媒时代的开始。这一时期，上海作为最早开埠的城市之一，也作为全国经济和新闻中心，报刊业蓬勃发展。《申报》就是在这一时期应运而生的。时代赋予了《申报》作为我国办报时间最长的商业性报刊的一些历史特征。在新与旧的碰撞下，如何在竞争激烈的市场中站稳脚跟，谋取利润？《申报》人探索出了一条行之有效的商业运作道路，那就是改变中国传统文人自费刊登作品的习惯，采用"概不取值"的营销战略。《申报》创刊之初，几乎每天第一版上都有广告刊登的收费标准："如有招贴告白货物船只经济行情等款，愿刊入本馆新报者，以五十字为式，买一天者取刊赀二百十五文，倘字数多者，每加十字照加钱五十文，买二天者取钱一百五十文，字数多者每加十字照加钱三十文起算。如有愿买三四天者，该价与第二天同。"[1]按此计算，即使刊登一首七律，加上题目与作者名，也是不小的一笔费用。因此，"概不取值"对大多数生活窘迫，但又有急切刊登自己作品的愿望的文人士子来说，无疑是一种诱惑。而这种办报的方针，也对旧体诗词传播的方式产生了重要的影响。

从旧体诗词的传播角度看，宋代雕版印刷的发展，是中国旧体诗词传播史上第一次大的变革或者飞跃。因为，它改变了传统意义上歌咏和传唱的口头传播方式，也打破了手抄、题壁、石刻等旧体诗词传播在时间与空间上的局限性。随着机器印刷时代的到来，报刊作为大众传播的一

---

① 《申报》，1872年4月30日，第1册，第1页。

种媒介和手段，又一次打破了旧体诗词传播的传统格局，是旧体诗词传播史上第二次大的飞跃。它通过现代传媒的方式，将旧体诗词的传播与先进技术相结合。这使得文人改变了以往诗词需结集出版的形式，可以随时创作，随时发表、刊登。同时，报刊将时空的距离再次缩短。通过报刊，诗人词家随时随地了解一些新鲜事、重要事。对于新的信息的掌握，也大大拓宽了他们创作的思路。这一时期，在诗词创作的题材以及内容方面，都出现了各种各样的新变。当然，旧体诗词一经与报刊相结合，就不得不被迫适应报刊作为新闻传播手段的特点，在语言、用句、题材、内容、艺术特色方面，都要随之发生相应的变化，从而满足大众传播时代的传播要求。

| 第三章　早期《申报》诗词创作文人群体研究 |

　　"文人"一词最早见于《诗经·大雅·江汉》："釐尔圭瓒，告于文人。"[1]大体指有文德的人。后世渐渐演化，"文人"指知书达礼、能于文墨的读书人。本章研究对象为早期《申报》文人群体。之所以用"文人"一词，而不用"诗家词人"或者"作者"，是有一定的考虑的。早期《申报》文人群体，是一个伴随着大众媒体的产生而形成的松散的群体结构。比之于文学史上的诗词"流派"而言，其没有固定的领袖人物，也没有特定的文学创作主张，更不以宣扬或者推进某一特定的文学理论为己任。他们或为躲避战乱，或因科举失意，或为谋生来到上海。有些既是专门从事诗词创作的文人，同时又是职业报人；同样，也有一部分文人既不专业创作诗词，也不参与报章的编纂，在他们心中，诗词是一种社交的手段和工具，创作诗词的目的是为了更多地结交友朋，排解心中的烦闷。但不

---

[1]　《十三经注疏·毛诗注疏》，中华书局 2008 年版，第 574 页。

同的文人却因为报刊的传播功能而聚集在一起,以"诗词"为手段,相互酬唱、交游,且短短不到二十年的时间,创作的旧体诗词总量达到三万多首。因此,这一现象是值得关注的。本章拟从早期《申报》文人群体的地域构成、身份构成、交游的空间、集社与唱和的情况等方面入手,分析在大众传播视域下的早期《申报》诗词创作文人群体,较之于以往的诗人、词人群体,有何特点。

第一节　早期《申报》诗词创作文人群体之地域构成

考察 1872 年至 1890 年《申报》刊载旧体诗词目录,署姓名别号的作者约有 3254 人。由于各种原因,早期《申报》文人在发表诗词的时候多用别名或别号,很少用自己的真实姓名。这给文人生平考订等带来了很大的困难。本文在进行《申报》文人群体研究时,尽量根据诗词线索还原文人身份。不可考的,则依其别号行文。这些诗词作品中,有一部分未刊有姓名署号,另有一些从题署中看不出任何地域信息,各种史籍资料也没有记载,这部分文人不列入计算范围,有地域线索可考的文人共计 1801 位①。

分析这些人的地域特征,主要有以下困难。首先,一人多名的情况普遍存在。除了几位重要的作家可以考察其生平外,《申报》文人群体生平多不可考。于是,其交游创作的诗词作品和署名便成为考察生平时的重要材料。在《申报》发表诗词的文人中,诗词后面的题署多以"地域＋

---

① 鉴于《申报》诗词研究数量庞大、数据琐屑,笔者在作数据统计时尽量做到仔细与严谨。尽管如此,人力所限,难免疏漏,恳请谅解。

别号"的形式构成。但一个文人，随着生活环境和生活状况的变化，其发表作品时所署的名号也会随着变化。如署名为钓鳌客的张清，字子培，他用的号分别有：沧海钓鳌客、南湖钓鳌客、海上钓鳌客和东海钓鳌客。因没有关于张清的具体记载，因此，本题署只能作为对张清生平勾稽考据的线索之一，无法通过这个题署最终确定其地域。其次，随着历史的发展和地名的沿革，即使是同一地名，也有可能分属不同的地方，如"琴台寄萍室主"。琴台，《中国历史地名大词典》有三条注释：其一，在今浙江杭州市南屏山；其二，在今山东单县东南一里旧城北；其三，在今河南鲁山县旧城上。另《中国历史地名大词典》还有"琴台镇"这一词条：北宋置，属相如县，在今四川南充市东北六十里罗家场东北秦台寺。① 且再查阅《中国历史地图集·清代》以及相关地方志，"琴台"作为地名，在清代山东和四川同时存在。这样的情况在《申报》文人群中普遍存在。第三点，地域署名概念宽泛，只表示地区，无法确定省份。如岭南，《中国历史地名大词典》："亦谓岭外、岭表。指五岭以南地区。包括今广东、广西、海南三省区及越南北部。"②如果作者只署"岭南"，那么地理位置可以大体考订，但是无法确知其究竟属于何地。另外，如黄文瀚，长期生活在江苏江宁，原籍安徽婺源，这种情况则以其长期生活的地方为统计的标准。

据统计，全国除了新疆、青海、宁夏、西藏和黑龙江③外，早期《申报》文人群体几乎遍布全国。值得说明的是，随着对外交流的展开，早期《申报》文人群体已经不再限于国内，也有了外籍人士的参与。确切可考的

---

① 史为乐主编《中国历史地名大词典》，中国社会科学出版社 2005 年版，第 2483 页。

② 史为乐主编《中国历史地名大词典》，中国社会科学出版社 2005 年版，第 1551 页。

③ 早期《申报》文人群体中有题署为"东三省"的作者，但由于无法确知其属于东北三省中哪一个省，所以黑龙江暂时付阙。实际的情况有可能是黑龙江也有早期《申报》文人的踪迹，期待《申报》文人身份考证的进一步发展。

外籍人士有日本 34 人，朝鲜 6 人，美国 1 人。

我们将数据作进一步统计，得出表格如下：

早期《申报》诗词创作文人群体地域分布统计表①

排名	省份	人数	排名	省份	人数	排名	省份	人数	排名	省份	人数
1	浙江	548	8	江西	33	15	重庆	11	22	云南	3
2	江苏	434	9	湖北	29	16	山西	10	23	海南	2
3	上海	238	9	山东	29	17	甘肃	8	23	内蒙	2
4	安徽	97	11	福建	21	18	贵州	7	25	吉林	1
5	湖南	54	12	北京	17	18	河北	7	25	天津	1
6	四川	36	12	河南	17	20	广西	6			
7	广东	34	14	陕西	15	21	辽宁	5	总计		1665

如前文所述，早期《申报》诗词创作文人群体，有地域线索可考者1801 人。除去外籍人士 41 人，确切可知地域分布者 1665 人，尚有 95 人属于有地名线索，但不确切可知为何地之人。根据此分布表格显示，浙江排在第一位，江苏第二，上海第三。从地缘概念上讲，其实在清代的时候，上海仍属江苏。这样算来，江浙两省在人数上几乎不相上下。其次是安徽、湖南、四川、广东等省。因此，我们可以说，早期《申报》文人群体不再囿于上海，而是成为了一个全国性的大的松散型群体。不仅如此，其影响力逐渐呈放射状向外辐射，渐渐吸纳国际人士的参与，最早加入的是邻国朝鲜和日本，间或也有美国人的参与。

如果从区域分布上看，江浙区为第一板块，处于中心地位。安徽、两广②、两湖及江西、福建、山东、云贵川等地区，如众星拱月般点缀在江浙

---

① 本表的统计范围为作者身份确切可考者，地域概念宽泛且标属不清者，不列入其中。
② 上表显示确定可考的广东籍文人 34 名，广西籍文人 6 名，但尚有 17 个文人署名范围在两广地区，那么，据此可以得出两广地区的文人共有 57 名，位于安徽之后，湖南之前。

两省的四周,为第二板块。向北至京津冀到东三省,向西北至山西、陕西、甘肃、内蒙,人数不多,可视为第三板块。由于自然地理等因素,清代以前西北地区的人,很难与中国东南沿海的文人们沟通唱和。可是,报章的出现,打破了自然地理因素的限制,为东部和西北部文人的交流提供了平台。同时,作为中国的政治中心,京津地区有着自己特有的文化特征,京派文化与海派文化的截然不同,历来为学者所关注。而随着晚清经济中心的南移,上海成为全国的经济中心和文化中心。其特有的魅力,也吸引了作为全国政治中心的京津地区的文人参与其中。应该说,早期《申报》的文人群体活动是以"江浙为核心"而展开的。

江南物产富饶、人文荟萃。明清的江南地区更是全国的经济和文化中心。关于"江南",周振鹤先生在《释江南》一文中总结说:"江南不但是一个地域概念,这一概念随着人们地理知识的扩大而变易,而且还有经济意义,代表一个先进的经济区,同时又是一个文化概念,透视出一个文化发达的范围。"①江南的地理位置,历来为从事明清史学研究的专家学者争论不止。传统有五府说、六府说、七府说、八府说、九府说等。从本文论述角度出发,江南的范围就今天的行政区划而言,当在江苏南京以南(包括南京)的苏、锡、常、镇、宁和浙江的杭、嘉、湖以及绍兴地区,也包括上海市。以南京为中心,苏南的苏、锡、常,均在经济和文化上有着深厚的实力。特别是苏州,作为东南巨郡都会,经济繁荣,科甲鼎盛,是中国最为富庶、美丽和繁华的地方。同时,也以其文化上的底蕴丰厚、精致优雅,成为主导天下雅俗之地。在浙江,西湖之滨的杭州、南湖之畔的嘉兴、太湖南岸的湖州等地,也均是一等一的风流繁华场所。柳永的《望海

---

① 周振鹤《释江南》,载《中华文史论丛》第49辑,《中华文史论丛》编辑部1992年版,第147页。

潮》中描绘"东南形胜,三吴都会,钱塘自古繁华"之景象,真实地反映了杭州的人杰地灵、物产丰饶。正是因为江南殷实雄厚的资本,以及繁荣的社会经济,所以营造出浓郁的文化氛围。"据明清进士题名录统计,明清两代自明洪武四年首科到清光绪三十年末科,共举行殿试 201 科,外加博学鸿词科,不计翻译科、满洲进士科,共录取进士 51681 人,其中明代为 24866 人,清代为 26815 人。江南共考取进士 7877 人,占全国 15.24%,其中明代为 3864 人,占全国的 15.54%,清代为 4013 人,占全国 14.95%,总体而言,明清两代每 7 个进士,就有一个以上出自江南。这么高的比例,毫无疑问在全国独居鳌头。"①由此可见,江南出文人才子的传统由来已久。江浙两省学派林立,思想杂呈。"大江下游南北岸及夹浙水之东西,实近代人文渊薮,无论何派之学术艺术,殆皆以兹为光焰发射之中枢焉。"②诗人词人,更是名家辈出。清代时,诗家有钱谦益、吴伟业、沈德潜、吴中七子、袁枚、蒋士铨、黄仲则、龚自珍等人;词家有浙西词派的扛鼎人物朱彝尊、常州词派的张惠言,以及厉鹗、王昶、郭麐、周济、朱祖谋、王国维等,词派有阳羡、浙西、常州、吴中等。清代词学复兴,江苏和浙江词人群起着重要的作用。清代刘声木曾说:"历代声明文物之盛,多在大河以北,即世所谓中原是也。自南宋偏安于杭,声明文物,转为江南。我朝学术之盛,超逸前代,综其人物,大约不外江浙数省,地实江南一隅。"③所以,早期《申报》文人群体中江浙文人占有多数,其实是对江浙文人传统的继承与发扬。

---

① 范金民《明清江南进士数量、地域分布及其特色分析》,载《南京大学学报》(哲学·人文·社会科学)1997 年第 2 期,第 171—172 页。

② 梁启超《近代学风之地理分布》,《饮冰室合集》文集之四十一,中华书局 1989 年版,第 60 页。

③ 刘声木《苌楚斋随笔》卷五"江南文物盛衰"条,中华书局 1998 年版,第 104 页。

　　到了晚清,随着社会矛盾的加剧,太平天国运动爆发。太平军觊觎"三江财富"已久。1853 年,太平天国定都天京之后,李秀成统军东征苏州和上海。6 月 2 日,攻克苏州,并以苏州为首府建立了太平天国苏福省。1863 年,李鸿章率淮军挺进苏福省,双方在苏州展开惨烈的搏杀,浙江等地也战乱四起。作为清政府与太平天国后期的主战场,江浙人民饱受战乱之苦,人口大量死亡,江浙书院大都毁于兵燹,文化遭到了严重破坏。为了躲避战乱,江浙两省的文人纷纷寻求庇护之所。放眼望去,唯有"上海租界"是最理想的场所。所以,江浙两省的文人多聚集上海。战争使得原有的科举体系一度被打破,摆在文人面前的仕途之路被切断。为了谋生,他们不得不利用自己能文的特长,在报馆、书馆谋生。考察早期《申报》的历任主笔,蒋其章、钱昕伯、何桂笙以及黄式权,他们都是浙江人。

　　安徽、两广、两湖及江西、福建、山东、云贵川等地区,作为第二大板块区域,也有着自身的历史文化积淀。安徽与江苏、浙江接壤。桐城、皖南的泾县、当涂均属长江流域,且当涂就在长江岸边。古歙县、绩溪、黟县等地处新安江上游,属于钱塘江流域。安徽历来商帮文化繁盛,徽商曾一度誉满天下。由于与江浙文化同属一源,受江浙文化浸染既深,清代的安徽,诗词创作繁盛,产生了著名的流派,如桐城派。

　　山东是先贤圣人孔子的故乡,儒家文化一直是中国传统士人的人生价值取向。早期《申报》文人群体中,山东籍的文人多集中于曲阜、诸城以及蓬莱三地。从西南至东北,呈直线平均分布,横贯山东全境。

　　两广地区的早期《申报》文人,大多分布在珠江三角洲以及临桂地区。在湘鄂赣地区,则主要是环岳麓山文化圈的长沙、湘潭等地。福建的早期《申报》文人多密集于闽江口地区,以福州为中心。

　　值得我们特别注意的是西南各省文人的加入。西南诸省,由于历史地理原因,特别是四川盆地以及云贵高原,周围群山环抱,古时交通特别不便利。李白就有"蜀道之难,难于上青天"的感叹。四川的文人相继出蜀游历,就是为了走出这个被封闭和隔绝的地方。但尽管如此,蜀地以及云贵高原的人与其他地方的交流依然很有限。在早期《申报》文人群体中,四川、云南、贵州加之重庆四地的人数排名较为靠前,这不得不归功于近代报刊。报刊的出现,大大缩短了时空的距离,使得文人的异地异时唱和有了可能。

受江浙文人的影响,向北至京津冀,向西北至山西、陕西、甘肃、内蒙等地均有文人参与,但人数不多。除了有内陆地区的文人加入外,早期《申报》的文人群体中还有日本、朝鲜以及美国人的身影。这在某种程度上,也表明《申报》文人群体,不仅仅是个地区性的文人组织,而且是一个分散的、范围广大的群体,其影响是呈放射状发散的网状结构。

总之,早期《申报》诗词创作文人群体的地域分布,大致集中在以太湖为中心的长江三角洲和以钱塘江为中心的杭州湾沿岸。同时,桐城、皖南和湘江沿岸、珠江三角洲、闽江口等地区,星罗棋布地点缀在四周。其实,细细考察,这种分布有其内在的客观规律和深刻的地域历史文化根源,源于社会政治、经济、文化、自然环境等多方面区域因素的交错影响。宏生师认为:"人文地理与地域性文学流派的形成有着十分密切的关系,其内涵往往表现为文化习俗、艺术传统的历史积淀,我们不妨称之为人文感应。"①江浙地区(尤其是苏州、杭州),具有得天独厚的自然地理环境和深厚的文化底蕴,交通便利,经济繁荣,人口众多,教育发达,印刷出版业兴盛。因而,晚清时期这里人文荟萃,文士众多。由此辐射开来,向北即是山东,是孔子的故乡,交通便利且饱受传统儒学的熏陶,尚文重教。向西,与安徽接壤,古徽州经济发达,徽商文化浓郁,且重视教

①　张宏生《清代词学的建构》,江苏古籍出版社1998年版,第144页。

育。晚清江西战事频繁,破坏严重,但赣中一带的吉泰盆地、赣抚平原和鄱阳湖平原,自然条件优越,经济文化发达,与湖湘地区接壤,因此,湘、鄂、赣地区的早期《申报》文人数量也在第二板块区域内。珠江三角洲平原、闽江口是中国历来又一文化、经济发达的地区,福建也是状元之都,闽粤文化熏陶下的广东、广西以及福建文人随着交通的日益便利,与江浙的文人唱和形成了东南联合之势。云、贵、川等地虽说自古交通欠发达、经济落后,但是作为天府之国的四川和彩云之南的云南自然环境优越,美丽的环境可以熏陶文人的心灵,因此,此地多出诗人词家,而吟诗作词的传统也由来已久。

晚清时期,随着报章的产生,诗词唱和的时空限制逐渐被打破,文人不需要走出屏障在他们面前的自然天堑,就可以利用报章,隔着时空对话。随着经济文化中心的南移,处于全国政治中心的京津地区的文人,也被江南文化的魅力,尤其是海派文化的魅力所吸引,也愿意放下身段,加入早期《申报》文人群体的唱和中。早期《申报》是一个大的平台,它以报刊特有的便捷、快速等特点,像一块巨大的磁铁,吸引着全国文人从四面向其围拢来,从而创造出早期《申报》旧体诗词创作的繁盛景象。

第二节　早期《申报》诗词创作文人
群体之身份构成

梁启超曾说:“夫所贵乎史者,贵其能叙一群人相交涉、相竞争、相团结之道,能述一群人之所以休养生息、同体进化之状,使后之读者爱其群、善其群之心油然生焉。”[1]

---

① 　梁启超《饮冰室合集》卷九,中华书局1989年版,第5页。

早期《申报》诗词创作文人群体,借助报刊平台,跨越时空,相互酬唱。现将此文人群体发表诗词作品统计情况刊表如下:

早期《申报》文人群体发表诗词作品数量统计表①

排名	姓名	词	诗	竹枝	总计	排名	姓名	词	诗	竹枝	总计
1	高莹	285	675		960	22	杨休			200	200
2	葛其龙	3	553	56	612	24	唐斯盛	7	183	4	194
3	孙熙曾	77	418	10	505	25	毕以垾	9	178		187
4	袁祖志		501		501	26	黄炘		180		180
5	居世绅	11	455	30	496	27	杨殿奎		168		168
6	杜求煌	1	471	10	482	28	孙点	6	158		164
7	邹弢	109	344		453	29	潘岳森	11	148		159
8	何镛	116	312		428	30	濮阳镜		141	11	152
9	程仲承		413		413	31	姚文藻	31	119		150
10	王恩溥	2	407		409	32	吴孟霖		146		146
11	李士棻		347		347	33	金继	1	144		145
12	胡仁寿	6	321	11	338	34	杨嘉焕	1	133		134
13	管斯骏		306	6	312	34	张文彬	4	130		134
14	徐庆龄		311		311	36	沈云	3	129		132
15	黄协埙	26	265	14	305	37	王素姮		122		122
16	杜凤岐		284		284	38	醉君		1	120	121
17	杨兆槐	4	226		230	39	陈崇礼	4	113		117
18	张庆松	7	215		222	40	张兆熊		105	10	115
19	王安	1	206	5	212	41	蔡锡龄		104	8	112
20	马相如	89	90	29	208	41	陈鸿诰		112		112
21	吴溢	16	168	20	204	43	吴家驹	65	44		109
22	蔡尔康	13	183	4	200	44	周忠銮	13	95		108

① 《早期〈申报〉文人群体发表诗词作品数量统计表》根据上海书店 1983 年影印本《申报》(1872—1890)统计得出,为论述方便,凡创作 50 首以上者始选入。另,此表格中人名可考的以姓名出现,不可考者以其在《申报》中常用的署名出现。

排名	姓名	词	诗	竹枝	总计	排名	姓名	词	诗	竹枝	总计
45	赵炳藜	4	103		107	75	卫铸生		69		69
46	李东沅		95	10	105	75	周河清		69		69
46	唐尊恒		75	30	105	77	徐圆成		68		68
48	吴三翘		103		103	78	耿苍龄		67		67
49	北条鸥所	11	91		102	79	王景炘		60	5	65
49	陆荣勋		102		102	80	顾钰	13	51		64
49	王韬	6	96		102	80	叶庆颐		64		64
52	董宗诚		101		101	82	剑耘氏	3	60		63
53	醉犀生			100	100	83	陈鼎		46	16	62
54	黄文瀚	11	87		98	83	瞿灏		62		62
54	钱鋆	1	97		98	83	颂葵氏	2	60		62
56	味馨室主人		83	12	95	86	江湄		61		61
57	保溶钧	10	81		91	86	莫厘钓侣		61		61
58	金芳荃	2	88		90	86	张倬	3	58		61
59	许起		89		89	89	查济元		60		60
59	严钟爵		89		89	89	顾麟	9	51		60
61	棣华馆主		26	62	88	89	黄祖荫	1	59		60
62	洛如花馆主人		32	55	87	89	蒋肇龄		60		60
62	曾芷沅		87		87	89	杨葆光	5	55		60
64	高培榕		85		85	89	招隐山人		60		60
65	杨兆鋆		82		82	95	蘼芜馆主		59		59
66	朱庆礽		80		80	95	钱昕伯		59		59
67	黄铎		71	8	79	95	阮毓昌		59		59
68	徐邦	2	76		78	95	沈嵩龄	1	58		59
69	吴升		61	16	77	99	倚雯楼主		57		57
70	朱家骅	1	75		76	100	李锡恩	1	55		56
71	杨伯润		75		75	100	徐维城		56		56
71	张天翔		75		75	102	杏坪氏		54		54
73	黄晓墀			74	74	103	蒋其章		52		52
74	叶耀元		62	10	72	103	沈韵松		52		52

排名	姓名	词	诗	竹枝	总计	排名	姓名	词	诗	竹枝	总计
103	王以湘		2	50	52	108	李嘉端			50	50
106	宣增豪		51		51	108	田均		2	48	50
106	郑常		51		51						

从上表,我们可以看到,创作诗词总量居前十名的分别是:高莹、葛其龙、孙熙曾、袁祖志、居世绅、杜求煊、邹弢、何镛、程仲承、王恩溥。他们十人中,高莹排名第一位,其创作的诗和词的数量均列第一。按照文体分类统计,诗创作数量排名前三的分别是:高莹、葛其龙、袁祖志。词创作数量排名前三的分别是:高莹、何镛和邹弢。十人中,只有葛其龙、孙熙曾、居世绅、杜求煊创作竹枝词,葛其龙竹枝词创作数量最多,其次为居世绅,孙熙曾和杜求煊并列第三。

鉴于早期《申报》诗词创作文人群体队伍庞大,人数众多,其诗词创作的数量只能作为讨论其身份、地位以及作用的一个评价标准。在实际的判定中,还要根据多种因素综合考虑和分析。如排名第二十二的杨休,其创作数量达200首,但这200首均是竹枝词。杨休在早期《申报》中一共出现过四次,每次刊登50首竹枝词。虽然他对于研究竹枝词的创作是十分重要的,但由于出现的次数较少,且没有与其他文人的互动,故本文不将其作为早期《申报》的重要文人予以考察。再如排名第四十九的王韬,其诗词创作数量在上表显示的文人中并不特别靠前,但是王韬作为晚清香港和上海的著名报人,其影响力十分广泛,故本文将之列为重要作家予以考察。通过上表,我们可以看到早期《申报》诗词创作中,绝大部分的文人只创作诗,很少涉猎词和竹枝。有少数文人诗词兼善,既创作了大量的诗,同时词的创作也数量颇丰。还有几位文人是竹枝词创作的专业户,如杨休、黄晓墀、醉君以及醉犀生等。他们中除醉君有一首偶尔为之的诗作之外，其余的几位只创作竹枝词，从不涉及其他诗词创作。

对重要作家的身份考察，是我们研究早期《申报》诗词创作文人群总体特征及他们交游唱和情况的重要依据。

一、作诗与择诗：主持及参与《申报》编纂的职业报人

早期《申报》的总主笔和参与《申报》编纂的一般报人首先参与旧体诗词的创作。《申报》初创，组织机构比较简单，主要由主笔房和会计部构成。主笔房，其实就是编辑部。主编称为总主笔，普通的撰稿和编稿人员则被称为主笔。申报馆历任总主笔，分别是蒋其章、钱昕伯、何镛和黄式权。除了上文已介绍过的《申报》第二任总主笔钱昕伯之外，其余几任总主笔情况如下：

蒋其章（1842—1892），字子相、芷湘，号蘅梦庵主、小吉罗庵主、蠡勺居士、西泠下士等，浙江杭州人，原籍安徽歙县。蒋其章出身书香世家，祖蒋学谦为仁邑廪贡生、候选教谕，"父讳逢辰，原讳琴，钱邑廪贡，候选复设教谕，敕封文林郎，即用知县"①。蒋其章曾就读于杭州诂经精舍、敷文书院、崇文书院、紫阳书院，以及上海敬业书院，"师从沈祖懋、钱振伦、薛时雨"②。同治九年（1870），参加乡试，"中式第四十八名"③。1872年，美查办《申报》，蒋其章为第一任总主笔，总管《申报》笔政。光绪三年

---

① 来新夏主编《清代科举人物家传资料汇编》，北京学苑出版社 2006 年版，第 10 册，第 534 页。
② 来新夏主编《清代科举人物家传资料汇编》，北京学苑出版社 2006 年版，第 10 册，第 537 页。
③ 来新夏主编《清代科举人物家传资料汇编》，北京学苑出版社 2006 年版，第 10 册，第 538 页。

(1877),"会试中式第五十六名,殿试第三甲第四十九名,朝考二等第四十三名"①。光绪四年(1878)春,蒋其章离开申报馆,任甘肃敦煌县令约两年半时间。因此,蒋其章主笔《申报》的时间,约为 1872 年至 1878 年,共六年。② 关于蒋其章的生平行状考订,苏州大学孙琴的博士论文《我国最早的文学期刊——〈瀛寰琐纪〉研究》(2010)已经做了详细的分析,此处不再赘述。蒋其章在任职申报馆期间,选定出版了《文苑精华》③,同时著有《泽古堂集》(又名《小吉罗庵诗稿》)④。

　　蒋其章对于早期《申报》的创立和开办意义重大。他在任的时间,正是上海报刊创办的高峰期。如何让《申报》在近代上海站稳脚跟,其"概不取值"发表文人作品的想法起了重要的作用。《申报》最终击败了在上海创刊近十年之久的《上海新报》,成为全国报刊的典范。同时,蒋其章创办了中国第一份文学期刊《瀛寰琐纪》。《申报》刊载的诗词作品与《瀛寰琐纪》等"三琐"文学期刊上刊登的诗词作品互为补充,促成了早期《申报》旧体诗词创作的繁盛局面。

　　何桂笙(1841—1894),名镛,字桂笙,以字行,别署高昌寒食生,浙江绍兴人。幼年时有神童之誉,曾考取秀才。青年时代正逢太平天国起义,为避战祸而颠沛流离。同治九年(1870)起,在苏州教书。授课之余曾到正谊书院进修,得到著名学者冯桂芬和俞樾的指点。同治十二年

---

① 来新夏主编《清代科举人物家传资料汇编》,北京学苑出版社 2006 年版,第 10 册,第 538 页。

② 徐载平、徐瑞芳《清末四十年报刊史料》(新华出版社 1988 年版)中第 24 页认为蒋芷湘 1884 年考中进士离开《申报》,当为资料搜集之误。

③ 《申报馆书目》,上海申报馆,清光绪三年(1877)印本。

④ 顾廷龙主编《清代朱卷集成》,台北成文出版社有限公司 1992 年版,第 258 册,第 39 页。

(1873)，他被苏州知县周鹤生收为门生。翌年，因周鹤生的推荐来到上海，担任家庭教师。光绪二年（1876），再次赴杭州应试，仍未中举，遂绝意仕途，进入申报馆，担任钱昕伯的副手。由于他才思敏捷，不久即声名鹊起。光绪十三年（1887）前后，钱昕伯已年逾六旬，实际上总编辑工作已由何桂笙代行。1894 年 12 月 8 日，何桂笙因患疡疾去世，年仅五十四岁。《申报》在其去世后，刊登了《山阴何桂笙小传》①：

> 　　君姓何氏，讳镛，又号高昌寒食生，浙之山阴人也。幼负不羁之才，有神童之誉。补博士弟子员，未几即食饩。屡试辄高等，乡父老咸以远到期之。屡膺鹗荐，未遂鹏搏，郁郁不自得。会当赭寇肇乱，君侍奉尊庭，跋涉兵戈间，旋奉讳读礼。厥后橐笔申江。本馆雅相契尚，延主笔政。持论明通，颇似陈同甫、辛稼轩一流人。性喜诙谐，则又东方曼倩之亚也。方谓相得益彰，可期白首。不意偶患疡疾，遽于十一日巳刻赴修文之召，享年五十有四。呜呼！伤哉！君有丈夫子二，女二。生平长于撰述，著有《劫火纪焚》、《红楼梦题词名录》、《齿录》等稿，皆有刊本。惟《一二六文稿》一百卷，因赀啬未付梓人。君今已矣，而抚子敬之琴，闻山阳之笛，有惓惓不能自己者，故濡笔为之传。

何桂笙在早期《申报》文人群体中，诗名很高。其门生高莹在他的《五十寿序》②中提及：

---

① 《申报》，1894 年 12 月 8 日，第 48 册，第 615 页。
② 《申报》，1890 年 5 月 8 日，第 36 册，第 735 页。

曲园居士与先生雅相契颜，其居曰"皋庑小隐"，盖以梁伯鸾况先生也。先生惟怡情于松菊，寄兴夫管弦，与素心之侣歌咏，徜徉于其中，曰："富贵利达我早视为身外之浮云矣。"然而才地如彼，其焕然也；志趣如此，其淡然也。不夸不矫，行乎中庸，观先生之心，其高远冲虚而一无所滞者耶。先生待人之道有三：曰信；曰恕；曰直。无亲疏，无贵贱，必如是而后始安。尤爱才于孤寒洛拓者，则资助之；抑塞困穷者，则振拔之；其谗毁于众人者，则更辨而察焉。后进之蒙先生造就，受先生作成者，盖非止莹一人而已也。

当然，或许高莹在文中为其授业恩师祝寿，文辞赞誉过甚，但从中我们可以看到何桂笙为人性格豪爽，与当时的社会名流都有往来，且奖掖后进。何桂笙在早期《申报》诗词创作中数量排名第八，诗词兼长。观其作品，涉及题材较广，虽仍以友朋唱和为主，但间杂对海上观剧及医学、交通等新事物的描画和书写。诗词创作成就较高，袁祖志在其一组《海外怀人诗》中这样描述他："眼底明于水一泓，胸中容得酒千觥。甜吟蜜咏人人服，独让高昌寒食生。"[①]

黄协埙（1851—1924），字式权，原名本铨，号梦畹，别署鹤窠树人、海上梦畹生、畹香留梦室主。《民国上海县志》有小传："黄协埙，字式权，号梦畹，家本川沙高行镇，以川沙分属上海，遂占上海籍。"[②]博学，工诗词，师从南汇著名学者张文虎。光绪十年（1884）进入申报馆工作后，每日著

---

① 《申报》，1883年11月15日，第23册，第826页。
② 《民国上海县志》，上海书店1991年影印1936年本，第256页。

论发挥，声名大噪。光绪二十年(1894)冬，主笔何桂笙逝世，总编纂钱昕伯年迈多病，于是，黄协埙继任《申报》总编纂，先后主持《申报》笔政二十年之久。后因思想比较保守，批评康梁，致使《申报》销量江河日下，只得辞职回家。暮年乡居以诗文自娱，平生喜看京剧，常与钱昕伯一起去剧院看戏。续修《南汇县志》时，做过分纂员。其著作刊行本有《锄经书舍零墨》、《淞南梦影录》、《粉墨丛谈》、《鹤窠树人初稿》、《黄梦畹诗抄》等多种。黄协埙善诗，在《申报》发表诗作 265 首，词 26 首，竹枝词 14 首，总计作品 305 首，排名第十五位。

除此以外，还有参与《申报》编纂的一般报人。他们虽不是《申报》的总主笔，但由于与《申报》总主笔有着师徒之情，或者因为其他原因，在申报馆参与一些日常的编务，有时负责一个或几个版块的策划和编订工作。考其生平，他们大都年轻时就已在诗文词方面小有声名，后或避难，或寻求发展，离开原籍，来到上海。正如鲁迅所说："上海过去的文艺，开始的是《申报》。要讲《申报》，是必须追溯到六十年以前的。……而在那里做文章的，则多是从别处跑来的'才子'。"①1872 至 1890 年间，一般主笔为"蔡君宠九、蔡君支佛、胡君桂笙、姚君竹君、沈君饱山、张君筱轩、钱君明略、赖君慧生、刘君鹤伯、金君剑花、雷君君曜、赵君孟遴、潘君正卿、黄君宪生、沈君寅阶……"②根据黄协埙在《本报最初时代之经过》中所提到的这些《申报》主笔，结合上文诗词创作数量表，可以看到经常参与《申报》文人群体诗词创作的主笔有蔡锡龄、蔡尔康、姚芷芳、沈饱山、张

---

① 鲁迅《上海文艺之一瞥》，《鲁迅全集》第四卷，人民文学出版社 1981 年版，第 291—292 页。

② 黄协埙《本报最初时代之经过》，申报馆《最近之五十年》(下册)，见《近代中国史料丛刊三编》第 90 辑第 893 册，台北文海出版社 2000 年版，第 26 页。

筱轩等。其中蔡尔康最值得关注。

蔡尔康（1851—约1923），字紫绂，别署铸铁庵主、缕馨仙史、不愁明月尽馆主人、小游仙、海上蔡子等。生于江苏嘉定（今属上海市），后长期定居沪上。早年因避战祸，从嘉定县南翔迁居南汇县境，最后在上海市内定居。1868年，考中秀才。1874年起，以"不愁明月尽馆主人"和"小游仙"之名，在《申报》发表诗词。因多次应试未中，遂入申报馆工作。为《申报》"三琐"之《寰宇琐纪》编选《尊闻阁同人诗选》。同时，为在英国出版、由《申报》在上海发行的《瀛寰画报》做中文说明的工作。约1881年，离开申报馆。1883年下半年，进《字林沪报》任主笔。曾编辑附张《花团锦簇楼诗辑》，这种附张为后来文艺副刊的雏形。又将小说《野叟曝言》排成书版形式，每日随报附送，为我国报纸连载长篇小说之始。任《字林沪报》主笔期间，是其锐意改革的八年，为中国新闻报刊的副刊建设做出了重要的贡献。1891年夏，辞去《字林沪报》主笔职务。1893年，为新创办的《新闻报》撰稿，担任第一任主编，半年后离开。1894年，为《万国公报》华文主笔，与林乐知合作翻译了很多著述，有"几合美华而为一人"之称。1921年，在七十岁时曾向亲友集资，打算以祝寿贺仪移作刻书费用。由于刻书费用过高，著述未能梓行，不久病逝。蔡尔康在早期《申报》诗词创作中排名第二十二位，其中词作13首，诗作183首，竹枝词4首，共200首。

以上四位早期《申报》的总主笔和主笔，从蒋其章到黄协埙到蔡尔康，他们身上有着共同的特点：作为旧式的封建文人，他们从小受封建传统教育，十年苦读，希望参加科举考试，一朝中举，成就功名事业。可是，他们中除了蒋其章考取之外，其他三人均与功名无缘，何桂笙更是七次参加乡试不第。是时，近代报刊之路刚刚开始，报人这一职业在封建文

人眼中尚是下下之等。更有当时文人对《申报》持完全否定的态度，如亢
树滋（生卒年不详），江苏吴县人，字铁卿，晚号赘翁。其作文以汪琬、方
苞为宗，趋向醇正。工诗，"诗俱近宋人，有自得之趣，虽弃儒习贾，好读
书，手一编，讽而不辍。"①他对《申报》十分不屑，于 1874 年写了《与〈申
报〉馆人书》："甲戌七月初八日致书申报馆主笔人足下，《申报》之行于海
内数载矣，仆从未寓目。今夏以东人肆侮，始取而观之，则见报中所言，
皆阳尊我中朝而阴实侮之。……此在西人自为之，固不足责，而足下则
食毛践土于大清。……乃一旦归附西人，肆其吠尧之口，而以之播弄是
非，混淆白黑，务张西人之虚声，而劫持我君相，人皆恶足下之狡，无不愿
食其肉。而仆以为非狡也，愚也，其肉又焉足食哉？ 所惜者，堂堂中朝生
足下之败类，以玷辱士林为可耻耳。……足下生长中朝，而敢于背国叛
君。设彼中有英明杰出之主，深识大义，有不深恶而痛绝之乎？ 今虽借
足下以售其奸，他日必诛足下，以绝其害。不待智者百知也，然则足下能
无危乎？ ……吾与足下风殊类别，本不当进而与言，惟因足下文笔可观，
苟能正其心术，从事儒先之学，何遽不富贵？ 即世不我用，而键户著书，
亦岂无以自见。若以身受西人之聘，供彼使令，则当劝其坚守和约，勿启
衅端，使中外相安无事，而彼亦获通商之利。奈何妄生非义，出此倾危之
计，而上得罪于君上，下得罪于祖宗，终致自杀其身哉。"②考亢树滋诗词
作品，他在《瀛寰琐纪》中有诗词创作，但是却在其诗文稿中大骂《申报》，
对《申报》文人也是口诛笔伐，将其上升到害国之高度。虽然言辞过甚，
我们也可间接看到第一批报人的社会地位之低，举业之艰难。加之当时

---

①　刘声木《桐城文学渊源撰述考》，合肥黄山书社 1989 年版，第 338 页。

②　亢树滋《与〈申报〉馆人书》，《市隐书屋诗文稿》卷五，清同治刻本，苏州大学图书
　　馆藏。

申报馆文人的待遇也很低下，在馆工作条件非常简陋。"若吾辈起居办事之室，方广不逾寻丈，而寝处、饮食、便溺等等，悉在其中。冬则寒风砭骨，夏则炽热如炉。最难看者，臭虫生殖之繁，到处蠕蠕。……薪水按西历发给，至丰者不过银币四十元，余则以次递降，最低之数，只有十余元。而饭食、茗点、茶水、洗衣、剃发，与夫笔墨等等，无不取给于中。生涯之落寞，盖无有甚于此者。"①因此，从业报坛，是无奈之举，更是士绅与功名无望之后的权宜之策。正如另一《申报》文人描述的那样："才华枉为稻粱谋。"②这是李士棻送给何桂笙四十五岁生日之诗。诗前序文说道："乙酉三月九日为桂笙仁兄四十五岁初度，予方谋一尊以寿。适君赴他约，乃为一诗。道予平日劝君勿轻抛举业，宋人且有以登第为了当者，非尽歆羡富贵，盖草泽孤寒，不由此进则必辱在泥涂，为世用而不克自用，亦英雄之所不甘也，况祖砚留贻家传冶谱可不奋起？□中及强仕之年，展绳武之志，宗族交游与有光宠。席丰履盛，其福无量。君视予诗，勿疑于《北山移文》，直作泥金帖子观可耳。"李士棻劝何桂笙切勿放弃举业。

所以，对于早期《申报》主笔而言，诗词创作一方面为了工作需要，即开拓《申报》知名度，不让自己失去赖以生存的工作；另一方面，诗词创作也是排解自身失意情怀的一个发泄口。工作之余，与有同样经历的文人雅士诗酒唱和，也让一身文人特有的"才子气"有宣泄的渠道。可以说，早期《申报》总主笔的诗词创作，一方面有娱人之功用，即创作诗词，为《申报》寻得文人的支持，提高销售量，另一方面，更有"自娱"和"自慰"之

---

① 雷瑨《申报馆之过去状况》，申报馆《最近之五十年》（下册），见《近代中国史料丛刊三编》第 90 辑第 893 册，台北文海出版社 2000 年版，第 28 页。
② 李士棻《乙酉三月九日为桂笙仁兄四十五岁初度，予方谋一尊以寿》，《申报》，1885 年 4 月 26 日，第 26 册，第 608 页。

倾向，排解自身烦闷情绪，展露才子情结。他们中的多数由于受过正统的教育，都具有良好的诗词功底，颇有文采。而早期《申报》正好给他们提供了这样一种媒介。

所不同的是，从蒋其章的考取功名，到何桂笙的屡试不第，再到黄式权不再参加科举，安心报业，以及蔡尔康的锐意报章事业，不断进取，我们还可以看出近代报人职业观念的慢慢转换。当然，这是随着《申报》地位的上升而出现的情况，是一个渐进的过程。这种态度以及观念的转变，都为近代职业报人以及新闻报纸的发展奠定了重要的基础，也为旧式封建文人群体向新式知识分子群体的转型提供了平台。

考察早期《申报》诗词作品，我们看到，在文人题署中经常会有"呈……大吟坛郢政"、"录呈……雅正"的用语。这是文人诗词唱和时的款式。考察这一款式，发现有三个人的出现频率最高，那就是"梦畹生"、"缕馨仙史"、"高昌寒食生"。他们分别是黄协埙、蔡尔康和何桂笙，百分之八十到九十的作品题署中都提及他们。如果说何桂笙是因为创作的数量众多，排名靠前，那黄协埙和蔡尔康的排名与第一名的高莹等人相比，并不出色，为什么在早期《申报》文人的诗词创作中会如此"重要"呢？这除了跟他们本人的诗词创作成就和名气相关，同时还与他们的身份关联紧密。两人均为《申报》的主笔，《申报》版面毕竟有限，如何取舍诗词作品是由《申报》主笔所决定的。是时，蔡尔康又在为《寰宇琐纪》编选《尊闻阁同人诗选》。对于经济条件差，但又渴望让自己的作品付梓的文人来讲，在诗词作品的题署中特意署上"呈……大吟坛郢政"的字样，是想引起关注，从而在众多的稿件中脱颖而出。因此，这些题署反映出的是大众传媒时代到来后，随着报章文学的发展，传统旧体诗词的发表和传播的样式正在逐渐发生改变，正在慢慢为一种新兴的传播方式所替代。而旧体诗词如何在这样一种嬗变方式中谋求新的生存空间和更进一步的发展,这也是众多学人一直在寻找的答案。

总之,在 1872 至 1890 这近二十年的时间里,《申报》的诗词创作及刊载一直没有间断。参与《申报》编纂的总主笔以及主笔们率先创作并刊登诗词作品。以他们中心,汇集了一批上海及周边地区的文人雅士,纷纷投稿发表自己的作品,相互切磋酬唱。这些主笔大都来自江浙,多为具有秀才和举人功名的文士。他们生活的地域较早受到西方文明的冲击,因而思想较内陆地区的文人更为开明。从第一任总主笔到黄协埙,我们发现,他们已经渐渐从封建科举制度中游离出来。从大背景看,此时正值洋务运动进入高潮时,他们是较早接触洋务"开眼看世界"的一拨人。如吴子让曾在洋务运动倡导者之一曾国藩幕下任职,而近代科学家李善兰与王韬、蒋敦复同称"海天三友",交游过从甚密。这些因素都会反映在他们的诗词创作中,同时影响他们选择诗词作品的角度和眼光。当然,这更是促使他们完全由封建士人向近代知识分子转变的一个契机。

二、中流砥柱:《申报》诗词作品的"文学撰稿人"

撰稿人,是指为新闻单位撰写某一专门领域文章的人士。《申报》初创时,中国的新闻事业尚未完全步入职业化阶段,还没有真正现代意义上的"文学撰稿人"。传统诗文的刊登,也并不是《申报》办报的一个固定模块,而是用来吸引各界人士、扩大销量的一种手段。本文所说的"积极投稿,经常在《申报》上发表诗词作品的'文学撰稿人'",是指这样一批文人:他们大多与前文所说的《申报》主笔关系密切,时时诗词唱和,还经常组织各类文人雅集,听曲观剧,把酒言欢。在《申报》刊登诗词作品,或是因为其本人在当时的文坛或者其他领域名声显赫,《申报》主笔试图借其名声达到"同气相求",扩大《申报》影响力的目的;或是因为他们想借助

《申报》这样一个有影响力的平台，刊登自己的作品，展现才情和志向抱负。这部分文人往往有较高的文学修养，诗词创作数量众多，且成就较高。前者如王韬、袁祖志、俞樾、程仲承、王恩溥、谭献等人，后者则如高莹、葛其龙、杜求煓、邹弢、居世绅等人。当然，还有一部分文人，他们并不擅长诗词创作，但他们渴求借助《申报》诗词唱和扩大自己的交际圈。这部分文人往往诗词创作的数量不多，但喜附和名流。应该说，前两者是早期《申报》诗词创作的中坚力量。著名文士以自己的声望团聚一批文人，与之诗词唱和。他们本身或许诗词创作的数量不多，但通过文人和他们的诗词唱和，形成了早期《申报》诗词创作的繁盛局面。而通过《申报》展现自身才情的文人，他们创作的旧体诗词数量占了整个《申报》诗词创作数量的百分之七十以上，且在上表中排名靠前，其创作是早期《申报》诗词创作中文学艺术价值较高者。细细分析，上表前十名中，《申报》主笔只有何镛一人入选，排第八。其余均为第二类文人，即渴求有平台展现才能的文人。其中高莹排名第一，并且诗和词的创作数量都占据第一位。

关于"文学撰稿人"的情况，王韬和袁祖志上文已经介绍。其余几人生平、交游及诗词创作情况如下：

俞樾（1821—1906），字荫甫，自号曲园居士，浙江德清人。清末著名学者、文学家、经学家、古文字学家、书法家。他是现代诗人俞平伯的曾祖父，章太炎、吴昌硕、日本的井上陈政皆出其门下。清道光三十年（1850）进士，改翰林院庶吉士。复试时有句"花落春仍在"，为曾国藩赏识，后以"春在堂"榜其室。1852 年，任编修。后受咸丰皇帝赏识，放任河南学政，被御史曹登庸劾奏"试题割裂经义"，因而罢官，遂移居苏州。曾主讲苏州紫阳、上海求志等书院，又主杭州诂经精舍三十余年。潜心学术达四十余载。治学以经学为主，旁及诸子、史学、训诂，乃至戏曲、诗词、小说、书法等，可谓博大精深。海内及日本、朝鲜等国向他求学者甚众，尊之为朴学大师。其一生著作繁富，汇刻成《春在堂全书》，其中有《诗编》十五卷、《春在堂词录》三卷、《金缕曲廿四叠韵》一卷。严迪昌《近代词钞》和钱仲联《近代诗钞》中均收录其作品。陈衍评价："曲园性情文字，甚似其乡先辈随园。所异者，随园好色，曲园好考据耳。"①俞樾在《申报》中发表的诗歌数量不多，从 1883 年起至 1889 年止，七年时间共发表诗作 30 首。考察其作品，多怡然天伦乐趣之作。如庆祝其孙陛云中第之作，"九月之望，浙闱揭晓。孙儿陛云幸中第二名。赋此志喜，录示桂笙仁兄"②；如陪孙儿入礼部试之作，"今春携眷乘海晏至津，送孙儿赴礼部试。轮舶之快莫如海晏，同时有武昌等数艘自沪驰津，独此船首先抵埠，即于次晨返轮。故士商之争相汇集者，以其坚固迅疾耳，舟中率成四绝，并志数语，藉留鸿印"③；如嫁孙女之喜，"今年夏，余以孙女许嫁宗湘文观察之子舜年，字子戴。及江南乡试榜发，子戴与焉，湘文观察有诗志喜，次韵和之"④。其次，即为赈灾捐赠之作。如"余卖拟墨助振得洋钱二百，已寄，由施少钦先生汇付德清振局矣。乃今岁以振册嘱余代募者甚多，余乃社门养拙之人，不能为沿门托钵之事，久留案头无谓也。因一月寄缴少钦先生处，而以卖文续得洋钱二十滕之，并附小诗以志吾愧，且谢不能"⑤。当时，晋陕地区干旱，江浙粤东水灾，上海文人利用一批社会名流号召捐赠救灾，俞樾也参与其中，并作诗纪之。若记述天伦之乐的诗作，可以让我们看到这位学问大家恬淡心灵的话，那么，纪赈之

---

① 钱仲联编校《陈衍诗论合集》，福建人民出版社 1999 年版，第 884 页。
② 《申报》，1885 年 10 月 28 日，第 27 册，第 732 页。
③ 《申报》，1886 年 4 月 22 日，第 28 册，第 624 页。
④ 《申报》，1889 年 1 月 27 日，第 34 册，第 132 页。
⑤ 《申报》，1889 年 12 月 5 日，第 35 册，第 1104 页。

作则让我们看到的是其身上的社会责任感和使命感。

俞樾的诗中有一首十分有意思。1886 年 9 月 23 日,《申报》刊登了俞樾的一首诗作,序中写道:"近时沪上盛行学诗快捷方式,《虑字注释》、《误字辨正》等书不知谁作而皆托名于余,赋此一笑。"①其诗曰:

> 虚名我已愧难居,假托微名太觉虚。邱武士为孙奭疏,齐
> 梁儿造李陵书。虎贲入坐非无辨,赝鼎欺人或有余。不解庆虬
> 之作赋,如何总说是相如。

俞樾作为朴学大家,贯通经史,而诗词之作,也影响甚广。上海开埠以来,随着印刷技术的更新,交通的便利,书局和印书馆林立。托名于他作书售书,既是作者想借大家之名售卖自己的著作,更是书商希望借他的名声获取最大利润。这首诗中,俞樾引经据典、不失俏皮地讽刺了这一现象。但是从另一个侧面,也可以看出俞樾作为一代硕儒,在上海的号召力和影响力。因此,他是早期《申报》诗词创作文人群体中的一个重要人物。

高莹(约 1860—1920),字俊芬,后改名翀,字莹玉,号误轩,别署太痴、怅花、侣琴等。原籍苏州,后在上海落籍。少年时代在苏州已颇负文名。1885 年初,任厘捐局会计时,经常在上海报纸上发表诗词。1889 年间来上海,任《申报》助理编辑,并成为主笔何桂笙的入室弟子。此时,他参加上海地区的科举考试,考中秀才,并名列前茅。历任《申报》、《字林沪报》、《苏报》、《消闲报》主笔。1900 年,接任《同文沪报》总编纂。1901 年初,离开《同文沪报》。晚年创办希社,与友朋唱和。孙家振《退醒庐笔

---

① 《申报》,1886 年 9 月 23 日,第 29 册,第 518 页。

记》记载其人曰："年少风流,下笔时多绮语缠绵之作,工诗词,亦艳体为多,间杂哀怨,稿尾署名必'太痴生',或只'太痴'二字,人乃皆以'太痴'呼之,浑忘其为外篆也。"①著有《百盆花斋词剩》、《希社题衿词初集》。严迪昌《近代词钞》记载其"存词489阕",选录其词作40首,并评价道:"(高莹)以才子气挥洒丽藻,犹见当行,然亦不乏真性情之著。"②本文研究的时间范围从1872年至1890年,此时高莹刚到上海不久,尚不是《申报》主笔,故归在第二大类中。《申报》同人有寄怀诗曰:"凤泊鸾飘只自怜,瑶华惠我又经年。如何才大难为用,旅馆凄清岁暮天。"③可见当时太痴生的境遇十分窘迫。观太痴生作品,除了与众人唱和之作外,多感怀之语。"痛苦比快乐更能产生诗歌"④,这是对太痴生创作量大,并且有很高的成就的一个较好的注脚。

邹弢(1850—约1931⑤),字翰飞,号潇湘馆侍者、瘦鹤词人,亦号司香旧尉,晚号守死楼主。江苏金匮(江苏无锡)人。擅长诗词骈文。邹弢出身在离无锡县三十八里的后宅镇,因为周朝泰伯让国之后隐居此地,因此称作"让乡",又名泰伯乡。邹弢《三借庐剩稿·刊稿缘起》中自述道:"余世居无锡让乡之站台街,先祖筠溪公,先父正峰公,读而兼农,余从之耕。"⑥邹弢出身农民家庭,平时务农,闲时读书。"余家素务农,至大父始读书,而因贫复贾,严君亦试数次,仍弃之。迨遭兵燹,家难频仍,

---

① 孙家振《退醒庐笔记》,上海书店出版社1997年版,第73页。

② 严迪昌《近代词钞》,江苏古籍出版社1996年版,第1915页。

③ 《申报》,1887年2月10日,第30册,第203页。

④ 钱锺书《诗可以怨》,见《七缀集》,上海古籍出版社1994年版,第120页。

⑤ 范烟桥《茶烟歇》,上海书店1989年版,第133页。文中提到在邹弢晚年的时候,范烟桥曾见过邹弢一面,说:"甲子春,余与酒丐相见于梁溪,时酒丐督理后宅图书馆,萧然白发,无复张绪当年。……盖不逾数年而酒丐归道山矣……卒年八十一。"按此推断邹弢去世当在1931年左右。

⑥ 邹弢《三借庐剩稿》,民国三年活字本,第1页。

堂上皆以显扬相助。余十六以境塞几去读,大父力持之,至十八岁始来苏从师,是冬开笔即完篇。"①后馆姑苏,与俞达为患难交。"余幼作客,历馆胥门,几及十年,所交亦众,惟趋炎逐热,俱非同心。独吟香一人,可共患难。"②此二人皆是"疏狂落拓兼风雅"③之士,故惺惺相惜。他师学于王韬。1881 年 11 月,被聘为《益闻录》主笔。后寓居上海多年。曾写妓女苏韵兰之事,为《断肠碑》(一名《海上尘天影》),《中国通俗小说书目》又有著录其《三借庐丛稿》及《三借庐笔谈》十二卷,《浇愁集》八卷。邹弢与《申报》主笔相交甚好,孙熙曾评价他:"绝妙词章辨色丝,曾因唱和使相知。穷愁与我同增感,潇洒输君总出奇。杯酒论交名士气,妆台爱写美人诗。投闲遗老嗟余甚,扪虱于今敢讽时。"④邹弢平生嗜酒,有"酒丐"之称,所以"杯酒论交"是其真实写照。他在《申报》刊有大量的诗词作品,其数量仅次于高莹。读他在《申报》所刊载的诗词作品,多为酬唱应答、怀人及感叹身世之作。袁祖志的《海外怀人诗》中说:"迟我卅年游海上,输君拔帜遽登坛。裁红晕绿天然好,好句教人击节看。"⑤袁祖志在《申报》诗词文人中,与王韬一样有着很高的地位,却说"输君拔帜遽登坛",可见是很高的评价。

葛其龙(? —1885)⑥,字隐耕,别号龙湫旧隐、寄庵。有《寄庵诗抄》

---

① 邹弢《三借庐赘谭》,见《续修四库全书·子部·小说家类》,上海古籍出版社 1995 年版,第 739 页。

② 邹弢《三借庐赘谭》,见《续修四库全书·子部·小说家类》,上海古籍出版社 1995 年版,第 655 页。

③ 邹弢《三借庐赘谭》,见《续修四库全书·子部·小说家类》,上海古籍出版社 1995 年版,第 85 页。

④ 《申报》,1879 年 6 月 2 日,第 14 册,第 544 页。

⑤ 《申报》,1883 年 11 月 15 日,第 23 册,第 826 页。

⑥ 关于葛其龙的生卒考订见苏州大学孙琴的博士论文《我国最早之文学期刊——〈瀛寰琐纪〉研究》(2010)。

四卷。浙江人。因有诗句"岂有才华惊海内，空教辞赋动江关"①，可知其早年科场失意。后1879年中举，当时《申报》文人纷纷作诗词祝贺。如茂苑赋秋生姚芷芳的诗《贺龙湫旧隐北闱报捷》②，以及鸳湖映雪生孙熙曾的词《夺锦标·贺龙湫旧隐北闱报捷》③等。葛其龙在《申报》诗坛驰骋近十年。"时申江甚风雅，而君为祭酒。诗学极服梅村，近体则参以王孟。"④孙玉声在《退醒庐笔记》中称其为"一代文豪"⑤。

马相如，字芷名，一作芷民，又字相如，自号柳隐词人。江苏武进人。诸生。生活在民国间。《清代毗陵名人小传稿》卷九称其"词多侧艳，悼亡词尤真挚，不忍卒读"⑥。我们可以看一首其发表于1884年4月《申报》的词作：

喝火令　悼碧萝吟馆之作⑦

柳冰连番雨，花骖彻夜风。梦魂寥落五更中。记得别离滋味，不似恨填胸。　悔忍来生忏，情真此日钟。等闲泪眼肯轻红。莫是宵深，莫是听寒钟。莫是短檠明灭，瘦影漾帘栊。

马相如在早期《申报》诗词创作数量上并不靠前，但是其词名很高。在早期《申报》文人中，他也是为数不多的专力作词的文人之一，对于我们考

---

① 《申报》，1872年9月25日，第1册，第501页。
② 《申报》，1879年11月15日，第15册，第550页。
③ 《申报》，1879年12月17日，第15册，第678页。
④ 邹弢《三借庐笔谈》卷六《寄庵诗抄》，清写印本。
⑤ 孙家振《退醒庐笔记》，上海书店出版社1997年版，第17页。
⑥ 张惟骧《清代毗陵名人小传稿》，见江庆柏主编《清代地方人物传记丛刊》，广陵书社2007年版，第607页。
⑦ 《申报》，1884年4月19日，第24册，第608页。

察晚清词坛的现状与生态有着重要的意义。

　　考察上述文人群体,他们自然分为两类。一类为德高望重之士,他们或官(如俞樾、程仲承、王恩溥),或商(如王韬),或为名人后裔,具有优越的家庭环境(如袁祖志)。这部分文人在沪上声望很高,有一呼百应之势,早期《申报》文人圈赖他们之名,团结其他文人。另一类为醉心于封建科举功名之士,家境清寒,却才情纵横,往往科举仕途不顺,每战每挫,以致灰心丧气。他们或为谋生,或为避难,寓居沪上。此时,上海已经是繁华耀目的十里洋场,与他们以往接触的社会环境有着天壤之别。因此,他们自然产生疏离感与边缘感,感觉自己为这花花世界中的异类,悲士不遇的慨叹与异乡身份的孤寂,往往触发他们的诗情和才情。这类文人有的是诗词创作中的真才气和高成就。两类文人结合,构成了早期《申报》诗词创作的中坚力量。

三、异域之音:外邦文士的加入

　　随着开埠,上海已经不是当年的小渔村,而跻身为世界化的大都市。中西方的政治、经济、外交等方面的交流必然带动文化的交流,文化的交流也必将在文学领域有所表现。日本、朝鲜与中国历来是一衣带水的邻邦,文化传统上也有传承。随着交流的深入,十九世纪七十至九十年代的上海文坛,时有外邦诗人投递诗词稿件,与中国文人唱和。这一时期的外邦人士,来自朝鲜、日本、越南等国,以日本为主。考察早期《申报》诗词作品目录,共有 34 位已知身份的日本诗词家加入到了早期《申报》诗词创作的群体中去。他们中有日本国内的知名诗人、画家、新闻家、商人、僧侣、闺秀,甚至有日本的官员。如佐贺县令镰田景弼,1884 年 7 月 1 日的《申报》载有他的一首作品。诗序中写道:"大清国余君为领事馆驻官,驻在长崎,今兹甲申仲夏偕米国贵宾来游佐贺,将以明日海上赴于熊本。因设小宴饯其行,席上奉呈。"①除了这样的属于应酬的诗词唱和之外,还有一批日本文士,他们对中国的诗词文化十分了解,甚至是精通,随着中日文化交流的开展,他们来到上海,通过报章,他们找到了交流与学习的平台,因此,很快就加入了早期《申报》文人诗词创作圈。如前文提及的北条鸥所,从《申报》诗词目录看,其最早在《申报》上面发表诗词的时间是 1886 年 9 月 7 日,发表了《申浦客次邂逅新侬先生喜赋即请大雅粲政》的诗作。之后,直到 1887 年 7 月 1 日作《沪上留别诗》为止,一年时间创作诗 91 首,词 11 阕,共计 102 首,排名第 49 位。虽然从绝对排名看,他并不突出。但是,其在《申报》发表诗词只有一年的时间,有这样的数量也还是比较惊人的。1887 年,他奉檄回日本出任宫城县桌司,《申报》文人争相为其饯别,还掀起了当年诗词创作的一个小高潮。除了他自己创作之外,他的加入也给《申报》文人群带来了新鲜的血液。不同国籍的文人借助古汉语韵文的形式,相互酬唱。这其实已经消弭了政治因素上的国界问题,从而起到沟通文人心灵的作用。除了诗,北条也善于填词。早期《申报》文人圈中能填词,填的好的不占多数,身为外邦文士,北条的词创作更显珍贵。北条发表词作从 1883 年(明治十六年)开始,在 1 月发行的《新文诗》第九十集中所见到的《醉落魄·春夜》,可视为其最早的作品。

> 江南一别。多风正是愁时节。今宵酒醒何凄绝。楚管谁家,吹上昏黄月。　这月曾经光皎洁。那人瘦影春寒彻。梨花雪后酴醾雪。浅梦重帘,多病都休说。

---

① 《申报》,1884 年 7 月 1 日,第 25 册,第 2 页。

北条鸥所在《申报》上发表词作共计 11 首,目录如下:

早期《申报》刊载北条鸥所词作情况表

册数	西历	卷号	词牌	题目	题署	页数	首数
29	1886-9-9	4814	一络索	《飘零多感,伊郁寡语,拍牙按谱,聊写吾怀》	日本北条鸥所稿	435	1
29	1886-9-14	4819	一痕沙	《秋怀四阕,调〈一痕沙〉录请桂笙梦畹诸词宗郢政》	日本北条鸥所寄声	467	4
29	1886-10-21	4856	酒泉子	《雨夕悼小青》	海上浮槎客北条鸥所	692	1
29	1886-12-16	4912	南歌子	《寒夜,调寄〈南歌子〉》	海上浮查客倚声	1042	1
29	1886-12-20	4916	渔家傲	《送别,调寄〈渔家傲〉》	海上浮查客	1062	1
30	1887-3-1	4980	醉落魄	《〈醉落魄〉录请高昌寒食生拍正》	海上浮查客日本北条鸥所倚声	318	1
30	1887-3-1	4980	鹊桥仙		海上浮查客日本北条鸥所倚声	318	1
30	1887-4-1	5011	相见欢		海上浮查客倚声	521	1

其中很有意思的一个现象是,我们核对北条鸥所的诗文集以及日本当时出版的诗文集,发现北条将自己之前已经在日本刊印并且受到好评的词作,如《醉落魄》、《一络索》等词稿,又交给《申报》刊印出版。其中《醉落魄》如前文所引,是其第一首词作,其至交好友日本人槐南对这首词曾评道:"诗语入词,清新可爱,'这月'、'那人'两句,绝妙……"①该词作在日本发表于 1883 年,1887 年北条又将其发表在了《申报》上。这体现出《申报》在当时的重要性。身在十里洋场的外籍人士十分看重《申报》的娱乐交际功能,借《申报》这一载体与中国的文人名流诗酒唱和,以

---

① 神田喜一郎著,程郁缀、高野雪译《日本填词史话》,北京大学出版社 2000 年版,第270 页。

文会友。同时,他们也愿意将最代表自己创作实力的佳作呈现给众人,从而进一步扩大自己诗词创作的声名。

除了创作诗词之外,北条还与圈中文人相交甚欢。他与《申报》文人一样流连于青楼、茶馆、戏院,完全融入了当时沪上文人的生活圈中。毕以塏有一首诗,序言中惟妙惟肖地描述了北条与他们一同诗酒唱和的场景:"九秋二日,余集同人宴日本北条鸥所于三庆园,梦畹因事未至。酒甫一巡,高昌寒食生从海天春薄醉而来。入门一揖,大呼速取彩笺召名花侑席。余笑颔之,鸥所亦兴高采烈。余曰:'斐卿既见赏于君,则氤氲使者桂笙不得辞焉。'遂以五色笺召姊妹花。少选,二青衣前导,斐卿与翠娥搴裳联袂,姗姗而来,花气袭人,容光四射。斐卿依鸥所坐,盈盈含笑,娇态可人。为歌《劈破绒》一曲,极抑扬之妙。鸥所喜甚。余曰:'北里佳人,东瀛奇士,洵合璧也。然皆桂笙举荐之功,不可以不纪。'遂泚笔成之,即和鸥所原韵,录请桂笙、梦畹政可。"诗曰:"不是疏狂不是迂,词人风格乐清娱。紫云一曲多情甚,曾许当筵乞得无。"①

诗作较为浅显,但注重性情,序文不失为一篇情词并茂的短文,将《申报》文人的日常宴集活动及人物表情刻画得栩栩如生,活灵活现。从中我们也可以看到,在晚清民国的上海,外邦文士可以完全融入中国文化氛围中,并且愿意向中国那些才情高昂的才子讨教,学习作诗作词之法。文化的交流必然促进文学的进步,同时也是晚清诗词创作可以走出国门、走向世界的一个契机。

北条回国的时候,创作了一首留别诗。小序云:"薄游海上,不觉又将一岁,其间诗酒社会,追随名流,花天酒地,历遍欢场乐事,尽多胜游难忘。丁亥仲夏,承乏臬司,赴选画省。拟于明日束装东归,追忆前尘,离

---

① 《申报》,1886年10月6日,第29册,第602页。

绪纷集,漫占一律,藉以志别,即请海上诸大吟坛正和。"其诗曰:"欲诉离怀不自由,忽忽骊唱上归舟。与君但得重携手,此别固应无尽头。文字我当聊报国,书生敢笑觅封侯。瀛洲东指三千里,回首沧波渺客愁。"①从诗作文字看来,气魄较大,也属少年才俊之辈。这首诗中也表达出了北条对在海上诗酒唱和生涯的留恋与对友朋情意的不舍之情。

除了北条鸥所之外,当时比较重要的日本文士还有秋山俭为、岸田吟香等。

秋山俭为,名纯,又名秋山碧城。关于他的生平材料,没有系统的记录,只散见在一些资料中。《中国书法史·清代卷》中记载:"光绪十二年(1886)初,日本青年秋山碧城(名纯,字俭为)来到中国,第二年春天,经在上海经商的同胞岸田吟香的介绍,进入著名书法篆刻家徐三庚门下为弟子,并举行了正式的拜师立契仪式。秋山碧城在徐三庚门下学艺近三年,光绪十五年(1889)十月,在其归国前夕,徐三庚又郑重其事地为他书写了一张文凭证明。"②秋山是徐三庚的得意弟子。在中国期间,秋山还曾向名画家蒲华学习行草书。后来秋山携带着大量徐三庚、蒲华的书法作品和古代碑帖拓本回到日本,随即开始大力宣传。他与另一位向日本介绍徐三庚的篆刻家圆山大迂一道发起成立"淡泊会",向同道展示从中国带回来的法书碑帖资料,供人学习临摹。在著名篆刻大师徐正濂的《听天阁读印杂记》一文中,也提到了秋山俭为拜著名书法篆刻家徐三庚门下为入室弟子的事。③ 由此可知,秋山于1886年以日本青年的身份来中国,学习书法篆刻,是日本重要的书法篆刻大师。日本另一位地位较高的篆刻大师西川春洞,曾受业于秋山俭为。毕以埁在《〈海天骊唱图〉

---

① 《申报》,1887年7月1日,第31册,第2页。
② 刘恒《中国书法史·清代卷》,江苏教育出版社2007年版,第310页。
③ 徐正濂《诗屑与印屑》,大象出版社2000年版,第167页。

书后》有诗序介绍:"日本秋山俭为,彼国有志士也。游华数载,与贤人韵士交,多所造就。同谱梦畹生,尤与契洽,于其行也,作《海天骊唱图》以赠之。一昨相访,出以见示,披读一过,觉一片情真谊挚之忱,流露于字里行间。梦畹有远大志,彼之能来者,我岂不能乘兴而往。行将劝梦畹东游,拟以诗词柬老友岸君吟香、北条鸥所,以倾别愫,并以征文字缘,即请秋山俭为吟坛郢政。"①1889 年底,得知秋山俭为将回日本,《申报》主笔黄协埙曾写送别诗饯行:

送日本秋山俭为袭尉纯回国

古意排潭水,离愁岸边风。长天一挥手,遥隔海云红。远忆浮槎客,因思客药翁。

岸田吟香(1833—1905),生于日本冈山县。精通汉文典籍,并跟美国学者学习过英文。在东京开设"乐善堂"药店,贩卖眼药水、书籍,兼办广告业务。1866 年到上海,结识一批中国书画家,研究中国书画。1868 年,为购买轮船第二次来上海。1872 年,岸田任《东京日日新闻》主笔。两年后,他作为随军记者,随西乡从道率领的日军侵略台湾。1878 年第三次来上海,在河南路开设"乐善堂"上海分店。"乐善堂"分店除了卖眼药水,还设有印刷厂,用铜版印刷代替中国当时落后的木版印刷。靠着商人的头脑,岸田很快成了富翁,成为上海滩的头面人物。这期间,他结识了一批中国官僚买办和知识分子。此后侨居上海达三十年。但同时,"乐善堂"对中国各地进行秘密调查,被日本情报部门称为开辟对华情报的"先驱"。晚年编有《清国地志》,是当时日本侵华的重要参考资料。与之前来华的青年人北条鸥所和秋山俭为不同的是,岸田除了带有商人的

---

① 《申报》,1890 年 1 月 2 日,第 36 册,第 8 页。

精明之外，还有着日本军国主义的政治头脑。本文不对其对华态度做过多的评价，但从诗词交流方面考察，岸田对晚清早期《申报》文人群体的诗词创作是有一定影响的。他创立了当时诗词唱和的诗社"玉兰吟社"。岸田吟香开设乐善堂后，将书房取名为"借楼"，以"海上卖药翁"自名，迅速加入了海上文人诗词酬唱圈。1888 年 4 月 8 日，是岸田吟香五十五岁的生日。他看到楼前高大的玉兰树上花朵绽放，突发诗兴，邀请以王韬为首的海上文士来乐善堂畅饮。乘着酒兴，他提议成立吟社，并推王韬为社长，得到众文人的支持。玉兰吟社每月活动一两次，内容无外中国传统的"读书赏画、作诗唱和、游山玩水"。玉兰吟社众成员在《申报》上发表诗词作品数量众多。1889 年 3 月，岸田吟香结束在上海的工作，将返日本。王韬召集吟社全体成员，在其沪北寓所"淞隐庐"举行送别会。离别时，岸田吟香向吟社诸友赠送日本清酒，众人唱和饯别。后《申报》第一版发表《春江送别图记》①为岸田吟香送行。其后，他又邀请黄协埙参加日本的赛珍会，即世界博览会。这也为早期《申报》文人接触世界，开拓诗境和词境提供了必要的物质准备，在一定程度上是有贡献的。

　　除日本文士之外，《申报》文坛还有朝鲜文人的参与，当然人数不多。列表如下：

早期《申报》刊朝鲜文人诗词作品一览表

册数	西历	卷号	题目	题署	小序	页数	首数
20	1882-6-15	3275	《题扇》	朝鲜菊人氏李容肃		820	2
20	1882-6-19	3279	《中华吴芳伯曰先生回国送别行幰下》	朝鲜松皋梁贞默		844	1

---

① 《申报》，1889 年 3 月 10 日，第 34 册，第 526 页。

续　表

册数	西历	卷号	题目	题署	小序	页数	首数
25	1884 - 10 - 16	4135	《赠高太痴，录呈雾里看花客高昌寒食生教正》	沧洲客		622	2
26	1885 - 5 - 1	4325	《朝鲜人诗》	朝鲜人	朝鲜人赋既录报章，又得朝鲜人诗一篇，亦应试之作，题为使天下后世之修身齐家治国平天下者皆得以取法焉，限法字十八韵诗。	639	1
30	1887 - 4 - 30	5040	《题小楼主人〈吟饮图〉即次元韵》	朝鲜金嘉镇东农氏		704	1
30	1887 - 6 - 17	5088	《舟中次子成先生〈岁暮感怀〉原韵即希教正》	朝鲜王京寺洞李埙竹湖生		1010	1

上述一共诗 8 首，基本上都是怀人和酬唱应答之作。此外还有一首为美国当时驻沪领事 Walter Scott Evens（署名美国易孟士）写给小楼主人王恩溥的赠答之作。当然，这些诗歌谈不上有多高的艺术成就。可是，外邦文士的加入多多少少会将本国的习俗、文化和理念带来，他们在与《申报》文人唱和的时候，又会建立起比较深厚的友情。正如岸田邀请黄协埙赴日参观赛珍会一样，这对于早期《申报》文人开拓视野，认知新的事物，从而促进诗词创作的发展大有裨益。

四、绣倦拈毫：闺秀中的文人气与才情

"女子无才便是德"，在中国几千年男权社会的封建伦理统序中一直没有动摇过。传统的女子，从小便接受"三从四德"的女教规范教育。《礼记·昏义》中指出，"教以妇德、妇言、妇容、妇功"①，为封建女子的生

---

① 《十三经注疏·礼记正义》，中华书局 2008 年版，第 1363 页。

活安排了不变的轨迹。在科举取士的男权社会中，男子读书，为了功名仕途。而女子的生活一直是男性的附庸，其角色为贤妻、良母以及孝顺公婆的好媳妇。小户人家的女子基本被剥夺了读书识字的权利，也就谈不上什么才情。大家闺秀，难得识几个字，读几句诗，也无外乎在闺阁之中，聊作消遣。《红楼梦》中写到，黛玉初次进荣府，"贾母问黛玉念何书。黛玉道：'只刚念了四书。'黛玉又问姊妹们读何书。贾母道：'读的是什么书，不过是认得两个字，不是睁眼的瞎子罢了！'"后宝黛相见，"宝玉问：'妹妹可曾读书？'黛玉道：'不曾读，只上了一年学，些须认得几个字。'"黛玉是曹雪芹塑造的潇湘妃子，才情洒脱。但因为寄身贾府，从贾母的语气中听出她并不喜欢女孩家读书，因此回答不曾读书，只认识几个字。虽然是小说情节，但从另一个侧面可以看出当时对女子读书识字的一个真实态度。① 然而，任何事情都会有例外。在男权制度严密的封建社会，闺秀之中也代有才女。如当垆的文君、为兄修书的班昭、创作《胡笳十八拍》的蔡文姬、咏絮的谢道韫等等。北宋时，易安居士李清照更是一代才女，开婉约词之正宗。明时杨慎《词品》："宋人中填词，易安亦称冠绝，使在衣冠，当于秦七、黄九争，不独争雄于闺阁也。"②可见，闺阁中也有才情，也有文士。

　　近代上海，随着开埠，西方文明与文化传入。传教士开始创办女学塾，招收中国女童入学。上海最早见于记载的教会女塾，为1850年美国传教士裨治文夫人设立的裨文女塾，招收20名女童入学。③ 这在当时上海引起了一定的反响。从此，西方男女平等的思想开始慢慢走进传统女

---

① 曹雪芹等著，中国艺术研究院《红楼梦》研究所校注《红楼梦》，人民文学出版社1996年版，第49—50页。

② 杨慎《词品》，见《词话丛编》，中华书局1986年版，第1607页。

③ 陈学恂《中国近代教育大事记》，上海教育出版社1981年版，第7页。

性中。而上海在开埠后本身就是个五方杂处之地，封建正统观念在这里的根基并不深厚。女塾的文化启蒙作用与男女平等思想的观念变革二力并行，加之开埠后的上海富商仕宦云集，家境殷实的女子便多有识字读书者。"绿窗昼静，绣倦抬毫，佳话流传，不数谢家柳絮"①，当时沪上有一批女子擅长写诗作词，且有些人的诗情与才情并不输于男子。早期《申报》文人圈中，便有几位。

其中署名补萝山人、补萝女史的女子最为人关注。此人在《申报》上发表诗词作品时，仅有一处署其名，为"补萝山人庆松"②，其余均以补萝山人、补萝女史、补萝仙署名。查找各种资料，得知补萝山人为上海张庆松。③ 清末人，字绿筠，号补萝山人。附贡生张益廷之女。其父衰病六年，竭力侍奉。通经史，工吟咏，设帐授徒数十年。卒年五十二岁。有《花韵居诗集》、《补萝山人诗稿》。④《词综补遗》中有关于张庆松的词条："张庆松，字绿筠，号补萝山人。江苏上海人。有《花韵居诗词》。《闺秀词话》：'庆松幼字某姓，无赖不偶，庆松薄命自怜，守闺不嫁，惟拈弄笔墨消遣身世而已。著《花韵居诗词》，悱恻缠绵，时露哀怨之旨，盖伤心人也。'"⑤并录其《卜算子》词一首。

卜算子

日暖画帘纤，紫燕双双语。衔得绒丝出绣扃，倩系春光住。

俏立扫闲花，香雾融泥絮。一阵轻风过玉楼，洒遍棠梨雨。

① 黄式权《淞南梦影录》（上海滩与上海人丛书），上海古籍出版社1989年版，第102页。

② 补萝山人张庆松《读济阳世伯母纪游图诗恭题一律》，《申报》，1879年6月22日，第14册，第636页。

③ 陈乃乾《室名别号索引》（增订本），中华书局1982年版，第206页。

④ 吴成平主编《上海名人辞典》，上海辞书出版社2001年版，第251页。

⑤ 林葆恒辑，张璋整理《词综补遗》第3册，上海古籍出版社2005年版，第1679页。

黄式权在《淞南梦影录》中记载："沪上大家女子，大半能通文义。……若今之补萝山人，其最著者也。山人幼学诗于张逊亭明经，落落大方，一洗脂粉之习。及笄后，误字无赖子，以致马齿渐增，鸳盟未谐，红颜薄命。其亦同落魄青衫欤！诗不多见，记其《古意集唐》……《浪淘沙》小令……若补萝山人，则落落大方，大有不求异人而人莫能及之概。求之名下诸吟坛，尚难多得，况女史哉！"①

补萝山人是早期《申报》文人诗词创作中较为活跃的一个。她从1872年《申报》初创起就在上面发表诗词作品，至1889年，近二十年的时间，都有作品发表。补萝山人共有词作7首，诗作215首，排早期《申报》文人群体诗词创作的第18位，单从名次上看，巾帼不让须眉，也是女中才子了。从她创作的诗词作品看，题材涉及多个方面，有和《申报》文人唱和之作，有怀人之作，有咏史之作，也有慨叹抒怀之作。较为著名的作品有《怅怀词》、《落花诗四首》等。

在《怅怀词》序中，她记录自己的身世慨叹："悠悠尘梦，恨结三生；袅袅秋风，愁添万斛。粲镜中之丽质，半属空花；图画里之红颜，真成薄命。昔年香草，竟作飘蓬；此日幽兰，将为萧艾。倚愁何补，倚绪堪怜。搦管陈词，石固难期于填恨；悲秋遣兴，花真有类于断肠。敢政吟坛，以志幽愤，亦当歌当哭之意，匪敢言诗也。"②从其小序可以看出诗人哀怨之情，缠绵悱恻。但同时，其横溢的才情也尽露于笔端。录其作品数篇如下：

　　　　飞来鸠鸟太无因，崇尽名花小劫身。蕉鹿无形空见梦，蓼

① 黄式权《淞南梦影录》（上海滩与上海人丛书），上海古籍出版社1989年版，第102页。
② 《申报》，1872年11月5日，第1册，第641页。

虫有味自安辛。浪抛玉镜才非选,漫付红丝系未真。珍重琼枝谁省得,等闲悔露一分春。

颂椒赋茗熟评量,合璧双珠艳并芳。落魄易抛才子泪,返魂难觅女儿香。萧疏影共黄花瘦,寂寞愁随春草长。弹彻素娥瑶瑟怨,自浇块垒自倾觞。

幽情脉脉语东风,絮果三生意未通。不信才华招鬼妒,偏教兰蕙泣穷途。银筝抚久添长恨,锦瑟和成寄曲衷。病倚雕栏春已晚,乌啼花落雨声中。

西风吹上海棠枝,肠断添毫写艳时。妆倩镜鸾分泪迹,卜拈钗凤寄愁思。玉绳夜回秋河净,金粟香凝月露滋。底欲抛忧抛未得,青灯半壁自哦诗。

《怅怀词》发表于 1876 年 4 月 12 日的《申报》。这组诗刊出后,引得众人竞相唱和。有借诗宽慰补萝之作,有触景生情、感同身受之作。早期《申报》文人圈中的一些著名人物,如葛其龙等,也纷纷投柬。署名蛟门玉琴女史琅琊品兰氏的女子,从浙江寄来其唱和的作品《和申江女史补萝山人〈怅怀词〉原韵》。诗后附有跋文,文中对补萝褒扬过高,但"以笔花之绚烂,写絮果之凄凉"[①],却是对山人的真实评价。历来才女多情,但红颜薄命者不在少数,而补萝山人只是其中一位。正是坎坷的人生经历和遭遇,造就了诗人敏感的心灵和思想,从而成就其诗词作品的缠绵深婉。

除了补萝山人外,署名"三吴女士淑娟"的王素姮,也是一位闺阁人才。王素姮生平,无任何材料。从其诗词作品中,大概可以知晓她籍贯

---

① 《申报》,1872 年 11 月 23 日,第 1 册,第 705 页。

苏州，本为"三槐世泽，两晋家声"，应该是大家之女。可能是因为家道中落，或者战乱，她流落风尘之中，后得人相助，跳出风尘，可是因为战火，与家人失散。独自一人来到海上，艰难度日。① 王素姐在上表中排名第37位，作诗122首，无其他作品。在众多的《申报》文人中，这个排名也是比较优秀的。她的诗歌有个特点，就是喜用集句，是《申报》文人群体中用集句作诗最多的一位。集句诗在她的诗歌作品中占有一半数量。

集句传统，古已有之。现存最早的完整集句诗见于西晋，而集句的风气真正开始于宋代。② 王安石是文学史上第一个大量创作集句诗的作家，也代表着宋代集句艺术的最高水平。"集句创作既需要博学，又尚急智；既要巧思，又要雅趣"③，明清时，集句的形式被广为接受和流传。早期《申报》文人群体中，很多人都尝试集句创作。但在一个文人身上，集中创作那么多集句作品的，只有淑娟女史一人，还是闺阁中人。当然，这里我们并不带有性别偏见。只是在那个年代中，女子接受的教育远远不如男子，而集句又是极富才情的创作。因此，表现在一个女子身上更显得弥足珍贵。录两首如下④：

寄海上故人两律

风动茅花月满坛唐求，闲吹玉笛洞天寒陆游。药炉经卷为长物李之翰，菰饭莼羹亦共餐张志和。春草歇芳心耿耿刘瑶，秋河不动夜漫漫高适。年来已奉黄庭教陆龟蒙，仿佛三生吴彩鸾方岳。

---

① 寓沪淑娟女史《感怀绝句十六首》，《申报》，1872年12月12日，第1册，第769页。
② 吴承学《中国古代文体形态研究》，中山大学出版社2000年版，第139页。
③ 吴承学《中国古代文体形态研究》，中山大学出版社2000年版，第140页。
④ 《申报》，1875年2月24日，第6册，第160页。

其二

瑶台何路可追寻李远，耤水耕山息故林徐夤。晓镜但愁云
鬟改李商隐，夜窗惟许月华侵王安石。药苗细剧携长镵陆游，松韵
清宜入绮琴刘长卿。天上人间同此夕谢灵运，花仙芸入广寒深杨
万里。

有文人评价她的集古诗，为"裁七襄之锦，写五内之思，宛转生情，缠
绵寄慨"①。更有当时已经享誉《申报》文坛的邹弢以《无题》二首投赠，
希望有缘结识王淑娟："余于王淑娟女史闻名遥企，拜倒殊深。但恨缘乏
三生，会疏一面。依依杨柳，徒切葵忱；渺渺蒹葭，莫亲芝教。供扫地焚
香之役，不教亲侍兰闺；结惜花拜月之痴，那便遽通竹素。是以心依有
美，诗托无题，辄作数章，敬求赐和。"②这些都足见王淑娟虽为巾帼，也
是女中大夫，有令众文士拜倒的才情。

除了上文所述二人之外，还有如慧娟女史者，黄式权《淞南梦影录》
云："秀水陈曼寿明经之娇公子。曼寿侨寓东瀛，女史依其兄傯居沪上，
春秋佳日，每以诗画陶情。……《谢任伯年先生画〈授经图〉》云：'客馆吟
哦父作师，绣余每趁夕阳时。……一时清兴无多让，兄习分书妹课诗。'
清丽绵芊，令人爱不忍释。"③

纵观之，晚清中国，有才情的闺阁女子不在少数。"尝谓女子诗，只
以性灵为贵，必欲模仿三唐、两宋，甚而求之汉、魏以上，此老学究迂腐之

---

① 寓沪云怡主人室赖小园《题淑娟女史感怀集古诗跋》，《申报》，1873年5月30日，第
2册，第490页。
② 《申报》，1876年7月26日，第9册，第86页。
③ 黄式权《淞南梦影录》（"上海滩与上海人"丛书），上海古籍出版社1989年版，第
102页。

谈，乌足以品评闺秀。慧娟诸涛，眼前情景，信手拈来，自有一种清俊之气。"①随着近代报刊的出现，特别是早期《申报》的出现，作为一种传播媒介，使得不少在原本男尊女卑观念下无法流传的闺秀之作有了传播的途径。更因报刊打破了地域的限制，早期《申报》的闺阁诗人词人们来自不同的地域，分属不同的省份。她们原来互不认识，但通过阅读《申报》，拓宽了视野，《申报》使得原本藏在深闺的女子可以了解天下大事，从而扩大创作诗境和词境，扩大她们的交友圈。封建时代的女子，一生中出门远游的机会很难得。所以结交异地的友人，对她们来说，是件几乎不可能的事情。通过《申报》，她们可以读到让自己心灵震撼的诗词作品，也有了彼此唱和的机会。细细考察，早期《申报》文人圈的闺阁才女，其实也有一个小的固定的唱和交流圈。这个小群体以补萝山人和淑娟女士为中心，她们中有些人甚至没有见过面，但是通过报章刊登的诗词作品了解彼此，抒发情怀。古时男女有别，闺阁之间的唱和尚属偶然现象，更不用谈男女之间了。而有了报章之后，文人雅士和闺阁才女之间的诗词唱和有了平台，通过平台交流思想以及探讨创作方法，这都对晚清近代诗词的健康发展大有裨益。

五、结论

综上所述，考察早期《申报》文人，我们发现这一群体有着这样一些明显特征，即松散性、跨地域性、流动性和开放性。所谓松散性，是指文人群体之间并不一定相互见面并熟识。他们通过《申报》发表自己的诗词作品，并通过《申报》阅读他人的诗词作品，从而寻找与自己志趣相投的文人，以诗词会友。他们之间三三两两会根据自己所在的地域、环境

---

① 黄式权《淞南梦影录》（"上海滩与上海人"丛书），上海古籍出版社 1989 年版。

而相互集会酬唱,并将酬唱的作品发表在《申报》上。若其他文人见到,有同样的作品,也可以通过报章发表,加入唱和。也就是说,他们的群体间没有明确的纲领以及集会的地点,也没有明确的进入与退出的程序,是为松散性。跨地域性,是报章出现以后文人群体的一个最大的特色。这里的跨地域性,不仅跨省,甚至跨越国界。报章每日或每周发表,快捷的方式打破了以往文人交流作品需要通过“书信”的形式。在古代交通极其不发达的时候,一封信件往往经过半年或一年才能到达收信人的手中,这是造成异地唱和困难的原因。报章产生后,这一困难迎刃而解,不仅跨地域的唱和变得可能,跨国界也不再是问题。所以,在早期《申报》文人群体中,出现了日本、朝鲜以及美国人的诗词作品。流动性,当然是指早期《申报》文人的不固定性,他们往往会因为各种各样的原因,最终离开;同时,也会有新的成员加入。如上文所说的北条鸥所,他的创作时间在其寓居沪上的那一年,其回国后,《申报》就未再发表过他的诗词作品。最后,开放性,是指早期《申报》文人群体并不固定在某一职业,或某一身份。这一群体中,有职业报人,有社会名流,有清廷官员,有外交官,有大家闺秀,有风尘女子,还有优伶等,职业身份各不相同。当然在这个以《申报》为平台的大的群体之中,文人们也各自为政,根据不同的文化背景和审美趣味分成各自不同的小圈。如以蔡尔康、王韬、钱昕伯、何桂笙、黄式权等人为中心的报人圈,他们以租界为中心,兼与袁祖志、王恩溥、李芋仙等社会名流诗酒酬唱,其“文化趣味趋新”[1]。另一个小圈,则是以主讲上海求志书院的俞樾为首的“以县城为活动中心、文化趣味守

---

[1]　叶中强《上海社会与文人生活(1843—1945)》,上海辞书出版社 2010 年版,第253 页。

旧"①的文人圈。与此同时，因为有同样的遭遇和环境，海上闺秀也在早期《申报》文人圈中形成了自己交游唱和的圈子。一时，闺秀才女聚集，在《申报》上纷纷发表作品，感怀抒情。这些文人小圈不是孤立的，他们彼此间相互沟通，互有来往。以这些小圈为中心，以《申报》为媒介，吸引外地文人创作诗词作品，从而形成一个有机整体。申报文人以《申报》为平台，以晚清上海为场域，他们身份各异，环境各不相同，各自组成分散的小团体。这些小团体内部诗词唱和，相互切磋。小团体之间也不是割裂的，他们彼此相互联系，互有往来。常常因为一个大的事件或者一个重要人物聚到一起，形成共同创作的主题和内容。这构成了早期《申报》诗词创作的一个总体格局。《申报》报人，既是旧体诗词的创作者，也是操作人。他们对诗词的发表有着选择和决定权，这就决定了他们在早期《申报》诗词创作文人群体中有着重要的地位。社会名流，则以他们的人格魅力和影响力，帮助报刊吸引文人雅士加入《申报》诗词唱和之中。"文学撰稿人"才是早期《申报》真正的中流砥柱，他们往往满腹经纶却郁郁不得志，才情洋溢而不得伸张，《申报》正好给他们提供了发表自己作品的平台。在这个平台上，他们可以纵情诗词创作中，可以结交与自己有着心灵撞击的同道中人。外邦文士以及闺秀才女的加入，更使得早期《申报》诗词创作文人群体有了不同的声音和更广的视野，在诗词吟咏的创作技巧方面也可以相互借鉴、提高。因为报刊传播面广、信息发布及时的特点，使得异地唱和不再遥不可及。即使远在千万里之外的另一半球，诗词作品也可以远隔重洋得以发布。而大众媒体面向大众的特性，也正是早期《申报》诗词创作文人身份多样性的成因之一。

---

① 叶中强《上海社会与文人生活（1843—1945）》，上海辞书出版社 2010 年版，第253 页。

第三节　结社与唱和：以杨柳楼台唱和为中心

文人群体，结社吟咏、诗词唱和是常态。诗歌唱和，最早起源于劳动生产，《吕氏春秋》载葛天氏之乐。葛天氏的八章乐歌，由三个人执着牛尾，踏着脚唱出，刻画生动形象。文字出现后，这种唱和即被记录下来，加以诗性语言的加工、提炼，形成了唱和诗。唐代是我国古典诗歌的繁盛时期，诗家辈出，诗人之间的交往频繁。格律诗的形成，也给唱和诗的发展创造了更好的条件。其因体制短小、韵律整齐的特点，成为唐以后历代诗人作诗的主要形式，也是诗人们相唱和的主要形式。宋代以后，随着词的文体地位的上升，文人们除了以诗相唱和之外，以词唱和的形式也相继出现，如红桥唱和等。但这种唱和往往受时间和地点的限制，范围较小。报刊的出现，大大拓宽了文人唱和的时间与地域范围，使得唱和的规模变大。考察早期《申报》诗词创作文人群体的结社唱和，可以看到，在晚清的上海文人集社数量众多，诗词唱和频繁。这些诗词集社，与近代的进步社团有明确的组织和纲领不同，他们大多以诗词唱和为主，主题不外吟风弄月、友朋欢聚，排解独处异乡的疏离感和不被用的失落感。

一、"杨柳楼台"与窥园诗社

"杨柳楼台"，据记载，在上海市福州路胡家闸以东，浙江路以西，即今一枝香春江楼地址。[①] 这里是早期《申报》诗词创作文人群体中声望很高的仓山旧主袁祖志的宅邸。陈无我编的《老上海三十年见闻录》中

---

① 陈伯熙《杨柳楼台》，见《上海轶事大观》，上海书店出版社 2000 年版，第 123 页。

有"杨柳楼台"条："福州路西部地近胡家宅（在现时丹桂第一台对面万花楼之处）。旧有小楼一所。颜曰'杨柳楼台'。乃昔年仓山旧主与诸名士评花饮酒顾曲征诗之所。当时文坛耆宿如王紫铨、何桂笙诸先生每逢春秋佳日辄于楼中觞咏留连，乐数晨夕，裙屐风流，一时称盛。"①

仓山旧主袁祖志著作等身，才名遍大江南北。其兄袁祖德曾任上海县知县，小刀会起义时被杀。袁祖志也曾出任过县令、同知等一类官职。卸任后，他寓居上海，营建住宅。他购得沪北四马路②之胡家宅。因该地恰有杨柳一株，"临风摇曳，图画天开"③，所以，袁祖志将宅邸取名为"杨柳楼台"，这大概也是效仿袁枚在南京小仓山辟设随园的风雅。

杨柳楼台建成后，袁祖志组织"窥园诗社"。早期《申报》诗词创作文人经常聚集此楼，而外邦游士、文人墨客也慕名而来。"当光绪中叶时，沪上报馆只三数家，操笔政者大都为山人墨客，不涉政治意味。编辑之暇，惟以啸傲风月为事。时有袁翔甫者，结吟坛于四马路西段，赁小楼一角，颜其额曰'杨柳楼台'。虽门外甚嚣尘上，车马纷驰，而入其室中则湘帘棐几，幽雅绝伦，几忘其结庐在人境也。一时词坛健将如龙湫旧隐、藜床旧主、瘦鹤词人、缕馨仙史辈，诗酒流连，迄无虚日，东南坛坫诚于此为

---

① 陈无我《老上海三十年见闻录》（上册），大东书局1928年版，第3页。

② 四马路即现在上海的福州路，现在是上海的文化街。福州路最早叫劳勃三渥克路，是一条石子路。因为附近有基督教会，所以又叫布道路和教会路。咸丰四年的时候，对福州路修缮、加长，通到第二跑马场。咸丰六年取名福州路。因为同时修的有四条马路。南京路是大马路，往南数，九江路是二马路，汉口路是三马路，福州路是四马路，广东路是五马路。晚清上海，四马路异常繁华，酒馆、茶楼、青楼林立。

③ 孙家振《退醒庐笔记》，上海书店出版社1997年版，第11页。

盛矣。"①骚人逸士争相过从，诗酒留连，殆无虚夕。数年间，下至贩夫走卒，海上几乎没有不知晓"杨柳楼台"者，此地俨然成了沪上著名的文化地标。

最早在《申报》上发表关于"杨柳楼台"诗作的是龙湫旧隐葛其龙。其诗发表于 1881 年 5 月 17 日，题为《辛巳暮春，仓山旧主得小楼于城北绿柳深处，颜其额曰"杨柳楼台"，集同人觞咏其中，因成四律，以志其胜》②。录其中一首：

> 仓山旧主最风流，垂柳阴中作小楼。一片烟波剪淞水，二分明月借扬州。闲情聊复调鹦鹉，近局还堪约鹭鸥。此日冶春重结社，要将佳话播千秋。

这首诗中已见"杨柳楼台"结社的意向，"杨柳楼台"大抵为文人撇开尘俗、吟咏风月、挥洒闲情之社。

1881 年 5 月 30 日，仓山旧主发表《窥园社事小引》："沪北一隅，洋场十里，笙歌夜夜，灯火家家。萃尘世之繁华，极人生之乐事。然而司空见惯，亦属平常。达者旷怀，翻嫌绚烂，欲医鄙俗，端赖歌诗，爰招同志若而人，特辟楼台兮一角。几行杨柳，宛然陶令之门；一簇园林，窥见波斯之窟楼。日登以成趣，门虽设而不关。随意命题，捐除陈腐，拈毫分咏，各斗心思。既已互为品题，便即付之剞劂，聊藉歌咏副升平之盛，非敢风骚居领袖之班。此外则书工颜柳，尽可挥毫；画檀关荆，任教染翰。或撇笛或敲棋，何分主客；或评茶，或赌酒，不问朝昏。排日为欢，分曹射覆，致

---

① 陈伯熙《杨柳楼台续记》，《上海轶事大观》，上海书店出版社 2000 年版，第 123 页。
② 《申报》，1881 年 5 月 17 日，第 18 册，第 522 页。

足乐也，无不宜之。傲人作壁上之观，笑俗子徒酣春梦；老我享眼前之福，喜诸君同此芳心。是为引。仓山旧主启。"①这可以看作是袁祖志发起的"窥园诗社"的一个纲领性的启事文。

1881年6月12日，袁祖志在《申报》发表诗作《自题杨柳楼台请同社诸君子暨诸大吟坛正之》②：

> 要把繁华俗转移，大张旗鼓日吟诗。春归杨柳千条尽，人在楼台四顾宜。十里笙歌花簇簇，六街灯火漏迟迟。贫来百事从人借，借得园林景更奇。

> 买邻遍近可儿家，柳色深藏幕不遮。但有才人皆入座，断无骚客不停车。拓开几案争评画，倚遍栏干为赏花。尽把风光共消遣，胜他俗吏唱排街。

> 偶然平地学神仙，胜友良朋尽有缘。百首新诗题壁上，一樽清酒醉花前。才看棋局争双劫，又听琴声动七弦。也是浮生行乐处，何须十万买山钱。

> 绿阴浓覆画沉沉，到此应无俗虑侵。蜗角客盈疑广厦，马蹄声碎出疏林。吹人衣袂风常送，旷我襟怀月更临。笑指三山森海上，空蒙蜃气未须寻。

单从袁祖志的诗作来看，大体可知他继承了其祖父的"真性情"，为性灵一派诗风的继承者。这组诗，也是袁祖志作为窥园诗社发起者的首唱之作。"要把繁华俗转移，大张旗鼓日吟诗"，虽然是一句看似平常、近

---

① 《申报》，1881年5月30日，第18册，第574页。
② 《申报》，1881年6月12日，第18册，第624页。

于口语的白话诗句,但表达了诗人想扭转颓风的气度。不愿整日勾留在名利场,要与清风杨柳作伴,闲来吟诗,这其实是晚清上海多数文人共同的想法。或为生计,或为躲避战争,这些文人来到十里洋场。这是一个炫目的世界。原本靠走科举仕途的文人,在这里找不到出路,只能暂时厕身报馆、书局之中。他们中的很多人生活窘迫,举步维艰。而上海不同于中国的其他城市。它是个受西方浸染极深的城市,文明程度很高。这里有林立的商铺、耀眼的霓虹、拥挤的街道,却极少中国旧式文人喜欢的湖光山色。对于旧式文人而言,无论是人生得意或是失意之时,寄情山水,饮酒诵诗,是他们生活的常态。而来到上海之后,原本的生活习惯被打破,在遍历了青楼舞场的喧嚣之后,没有可以荡涤他们心灵的场所;生活的失意以及背井离乡的苦楚,更使得这些文人在上海有种边缘感和异类感。袁祖志营造的杨柳楼台,其实是还原了文人心中的寄情山水的渴望。正如孙家振所说:"夫以区区半弓之地、一角之楼,设他人居之,虽有杨柳,安足萦怀? 虽有楼台,谁为注目? 乃以先生之故,竟而地以人传,始知人杰地灵,古人言确有见地。今虽沧桑变易,杨柳为摧,楼台已渺,而过其地者犹时忆先生当日折柳怀人、倚楼觅句时也。"①袁祖志的杨柳楼台之区区半弓之地,根本谈不上什么寄情山水、登高极目,正因为他的名气和窥园诗社的立社宗旨与早期寓居上海的文人的心态是暗合的,竟也造成了一呼百应之势。

统计窥园诗社的诗词创作情况,仅以"杨柳楼台"唱和为例,从 1881年 5 月 17 日龙湫旧隐葛其龙在《申报》刊登唱和的诗作开始,到 1889年 12 月 6 日仓山旧主发表《山阴俞君达夫乃任伯年先生高弟,为予绘〈杨柳楼台〉一幅,诗以报之》止,窥园诗社唱和共持续了近九年时间。此后

① 孙家振《退醒庐笔记》,上海书店出版社 1997 年版,第 11 页。

《申报》就不再刊登文人的诗词作品，我们不能断定窥园诗社的唱和就此结束了。考察这些年的诗词唱和作品，共有词 4 首，诗 158 首，共 162 首作品，参与人数达 66 人，涉及省市有江苏、浙江、安徽、湖南、江西、广东、广西、四川、上海等。地域范围跨度较大，这大概也与仓山旧主袁祖志的影响力有关。

杨柳楼台唱和作者作品一览表

题署	作者简介	题目
龙湫旧隐	葛其龙，生平见前。	《辛巳暮春，仓山旧主得小楼于城北绿柳深处，颜其额曰"杨柳楼台"，集同人觞咏其中，因成四律，以志其胜》
曾钰	曾钰，字兰坪，号懒萍。江苏上海（今上海市）人。诸生，善饮工诗，晚年盲目，而诗益精进。著有《咏雪诗稿》。	《读龙湫旧隐〈题杨柳楼台〉四律，即用其韵，吟赠仓山旧主并乞诸吟坛均正》
仓山旧主	袁祖志，生平见前。	《窥园社事小引》
林竹君	林竹君，秣陵（今南京）人。	《偶登杨柳楼台，附呈仓山旧主》
杨伯润	杨伯润（1837—1911），字佩甫，号南湖外史。浙江嘉兴人。擅长书画。	《辛巳暮春过杨柳楼台呈仓山旧主》
扫花仙史映雪生	孙辛恪，字熙曾，一字莘田，号鸳湖映雪生、扫花仙史、散花仙史、长春花馆主。浙江嘉兴人。诗词创作兼善，为早期《申报》诗词创作文人群体中重要作家之一。	《赠仓山旧主杨柳楼台，题壁和龙湫旧隐韵》
茂苑赋秋生	姚文藻，字芷芳，别号茂苑赋秋生。江苏苏州人。在清廷海军办文案，到过朝鲜。工诗词。	《杨柳楼台即景，录呈同社诸君子》
遂闲生	不详。	《杨柳楼台即事，用南湖韵，呈仓山旧主粲政》
醉墨生益三	吴溢（？—1881），字益三，号惜花逸史、苕溪醉墨生。浙江人。喜酒能诗。	《杨柳楼台即事，呈仓山旧主、南湖外史并诸吟坛同哂正》

题署	作者简介	题目
茜红馆小弟杏坪氏	艾杏坪，名德埙，号茜红馆主。上海人。清末谜家。有"隐癖"之称。曾在上海豫园内"玉泉轩"茶馆设谜社。	《杨柳楼台访主人不值》
仓山旧主	袁祖志，生平见前。	《自题杨柳楼台，请同社诸君子暨诸大吟坛正之》
薇云馆主葛其龙	葛其龙，生平见前。	《天中节偕曾兰圩、傅欣亭登杨柳楼台晤仓山旧主偶成一律》
易堂彭氏仲子倬云	彭倬云，号易堂。	《杨柳楼台即景，呈仓山旧主正之》
鸳湖松华馆主	巢勋（1852—1917），字子馀，又字子能，号松道人、松华馆主，室名松华馆、光雪听竹轩（有《光雪听竹词》）。浙江嘉兴人。画家，从学于同邑张子祥。工山水并能花鸟，有画集行世。	《过杨柳楼台，依南湖韵，呈仓山旧主并请雾里看花客斧正》
李士棻芋仙	李士棻（1821—1885），字芋仙，署名二爱仙人、钝榜状元、天补道人、炼柔居士等。忠州（今四川忠县）人。为曾国藩入室弟子。善饮能诗，有"酒龙诗虎"之誉。不善为官，落职，晚年寓居上海。刊有《天瘦阁诗集》。	《访仓山旧主于杨柳楼台，率成二律就正》
咏雪子	曾钰，生平见前。	《登杨柳楼台感赋，录请仓山旧主暨吟坛均正》
七闽傅喜佑	傅喜佑，字肖岩。福建人。	《偕龙湫旧隐、咏雪子登杨柳楼台，赋赠仓山旧主并请诸吟坛哂政》
白鹭洲笠渔	黄文达，字笠雨，一作笠渔，号石瓢，又号绿梅花龛诗隐。江苏南京人，居白鹭洲。增广生。以医为业。有《绿梅花龛词》二卷。	《和咏雪子登杨柳楼台原韵，录呈仓山旧主暨诸吟坛法政》
杨长年	杨长年，江苏南京人。	《辛巳夏五月读翔甫先生杨柳楼台四律，倾倒之至，勉和元韵，录请郢正》
楚北戎马书生	杨宗望，湖北人。	《和七闽傅肖岩题杨柳楼台韵》
泖滨渔隐	瞿灏，字浩然。其余不详。	《和七闽傅肖岩并仕云题杨柳楼台韵》

续　表

题署	作者简介	题目
梁溪瘦鹤词人邹弢翰飞	邹弢，生平见前。	《杨柳楼台题赠仓山旧主并乞郢政》
徐庆龄寿芝氏	徐庆龄，字绶紫，号海昌太憨生，又号蟾窟分香楼主。浙江人。工书，兼善篆刻。有《玉台集纪游草》四卷，《纪艳草》二卷。	《读龙湫旧隐题杨柳楼台四律即和原韵，以赠仓山旧主并乞诸吟坛郢正》
舫鸥小隐	不详。	《奉题杨柳楼台即事两律，呈仓山旧主暨诸吟坛哂政》
蜀东簾甫氏	不详。	《题杨柳楼台二律，录呈仓山旧主暨诸吟坛郢政》
怀湘箫史	不详。	《临江仙·题杨柳楼台》
鹏湖渔隐	不详。	《题仓山旧主杨柳楼台壁上》
万钊剑盟	万钊（1844—1899.1.31），字剑盟，一字涧民。江西南昌人。有《鹤涧诗龛集》。	《题杨柳楼台》
曲阿庸愚子林廷范松涛	范松涛，字林廷。江苏人。	《题杨柳楼台请仓山旧主暨诸大吟坛指铁》
艺兰生诚之氏	杨兆鋆（1854—?），字诚之，号须圃。浙江乌程人。晚清外交家，也是近代数学家李善兰和华蘅芳的学生，对数学颇有研究。先后在上海广方言馆、京师同文馆学习。1884 年，杨兆鋆任驻德使馆随员，1893 年回国后投身江苏教育界，"督理各学堂暨局所近十年"。成就显著，曾出任驻比利时大臣。	《杨柳楼台四律为仓山旧主作》
邗上六勿山房主人	六勿居士，江苏人。	《奉和杨柳楼台四律原韵，录呈仓山旧主大吟坛郢削》
天涯倦游子	许古香，其余不详。	《题仓山旧主杨柳楼台，和李芋仙大令原韵》
春申后裔洁芝氏	黄洁芝，又号是空闲人。其余不详。	《题仓山旧主杨柳楼台，和李芋仙大令原韵》
冯棣昌	冯棣昌，江苏人。	《奉访仓山旧主于杨柳楼台，敬步自题原韵即希斧正》

续　表

题署	作者简介	题目
桃花源里一渔人	不详。	《题杨柳楼台》
半鲽生	陆增寿（1836—?），字砚锄。其余不详。	《题仓山旧主杨柳楼台，即步原韵》
二梅胡琪	胡琪（? —1915），字二梅。安徽歙县人。为晚清海派画梅大家胡璋（铁梅）之弟。工山水，宗法四王，深得古人胎息。	《题仓山旧主杨柳楼台，即求斧正》
漕溪菜根仙史唐尊恒	唐尊恒，字子久。上海人。博学能诗，善墨兰。工书，精金石考据。	《奉访仓山旧主勉步杨柳楼台元玉》
鬘华仙馆主人	徐曼仙（约1862—约1912），字畹兰。德清县城关镇人。自少喜读诗词，后嫁给湖州忠节公赵景贤的孙子赵世昌。世昌早逝，她上敬公婆，中睦妯娌，下抚幼子。在困境中，孜孜研读《红楼梦》，数历星霜，著有《红楼叶戏谱》，开中国妇女红学研究之先声。清光绪三十二年（1906），秋瑾在上海成立天足会，下设女子学校，徐曼仙被聘为女校讲席兼主笔政。居沪期间，她积极参加革命，发起女子实业会、女子实业公司，被人称为"开风气之先，为巾帼习练商业之滥觞"。徐曼仙对古典诗词造诣颇深，时人称她"出入唐宋，无闺阁柔靡习气"，有《华鬘陀室诗草》传世。还擅丹青。民国初染疾归里。卒年五十一岁。	《题杨柳楼台赠仓山旧主，并请赋秋生同政》
吴趋瘦狂生	沈源清，字少海，又号愤读斋主。江苏苏州人。	《奉题杨柳楼台七律二首》
皖桐龙腾宵鹤友	龙腾宵，字鹤友，安徽人。	《邮和仓山旧主杨柳楼台原韵》
两淮末吏	陈二邱，其余不详。	《读黄洁芝明府题杨柳楼台诗敬步原韵奉和并柬仓山旧主》
四禅天人然真氏	王幼裳，字然真，上海人。	《题杨柳楼台即请仓山旧主指政》
宜黄仙人石下一鹗轩主人仁轩	不详。	《题仓山旧主杨柳楼台》

续　表

题署	作者简介	题目
虹桥侧舒昌森少卿氏	舒昌森(1852—?),字少卿,号问梅,别署梅庵。江苏宝山人。供职苏州税关。有《问梅山馆词钞》六卷。	《盛夏薄暮访仓山旧主于杨柳楼台不遇题壁》
烟波词客	不详。	《逍遥乐·用黄鲁直韵题杨柳楼台,寄赠仓山旧主,录请诸大吟坛顾误》
孙点	孙点,字君异,号玩石,又号圣与,别号三梦词人,笔名师史氏。安徽滁州来安县人。1885年,孙点因赴江南参加乡试而不售。于1887年由王韬介绍去日本,做驻日公使黎庶昌的随员。1889年,黎庶昌卸任,新公使李经方自带随员,孙点留任无望,不得不回国。船从横滨港出发,夜行到远州滩时,孙点突然纵身跳入海中自杀。消息传来,诗友悲哀不已。中日文人数十人曾聚集在红叶馆举行祭奠。	《上元杨帅朴庵以和袁翔甫大令杨柳楼台四律邮示,次韵奉答并柬翔甫,录请诸大吟坛正之》
梁溪瘦鹤词人邹弢翰飞	邹弢,生平见前。	《游申杂咏》(组诗,间有题杨柳楼台诗)
味馨室主人	不详。	《题杨柳楼台,即用仓山旧主原韵,并请教政》
梦芜香馆主	陈臧伯,其余不详。	《题仓山旧主杨柳楼台》
听涛轩主人	杨同炳,字耀卿,号听涛轩主人。北京人。	《题仓山旧主杨柳楼台》
王定祥	王定祥(1855—1888),字文甫,号缦云。浙江慈溪人。光绪戊子(1888)举人。卒年三十四。著有《映红楼诗稿》四卷、《映红楼初存集选抄》六卷、《扁舟集》一卷、《映红楼诗余》一卷,另编有《慈溪姜先生宸英全集》三十三卷。光绪《慈溪县志》附编有传。	《存恕斋主以题袁翔甫大令杨柳楼台诗索和,谨步元韵二律,邮呈诸大吟坛哂政》
可痴生	不详。	《奉题仓山旧主杨柳楼台》
啸园瘦士拙公	沈拙人,又号渴龙。上海人。	《重迭杨柳楼台间壁韵,录请仓山旧主点铁》
花月吟庐主人步云氏	杨嘉焕,字步云。上海人。有《晚香斋诗存》。	《题仓山旧主杨柳楼台》

续 表

题署	作者简介	题目
天姥俞焕斗依南	俞焕斗,字依南。浙江人。	《翔甫先生系随园喆孙,乱后于役海上卅余年矣,壬午春予由川黔潇湘云梦而归,得遇于沪上杨柳楼台别墅,率成三绝句录呈郢政》
芙蓉城席时熙	席时熙,字渔春。寓蜀四川。工隶书。	《题杨柳楼台即呈仓山旧主大诗伯哂正》
上海单恩藻黼卿氏	单恩藻(1856—1922后),字黼卿,号田桥词客。江苏上海人。有《花声月意楼词》二卷,据稿本卷二《贺新凉》小序"民国辛酉,畲马齿六十有六矣",知其生于咸丰六年。	《蝶恋花·题袁翔甫先生杨柳楼台》
赋秋生	姚文藻,生平见前。	《过杨柳楼台》
仓山旧主	袁祖志,生平见前。	《三月十二日自杨柳楼台登舟,留别海上诸君子,即乞玉和》
仓山旧主	袁祖志,生平见前。	《伦敦客次怀杨柳楼台兼寄海上诸君子》
秀水蒲华作英	蒲华(1832—1911),原名成,字作英,亦作竹英、竹云,号胥山野史、种竹道人,一作胥山外史,室名九琴十砚斋、芙蓉庵、剑胆琴心室、九琴十研楼。浙江嘉兴人。善草书、画竹,家贫,鬻画自给。字画皆能近于古人,心迹同一,晚清海派画坛具有创造精神的代表画家。其画气势磅礴,可与吴昌硕媲美。蒲华携笔砚出游四方,以卖画为生,最后寓居上海。潦倒落拓,纵酒不修边幅,人呼"蒲邋遢"。蒲华的知友中友情最深的是吴昌硕。蒲华谢世时身旁无亲人,吴昌硕等为他料理丧事。	《过袁翔甫大令杨柳楼台》
古滠愚侄廖绪城季仙	廖绪城,字季仙。上海人。	《甲申七月晤仓山旧主于杨柳楼台,承以海外吟见示,临别偶成一律,录呈指政》

题署	作者简介	题目
海昌后学蒋元樾照生氏	蒋元樾，浙江人。	《乙酉暮春偕庄丈笏卿访仓山旧主于杨柳楼台，口占二律，即呈斧正》
柳隐词人	马相如，生平见前。	《菩萨蛮·春暮过杨柳楼台喜赠仓山旧主》
笋溪卧庐生愚侄程麟	程麟，号卧庐生，重庆人。	《访仓山旧主袁翔甫大令于杨柳楼台率成一律呈政》
古董鲁泉氏洪洙	洪洙，号云隐山樵。浙江人。	《题仓山旧主杨柳楼台》
赋秋生	姚文藻，生平见前。	《忆杨柳楼台即寄仓山旧主》
西湖花隐杨槐卿季长氏	杨兆槐，字季长。浙江人。善诗词。	《题杨柳楼台，奉赠仓山旧主翔甫乡丈哂政，并请高昌寒食生、小楼主人、种榆山人同政》
浔溪颖园主人陈诗	陈诗（1864—1942），字子言，号鹤柴山人。安徽庐江人。出身于官宦家庭。善诗文。旅居南京、上海，受文廷式、郑孝胥等名家指点。入民国，居上海二十余年。有《风台山馆诗抄》《尊瓠室诗话》。	《奉访仓山旧主于杨柳楼台赋此录呈政和》
古华汉严氏德	不详。	《戊子秋薄游沪上，偶过杨柳楼台，率成一律奉赠仓山旧主，录请海内诸大吟坛郢正》
海上忘机客	张兆熊（1826—？），字遂生。上海人。工诗文，偶画山水。	《笠江贤世讲，精于绘事，寄砚杨柳楼台，漫成一律，即希海上诸大吟坛并正》
壶天小隐吕喜石	吕喜石，号壶天小隐。	《龙山小隐尤君笠江工绘仕女，偶过杨柳楼台，观其点染，勉成拙句以博诸大吟坛正和》
休宁辅卿吴嗣箴	吴嗣箴，字辅卿。安徽休宁人。	《俚句敬呈桂笙先生大吟坛点铁》（组诗，内含《杨柳楼台题赠》）

续　表

题署	作者简介	题目
仓山旧主	袁祖志，生平见前。	《毗陵吴晋壬太守书名夙震寰字间，更尝以诗酒饰吏事，真近今不可多得之贤大夫也。兹由栝苍榷差代归过沪，访余杨柳楼台，殷殷话旧，出示〈苍山录别诗卷〉并以长句见贻，读罢敬步原韵，奉酬即正》
仓山旧主	袁祖志，生平见前。	《伤柳》
仓山旧主	袁祖志，生平见前。	《山阴俞君达夫乃任伯年先生高弟，为予绘〈杨柳楼台〉一幅，诗以报之》

　　此表格根据笔者整理之《早期〈申报〉诗词作品目录索引》统计所得。限于篇幅，只录诗词作者题署和作品题目。按其在《申报》上发表的先后顺序排序。生平简介一栏中，前文介绍过之作者不再赘述。未介绍过的作者，有身份可考的撷其要者予以简介。由于早期《申报》文人发表文章，多用笔名，所以，很多人的生平只能根据其诗作署名以及文人间的唱和判断。将仅有之线索一并辑出，以俟日后再访。本表格诗人词家生平根据陈乃乾《室名别号索引》（增订本）（中华书局 1982 年 8 月版）、陈玉堂编著《中国近现代人物名号大辞典》（浙江古籍出版社 1993 年 5 月版）、刘恒《中国书法史·清代卷》（江苏教育出版社 2007 年 9 月版）、江庆柏主编《清代地方人物传记丛刊》（广陵书社 2007 年 11 月版）、朱德慈《近代词人考录》（中国社会科学出版社 2004 年 12 月版）等资料整理而成。

　　考察上述作者，其身份多元，有报人、诗人、词人、画家、金石家、商人以及清廷的官员。组织松散，基本可以分成两部分。一部分为寓居沪上的文人。他们多科举失意之人，而才华横溢；历经洋场，看透功名，却不得不厕身于报社、书局这些历来所不屑的职业中，这些文人尚未能很好地适应职业报人这样一种身份的转型。身份的焦虑感和仕途的失落感，让这些寓居文人的精神世界十分苦闷。杨柳楼台就像一个庇护场一样，正好为他们构建了一个可以缔结社群关系，缓解身份焦虑，排解转型期的苦闷，同时又能在一定程度上维系士大夫情怀的平台和空间。在这个空间中，他们有共同的话语、共同的主张和共同的烦恼，而诗酒唱和则是他们表达态度、施展才情和缓解苦闷的方式。另一部分参与唱和的文人，他们并不寓居上海。他们从《申报》上得知了窥园诗社和杨柳楼台，在异地创作作品，专程寄往《申报》希望参与其中。这部分文人大多是抱着交游投柬的目的参与唱和的。

二、杨柳楼台唱和之特点与影响

其实，大型的唱和历来有之，且不乏著名者。清代如秋柳唱和、红桥唱和、江村唱和及秋水轩唱和等，后三次被称为清初词坛重要的三大唱和活动。以"红桥唱和"为例，顺治十七年（1660），王士禛以推官身份来到扬州。康熙元年（1662）春，修禊红桥，以"红桥怀古"为主题，调寄《浣溪沙》唱和，即为著名的"红桥唱和"。当时参加的有袁于令、杜浚、邱象随、蒋阶、朱克生、张养重、刘梁嵩、陈允衡、陈维崧等人。王士禛首倡《浣溪沙》三阕，其名句"绿杨城郭是扬州"即出于此词，众人和之，并刻为《红桥唱和集》。王士禛还撰写《红桥游记》一文记其盛况。据《渔洋山人自撰年谱》记载，王士禛在扬州修禊红桥的活动共有两次。康熙元年条目下的记载，即是上文所说的第一次以词为主的唱和："和者自茶村而下数君，江南北颇流之。"①康熙三年条目下："甲辰（1664）：三十一岁。在扬州。春与林古度茂之、杜浚于皇、张纲孙祖望、孙枝蔚豹人诸名士修禊红桥，有《冶春诗》。诸君皆和。"这当为第二次以诗为主的唱和。孙金砺在《广陵唱和词序》中提及此次"红桥之集得四十六人。"②关于红桥唱和的影响，李丹的《顺康之际广陵词坛研究》③中交代得十分清晰。之后的数

①　王士禛撰，孙言诚点校《王士禛年谱（附王士禄年谱）》《年谱丛刊》），中华书局1992年版，第20页。

②　孙金砺《广陵唱和词序》，见《广陵唱和词》，康熙六年留松阁刻本。

③　李丹《顺康之际广陵词坛研究》，上海古籍出版社2009年版，第44页。

年中,红桥唱和之风一直绵延不绝。

　　杨柳楼台唱和与红桥唱和相比,有一定的相似性,但也有自身的特色。

　　相似处首先在领袖人物。"能够体现出王士禛重大影响的不是他的词作,而是他的词坛活动,尤其是群体活动。他通过唱和等活动聚集了一批词人在自己的周围,同时,通过选评进一步确立了自己的话语权。"①杨柳楼台唱和的发起人为仓山旧主袁祖志,他是性灵派袁枚之孙。而袁祖志本身曾任过县令、同知等小官,其声名不大。但一则他善于利用其祖父之声名,另一则辟杨柳楼供沪上文人唱和之用,通过唱和等活动聚集了一大批上海以及外邑文人在自己周围,虽然没有像王士禛做选政之事,但通过唱和,他在早期《申报》诗词创作文人圈中的地位也得以稳固。从地域看,红桥唱和与杨柳楼台唱和之影响都遍及大江南北,参与人数众多且参与者的身份多元。从影响力来看,两次唱和的影响都十分深远。红桥唱和使得人们"至扬州者无不游红桥,游红桥者则又怀阮亭"②,而杨柳楼台唱和也产生了同样的影响,"今虽沧桑变易,杨柳为摧,楼台已渺,而过其地者犹时忆先生当日折柳怀人、倚楼觅句时也"③。

　　再看特色。首先,从传播媒介看,近代报章产生后,诗词附于报章,借助报章传递信息的及时性,文人的诗词创作也能及时、快速地得以传播。尤其像《申报》这样的日报,当天的诗词创作第二天便能刊登,这大大缩短了作品传播的时间。众所周知,诗词创作是需要某一特定事件或环境的启发,从而触发灵感的。报章的出现,改变了传统的诗词发表需要靠刊印诗词集的形式,这在很大程度上打破时空的局限,使其更有"切

---

①　张宏生《清词探微》,上海古籍出版社 2008 年版,第 217 页。

②　李丹《顺康之际广陵词坛研究》,上海古籍出版社 2009 年版,第 44 页。

③　孙家振《退醒庐笔记》,上海书店出版社 1997 年版,第 11 页。

近感"，从而使创作感情更真挚，诗词内容更丰富。

　　其次，杨柳楼台唱和的参与人数更多、地域范围更大、持续时间更长。与清代其它的诗词唱和相比，杨柳楼台唱和参与的人数已知的达66人，而地域则不仅以上海为中心，涉及江苏、浙江、安徽等地，更有江西、四川、重庆等内陆省份。这当然也是得益于报刊的作用。随着近代交通通讯的发达，报刊借助这一现代手段，可以实现每日出刊，或者隔日出刊。像《申报》这样的大型商业报刊，其营销地点遍布全国。这样，沪上及周边文人的诗词作品，第二天就能出现在内地。内地的文人阅读后，创作和作，隔天刊登在《申报》上。于是，唱和便形成了风气，而地域的距离感也在这里被打破了。报章的出现使得诗词创作的地域局限得以消弭。

　　再次，从唱和的内容看。以往的唱和都有一个主题，如"红桥怀古"。由于杨柳楼台的发起者袁祖志本身得其祖父袁枚的性灵真传，为人不喜约束，故杨柳楼台唱和并没有一个真正的主题。袁祖志在《窥园社事小引》中也强调了"随意命题"。当然，从最终的创作情况而言，早期《申报》诗词创作的文人群体还是以咏"杨柳楼台"为中心，进行交游唱和的。但袁祖志的本意，是想给那些与他一样同在繁华场却苦于生活艰辛的传统文人一个独抒性情的平台，不受拘束，纵情诗酒。因此，早期《申报》诗词创作文人群体，更像是一群大隐于市的隐者。从生活上，他们必须面对现实而设法谋生；但是在心灵上，一旦有了这样一个平台，他们就可以恣意地摆脱心中的枷锁，仿佛隐者般在杨柳楼台中吟诗交游，抛却忧愁。

　　总之，杨柳楼台唱和，作为早期《申报》诗词创作文人群体中比较重要的一次唱和活动，影响还是较为深远的。仓山旧主召集了一批文人，与其一起在杨柳楼台诗酒唱和，创作诗词（主要以诗为中心），排解烦闷。这不仅扩大了他在早期《申报》诗词创作文人群体中的影响，还更紧密地团结了晚清沪上各种身份的文人雅士,借助《申报》这一大众传媒的介质扩大影响。一时全国各地的文人纷纷加入,其场面蔚为壮观。

三、其他结社与唱和

杨柳楼台唱和,只是早期《申报》诗词创作文人群体结社活动的冰山一角。晚清上海,文人诗词结社活动频繁,数量众多。他们或组织季节性的集会,如夏季组织消夏会、冬季组织消寒社;或是利用某个场所,诗酒唱和,如上文提及的杨柳楼台唱和,与小楼主人王恩溥有关的《小楼吟饮图》唱和;或是组织各种各样的赏花会,如菊花会、兰花会,甚至为梅花、荷花过生日;或是出游唱和,如游徐园、豫园、张园等;或是送别某君赴考或远游,为某君来沪接风等等,林林总总,聚会结社的名目繁多。1877 年 10 月 17 日,《申报》上发表文章,题为《诗社纪盛》①,介绍了沪上文人结社的情况:

> 沪渎为通商繁盛之区,而风雅一途亦尚不闲寂。前者诸同人有聚星吟社之设,一时文人才士相与唱和,海内艳称。既而诸君子或橐笔他乡,或倦游思返,风流云散者一年有余。蔡君季白,甬上风雅士,而寓于本埠抛球场后,近日又联沪渎联吟一社,共拟新题,每月一次,择其尤者汇刊成帙,甚盛举也。兹将其诸同人所拟之九月分题目列后:
>
> 《九日登龙华寺浮屠放歌七古》、《旅雁篇五古》、《振武台七律》、《也是园雅集五律二首》、《春申君祠七绝不拘首数》、《一粟庵赏秋五绝不拘首数》。

---

① 《申报》,1877 年 10 月 17 日,第 11 册,第 374 页。

考晚清沪上以《申报》文人群体为中心的诗词集会，大概还有如下：

季节性的集会，如消寒、消夏社。这些结社一般随着季节的变化而出现，参与人数众多。《申报》第一次出现消寒社，在 1872 年 12 月 25 日，《申报》发表《壬申长至日，同人作消寒雅集，于怡红词馆漫成二律，用索和章发表》①。蒋其章原倡，葛其龙、云来阁主、梦游仙史、弇山逸庾等人参加。往往以与冬天或者夏天相关的物象为吟咏的对象，如"雪美人"、"雪梅"、"咏荷"等，也有以消寒或消夏酒楼吟饮为题进行创作的。这种集会几乎每年都有，发起人也有变化。如 1879 年 1 月 18 日，是邹弢发起的消寒会，并在《申报》上发表了《戊寅冬仲下浣梁溪潇湘馆侍者邹弢翰飞氏消寒会启》②的告示，号召大家参与。

聚星吟社。《申报》最早出现聚星吟社，在 1873 年 6 月，王孟洮的《四月六日聚星社诸同人饯春于太乙莲舟，时余有洞庭之行，并和即饯余，即席成二律句录请诸吟坛正和》③。由此可知，聚星吟社较早的活动当在 1873 年 4 月份开始。1873 年 6 月 12 日，葛其龙在《饯春诗附跋》的跋文中写道④："四月六日诸同人饯春于太乙莲舟，鹭洲诗渔以事未赴，小游仙亦以事先归，翌日来诗，未及汇送贵馆，兹谨补录呈电务，祈速登报中，以塞友人之责。"直到 1877 年底，《申报》仍刊登聚星吟社有关活动。葛其龙自称聚星吟社主人寄庵室，可见，该社当为他发起。成员大致有：龙湫旧隐葛其龙、味灯室主王孟洮、嘘云阁主王安、梦蕉仙史、剪淞病旅潘焘、缕馨仙史蔡尔康、蘅皋逸史、醉痴生吴升、苕溪花月吟庐酒舲氏沈云、华亭炊荬吟馆生、梁溪潇湘馆侍者邹弢、鹤槎山农江湄、瑟希阁

---

① 《申报》，1872 年 12 月 25 日，第 1 册，第 813 页。
② 《申报》，1879 年 1 月 18 日，第 14 册，第 63 页。
③ 《申报》，1873 年 6 月 7 日，第 2 册，第 517 页。
④ 《申报》，1873 年 6 月 12 日，第 2 册，第 534 页。

主、鹭洲诗渔黄铎等人。另,《瀛寰琐纪》第二十八卷(1875 年刊行)有题为《聚星叠雪》的众人唱和。前有序文:"东坡聚星堂雪诗作于元祐七年,岁在辛未,公年五十六。迨同治辛未,距宋甲子十三周矣。余与何廉舫皆丙子生。今年正月大雪中怅然有感,即用苏韵寄怀。"从此大致可以看出,聚星吟社名称是根据东坡聚星堂而来。诗有:《雪中怀吴门诸友,即寄何贞老、冯林一、吴平斋、恽次山、小舫潘玉泉、李梅生、高碧湄》《贞老见和前诗,三用原韵奉答》《方子箴谒贵来吴门,四叠前韵》《恽石松公子见和前诗,五叠前韵》《香山生日香严招集子山斋中戏作,六叠前韵》《子山斋中,观定武兰亭真本,七叠前韵》《顾井叔得古琴十数,癖嗜非今人所有矣,八叠前韵以美之》《闻马化泷已降复叛事,九叠前韵纪之》《蝘叟见和二诗,十叠前韵奉答,昔冯林一许我与叶水心规模相似,故演其说》《予为侯官东阿益阳三公作传,海内知交咸赏之,书来云此作不当以文论,即论文亦已雄绝,余愧不敢当也,十一叠前韵》《苏游五日即归,吴江道中再用前韵却寄诸君子,已十二叠矣》等。

玉兰吟社。前文已经提及,玉兰吟社为 1888 年 4 月 8 日日本商人岸田吟香发起组织,邀请王韬为社长。玉兰吟社每月活动一两次,内容为中国传统的"读书赏画,作诗唱和,游山玩水"。玉兰吟社众成员有:海上卖药翁岸田吟香、申左梦畹生黄式权、海上种榆山人悦彭氏胡仁寿、策鳌游客叶庆颐、仓山旧主袁祖志、甬东小楼主人王恩溥、高昌寒食生何镛、海上忘机客张兆熊、太痴高莹、蕉饮居士等。该社最后在《申报》发表作品,为 1889 年 6 月 7 日。之后,大抵因为岸田的回国而结束。

白桃花吟社。葛其龙首倡,在同治壬申(1872)春季的一次雅集中咏白桃花而得名。由葛其龙首唱后,先后二十三位文人次韵唱和,凡二十四韵,结《白桃花吟社倡和诗》,刊于《瀛寰琐纪》第一卷。成员为:咏雪主人、鹭洲诗渔、绿天居士、味灯室主人、听樵生、醉乡仙史、拈红豆簃主人、梅村逸史、昆池钓徒、蕉梦词人、半痴道人、苍筤轩主人、怡红馆主人、绿萼花龛诗隐、西畴桑者、诗钵斋主人、姚江逸史、香海词人、龙江酒徒、琴冈居士、懒吟仙史、裁香女史、雅如女史等。在《白桃花吟社倡和诗》篇首,有葛其龙撰序:

> 曲水流觞,王逸少风情不减;坐花醉月,李谪仙雅兴偏多。至若九老图成,乐天有香山之社;耆英会启,潞公传洛下之吟,诚盛事也。壬申暮春,梦游仙史招集同人于怡红词馆。斯时也,柳絮初堕,梨花欲飞。竹外一枝,独横倩影;墙边半面,相对无言。缟袂飘香,如睹天台仙子;白云满坞,欲迷洞口渔郎。涤尽胭脂,谁描粉本;挥来珠玉,分擘吟笺。此桃花诗社之所由作也。犹忆故乡耕钓,良友招邀。狮岭携尊,小憩潮音之寺;龙湫煮茗,公寻介节之祠。开别墅于西畴,紫薇花放;访名园于东里,绿竹浓阴。燕子楼台,快睹黄河之曲;酒旗城郭,争裁白纻之词。方期鸥侣常亲,乳溪星聚;何意狼烽忽扰,鬟岫烟迷。莺声蝶梦之区,尽成兵灾;诗虎酒龙之客,半属飘零。回首前欢,弥增余感矣。所幸者,青山暌隔,旧雨虽离;黄浦羁留,新知可订。佳宾佳酿,重开北海之尊;名士名花,复结东林之社。何况晶帘日暖,露井春深;细数芳辰,刚逢上巳。叠韵而琼英乱吐,拈毫而白雪齐飞。一幅练裙,写生妙手;连片玉轴,禁体别裁。此时芦子城中,为谱风流之佳话;他日桃花扇底,定歌绮丽之新生。①

---

① 《瀛寰琐纪》第一卷,1872年11月,第17页。

《白桃花诗社倡和诗》刊布后,立即引起倡和。《瀛寰琐纪》卷二,刊载了白下痴道人、星江湘湖居士、不惹庵主人、西泠一了山人、慈溪煮石子眉仙、醉月楼词史、武林二十珠帘池馆主人等人所作十四首《白桃花诗,次龙湫旧隐元韵》,并交代唱和之因:

> 昨与同侪快谈《琐纪》,词坛凤仰,诗社遥瞻。赋来皎洁丰姿,句夺尚书红杏;吟到清闲标格,韵流学士青莲。洵逸少之风情,亦香山之雅兴也。况乎叠韵而词真霏雪,拈毫而意欲凌云。明月自来,阳春寡如,仆等偶成七字,敢将颦效西施。记取十章,无异语侪东野。手疏拈此,自笑存之。顺颂瑶安,谨呈冰鉴。①

《申报》上亦有和诗。1872 年 10 月 19 日,《申报》登衣玉文人的《补和白桃花诗四律,次用原韵》②,诗后有跋:“龙湫旧隐,余友也。近从《申报》中屡读著作,不慊心贵当,弥切钦迟。辄欲快聆麈论,并候与居。乃疏懒性成,遂致如山阴访戴,乘舆而来,往往兴尽而返,歉仄良深。昨阅《瀛寰琐纪》,见有白桃花诗社倡和二十四律,愧不获与诸君子一堂雅集,藉正是非。爰补成四律,望贵馆削政,登入报中,俾龙湫旧隐与诸大吟坛共政之。狗尾续万貂,知不免云。”其余有 1872 年 11 月 19 日,署名沪上映雪老人艺珊的《白桃花二律,次龙湫主人韵》③;1872 年 12 月 5 日,署名岭南药亭后人的《步韵和白桃花七律二首》④;1872 年 12 月 7 日,署名麋芜

---

① 《瀛寰琐纪》第二卷,1872 年 12 月,第 24 页。
② 《申报》,1872 年 11 月 19 日,第 2 册,第 689 页。
③ 《申报》,1872 年 11 月 29 日,第 2 册,第 725 页。
④ 《申报》,1872 年 12 月 5 日,第 2 册,第 745 页。

馆主的《白桃花,和龙湫旧隐原韵》①;1872 年 12 月 25 日,女史补萝山人庆松的《补和龙湫旧隐白桃花诗次韵》②。白桃花唱和的风气一直到 1884 年和 1887 年都还有余响。1884 年 6 月 20 日的《申报》上,浙西惜红生居世绅作《白桃花二律》③;1887 年 4 月 9 日,居世绅又作《咏白桃花二律录请诸大吟坛政刊》④。可见,白桃花诗社及其唱和在当时影响是很大的。

第四节　早期《申报》诗词创作文人群体之特色分析

一、群体形态:人员众多、结构松散

早期《申报》诗词创作文人群体,较之以往的诗词唱和群体,人员众多,结构松散。由于报章作为传播手段,使得空间和时间不再成为横亘在文人面前的障碍,异地唱和与异时唱和成为了可能。所以,从 1872 年至 1890 年间,在《申报》上发表诗词的文人有三千多人,发表诗词作品三万余首,总量几乎与《全唐诗》相仿。《申报》文人群体的结构是松散的。报章作为一个平台,面向大众。所以,在一定程度上说,任何身份的作家只要有诗词创作的才华,都可以在《申报》上发表作品。这些文人之间的联系表现为:一方面,在大的群体基础上,早期《申报》文人间根据地域和环境的不同,身份与背景的不同,各自组成小的活动圈。这些活动圈,有

---

① 《申报》,1872 年 12 月 5 日,第 2 册,第 754 页。
② 《申报》,1872 年 12 月 25 日,第 2 册,第 814 页。
③ 《申报》,1874 年 6 月 20 日,第 4 册,第 567 页。
④ 《申报》,1877 年 4 月 9 日,第 30 册,第 577 页。

各自经常的聚会,诗词唱和,也有各自的中心人物。当然这些小的活动圈之间也并不是互不往来的,他们之间也经常交流。这些文人将自己所创作的诗词作品,发表在《申报》上,往往会触发异地或因各种原因不能参与活动的本地文人,他们怀有相同的灵感或是诗绪,从而诗词酬唱,进入群体。另一方面,随着时间的流逝,一部分文人或考中科名,或思归心切,往往会辍笔而离开原本的活动圈,这样往复循环。松散的结构有利于不同身份、不同背景的文人间的交流,从而使得群体保持一个新鲜的状态,也为文人群体间诗词创作题材和内容的扩大形成了有利的条件。

二、群体心态:从"十年身世等飘蓬"①到"竟从海上主风骚"②的转变

早期《申报》诗词创作文人群体中,若论创作的主体,还当是早期《申报》主笔和"文学撰稿人"。他们是早期《申报》诗词创作的中流砥柱,《申报》上百分之七十以上的作品,都是他们创作的。早期《申报》的主笔,还扮演着诗词唱和"选政官"的角色。也就是说,哪些作品可以在《申报》上发表,哪些要剔除,由他们决定。而考察这一部分文人,以江浙两省居多。这些文人多是传统的江南才子,他们往往满腹经纶,才情横溢,出生于传统的书香世家,具有浓厚的科举情节。他们中的大多数人,以科举为自己仕途的敲门砖,一心热心举业。然而,现实与想象总是有差距的。一方面,清代人口数量激增,而安排的官职有限;另一方面,社会动荡不安,连年内战与外患,使得这些家境本身清苦的才子文人的中举梦破灭。对于早期的《申报》主笔而言,寄身沪上,厕身报刊是权宜之计,是为谋生

---

① 黄式权《述怀》,《申报》,1880 年 7 月 2 日,第 17 册,第 2 页。

② 程仲承《寄赠缕馨词长》,《申报》,1880 年 7 月 7 日,第 17 册,第 26 页。

而作的妥协。前文论述过，报章草创初期，社会上对报刊是持完全否定态度的。职业报人的生活条件不高，地位仍然十分低下。表现在早期《申报》的诗词创作中，大多数文人都用笔名，生平不可考。他们初来海上，看到洋场的世俗与繁华，特别是在传统封建专制观念中处于社会地位最低的商人，在上海俨然成了社会上层名流，而饱读圣贤书的读书人却在这里生活得捉襟见肘，生活的穷迫和心理的落差，使得他们产生了一种极端的疏离感和强烈的异类感。正如黄式权在《述怀》诗中描述的那样：

　　十年身世等飘蓬，耗尽雄心剑铗中。垂尾几如丧家狗，见人羞效叩头虫。何曾退步营三窟，只觉浮生叹五穷。欲脱羁愁苦无策，几回搔首望长空。

　　但随着报刊发行体制的慢慢成熟，特别像《申报》这样的报纸，随着发行量的上升，慢慢被人们所接受，阅读报纸逐渐成为一种风尚。人们对报纸的观念得以转变，报章文人的地位也开始有所上升。这种转变，使得早期《申报》文人群体的心态也有所变化。文人开始接受报人的身份，有的甚至绝意功名，而安心办报。如王韬最终成为了中国近代史上最为著名的报人。鸳湖映雪生孙熙曾在 1877 年 2 月 2 日发表诗作《阅〈申报〉书后》①：

　　文字生涯计最新，搜罗事事务推新。近来笔墨尤平正，公是公非论更真。各分旗帜各相当，中外新闻费主张。若论尖义

――――――――――

① 《申报》，1877 年 2 月 2 日，第 10 册，第 114 页。

同角韵,尽多元日擅词章。

这是早期《申报》文人对报章态度转变的真实写照。这种观念的转变有利于新闻传播事业的发展,也为近代报人向职业化方面发展奠定了基础。同时,因为"概不取值"发表诗词作品的广告刊出,给那些想要发表作品却苦无经济支持的寒士文人提供了很好的平台,一时稿件数量剧增。此时,《申报》的主笔们在文人心中的地位也骤然上升。随着地位的上升,自然背井离乡的疏离感与苦闷的情绪便会得到排解,心态也会发生变化。如白门程仲承给蔡尔康的一首赠诗:

> 搜罗刊定不辞劳,梨枣荣于一字褒。偶向诗中通姓名,竟从海上主风骚。枯肠渐觉吟怀减,巨眼能将选政操。敢道品题声价重,虚名浪博我思逃。①

蔡尔康为《寰宇琐纪》甄选《尊闻阁同人诗》,充当选政的角色。虽然在《申报》诗词创作文人群体中,他的作品并不算最多的,但其地位及重要性在文人群体中已经不言而喻了。因此,伴随着《申报》草创到成熟平稳的发展,诗词创作文人群体的心态也有着相应的变化,这种心态变化也是从封建社会向近代民族国家转变过程中所特有的。

三、群体活动:名士风度与怡情指向

虽然每一群体中的个人都有各自不同的性格特征,但是他们在某种程度上,必然会有某种暗合的相似或共通的心态,进而每一个时代的所

---

① 《申报》,1880 年 7 月 7 日,第 17 册,第 26 页。

有文人，都会在心态上带有那一时代的烙印。这种心态是那个时代的政治、经济、文化环境多角度的交织及其影响造成的。

所谓名士，指已出名而未出仕的人。《礼记·月令》："勉诸侯，聘名士。"郑玄注："名士，不仕者。"①早期《申报》文人多"不仕"。"一般来说，文人往往带有儒、道两种人格面具。他们在顺境中和社会活动中，打出的都是儒家信徒的面具；而在逆境的、个人和艺术活动中，却又显露出道家的真实面孔。说到底，多半还是为了自我生存的需要。"②所谓恃才放旷，多是无奈的选择。真正如庄子那样参透人生的智者毕竟不多。早期《申报》文人亦是如此。"他们不在仕途，不必以严格的儒家面孔自居；不能脱俗，故也不必遵守道家之法。"③十里洋场，既是他们无可选择的安身立命之处，又使他们有种十分强烈的被排异感。面对这种状态，早期《申报》诗词创作文人群体通过智慧的思想，为自己创建了一块属于他们自己的"城市山林"。区区半弓之地，却可以宛如真在山林之中一般，诗酒闲情，吟风弄月。他们是晚清中国由封建走向近代大转型时期出现的一群名士。只是与魏晋风度比，他们更多了一分尘世气。

考察早期《申报》诗词创作文人群体，他们诗酒唱和多是以怡情为目的的。蜗居沪上，生活困塞，本身是件痛苦的事情。有同样境遇的文人聚集在一起，以笔墨自娱，唱和交游，是宣泄情感最好的方式。所以，我们在这些诗词作品中，多见的是文人流连酒馆、茶楼、青楼，结伴游赏，迎

---

① 《十三经注疏·礼记正义》，中华书局 2008 年版，第 1363 页。
② 参见北京大学方迎九博士论文《文学性与新闻性的消长——早期〈申报〉文人研究》(2002 年)。
③ 参见北京大学方迎九博士论文《文学性与新闻性的消长——早期〈申报〉文人研究》(2002 年)。

来送往。而名花、佳人、美酒，往往也是早期《申报》文人创作的题材和内容。

　　总之，考察早期《申报》诗词唱和文人群体，他们交游广阔，身份各异，多为科场的失意才子，却又满腹才华。他们属于传统的封建统序，却又无奈地来到洋场谋生。生存在梦想与现实的夹缝中，他们不得不以一种特有的亦儒亦庄的态度去面对生活，面对前途。而这些人聚集在一起，用中国传统文化中最为菁华的内容——旧体诗词，宽慰彼此的心灵，建立屹立在灯红酒绿的繁华都市中的"吟啸"场所，诗酒怡情，排解苦闷。正是有了作家这样苦痛的生活状态，才会有我们今天看到的早期《申报》旧体诗词创作的繁盛局面。

| 第四章　早期《申报》所载旧体诗词题材研究 |

　　题材，是文学、艺术创作的专门用语。它既可泛指文学作品描绘的社会生活的领域，即现实生活的某一面，又可专指在素材基础上提炼出来的，用以构成艺术形象、体现主题思想的一组完整具体的生活材料，即写进作品里的社会生活。题材是文学作品内容的基本因素，是产生和表现主题的基础。根据文学作品的文体不同，题材的选择也有不同。歌德曾经说过："还有什么比题材更重要的呢？离开题材还有什么艺术学呢？"①当然，这固然夸大了题材对于整个文艺学的作用。文艺学的构成，应该是各个重要因素叠加的总和，并不是某一个方面所能决定的。不过从这句话中也可以看出题材对于文学创作的重要性。诗歌，是中国古典文学史上历史最悠远、影响最广大的一种文学样式。中国，曾一度被称为"诗的王国"。这不仅表现为其诗歌数量众多，形式多样，同样也

---

① 　爱克曼辑录，朱光潜译《歌德谈话录》，人民文学出版社 1997 年 12 月版，第 11 页。

反映在题材的丰富和广泛上。关于旧体诗词,题材研究必不可少。第一部明确按照题材划分编类的著作,当是梁代萧统的《文选》①。昭明太子萧统,将诗歌分成了补亡、述德、劝励、哀伤等二十三类,奠定了诗文集按题材进行分类的传统。萧统之后,历代在编纂各类总集或别集的时候,对题材的分类都有各自不同的标准,或粗略,或精细。其中,对题材分类最为繁复的是南宋末年刊刻的《分门集注杜工部诗》,此书将题材细分为七十二种。今人对传统诗词题材的研究也作了很多有益的尝试,有专题研究,也有总论。许伯卿在《宋词题材研究》②中,通过对《全宋词》的考察,将宋词的题材分成了三十六类,条分缕析,可谓巨细靡遗。但其中也存在重复分类的问题,如祝颂与交游,咏怀与闲愁等。当然,任何事物都是相对的。题材与题材间也没有明确的划分标准,因此题材研究中的交叉现象,不可能完全避免。鉴于许伯卿的划分标准太过细致,本文在其研究基础上,将早期《申报》旧体诗词题材划分为五大类。这五类之间既有区别,也相互联系,它们对立统一地创造了早期《申报》旧体诗词创作的繁盛局面。

第一节　早期《申报》所载旧体诗词交游题材研究

该题材,主要涉及《申报》文人之间的宴集、游览、往来、劝勉、馈赠、志谢、探望、想念以及祝颂等社会生活的方方面面,还包括文人之间对各

---

① 关于诗歌题材的分类,有研究者认为我国现存第一部诗歌总集《诗经》是其滥觞。如卞良君在《延边大学学报》(1995 年第 4 期)发表的《〈诗经〉:中国古代诗歌题材类型的滥觞》一文。但其实《诗经》“风、雅、颂”是按照音乐形式分类,因此并不能算真正意义上的按题材划分。

② 许伯卿《宋词题材研究》,中华书局 2007 年版。

自作品的谈艺和题咏，如对绘画、音乐、书法、文学等文艺形式与作品的评论。这部分题材，是早期《申报》所载旧体诗词创作的主体，占整个诗词数量的二分之一多。

一、宴集是《申报》文人交游的一种重要方式

历代文人交游，宴集是一种重要的方式。文人雅士相聚宴集，多喜吟诗作对，唱和酬答。内容无外乎风花雪月，身世感慨以及相互赠答。这当中有真情流露，也有应酬之体。通过宴集，往往可以表达自己祝颂、劝勉、怀念、愿意交往等美好愿望。但这些作品大多因为是逢场作戏，具有随机性。有时，文人写完后即搁置一边。最终随着时间流逝，它们也就湮灭了。报刊出现以后，诗词传播的手段发生了变化。文人创作的作品被及时地刊登出来。这样，在一定程度上使得诗词作品的保存和流传有了保障。检索早期《申报》，关于文人交游集会的作品比比皆是。有了免费发表诗词作品的平台，文人几乎将他们生活中的每一次宴集、每一场歌舞，都用诗词的形式记录下来，付诸报端。

宴集，因为内容和主题的不同，往往可以分为好几种。首先，有私人初次会面与定交之宴，如 1885 年 11 月 12 日，署名"瀹州小庵逸史"的陈福元作诗与小楼主人王恩溥订交。"松堂司马别号小楼主人，其平日以酒自娱，尽有卓荦不群之概。余耳其名久矣。乙酉秋应浙江乡试毕，道过沪上，承招燕饮。次日偕同伴过访，观其气度，风雅宜人。至小楼中所陈设者，四壁图画，又皆翰墨名家，毫无尘俗态。于是不揣谫陋，率成拙作几首，未免贻笑大方。"①王恩溥宴请陈福元，陈福元过访小楼，其卓然的气度给陈福元留下了深刻的印象，两人遂定交。陈福元作了六首诗，

---

① 《申报》，1885 年 11 月 12 日，第 27 册，第 826 页。

作为给小楼主人的订交之物：

> 君本三台小谪仙，耽情诗酒已经年。天涯难得逢知己，云树相思寄夙缘。
>
> 儒雅风流绝出奇，诗坛酒国赖扶持。芳名贯耳云霓望，山斗从今仰退之。
>
> 襟上杭州旧有痕，殷勤把盏谊频敦。愧无点墨酬嘉惠，空对当年北海樽。
>
> 小楼等是仲宣楼，远继家风第一流。怕底登高催作赋，故教草揽五湖秋。
>
> 少年同学半青云，才思超然自不群。愧我菲材甘冷落，风流倜傥合推君。
>
> 乡友偏教客旅逢，行囊草草寄萍踪。莫将邮鼓增离绪，他日重来酒一钟。

在诗中，陈福元给王恩溥以很高的评价，如"小谪仙"、"风流倜傥"等，也表达了自己的仰慕之情。通过宴集，文人相互认识，相互了解，推杯把盏之间，结下很好的友谊。而报刊的作用，是传递文人身份信息，铺垫情感基础，即在其见面之前，通过在报章上发表诗词，可以很快增进了解，加深彼此感情，为结交打下良好的基础。

其次，有好友之间日常的宴集聚会。这种聚会往往由一人发起，多人参加，众人诗酒应酬，多为唱和之作。诗词的题目多为"某某招同人宴集某某地点"。在创作时间上，这种唱和有可能当席完成，也有可能在宴会后延续很长一段时间。文人交游，宴集唱和是一种必要手段，对于文人交际圈的形成有重要的意义。报刊产生前，宴集唱和的作品真正保留下来的很少，宴集的规模、唱和的数量也就无从考订。随着报刊的发行，大众传媒时代的到来，宴集唱和的时空界限被打破，创作的诗词作品也可以及时地得到保留。这种宴会，可以是一次集体游览，如 1886 年 1 月 12 日海盐徐圆成作的《江楼宴集率赋二律》，诗曰：

> 际遇风云负此躯，论交湖海亦堪娱。秋花供养新诗社，倪耘劬、贾跂云两司马，王紫诠广文均有题赠之作。爽月盘桓旧酒徒。严伯雅太守、芝僧太史两昆，季姚子良太守曩承先后招饮。自是幽情生即景，却宜良会在名区。升沉莫问君平定，尽向江城醉玉壶。
>
> 世事何须感变更，举头天外壮心生。名题仙桂欣联步，谓王鸿伯孝廉姚子让由拔贡录用知县，今科亚魁。舣指扶桑快远行。姚子良太守即将于役日本。雅兴琴樽期磊落，才华书剑气纵横。座中陈雅南、江颂侯、陆小塘诸君皆当世奇才。从知畅叙缘非易，迟懒云山人罗笃甫公子不至。珍重当前酒政成。①

此二律是早期《申报》文人友朋日常聚会最贴切的写照。有对当时大背景、大环境的真实写照，以"际遇风云"表现出时代的变化；有对朋友聚会的向往和快乐之情，正是"论交湖海亦堪娱"；有对友朋喜事的祝颂，如"名题仙桂欣联步"、"舣指扶桑快远行"之句；还有对因事不至的朋友的惋惜之情，最后表示大家要珍重当前。通过一次友朋间日常宴会的描写，表达了作者对朋友的祝颂之情，也表现了作者的心境与感怀。当然，这样的宴会唱和题材历代诗词创作中都可见。不同的是，报刊产生以后，宴集唱和中表达的思念和祝福的情绪往往第二天就会见报。这样，

① 《申报》，1886 年 1 月 12 日，第 28 册，第 74 页。

即便是当时因故没有参加宴集的文人，也可以在最短的时间获得好友的问候、了解动态，作诗附和。这样，文人之间的交游和酬唱也就可以跨时空进行下去，唱和的规模也会慢慢变大，最终形成一种群体的声音。这是报刊出现后，其"当下"性特质的巨大影响力。

再次，有离别之宴。"长亭外，古道边"，送别往往是一个伤感的主题，因此，感伤离别的情绪常常伴随这类诗词作品的创作过程。虽然也不乏诸如李白"桃花潭水深千尺，不及汪伦送我情"的明快，以及岑参"迢迢征路火山东，山上孤云随马去"的豪迈，但伤感离别的情绪，对离别朋友的祝福，以及自我情怀的表达与抒写，始终是这一题材的主要感情基调。如1883年1月11日孙家谷的诗作《光绪壬午中秋奉召入都留别杭州诸同人并六十自述》①，诗后有申报馆主笔的一段跋文："浙东孙廉访闻于上月二十六日一点钟起行，由武林门外下码头登舟，杭垣各绅董先期于二十日在佑圣观巷同善堂设宴公饯，为首者系应徽斋方伯金少伯枢密及丁松生大令也，是日宪□，上午入席，后与诸君话别，极依依不舍之情，至晚始散，次日廉访以留别武林及六十自寿诗十二章分赠各绅并索和章，令人读之，一往情深，回环不已，爰亟照录留作去思也。本馆附识。"其诗作如下：

坡公两度长西湖，今我来游愧弗如。古柏堂前堪听讼，冷泉亭畔也摊书。身非朽木常防蠹，心似清潭不见鱼。闻说岳王忠骨在，桌署东偏有岳鄂王庙，传为瘗忠骨处。丛牖合配水仙居。钱塘门外即西湖。

---

① 《申报》，1883年1月14日，第22册，第60页。

送别宴会发生杭州，诗人将作品寄往《申报》发表，说明了《申报》在当时文人圈中的重要地位。而申报馆主笔特别为这一次活动写了跋文，交代了送别活动的大体内容，使得更多与孙家谷相识及与浙东文人圈有关联的文人感同身受。这样，诗词创作中看似平常的送别题材，通过报刊的及时刊布，艺术感染力得到很大的渲染，而诗歌的社会效应也会相应增强。

　　除此以外，有喜庆之宴。如生辰、婚嫁、弄璋弄瓦之喜以及升迁等，都是文人交游集会创作的重要题材。前文在论述 1887 年《申报》旧体诗词创作达到高潮的时候，提及此年有三位重要文人的寿辰，分别是钱昕伯五十四岁生辰、袁祖志和王韬六十寿辰。这一年雅集频繁，《申报》文人雅士争相作诗颂祝生辰。祝嘏宴集远比离别之宴让人欣喜欢悦，喜庆的气氛更能拉近人们之间的心理距离。因此，借祝嘏之诗建立友情，也是当时文人交游的一个重要方面，在早期《申报》旧体诗词创作交游题材中占很大比例。如 1885 年 5 月 3 日《申报》刊登了曹基镜的一首诗，诗序说："吟斋姻仁兄，风雅士也。辛巳岁，予于吴兴席中曾晤一面。今岁夏获从乃兄慎翁游，始介绍订交，各恨相见之晚。兹值四秩悬弧之庆，开宴招饮，主人即席索诗，聊成长歌一章，以为祝嘏之词也可，以叙订交之缘起也亦可。即请郢政，并呈诸大吟坛一粲。"①在这篇诗序中，借祝嘏订交的目的是显而易见的。

　　总之，宴集的种类繁复，形式多样，限于篇幅，不能一一赘述。宴集是文人交游的一种重要途径和手段。通过宴集，人际关系的疏离感被消除，时间、空间的距离感被打破。无论是个人宴集还是多人集会，无论是哀伤的离别宴还是喜庆的聚会，表达的感情是真挚的，交游的心情也是

①　《申报》，1885 年 5 月 3 日，第 26 册，第 648 页。

迫切的。在早期《申报》诗词创作中，这类题材的作品数量众多。报刊出现之前，文人的诗词作品要经过很长的时间才能被流传开，有的甚至都无法保存下来。在这段时间内，文人往往会反复吟诵自己在宴会上创作的诗词，不断地加工和修饰。当然，这样的修改过程对提高诗词的创作技巧是有好处的，但也因为不断地追求创作的技法，往往会削弱即兴诗词创作中出现的真情实感，出现"文胜于质"的情形。报刊的产生，使得诗词的传播速度得到极大的提高。文人急于发表自己的作品，推敲琢磨的时间减少，这在一定程度上保存了富有感染力的情感因素，往往会因为情感的真挚引起文人共鸣，从而扩大宴集诗词作品的影响力和号召力。不足之处在于，未经过仔细推敲，这类作品的艺术价值往往不高，语言通俗、浅白。

二、文人间的过访往来

反映文人之间过访往来的诗作，也是文人交游题材创作的一个重要方面，内容包括朋友间的日常走动叙旧，生病的探访以及劝诫等。《申报》文人群体中，流寓作家占了很大比重。他们或因躲避战乱，或因谋生才寓居海上，很大一部分人贫困潦倒，遇到疾病缠身，更是身心困顿，百感交集。若此时有友朋询问或探望，这种雪中送炭般的温暖往往会激发他们的诗情。同时，文人间的相互劝诫、宽慰也是寓沪文人惺惺相惜状态的真实写照，如《申报》主笔何桂笙作的《感昕篇》①。何桂笙在序中写到："余素有烟霞癖，有招之入芙蓉城者辄不拒。钱君昕伯尝戒之，未遽听焉。去年秋患病几危，足不出户者累月日。受烟云之供，藉以消遣，缘是深入迷途。迨病愈而饮食锐减，迄乎今秋又病痢，虽不甚重，而日食益

---

① 《申报》，1885 年 11 月 25 日，第 26 册，第 900 页。

少，夕不成寐，形神委顿。昕伯复极口为道鸦片之害，侃侃正言，棒喝当头，不觉爽然自失，因幡然思有以戒之。适刘君棣棠为余言恒济局戒烟药之效，虽多年宿瘾，亦可立除。遂从钟君洪南求之，如法服食，不数日而痼疾顿除，饮啖并健，晏眠早起无异平时，快然如释重负。倘非昕伯药石再投，恐不免终身黑籍，是可感也。因范金为约指，铭曰：'感昕'，用以自警，且誓之曰：'再入迷津，负吾良友。'作《感昕篇》。"这篇诗前序言，写得言辞诚恳，十分动容。烟霞癖，即现在所说的鸦片瘾。幸亏得钱昕伯殷切关心，并且严陈鸦片之害处，才得以戒除而病体康复，于是何桂笙作《感昕篇》表达感激之情。钱昕伯的这种关怀和劝诫，可以看出两位主笔的情感友谊。友朋间的拜访、关心和探望，这也是报刊出现前就有的主题，感情基调是相同的。不同的是，通过报刊刊载诗作，一来更多的人了解钱昕伯的为人，有更多人愿意与之结交。二来以报章的形式，现身说法，痛陈鸦片之害。《申报》具有广泛的大众阅读基础，而这样的诗词作品比以往的任何诗词创作的现实情感基调更为浓烈，具有深厚的警示作用。这点，是报刊产生前的任何诗词创作所无法比拟的。三来何桂笙在诗作中提及为其配制戒烟药的钟洪南，因为诗作刊登在商业报刊上，这无疑具有十分明显的广告作用。而且何桂笙作为申报馆总主笔之一，其名人效应就更加显著了。后来，多有文人找钟洪南帮助其戒除鸦片瘾，《申报》也常见这样的作品。如愿花常好馆主王安仿照何桂笙《感昕篇》作《德昕篇》。诗序中说："《感昕篇》乃高昌寒食生感钱君昕伯忠告而作。余烟霞之奉，溺此亦有年矣。往岁遇昕伯于海上酒楼，亦以戒寒食生者戒。余迁延至今，始获衡济局钟君洪南妙药得以湔除旧染，爰撰俚辞以谢良友，即更寒食生感君之意作《德昕篇》。"①《感昕篇》和《德昕篇》的创

① 《申报》，1887 年 12 月 24 日，第 31 册，第 1140 页。

作一前一后，遥相呼应。二人均表现出了对钱昕伯的感激之情，体现寓沪文人交往中相互帮持、关心的状态。同时，诗作创作为钟洪南衡济局带来的声名一定会转化成经济效应，这也是旧体诗词借助近代商业报刊进行传播过程时表现出的新的作用。

再如毕以堮所作诗篇《病起偶作》①。诗前同样有序文："余一病几死，幸巢君崇山、吴君树人二国手先后诊治，渐次复元。病中承戚友顾问，感戴良深。并有北里诸名花时时垂念，遣婢问安，甚至亲劳玉趾。自顾鲰生何修得此，病起赋此，藉以志感，即请梦畹生泪诸同人政可。"诗作曰："一病经三月，魂游离恨天。幸遇医国手，依旧耸吟肩。诗思清如水，风情淡如烟。感深诸侣伴，时过小蓝田。"这首诗以五言写成，读来清新可人，其中深深的感激之情荡漾在诗人的笔端。《申报》在这里明显是一个大的平台，它打破了文人以往一对一式的交流方式，在文人间建立一个紧密的关系网，使众人间信息共享成为可能。

三、题咏与谈艺：以《小楼吟饮图》题咏为例

文人之间对作品的题咏和谈艺，如对绘画、音乐、书法、文学等文艺形式和作品进行描绘或发表议论等的诗词创作，其实也是文人交游的一部分。文人通过对自己或他人作品的题咏，达到酬唱交流的作用。早期《申报》所刊载的旧体诗词中，这类题材的诗词作品主要分为两类，即对诗文集的题词和题画诗词。题画诗词占的比重更大，较为著名的，便是上文提及的众人题咏王恩溥《小楼吟饮图》的相关诗词。下文笔者拟以众人题咏《小楼吟饮图》为例，对早期《申报》的题画诗词展开讨论。

① 《申报》，1887年5月24日，第30册，第852页。

早期《申报》刊载《小楼吟饮图》众人题咏作品一览表

西历	题目	文体	题署
1884 – 5 – 16	《庆春泽·王君松堂以〈小楼吟饮图〉索题》	词	古越高昌寒食生
1884 – 7 – 9	《满江红·题〈小楼吟饮图〉》	词	漱兰室主
1884 – 8 – 5	《贺新凉·奉题松堂司马〈小楼吟饮图〉》	词	太痴生悮轩高莹玉
1884 – 11 – 20	《浪淘沙·奉题松堂司马〈小楼吟饮图〉》	词	疏髯祝赫蔗樵氏
1885 – 4 – 24	《念奴娇·再题松堂司马〈小楼吟饮图〉即以代柬》	词	上海单恩藻韛卿氏脱稿于琴川背山面水之楼
1887 – 6 – 23	《过秦楼·奉题小楼主人〈小楼吟饮图〉》	词	固始芸樵祝裕
1887 – 6 – 23	《翠楼吟·奉题小楼主人〈小楼吟饮图〉》	词	通州秋丞保溶钧
1887 – 6 – 23	《风入松·奉题小楼主人〈小楼吟饮图〉》	词	金匮君美宣增秀
1887 – 6 – 28	《玉楼春·奉题小楼主人《〈吟饮图〉题咏汇录》》	词	武陵渔隐
1884 – 3 – 21	《自题〈小楼吟饮图〉》	诗	小楼主人王松堂氏
1884 – 3 – 24	《题小楼主人〈吟饮图〉》	诗	怡萱草堂主人
1884 – 3 – 25	《奉和小楼主人自题〈小楼吟饮图〉原韵》	诗	休休居士徐士琛
1884 – 3 – 25	《奉和小楼主人自题〈小楼吟饮图〉原韵》	诗	东佘癯民陈璋达
1884 – 3 – 25	《奉和小楼主人自题〈小楼吟饮图〉原韵》	诗	泉石小隐陈清本
1884 – 3 – 29	《和小楼主人自题〈吟饮图〉韵》	诗	秀水蒲华作英
1884 – 3 – 31	《和小楼主人〈小楼吟饮图〉原韵》	诗	岳生朱荣棣
1884 – 3 – 31	《题小楼主人〈小楼吟饮图〉》	诗	谏民沈乃谦
1884 – 4 – 6	《和小楼主人〈小楼吟饮图〉原韵》	诗	宝山氏
1884 – 4 – 6	《和小楼主人〈小楼吟饮图〉原韵》	诗	适吾斋主人张铭经
1884 – 4 – 6	《和小楼主人〈小楼吟饮图〉原韵》	诗	诒孙王昌通
1884 – 4 – 6	《和小楼主人〈小楼吟饮图〉原韵》	诗	颜巷张绍铭
1884 – 4 – 6	《和小楼主人〈小楼吟饮图〉原韵》	诗	周麟瑞养苏甫

西历	题目	文体	题署
1884 - 4 - 6	《和小楼主人〈小楼吟饮图〉原韵》	诗	适吾斋主人张铭经
1884 - 4 - 6	《和小楼主人〈小楼吟饮图〉原韵》	诗	诒孙王昌通
1884 - 4 - 9	《题小楼主人〈小楼吟饮图〉》	诗	古夫椒山民冯铚、碧蓝蔚主人、馨斋氏、子赓氏、鹿门山人庞孝修、古华达夫余钧、海上顾福基
1884 - 4 - 19	《题小楼主人〈吟饮图〉即和原韵》	诗	柘湖老渔陈钟英、渔村散人何锡衮、补亭居士张汝芬
1884 - 5 - 13	《和小楼主人〈小楼吟饮图〉原韵》	诗	润甫曹骧、戟云王宗荣、海上寿莼生润甫
1884 - 5 - 16	《题松堂王四〈小楼吟饮图〉》	诗	雾里看花客
1884 - 5 - 18	《题小楼主人〈小楼吟饮图〉即步原韵》	诗	补拙轩主人、妙华居士潘崇福、南村主人陆钟鹏
1884 - 5 - 20	《题小楼主人〈吟饮图〉即步原韵敬呈松堂司马尊兄》	诗	天南遁叟王韬
1884 - 5 - 23	《和小楼主人〈吟饮图〉原韵》	诗	石史徐允临、戟云王宗荣、侑笙吴修型
1884 - 5 - 25	《自题〈小楼吟饮图〉承诸吟坛赐和，抛砖引玉殊自幸也。再迭前韵，藉以志谢并请同人粲政》	诗	小楼主人
1884 - 5 - 28	《小楼主人以〈吟饮图〉索题嘱和原韵。前作七律二章，意有未尽，诗喜于长枪大戟中求生活，不能作细针密缕也。爰再作长歌一篇奉赠，即呈松堂司马宗大人正可》	诗	天南遁叟王韬
1884 - 6 - 22	《奉和松堂司马〈小楼吟饮图〉原韵》	诗	仓山旧主袁祖志
1884 - 6 - 25	《奉题小楼主人〈小楼吟饮图〉即步原韵》	诗	珠江拙闲庐主邠农杜凤岐、三十六江外史敬南陆正祥、荼蘼花馆主人、仁麟李士龙
1884 - 7 - 2	《甲申闰月道出申江，松堂司马先生大人出〈小楼吟饮图〉索题倒用原韵》	诗	桂林耘劬弟倪鸿
1884 - 7 - 3	《题小楼主人〈小楼吟饮图〉》	诗	伯雅严锡康

西历	题目	文体	题署
1884－7－16	《海昌爱花痴史徐君绶紫以诗见怀，依韵奉答并希赐题〈小楼吟饮图〉勿吝珠玉》	诗	小楼主人
1884－7－19	《题王松堂司马〈小楼吟饮图〉》	诗	申左梦畹生
1884－7－21	《题小楼主人〈小楼吟饮图〉》	诗	古董休休居士徐士琛
1884－7－26	《题小楼主人〈小楼吟饮图〉》	诗	松华馆主巢学劢
1884－8－7	《松堂司马嘱题〈小楼吟饮图〉》	诗	海昌爱花痴史太憨生
1884－8－10	《松堂司马以〈小楼吟饮图〉属题依韵奉政》	诗	桐乡芝僧严辰
1884－8－10	《松堂司马属题〈小楼吟饮图〉两叠原韵录呈政可》	诗	四明莳圃主人林雪洪家滋
1884－8－13	《小楼主人介梦畹生以〈小楼吟饮图〉属题谨依原韵呈政》	诗	平江黎床旧主
1884－8－14	《答小楼主人见赠元韵即希郢政》	诗	海上廉让居士
1884－8－14	《和小楼主人〈小楼吟饮图〉原韵》	诗	竹隐庵主
1884－8－14	《和小楼主人〈吟饮图〉原韵》	诗	江东小剑
1884－8－14	《甲申初夏时在粤西之太平府，适小楼主人以〈吟饮图〉原唱邮示寄呈两律依韵即政》	诗	廉让居士小园沈嵩龄
1884－8－14	《奉和小楼主人〈小楼吟饮像〉》	诗	海上忘机客张兆熊
1884－8－16	《题小楼主人〈小楼吟饮图〉谨依原韵乞政》	诗	南梁望月生徐佐时
1884－8－22	《甲申秋日，将有泰西之役，松堂宗兄以〈小楼吟饮图〉属题倒用原韵即以识别》	诗	六潭居士王蜕
1884－8－24	《奉和小楼主人〈小楼吟饮图〉元韵》	诗	盐溪天香深处客朱家骅
1884－9－1	《奉题小楼主人〈小楼吟饮图〉即依元韵》	诗	毗陵濮阳镜明泉、聘三陈璋达、庆余杨家善
1884－9－1	《松堂司马以〈小楼吟饮图〉属题，鯫生才薄，徒唤奈何，勉成两律，即用其自题原韵》	诗	四明溯葭庐主晋左蒋子蕃
1884－10－28	《小楼主人在小楼招饮，赐读大著，即席谨依原韵，以申谢悃》	诗	庞琢斋、邵星垣、王诒孙、张樵沅、鹿门山人
1884－11－20	《敬步松堂司马自题〈小楼吟饮图〉》	诗	固始疏髯祝赫

续　表

西历	题目	文体	题署
1884 - 11 - 25	《短歌一章奉题小楼主人〈小楼吟饮图〉》	诗	龙湫旧隐葛其龙
1884 - 12 - 15	《追和小楼主人自题〈小楼吟饮图〉原韵》	诗	陈济昌
1884 - 12 - 15	《追和小楼主人自题〈小楼吟饮图〉原韵》	诗	宋云阶
1885 - 1 - 22	《怀松堂司马即题〈小楼吟饮图〉并次原韵》	诗	魏塘毕宝泉
1885 - 2 - 12	《奉题松堂司马〈小楼吟饮图〉即依原韵》	诗	广寒旧谪奉贤吴士钊叔康
1885 - 6 - 27	《小楼主人嗜酒毫吟,才推绝世。陈月川师于去春曾作〈小楼吟饮图〉诗以赠。当时未遑奉和,今成俚句二章即步元韵录呈小楼主人暨雾里看花客郢政》	诗	南梁红杏馆主人宋葆昌韵笙氏
1885 - 7 - 25	《小楼主人,予耳其名而未亲其范也。阅〈申报〉得读诸词丈和其自题〈小楼吟饮图〉。诗心尤慕之,漫成俚句用步元韵》	诗	梦红馆主瘦秋生叶少莆
1885 - 8 - 9	《乙酉夏五,登松堂司马小楼。出示〈吟饮图〉属题。捧诵瑶章钦佩无既,勉成一律即步原韵》	诗	泉唐笛舫汪一鹗
1885 - 12 - 13	《题小楼主人〈吟饮图〉谨步元韵》	诗	冶城山房主许溢
1885 - 12 - 15	《奉和自题〈小楼吟饮图〉原玉》	诗	武陵渔隐顾钰子相氏
1885 - 12 - 15	《题小楼主人〈小楼吟饮图〉即和原韵》	诗	三十六峰樵客李世捷
1885 - 12 - 26	《再和小楼主人自题〈吟饮图〉原玉》	诗	武陵渔隐
1885 - 12 - 26	《集古一首奉题〈小楼吟饮图〉即步原韵》	诗	古吴观乐词人吴家驹
1885 - 12 - 29	《松堂先生有〈小楼吟饮图〉,名流题咏不少。闻将装潢成帙,并欲排板成册。余曾有和韵之作,今又倒步原韵录呈教正》	诗	宋云阶
1885 - 12 - 29	《奉题松堂先生〈小楼吟饮图〉即依元韵》	诗	颖生宋撰
1885 - 12 - 29	《倒步元韵敬题〈小楼吟饮图〉》	诗	月川陈钟英

续　表

西历	题目	文体	题署
1885-12-29	《俚言和韵奉题小楼主人〈小楼吟饮图〉》	诗	瑶卿陈士佳
1885-12-30	《仆自题〈小楼吟饮图〉承诸名士赐和已近二百首,抛砖引玉,曷胜欣幸。今再集诸名作已足三百篇之数,然后装潢成册以传诵。爰续赋一律,仍用前韵》	诗	松堂王恩溥
1886-1-3	《耳闻小楼主人大名匪伊朝夕矣,兹特谨步〈小楼吟饮图〉原韵以志仰慕》	诗	临崖勒马客竹楼氏
1886-1-10	《顷读小楼主人自题〈吟饮图〉征诗大著,谨步原韵,再和一律,以补前所呈集古诗意之未足》	诗	观乐词人仲山氏
1886-1-11	《奉题小楼主人〈小楼吟饮图〉即步元韵》	诗	潭西逸叟陈锡荣
1886-1-11	《敬题松堂先生〈小楼吟饮图〉依韵呈政》	诗	子文唐安澜
1886-1-11	《原韵奉题〈小楼吟饮图〉录清松堂先生哂正》	诗	奉贤兰卿唐九畹
1886-1-11	《里句敬和松堂仁兄大人〈小楼吟饮图〉元韵》	诗	金陵董实庵
1886-1-11	《两叠元韵题小楼主人〈小楼吟饮图〉即希郢政》	诗	筠孙董绍文
1886-1-11	《赠王司马松堂仁兄并题〈小楼吟饮图〉敬步原韵录呈哂政》	诗	惜花侍者葆青弟钱銎
1886-1-16	《小楼主人重以自题〈吟饮图〉诗嘱和。拟集海内诸名作,足成毛诗之数,付剞劂氏作鸿雪之留,诚佳话也。再迭原韵藉附骥尾》	诗	小蓝田忏情侍者魏塘毕以垲玉洲氏
1886-1-20	《奉题小楼主人〈小楼吟饮图〉四叠元韵》	诗	西湖花隐杨槐卿
1886-1-20	《敬和小楼主人〈吟饮图〉素韵即希哂政》	诗	沧海余生王雨香
1886-1-21	《松堂司马以〈小楼吟饮图〉题诗征和,〈申报〉迭见佳作如林。戏成二律谨步原韵,非敢效颦,聊志景慕云尔》	诗	白门晓秋许灏
1886-1-24	《题〈小楼吟饮图〉并和原韵》	诗	海上种榆山人悦彭氏
1886-1-27	《奉题小楼主人〈吟饮图〉即步元韵》	诗	梁溪芍泉顾鹤翔

西历	题目	文体	题署
1886－1－28	《重题小楼主人〈吟饮图〉即依元韵》	诗	鹿门山人琢斋氏
1886－1－30	《依韵奉题〈小楼吟饮图〉》	诗	鸿宾钱应潮
1886－1－31	《知小楼主人自题〈吟饮图〉佳章，海内诸骚坛几于和唱遍。余亦班门弄斧用步原韵七章》	诗	毗陵濮阳镜明前甫拜稿
1886－2－11	《俚句奉和松堂司马〈小楼吟饮图〉原韵》	诗	秀峰弟陈彦
1886－2－13	《松堂司马曾有〈小楼吟饮图〉，名流题咏甚伙。闻将装潢成册，余不敢藏拙，谨用元韵，顺逆步成二律》	诗	肖春徐佐清
1886－2－17	《奉和松堂先生〈小楼吟饮图〉》	诗	醉酒眠琴生仲英氏
1886－2－20	《和〈小楼吟饮图〉素韵》	诗	秀峰陈彦
1886－2－20	《奉和松堂四兄〈小楼吟饮图〉》	诗	莲甫弟许淦
1886－2－20	《奉和松堂司马老吟坛自题〈小楼吟饮图〉原玉》	诗	寅吴十三龄童汪凤翔
1886－2－20	《读松堂先生征题〈小楼吟饮图〉诗，爰成四律，叠步原韵》	诗	蕉叶题诗客瑜笙氏脱稿于苏台之蕴真山馆
1886－2－22	《再步〈小楼吟饮图〉原韵率成两律》	诗	沧海余生王雨香
1886－2－22	《和小楼主人〈吟饮图〉原韵》	诗	江东铁汉高素臣
1886－2－22	《乙酉冬日，看松堂司马小楼，精雅绝伦，一洗尘嚣之气。即步原韵奉题〈吟饮图〉》	诗	平书弟李钟珏稿于吾园红雨楼
1886－2－22	《奉和小楼主人〈吟饮图〉原玉》	诗	白下山樵杨兆鼎
1886－2－23	《松堂司马久耳其名，有〈小楼吟饮图〉征名人题咏。听伯、桂笙诸同人数为余言，余行当走访，以诗先之，即次元韵，录诸大吟坛正之》	诗	丙戌上元后二日来安孙点圣与甫脱稿于海上两半楼
1886－2－23	《两和小楼主人自题〈吟饮图〉诗。主人有言，和章得三百篇，刻为一集。闻之不胜狂喜，爰再步原韵一律》	诗	武陵渔隐
1886－2－26	《依韵奉题〈小楼吟饮图〉》	诗	醉经逸史茂庭戴槐
1886－2－26	《元韵奉题松堂先生〈小楼吟饮图〉乞正》	诗	诗民姚承燕

西历	题目	文体	题署
1886 - 2 - 26	《再叠元韵敬题〈小楼吟饮图〉即请松堂先生哂正》	诗	吟江生鸿宾钱应潮
1886 - 2 - 26	《奉和小楼主人〈吟饮图〉元韵》	诗	新依叶庆龄
1886 - 2 - 27	《奉和小楼主人〈吟饮图〉原韵》	诗	砚锄陆增寿
1886 - 3 - 2	《奉题松堂先生〈小楼吟饮图〉叠步元韵率成两律录寄吟正》	诗	西山樵子沈庭瑞
1886 - 3 - 2	《奉和小楼主人〈小楼吟饮图〉原韵录呈斧正》	诗	古吴杏生金淳熙
1886 - 3 - 2	《和小楼主人〈吟饮图〉原玉即希指疵》	诗	蕙香馆主
1886 - 3 - 5	《奉和松堂司马〈小楼吟饮图〉原韵》	诗	海上游子豫章炜生氏
1886 - 3 - 5	《和小楼主人〈吟饮图〉原韵》	诗	古吴杏生金澄熙
1886 - 3 - 6	《续题〈小楼吟饮图〉》	诗	忏红生阮尚恭小补稿于魏塘官舍
1886 - 3 - 21	《奉和小楼主人〈吟饮图〉原韵》	诗	解虚心室是翁
1886 - 5 - 2	《题小楼主人〈吟饮图〉即步元韵》	诗	听涛轩主人杨耀卿
1886 - 9 - 2	《既登小楼，主人以〈吟饮图〉索题，即用原韵》	诗	东皋居士王修植
1886 - 9 - 5	《奉酬诸大吟坛奉题〈小楼吟饮图〉并引》	诗	古望王恩博松堂
1886 - 9 - 12	《松堂司马以自题〈小楼吟饮图〉征诗，得毛诗之数，将付剞，不胜欣喜，再倒迭原韵以附骥尾》	诗	武林渔隐
1886 - 9 - 16	《奉和小楼主人〈吟饮图〉素均》	诗	东武惜红生
1886 - 10 - 4	《题王松堂先生〈小楼吟饮图〉》	诗	海上浮查客鸥所弟北条直方氏
1886 - 10 - 9	《奉题王松堂司马〈小楼吟饮图〉即依原韵》	诗	曲园俞樾
1886 - 10 - 30	《〈小楼吟饮图〉歌为王松堂司马作》	诗	乌程白苹花馆主酒舲沈云
1886 - 11 - 4	《题王松堂司马〈小楼吟饮图〉即和原韵乞政》	诗	可园居士梁溪杨殿奎
1887 - 1 - 6	《奉题小楼主人〈小楼吟饮图〉》	诗	休宁拜月生

西历	题目	文体	题署
1887-1-17	《拙律敬和小楼主人〈小楼吟饮图〉素均》	诗	琴川玉梅花馆朱霞
1887-2-3	《乞王友莱太史宣琴山广文惠题〈小楼吟饮图〉，久未见赐，戏作小诗以催之》	诗	小楼主人初稿
1887-2-6	《和王松堂司马〈小楼吟饮图〉原韵》	诗	蓬莱阁瑶花旧侣汤善泉
1887-2-7	《慕小楼主人名久矣。无缘御李，有意投桃。爰赋一律谨步〈小楼吟饮图〉原韵》	诗	绮禅盦主陈崇礼陈州稿
1887-2-13	《敬题松堂司马〈小楼吟饮图〉后即步原韵录呈梦畹主郢正》	诗	棠阴馆主寄鸥生
1887-2-23	《题松堂司马〈小楼吟饮图〉》	诗	海昌太憨生徐庆龄
1887-3-24	《乞严伯雅观察、钱昕伯明经惠撰《小楼吟饮图》题咏汇录》，序文久未见赐。兹因装册在即，专待大著压卷，谨作小诗以催之》	诗	乡愚弟王恩溥拜手
1887-3-28	《补题松堂司马〈小楼吟饮图〉》	诗	知非子芃卿田征膏
1887-4-1	《奉题小楼主人〈小楼吟饮图〉》	诗	甬上来鸥草堂主人
1887-4-4	《补题〈小楼吟饮图〉》	诗	海昌漱澜阁主徐增龄
1887-4-4	《题松堂司马〈吟饮图〉》	诗	蟾窟分香楼侍者太憨
1887-4-12	《和王松堂司马〈小楼吟饮图〉》	诗	梁溪寄鸿生宣增豪
1887-4-14	《和松堂司马〈小楼吟饮图〉元韵即请梦畹生大吟坛政刊》	诗	吴山第一峰锄花农苑卿金台选草
1887-4-16	《小楼主人以自题〈吟饮图〉诗属和，率成四首》	诗	意琴室主甫稿
1887-4-22	《题〈小楼吟饮图〉》	诗	庐山旧隐
1887-4-26	《题〈小楼吟饮图〉》	诗	丁亥季春下浣齐楼主人严开裕虎臣甫稿拜
1887-4-27	《和小楼主人〈吟饮图〉元韵》	诗	美国易孟士
1887-4-30	《题小楼主人〈吟饮图〉即次元韵》	诗	朝鲜金嘉镇东农氏
1887-4-30	《奉题〈小楼吟饮图〉谨依元韵寄呈松堂司马》	诗	愣华丈室主香海熊光
1887-5-18	《屡阅报章，见王松堂司马所作〈小楼吟饮图〉诗，一时名士和者如云，心艳羡焉，故特依韵率成四章》	诗	文游旧客绍耘秦荫朱

西历	题目	文体	题署
1887 - 6 - 5	《续题〈小楼吟饮图〉兼以志慕》	诗	休宁拜月生
1887 - 6 - 5	《和王松堂司马〈小楼吟饮图〉原韵》	诗	泗水护花馆主张倬
1887 - 6 - 8	《奉和小楼主人自题〈吟饮图〉元韵》	诗	东武厚山钟寿祺
1887 - 6 - 8	《未觌芝辉，已殷葭溯。近闻《小楼吟饮图》题咏汇录》已付梨枣，雅人深致，不禁心向往之，勉成二律奉题以志倾慕》	诗	东台少山崔宝善
1887 - 6 - 10	《题〈小楼吟饮图〉》	诗	古华康皋石阆峰
1887 - 6 - 10	《题〈小楼吟饮图〉》	诗	申江羁旅陈见山
1887 - 6 - 10	《题〈小楼吟饮图〉》	诗	东皋逍遥中人
1887 - 6 - 16	《敬步尊韵奉和自题〈小楼吟饮图〉一律即呈松堂司马大吟坛笑政》	诗	镜塘童士俊
1887 - 6 - 20	《奉和王松堂司马〈小楼吟饮图〉原韵》	诗	华亭石振声友梅
1887 - 6 - 22	《奉和松堂司马〈小楼吟饮图〉原韵》	诗	丁亥夏日怀兹陈镐
1887 - 6 - 22	《奉和小楼主人〈小楼吟饮图〉原韵》	诗	泾县女史丽清王梦鸾
1887 - 6 - 23	《谨依原韵奉题〈小楼吟饮图〉藉志钦仰》	诗	观瀑山人陆华振堂甫
1887 - 6 - 23	《谨依尊韵即题〈小楼吟饮图〉藉志钦慕》	诗	童莫霖晓农甫
1887 - 6 - 24	《奉题王松堂司马〈小楼吟饮图〉》	诗	乌溪评花生
1887 - 6 - 25	《奉和小楼主人〈小楼吟饮图〉原韵》	诗	古瀿雨辰沈震
1887 - 6 - 25	《奉和小楼主人〈小楼吟饮图〉原韵》	诗	古沪石芗黄观保
1887 - 6 - 25	《奉和小楼主人〈小楼吟饮图〉原韵》	诗	古沪苏绍炳稼秋氏甫
1887 - 6 - 25	《奉和小楼主人〈小楼吟饮图〉原韵》	诗	知非子田征
1887 - 6 - 25	《奉和小楼主人〈小楼吟饮图〉原韵》	诗	当涂黄安谨子慎氏
1887 - 6 - 28	《奉和小楼主人〈小楼吟饮图〉原均录请指政》	诗	东武漱玉山樵居益谦
1887 - 7 - 4	《奉和小楼主人〈小楼吟饮图〉原韵》	诗	上强樵隐赵调侯甫稿
1887 - 7 - 4	《奉和小楼主人〈小楼吟饮图〉原韵》	诗	莘溪闲农郑其裕
1887 - 7 - 4	《小诗谨步松堂先生〈小楼吟饮图〉原韵》	诗	白莲花庵主周康权
1887 - 7 - 4	《谨步〈小楼吟饮图〉原韵请松堂大吟坛教政》	诗	四明宝书姜骏

西历	题目	文体	题署
1887 - 7 - 4	《奉题〈小楼吟饮图〉即请松堂先生削政》	诗	四明宝书姜骏
1887 - 7 - 5	《奉和王松堂司马〈小楼吟饮图〉素韵》	诗	苕溪花县后人潘松
1887 - 7 - 5	《题小楼主人〈吟饮图〉》	诗	醉月眠琴生周梓青
1887 - 7 - 7	《次韵奉题松堂司马〈小楼吟饮图〉》	诗	越国公四十三世孙昀绶
1887 - 7 - 9	《拙律奉和小楼主人〈小楼吟饮图〉素韵》	诗	东武漱玉山樵居益谦
1887 - 7 - 19	《敬步〈小楼主人吟饮图〉素韵录呈诸大吟坛》	诗	子松黄瑞澜
1887 - 7 - 29	《五律一章奉题〈小楼吟饮图〉后即乞主人莞正》	诗	西湖花隐杨槐卿
1887 - 8 - 2	《步〈小楼吟饮图〉韵呈松堂四哥司马大人教正》	诗	泗滨舟子陆钟鹏
1887 - 8 - 23	《题松堂司马〈小楼吟饮图〉即次元韵》	诗	苕溪春风草庐悔余生
1887 - 10 - 2	《题王松堂司马〈小楼吟饮图〉即次元韵》	诗	钱塘可石主人施则忠
1887 - 10 - 27	《王松堂司马汇刻〈小楼吟饮图〉诗集,叠前韵诗以乞之,邮呈昕老、桂老、梦畹正之》	诗	天香深处客朱家骅
1887 - 11 - 10	《小楼主人见惠〈吟饮图〉诗集,赋此志谢》	诗	潭西渔隐陈月川
1887 - 11 - 14	《小楼主人以〈〈吟饮图〉题咏汇录〉见赠。朗诵数过,眼界为之一廓,爰再叠前韵以鸣谢》	诗	止可室主人汝南养苏氏
1887 - 12 - 8	《补和小楼主人〈小楼吟饮图〉原韵》	诗	四明愚侄姜孝鸿
1887 - 12 - 8	《补和小楼主人〈小楼吟饮图〉原韵兼呈周养苏夫子同政》	诗	四明愚侄舒耀庠申伯
1887 - 12 - 9	《补和〈小楼吟饮图〉原韵》	诗	甬上止可室主人
1887 - 12 - 11	《补和〈小楼吟饮图〉原韵即呈小楼主人吟政》	诗	四明养苏周麟瑞
1887 - 12 - 15	《周夫子以〈吟饮图〉命题勉成一律敬呈四叔父大人海政》	诗	胞侄文安小庭氏
1887 - 12 - 15	《补题小楼先生〈吟饮图〉即次元韵兼请养苏夫子同政》	诗	姜孝鸿蓉卿

西历	题目	文体	题署
1887 - 12 - 15	《补和小楼先生〈吟饮图〉原韵请养苏夫子同正》	诗	舒耀庠申伯
1887 - 12 - 15	《窗课以〈吟饮图〉命题谨用家严原韵勉成一律》	诗	王文奎肖堂
1888 - 5 - 29	《小楼主人以〈吟饮图〉诗集见赐，拜领之下，复成二律，非敢云报，苟作先容，录呈小楼主人大吟坛哂政》	诗	甬上忏情弟
1888 - 5 - 30	《昨承小楼主人赐〈吟饮图〉诗集，不胜感佩之至。今奉拙作一律，仍用集中元韵，伏希小楼主人大吟坛指疵，并请养翁大兄世大人削政》	诗	小弟杨炳翰
1888 - 9 - 18	《谨和〈小楼吟饮图〉原韵二律》	诗	纪平弟殷宝稣
1888 - 12 - 25	《偶成二十八字即博小楼主人大诗家一笑乞赐〈吟饮图〉一部。俾淞北寄鸿，得卧游小楼，则感甚幸甚》	诗	同安气短英雄拜上时客淞北
1889 - 4 - 29	《奉题王松堂司马〈小楼吟饮图〉即用原韵》	诗	乡侄袁宗海仲弢呈稿
1889 - 5 - 6	《奉题王松堂司马〈小楼吟饮图〉即步原韵》	诗	桃潭旧主汪绍炎炳
1890 - 1 - 4	《留别王松堂司马即用〈小楼吟饮图〉韵录》	诗	蛟川弟林□松介寿甫稿于谦吉斋
1890 - 2 - 2	《前以俚句一章奉赠小楼主人王松堂司马，旋蒙步韵答和。只以岁聿云暮，未暇走访，爰再次〈小楼吟饮图〉原韵率成一律》	诗	鹤沙浮槎仙吏张文彬草于海上愈读室
1890 - 3 - 5	《前以俚句一章奉赠小楼主人王松堂司马，旋蒙步韵赐答，因赋〈小楼吟饮图〉韵再成一律奉赠录呈郢正》	诗	鹤沙浮槎仙吏呵冻草于海上斗酒听鹏轩
1886 - 2 - 14	《小楼记》	文	妙华居士潘崇福
1886 - 12 - 26	《〈小楼吟饮图〉诗集题辞》	文	崇川骊睡轩主愚弟保溶均秋丞氏
1887 - 1 - 12	《王松堂司马〈〈小楼吟饮图〉题咏汇刻〉序》	文	
1887 - 1 - 14	《〈小楼吟饮集〉序》	文	光绪十有二年丙戌日长至姚江翁庆龙识
1887 - 3 - 3	《〈〈小楼吟饮图〉题咏汇录〉序》	文	光绪泉唐汪一鹗

西历	题目	文体	题署
1887 - 3 - 8	《〈小楼吟饮图〉题咏汇录〉自序》	文	光绪十有三年丁亥仲春小楼主人王恩溥松堂氏识
1887 - 4 - 10	《〈小楼吟饮图〉序》	文	雾里看花客昕伯弟钱敬拜序
1887 - 6 - 18	《〈小楼吟饮图〉题咏汇刻〉序》	文	光绪十有三年岁次丁亥四月中浣霍邱王宾序

从上述目录可以看到，对王恩溥《小楼吟饮图》的题咏，《申报》在1884年至1890年期间，共刊登词作9篇，诗265首，共计274首。当然，这仅仅是刊登在《申报》上得以发表的作品，还有那些限于篇幅和版面没有刊登，以及1890年3月以后同人唱和的诗作尚未计算在内。若将这些诗词作品也算在内的话，那么，王恩溥所说的诗"三百"当一点都不为过。参与题诗的《申报》文人有近两百人。其中有《申报》的主笔钱昕伯、何桂笙、黄式权；有当时名流，在文人雅士中地位很高的袁祖志、著名报人王韬，连平时很少在《申报》上发表诗作的俞樾都为其作了题诗；其他还有如高莹、毕以堮、张文彬、潘岳森、杨殿奎、濮阳镜、张兆熊等，几乎所有当时《申报》诗词创作中的文人雅士，都为之或作诗，或作词，或撰文以唱和；更有意思的是当时美国驻沪领事美国人易孟士也为王恩溥的《吟饮图》题了诗。后来，因所得到的诗词作品太多，王恩溥将其结集，题为《〈小楼吟饮图〉题咏汇录》，并最终付梓出版。在《〈小楼吟饮图〉题咏汇录》自序中，王恩溥写道："余半生豪气未除，恨不得如陈元龙卧百尺楼上，而依人王粲作赋登楼，未免悒悒。戊寅孟春，于沪北辟地一弓，建楼一楹，而又区而为二，规制殊小，因即以'小楼'命名。楼既小，则楼中陈设悉从其类，推窗囚望，风帆沙岛，咸集双眸。间尝与二三知己小饮其中，意有所得，辄吟小诗数章以遣兴，意自适焉。夫君子务其大者、远者，今独恬然于一小楼，知不免为伧父所笑。然老子云：'治天下如烹小鲜。'

则似乎小莫能破,未尝非悟道之一端也。友人为余绘《小楼吟饮图》。既成,和章叠至。不一年,裒然成集。因思余初不乐自域于小,人更未尝小余,殆所谓虽小道,必有可观者。爰汇录诸君杂投篇什而付之手民,或者巾箱小品,亦足以小赠同人。而余不敢小视天下人,或亦不小视余,此则区区之志焉耳。光绪十有三年丁亥仲春小楼主人王恩溥松堂氏识。"[1]序中介绍了自己半生的经历,以及表达了自己不囿于物质,而清心寡欲的人生理想,以及与友朋以小楼吟饮为乐的乐观态度。这在钱昕伯为其所写的序文里,体现得更为完整:

> 余少时耽诗纵酒,乐与风雅士共晨夕,居常默念人生世上,苟得席丰履厚,聚声伎,广园囿,日与二三知己觞咏其间,此乐虽南面王不易也。顾忽忽数十年中,更忧患撄持,夙愿难偿。即先人之敝庐亦付狂寇一炬,仅存遗址,饥驱四方,视逆旅如乡里。年来薄游海上,得与王君松堂交,始悔平生之期许太高,不若松堂之随遇而安,为足自适也。……松堂则不然。当其初莅沪上也,年甫弱冠,落落寡合,惟日手一编,究心西学。不数年大进,西官延为上宾。而松堂忽嗜酒,每于公余之暇命俦啸侣,一举累十觞。众人皆醉而松堂独兀然无醉容,人因目之为酒徒。如是者又数年。而松堂忽学诗,一推一敲,句斟字酌,居然可观。人因目之为诗人。屈计松堂来沪仅十余年,而情随物迁,不肯域一,得以自足。其所变者有三,然则自此以往,余又乌呼测其所至哉?今其室有小楼,濒临歇浦,虽仅堪容膝,而陈设雅洁,友人过访必延之登楼,雪浪银涛,贾艑番舶,望之如在

眉睫间,令人心目一爽。于是或歌或舞,怡然涣然,俗虑烦襟,不知涛归于何处。爰绘《小楼吟饮图》,首倡二律,遍征同人诗。属而和者竟至三百余人,多乎哉! 苟其平日无高怀雅致,足为众所倾倒,曷克至此? 现将衷集成帙,付之剞劂氏以永流传。方之汉上题襟,恐不是过焉。松堂谓与余交最久,情好最深,不可无序。乃迟迟久不报,复书来敦促,至于再,至于三,因笑应之,曰是非惜墨如金也,特以近来心血大耗,年未六十而已,韩子所谓而视茫茫而发苍苍。昔即未尝工诗,今且行将戒酒,以不吟不饮之人而欲为善吟善饮者序其简端,不几事同凿枘乎? 虽然,吾两人之交情与松堂为人之梗概,固可得而言,为遂磨墨伸纸而为序其缘起如此。雾里看花客昕伯弟钱徵拜序。[1]

这篇序文读来情辞恳切,让人十分动容。钱昕伯从自己的身世写起,将自己中年交困的心情与王恩溥来沪的经历相比较。特别强调其平生三变之经历,即介绍王恩溥从研习西文就职领事馆,到耽于饮酒,再到沉迷作诗这"三变"的转折。从而一个洒脱、旷达、有点酒仙气质的小楼主人形象跃然于纸上,让人读之不得不喜欢这样一位文人。特别是那句"以不吟不饮之人而欲为善吟善饮者序",真神来之笔,当然,这里颇有自谦的成分。钱昕伯作为早期《申报》的主笔,美查办报之初,就派其赴香港学习,回来更是对其言听计从。读其《申报》作品,也是颇有才情的。这里将王恩溥描述为"善吟善饮"者,刻画到位,栩栩如生。王恩溥,为人少有大志,风流倜傥。后来沪上,就职于美国领事馆,处理语言文字事务。潘崇福在为王恩溥所写的《小楼记》中提到:"沪北近年以来,生计日虚,

---

[1] 《申报》1887 年 4 月 10 日,第 30 册,第 580 页。

繁华滋甚。操斯业者率皆鲜衣美食，极欲穷奢，以酒楼为醉乡，以伎楼为别馆，高居广厦，几几与缙绅之家。将不数年间屋是而人非者，往往而是。"①王恩溥面对如此繁华的十里洋场，却能保持自己的个性，恬然处之，以一栋小楼为乐，随遇而安，其人格魅力是很强的。

　　题画诗词，古已有之。与西方的艺术形态中"诗画分离"、"诗画异质"的艺术表现形式不同，中国的画与诗是可以融合和交叉的。中国画和题画诗，画为视觉的艺术，诗为语言的艺术，两者在构思立意上可以相互补充，浑然一体。追溯中国题画诗的源头，有学者认为当起源于屈原的《天问》②。学界普遍认为唐代是题画诗发展真正成型的时期，"从《全唐诗》看，上起李白，下至五代的荆浩，有七十多位诗人作题画诗一百三十余首"③。而真正认识诗画之间关系的，当属北宋的苏东坡。他在评价唐代诗人王维的《蓝田烟雨》诗时，提出："味摩诘之诗，诗中有画，观摩诘之画，画中有诗。"④苏轼提出了"诗画一律"理论，并将其界定为"天工与清新"。⑤ 到了宋代，词的出现，词与画又在内容与形式上完美结合，出现了题画词。题画词最早可以追溯到中唐张志和的《渔歌子》。⑥ 清代，无论题画诗还是题画词，在数量和质量上都较前代有着长足的进步，是空前繁盛的时期。根据中国古典绘画的内容，我们通常将其分为山水、人物、花鸟虫鱼三大类，那么，题画诗词也相应可以分为这三类。"清

<hr>

① 《申报》1886 年 2 月 14 日，第 28 册，第 220 页。

② 任秉义《中国画题画诗的源流》，载《美苑》1985 年第 4 期，第 16 页。

③ 赵苏娜《故宫博物院藏历代绘画题诗存》，山西教育出版社 1998 年版，第 1 页。

④ 苏轼撰，茅维编，孔凡礼点校《苏轼文集》，中华书局 1989 年版，第 2209 页。

⑤ 关于诗画合一、诗画关系的研究，学界已有很多成果，此处不再一一赘述。南京艺术学院刘晔的博士论文《中国传统诗画关系探究》(2004 年)对传统诗画关系做了详细考究，此处参考其观点。

⑥ 参见南京大学文学院夏志颖博士论文《乾嘉词坛专题研究》(2010 年)，第 80 页。

初题画词,以题人物画者居多,而到了乾嘉时期,题山水画词在数量上已完全取代题人物画词,占据绝大部分的比例……"①清末,《申报》上所刊登的题画诗词作品又有了变化。在文人谈艺和题咏类作品中,题画诗词占了绝对多数的比重,而题画主要以题人物画为主。较之于乾嘉时期,出现这种变化的原因其实是显而易见的。乾嘉时期,特别是乾隆朝,政治尚清明,社会较为稳定祥和,文人以游历为乐。饱览祖国壮美河山,"情动于衷而发于言",自然有作画的冲动和作诗的灵感,因此题咏山水的题画诗词会占多数。到了晚清,特别鸦片战争以后,山河破碎,饱受蹂躏,列强的坚船利炮将中国的壮美河山轰炸得满目疮痍。此时的上海,成了文人避难的理想场所。作为国际化大都市的上海,充斥的是西方带来的声光电的现代化视觉效果。传统的中国山水画,讲究的是写意和泼墨,讲究恬淡的意境和天然的景致,这在晚清的上海是全然找不到的。另外,外面战争频仍,文人避之不及,也没有了游历的心境。于是,邀二三知己诗酒唱和,成了他们消遣的一种手段。诗酒唱和,自然以人物为中心,这也就是晚清《申报》旧体诗词题材中题人物画诗词占多数的重要原因之一。

考察《小楼吟饮图》题咏的意义在于:首先,从创作局面看,报刊的大众传媒效应对近代诗词创作局面的繁盛起到了重要的作用。《全唐诗》刊诗歌四万多首,而早期《申报》的诗作在短短二十年间就几乎与之持平,这并不是说唐代诗歌创作并不繁盛,而是没有更为有效地使诗歌保留、流传的手段。报刊产生后,诗词创作得以及时刊布,早期《申报》文人的诗词集一般都是在《申报》发表诗词的基础上整理而成。如陈鸿诰的《味梅华馆诗钞》就是他《申报》发表诗词作品的汇总与加工。其次,从

---

① 参见南京大学文学院夏志颖博士论文《乾嘉词坛专题研究》(2010 年),第 82 页。

《小楼吟饮图》题咏，可以考察早期《申报》文人的交游网络以及创作心态。地域上，不同省份、区域，甚至不同国籍的文人不需要真正聚拢在一起，可以借助报章交游。如果说王恩溥的小楼给寓居上海的文人提供了一个精神的避难所的话，那么，《申报》则给晚清的文人提供了一个隐形的交游平台，仿佛今天的多媒体介质一样，为信息的快速、准确、高效传递提供了保障。文人不必亲自过访小楼，就能作题咏。从《申报》刊载的其他文人的诗词文中，他们可以具体感知小楼吟饮的盛况，从而加以自己的想象，进行再次加工。而他们创作的作品，也能够在短时间内得以刊布。如此循环，创作局面不断扩大。从上表中可以看到，很多文人不止一次的参与唱和，其创作热情被极大的调动。另外，文人之间的亲疏远近、各自地位以及生活状况等等，在题咏的诗词作品中均有所反映。我们还可以看到《申报》文人交游范围极广。以往的题咏唱和，题咏人数在五六十人至百人已经是较大的规模了。自从报章出现后，上百人的唱和活动都是常见之事。最后，《〈小楼吟饮图〉题咏汇刻》还有"代人存著"的作用。虽然说早期《申报》提供了文人免费发表作品的平台，但在诗词创作的选择上，还是有一定的考量和讲究的。从诗词刊布的情况看，多为当时有声名之士，或者是创作成就较高的文人。这是由《申报》作为一份商业报刊的特性决定的。谋取利润是商业报刊的最终目的，而名人效应以及较好的口碑是其考虑的第一要素。因此，对于名声并不很高、创作艺术成就不算出众的文人来讲，依附于王恩溥这样有号召力、影响力的文人创作题咏作品，其诗词创作也可以被报刊所采纳，刊登。往往这些文人的生平事迹是很难考证与辨别的，于是，在报刊上零星刊登的诗词作品就成了勾稽他们生平的重要资料和线索。

　　除题画之外，早期《申报》诗词作品中还有对文人诗文集的题咏。如众文人题咏钱谦益的《牧斋外集题词》，题咏袁祖志所作的《随园琐记》

等。这些题咏,与题画诗词一样,有助于当时文人之间的交游,具有重要的社会交际功用;也有助于后人考辨史料来源,具有文献的价值。总之,不论是宴集、往来、酬唱、赠答,还是题咏或谈艺,都是《申报》文人日常交游活动的一个组成部分,是早期《申报》所载旧体诗词创作的一个最主要的题材来源。

另外,在交游题材中,怀人之作也占了相当比例。怀人,一直是诗词创作中比较重要的一个内容。中国文化的凝聚力,也常常通过思乡怀人的作品表现出来。这些作品往往会表达对友人的思念,在异乡的孤寂和落寞。但值得注意的是,以往的怀人之作多由诗词作者直接送给所怀之人,或最终收入该作者的作品集。若两人相隔万里,即使是"鸿雁传书"也得煞费时日。而报刊产生后,帮助文人大大缩短了时空的距离。《申报》在近代上海,乃至近代中国,其销售量一直位于前列。这些报章文人们凭借这一新出现的传媒手段,歌咏怀人。这些作品,在次日或者不久的时间内被印刷出版,被咏怀者也很快就能看到,甚至很快就写出答谢之作。从创作心理和接受心理看,以往的怀人诗词创作除了表达对被怀念者的思念和良好祝愿之外,常带有更浓烈的主观色彩,即诗人词家的一种自身心理补偿。因为,在古代交通信息通讯不发达的时候,这样的作品往往要经历很长时间才能到达被咏怀者那里,而那时或许离别的思绪与哀思已经不如刚离别时那么浓烈了,有些作品甚至根本无法到达被咏怀者处。在这种情况下,咏怀诗词作品的创作更是文人自身心理寄托的反映,借咏怀抒发自己心志成了重要的方面。《申报》产生后,报刊及时传递信息,被咏怀者很快看到关于自己的题赠之作,心理上的安慰作用以及由此产生的情感是十分明显的,回赠之作往往也情辞恳切、真挚。这样,以《申报》为中心,自然形成一个交友圈,一大批文人歌咏唱和。他们在相互赠答的时候,必然会将上海当地的风土人情及新鲜事物带入诗词的创作中,并且打破时间地域,甚至国籍的限制,这也是早期《申报》文人交友题材新变的一个侧影。通过这个侧影，读者可以看到媒介嬗变之于旧体诗词创作与变革的影响。

第二节　早期《申报》所载旧体
诗词咏物题材研究

　　咏物诗在中国起源甚早，《诗经》、《楚辞》中均有咏物之篇什。到了唐代，咏物诗有了更大的发展，特别是杜甫，"其咏物诗继承了前代的丰厚遗产，并经过自己的创造性的努力，取得了空前的成就"①。至于咏物词，据许伯卿的研究，敦煌词中共有 26 首，唐代有 165 首，五代 79 首②，《全宋词》共有 3310 首③。随着《全清词·顺康卷》、《全清词·顺康卷补编》的出版，可知清代顺康两朝的咏物词数量，已经大大超越了前代咏物词数量的总和。④

　　这里要说明的是，咏物作为一种题材，可以独立存在，也可能与其他题材有所交叉。如咏物与题画，我们可以将之归为相互独立的两个大类，但如果题目为《题幽兰图》，那么，这既可以算作为题画，同时也是咏物。再如咏物与节令、咏物与怀古、咏物与写景，都有可能存在重叠交叉的情况。本章的论述，旨在还原早期《申报》刊载旧体诗词中，关涉咏物题材的真实情况。因此，选取的角度和内容，都是最能反映这一主题的。但在具体操作中，或会与上下文各种题材论述内容有所交叉，在此特别指出。

　　在早期《申报》文人创作的旧体诗词中，咏物作品比比皆是，是仅次

---

① 　张宏生《中国诗学考索》，江苏教育出版社 2006 年版，第 1 页。

② 　许伯卿《宋词题材研究》，中华书局 2007 年版，第 118 页。

③ 　许伯卿《宋词题材研究》，中华书局 2007 年版，第 110 页。

④ 　参见南京大学文学院蔡雯博士论文《清代咏物词专题研究》(2011 年 5 月)。

于文人交游题材的第二大关注点。现将早期《申报》所刊载的咏物诗词
数据统计如下①：

咏物题材统计表

题材	词		诗		总计
	《申报》	《瀛寰》	《申报》	《瀛寰》	
花草树木	28	5	713	95	841
生活杂什	22	1	187	29	239
鸟兽虫鱼	7	1	117	2	127
自然景观	4	1	117	4	126
神鬼人物	3	0	25	6	34
瓜果蔬菜	3	0	22	1	26
影音声响	2	0	9	6	17
总计	69	8	1190	143	1410

上表以 1872 年至 1890 年刊登的旧体诗词为统计对象②，对咏物题
材做了详细的数据③分析。分析上表数据，我们发现花草树木类的题材
仍占有主体地位。上表中，花草树木类的诗有 808 首，词有 33 首，总计
841 首。生活杂什类占第二，有 239 首。但与第一类相比，数量上远远
落后。鸟兽虫鱼类与自然景观类分占第三和第四，但相差不多。对咏物

---

① 关于咏物诗词的题材分类问题，不是本文所讨论的重点。前人对咏物的分类，有过
　很多的探讨。本文分类标准参见南京大学文学院蔡雯博士论文《清代咏物词专题研
　究》(2011 年 5 月)。
② 碍于资料查找的问题，"三琐"中作者仅统计了《瀛寰琐纪》中的咏物题材。根据《申
　报》刊登的《四溟琐纪》、《寰宇琐纪》目录，其中题目表明咏物的诗词数量很少，且刊
　行的时间远远短于《瀛寰琐纪》。
③ 该数据中不包括竹枝词，竹枝词中也有可能存在对一些风土习俗相关物象的吟咏。
　但是作为一个整类，本文在论及风土习俗及其他相关章节时会进一步讨论。竹枝词
　往往三四十首整体出现，从这么多数量中细细区分，并提出一两首将之归为咏物大
　类，不仅在可行性上难度较大，而且会破坏竹枝词吟咏风俗时的整体性，故不计入，
　特此说明。

题材的统计，可以看出《申报》文人群体咏物题材诗词创作局面的大体状况。

一、吟咏花草：对传统题材的继承

在早期《申报》的咏物题材中，花草树木是其吟咏的首要对象。这与《申报》文人的传统性不可分割。《申报》文人，考其生平背景，或是科场失意来到上海，或是躲避战乱出于谋生的需要来到上海。"学而优则仕"的传统儒家为官之路，到了他们面前已经不再是通达的康庄大道。他们中的很多人，为了生活所迫，不得不抛下文人心中的理想生活状态，面对现实，在这个五光十色、商业和浮夸气息十分浓烈的社会中求生。但传统文化熏陶下文人心中的情节和气息，在他们那代人身上是抹不去的。因此，一有机会，这些传统文人总会有这样那样的雅集与聚会。古代文人雅集、聚会，很重要的一个主题就是诗会唱和，而一些带有象征意象的花草就自然成了他们吟咏的对象。笔者将花草树木类再细细分析，得出表格如下：

花草树木类题材统计表①

分类	词		诗		总计
	《申报》	《瀛寰》	《申报》	《瀛寰》	
梅	2		134	3	139
菊	1		126	7	134
柳	8	2	102	5	117
牡丹			62	1	63
桃花			20	38	58
莲	2		49	1	52

---

① 该表格以早期《申报》及《瀛寰琐纪》刊载咏物诗词为统计依据。其中题咏数量不超过2首者皆列入其他类；泛指类包括落花、落叶及咏花。

续　表

分类	词		诗		总计
	《申报》	《瀛寰》	《申报》	《瀛寰》	
兰			20	28	48
海棠	2	1	27		30
草		1	13	8	22
荷	1		17	1	19
杨花			18		18
昙花			12		12
月季	3		8		11
玉兰			5		5
水仙	2		2		4
其他	7		21	3	31
泛指		1	77		78
总计	28	5	713	95	841

“香草美人”的讽喻传统可以上溯至屈原。借花草特有的芬芳与色彩，人们将其拟人化，赋予其人的性格特征。周敦颐《爱莲说》：“予谓菊，花之隐逸者也；牡丹，花之富贵者也；莲，花之君子者也。”历朝历代的文人们，都从这些被人格化的花草上找到自己灵魂的寄托和依赖。梅、兰、竹、菊，被称为花中四君子。在早期《申报》文人的题咏中，除了竹题材没有被提及，梅、兰、菊都是题咏的对象。且题咏梅和菊的数量最多，两者占了花草类题咏中的近三分之一。

梅花，曲折多姿，迎雪吐艳，凌寒飘香，那种铁骨冰心的冷艳之美，是中华民族传统精神的象征。因此，上至显达，下至布衣，几千年来文人雅士莫不钟情于它。岁末寒冬，探梅赏梅成为雅事。有时梅花晚开，古人便携带卧具，梅下坐候；有时宾客可以烹茶煮酒，邀月同赏。关于梅的佳作与事迹也比比皆是。有“梅妻鹤子”的林逋；有“穷冬万木立枯死，玉艳独发凌清寒,鲜妍皎如镜里面,绰约对若风中仙"①的欧阳修;有"年年雪里,常插梅花醉。揉尽梅花无好意,赢得满眼清泪"②的情恨悠悠的李清照;有姜夔广为人们传唱的《暗香》《疏影》;有因"落梅诗案"坐废十年,留咏梅诗 130 多首的刘克庄;更有一生创作咏梅诗 300 多首,堪称咏梅专业户的张道洽。菊花,有着更悠远的传统意象。屈原见黜于楚王,在《离骚》中写下了"朝饮木兰之坠露兮,夕餐秋菊之落英"③的诗句。从一开始,菊就是高洁、优雅、不同流合污的代名词,这一传统在陶渊明处发挥到了极致。"采菊东西下,悠然见南山"④,那份恬淡自适、不畏权贵的心境,曾经是多少代文人在苦难中寻求解脱的明灯和方向。总之,梅和菊,一在隆冬傲雪凌霜,一在深秋淡吐芬芳。此时,均是百花凋谢之际,二者的争妍斗奇,则更显得意味深长。

早期《申报》文人所处的时代,暗潮涌动,社会动荡不安,文人建功立业的传统模式已经被西方的异质文明摧毁得土崩瓦解。因此,在诗词创作中,对于传统咏物题材的回归,其实是对悠远文明的继承。同时,也是他们在古老的中华文明中,寻求心灵慰藉的一种自我疗伤的方式。如《申报》主笔黄式权的这首《红梅》⑤:"玉骨冰肌绝点埃,前生本是住瑶台。如何一露芳红色,便有游蜂次第来。"再如《申报》另一位主笔何桂笙的词作《东风第一枝·咏梅》⑥。词有小序:"有以盆梅及水仙见惠者,寒英吐秀,细蕊凝香,足供案头清玩,因忆史拜卿有《东风第一枝》词,依韵步之以赠此花,庶几不负。"词曰:

---

① 欧阳修《欧阳修全集》,中华书局 2009 年版,第 753 页。
② 李清照著,徐培均笺注《李清照集笺注》,上海古籍出版社 2002 年版,第 126 页。
③ 屈原著,金开诚等校注《屈原集校注》,中华书局 2008 年版,第 26 页。
④ 陶渊明著,袁行霈笺注《陶渊明集笺注》,中华书局 2005 年版,第 247 页。
⑤ 《申报》1889 年 3 月 6 日,第 34 册,第 314 页。
⑥ 《申报》1876 年 1 月 14 日,第 8 册,第 46 页。

　　　　须缀黄金，瓣分碧玉，南枝先占轻暖。香浓不怕云寒。影斜半
由水浅。迎风独舞，肯逐尘、飞红软①。笑众芳、总属舆台，只好媚
他莺燕。　休负了、广平老眼。休误了、寿阳半面。也堪寄迹孤山。
也堪置身上苑。含苞微吐，恰正遇、花砖添线。顾化工、珍重扶持，
雪里几时重见。

　　细细品读这两首作品，红梅傲霜特立的性格透露在字里行间，但是诗词
作品的笔力较之前代，已远远不如了。这大概与早期《申报》文人所处的
社会时代是十分有关的。他们被时代推到了最前端，最早接触到资本主
义的文明，也最早体会到科举制度行将没落的悲哀。一方面，他们想要
自己保持孤傲、冰清的文人品质；另一方，传统的文人仕途之路在他们这
里走不通，他们不得不放下文人士子身上所谓的孤傲，去适应这个五光
十色，但也浅俗迷乱的大上海。所以，在早期《申报》文人诗词作品中，我
们可以看到对传统的坚持。但是，这种坚持是软弱的，也是无力的。这
其实不是个人的软弱，而是时代的软弱，是封建王朝即将倾覆前，面对资
本主义迅速扩张的软弱。

　　对于传统咏物题材的应用，随着时代的不同，侧重点也不尽一样。
以咏花草为例，顺康时期，题咏花草的词作中，柳意象成为创作的首选，
在数量上排第一位。② 笔者推测这或许与顺康词坛的重要文人王士禛
《秋柳》创作有关。而到了晚清，早期《申报》文人咏物题材的创作中，柳
意象排名第三，当然，渔洋的影响还是十分重要。但是，对于梅和菊的题
咏更能显示时代的风貌，梅和菊的象征意义更能显示出晚清文人对传统

①　笔者按：按律，此处脱一字。

②　参见南京大学文学院蔡雯博士论文《清代咏物词专题研究》(2011 年 5 月)。

士人高洁品质的坚守和完美人格的向往。

除此之外,在早期《申报》传统花草咏物题材中,我们还看到几首很有意味的咏物诗。那就是东阁隐士郑常的《书带草》和《及第花》,以及味古轩主谢璋的和作《咏书带草应同梅谱兄作录呈梦畹生削政》。录两首如下:

书带草①

袅娜临风画不如,草潜翠带绾群书。浑同织锦姿尤媚,得比垂绅弱更疏。为乞灵根栽艺圃,好移嘉植近经畬。芊绵群向窗纱映,应是康成旧隐庐。

及第花②

春风得意是谁家,绣出宫袍灿若霞。阆苑归来初夺锦,琼林宴罢喜探花。芙蓉人镜增声价,桃李门墙玩物华。仿佛曲江堤畔路,红阑十里径横斜。

书带草,又称细叶麦冬、沿阶草。有记载:"郑司农,尝居不其城南山中教授。黄巾乱,乃避。遣生徒崔琰、王经诸贤于此,挥涕而散。所居山下草如薤,叶长尺余许,坚韧异常。时人名作康成书带。"③及第花,即杏花的别称。杏花开于二月,报春最早,正好是各地举子赴京会试之时,故杏花又名"及第花"。这两种物象,很显然带着文人士子对于传统的封建入仕制度的向往。他们也希望自己能够沾上这"书带"和"及第"的喜气,能够状元及第,仕途顺利。这类诗词作品,是早期《申报》文人对传统的儒家仕途之路向往的有力佐证,但同时,也隐隐透露出转型社会中文人

---

① 《申报》1889 年 3 月 18 日,第 34 册,第 391 页。

② 《申报》1889 年 3 月 18 日,第 34 册,第 391 页。

③ 胡元仪《北海三考》卷一,民国十五年刻湖南丛书本。

面对变革时矛盾的心情和复杂的心态。

二、生活化创作倾向：文人关注视角的转移

对于生活杂什的吟咏，是《申报》旧体诗词咏物题材中的第二大类。这类题材的诗词作品一共 239 首，其中词 23 首，诗 187 首。虽然排名第二，但是其数量上远远低于第一大类花草树木。在这一类题材中，我们既可以看到对传统咏物题材的继承，也可以看到早期《申报》文人在创作中试图创新的努力。

其一，古物器皿和与文人雅士相关的日常用具，是他们喜欢吟咏的对象。前者如古剑、古镜、古琴等，后者如琴谱、棋谱、书谱、画谱等。文学创作来源于生活。多写前者，是因为这些古物随着时间的流转，代代相传，在它们的物质外形之下，往往掩藏着历史的兴废。古人强调"以史为鉴"，因此，对古物的吟咏往往寄托着文人对历史的追思，并时时警诫自己牢记"以史为鉴"的古训。关于后者，由于琴棋书画、笔床纸砚，是他们日常生活中必备的物件，也是内容与载体，因此，对这些日常生活物件的吟咏是《申报》文人创作中较为娴熟与得心应手的。

其二，咏物诗词创作的日常生活化倾向。诗一向被当作"言志抒情"的工具，其题材的选择上往往"拈大题目"、"构大境界"，在创作中也趋于雅。词虽然从一开始，就被定义为"向俗"的小道末技，但它也是"大旨言情"的工具，与吟风弄月、表达缠绵情致相关。随着咏物题材诗词创作的日益成熟，很多咏物意象已经被前人写尽，"盖文体通行既久，染指遂多，自成习套。豪杰之士，亦难于其中自出新意，顾遁而作他体，以自解脱"[1]。此处，王国维虽然论的是文体，但对于题材的创新亦如此。题材

---

[1]　王国维《人间词话》，见《词话丛编》，中华书局 1986 年版，第 4252 页。

的创新，是随着社会的发展而更新的。理论上说，生活中的任何物件都可以被用来作为题材写进诗词中。"雅"的题材写完了，"俗"题材也未尝不可以用在诗词中。在早期《申报》的诗词创作中，对日常生活中零碎、琐屑的事物的题咏，慢慢成为文人咏物的一个新的方向。本文论及的咏物题材中，还有一个大类，就是瓜果蔬菜。鉴于瓜果蔬菜类所咏之物，也基本都是生活中平常而普通的什物，此处将之与生活杂什类结合起来论述。我们将咏物题材中与生活化问题相关的内容，作统计表格如下：

咏生活杂物题材统计表

内容	首数	内容	首数
帘钩	4	烟煤头	1
粽箬	4	兔儿爷试帖	1
当票	1	汤婆子	1
巧果	2	钱	6
冬笋	3	雪里蕻	6
扁豆	1	辣椒	1
菜花	1	花生	1
开门七咏①		7	

从上表，我们很清晰地看到，杂什类中日常生活的小东西、小物件，在进入文人创作的视野。当然，这不是《申报》文人的首创。诗词的生活化问题，在清代诗和词的创作中，就已经涉及。在《申报》文人创作中，这一题材有逐渐增多的趋势。特别像粽箬、烟煤头、巧果、汤婆子、雪里蕻这类物件，慢慢成为文人关注的对象。如"汤婆子"，是一种家庭取暖用具，上方开一个带螺帽的口子，热水就从这个口子灌进去。有铜质、锡质、陶瓷等多种材质。一般为南瓜形状，小口，盖子内有屑子，防止渗漏。此物件，宋时已有。又称"锡夫人"、"汤媪"、"脚婆"。"汤"，古代汉语中指滚

---

① 此为蒋敦复咏柴米油盐酱醋茶七样生活中的琐事。刊于《瀛寰琐纪》。

水，"婆子"则戏指其陪伴人睡眠的功用。黄庭坚《戏咏暖足瓶》诗："千钱买脚婆，夜夜睡到明。"①咏汤婆子不是《申报》文人的创举，汤婆子一定不会像笔墨纸砚那样成为文人咏物创作关注的高频词。但作为咏物中的生僻材料，汤婆子再次受到关注，并成为《申报》文人吟咏的对象，可以看出当时文人创作视角的转移。

　　在《瀛寰琐纪》第十四卷，录有宝山蒋敦复的《开门七咏同秦肤雨作》。蒋敦复（1808—1867），宝山（今属上海）人。原名金和，字纯父，一作纯甫，曾更名尔谔，字子文，改今名后字克父，又字剑人，五十岁后自号江东老剑、丽农山人。清词后七家之一。自幼有神童誉，十三岁就已读完十三部儒家经典，生性旷达，落拓不羁。道光二十二年（1842）英军入侵，蒋敦复上书两江总督牛鉴，献策抵御，因直言触犯官员，险被逮捕。蒋避祸入月浦净信寺为僧，法名妙尘，号铁岸。鸦片战争结束，牛鉴被撤职查办后，蒋还俗，浪迹大江南北。晚年寓居上海，常与当代名士交往，与王韬、李善兰并称"海天三友"。著有《啸古堂诗文集》、《芬陀利室词》。严迪昌《近代词钞》中称其："既有'闭门画粥忧天下'之志，又复有'痛哭平生才子泪'，进退失据，怀一腔无可名状之思。……以长调笔势矫健，倾泻积愫，为多佳制，晚近词苑一雕龙手也。"②所谓开门七咏，即"柴、米、油、盐、酱、醋、茶"也。《瀛寰琐纪》刊出时，蒋敦复已经去世五六年。诗后有跋："剑人茂才负奇才，以诗名大江南北，著有《啸古堂诗集》行世。板片毁于兵火，应敏斋廉访刊其古文遗集，尚有遗诗数卷，此诗未经刊行，舒铁云《瓶水斋集》中亦有是咏，今剑人所作有过之无不及也。"从这段序文中，我们可以看出，初刻《啸古堂诗集》中，此组诗没有录入。排除

---

① 黄庭坚著，任渊等注，刘尚荣校点《黄庭坚诗集注》，中华书局 2007 年版，第 553 页。
② 严迪昌《近代词钞》，江苏古籍出版社 1996 年版，第 664—665 页。

其他原因,其吟咏生活日常琐事,不是"拈大题材"之作,也可能是其不被选入的一个方面。读其中的一首:

米

> 健饭英雄暗自伤,江东有价问何妨。飞腾鼠雀翻仓廪,飘泊鸾凤觅稻粱。万里山川弹指现,一官升斗折腰忙。千金报德寻常事,此日王孙满路旁。

细读此诗,蒋敦复的健笔才情时时透露在字里行间,时人说其有龚自珍之风。从这组咏生活细枝末节之物的诗作,可以看出,即使是琐屑的题材,在蒋敦复这样的大家手中也写得恣意汪洋。特别是将官场为半斗米折腰的丑态,刻画的惟妙惟肖,神情皆备,同时也表现出了诗人洁身自好的志向。整组诗都是这样的风格,即以小题材,显大气势。

除了蒋敦复的这组诗之外,《申报》还有一组咏雪里蕻的诗作。雪里蕻是一种腌制的咸菜,就粥食用。一般是下层贫苦百姓经常接触到的物件。这从一个方面,也反映出《申报》文人生活的困窘。由于各种原因,他们中的很多人经常处于生活的贫困线上,食不果腹的生活使得他们更能接触下层人民,认清现实生活。因此,在咏物题材中常常出现下里巴人的生活物件,而不再是所谓阳春白雪的玉盘珍馐。虽然这是以诗人词人艰难的生活为代价的,但也使得诗词在境界和题材上得到拓展。即便这种开拓从刚开始的时候是逼迫的、不自觉的,但久而久之,文人就会认识到这种尝试的文学史的功用,并且将其上升到理论的高度,这对诗词创作是有利的。

三、新鲜事物的题咏:题材上的继承与开拓

十里洋场,光怪陆离。文人来到上海,首先发出惊叹的,是这个昔日

的小港口、小渔村居然完全变了模样,正如著名报人王韬所见的一样。道光二十八年(1848)年正月,王韬至上海省亲,他惊诧于上海开埠六年来的巨大变化,眼界大开。"一入黄歇浦,气象顿异。从舟中遥望之,烟水苍茫,帆樯历乱。浦滨一带率皆西人舍宇,楼阁峥嵘,缥缈云外,飞甍画栋,碧槛珠帘。此中有人呼之欲出,然几如海外三神仙,可望而不可即也。"①正是上海的变化,让年仅二十二岁的王韬决意留在上海墨海书馆工作,也对他此后的人生产生了重要的影响。不仅仅是王韬,不管是对上海本地的文人,还是每一位来上海或谋生、或避难的文人来讲,十里洋场的生活,绝对和他们以往诗书相伴的传统生活方式不同。因此,描写洋场生活中出现的新鲜事物,也就成了早期《申报》文人诗词创作咏物类题材中十分重要的一环。

西方的物质文明,带来的是大量新生事物的涌入。因此,在这一时期的《申报》诗词创作中,出现了与新生事物相关的题咏。

咏洋场新事物统计表

内容		词	诗	总计
马车		1	2	3
火轮车			4	4
轮船		1	2	3
灯	电气灯		4	7
	电灯	1	1	
	煤气灯		1	
自来水			4	4
自来火			3	3
地火		1	2	3
电线		1	3	4

---

① 王韬著,王稼句点校《漫游随录图记》,山东画报出版社 2004 年版,第 23 页。

续　表

内容		词	诗	总计
自鸣钟			5	5
寒暑表			1	1
显微镜			1	1
洋炮			1	1
电信局			1	1
洋狗			1	1
烟	洋烟		8	8
	鸦片烟		29	29
	烟具		18	18
	罂粟花		1	1
总计		5	92	97

在《申报》旧体诗词洋洋洒洒几万首中,这不足百首的咏物诗词虽不算什么,但正是这不足百首的咏物新作,却对旧体诗词的题材开拓有着重要的意义。

首先,是对西方工业文明和科技进步带来的新鲜事物的题咏。在早期《申报》中,出现了各类与西方文明相关的物象。如自来水、轮船、地火、显微镜、寒暑表等。其中有些是早在清朝建立前就出现的。这些物品,往往是作为外邦的贡品传入宫廷,或由皇帝赏赐给大臣公卿,只有在宫廷生活中或者贵族家庭才能见到,对于普通老百姓来讲,是陌生的。据文献记载,最早可知在中国出现自鸣钟,应是在明代。利玛窦等传教士来华,自鸣钟就作为奇巧之物赠送各路官员及朝廷使臣。万历年间吴郡诸生陆燕喆和康熙年间程庭都有以自鸣钟作为吟咏对象的词作。①随着西方入侵,这些物件被带入上海。早期《申报》文人,因为生活在租界,接触西方文明的机会较多,他们比普通百姓更容易见到这些物品,将

---

① 参见南京大学文学院蔡雯博士论文《清代咏物词专题研究》(2011 年 5 月)。

之作为诗词创作的题材，予以吟咏。

如 1877 年 12 月 28 日孙熙曾的《咏自鸣钟十三叠赠仓山旧主韵》[①]：

> 凭他日月暗相推，响彻丁东此妙才。报刻更筹宜共听，计时先英合同裁。清疑铁马因风展，雅并铜龙滴水来。若欲鼓声蛙两部，池塘处处掩蒿莱。
>
> 鸣来岂是不平身，银箭催残听逼真。使尽机心能作主，非因妙手可称神。有声入扣奚烦我，测影量移尚藉人。一杵蒲牢同唤醒，最宜待漏早朝臣。

伴随着商业和贸易的发展，晚清上海出现了各种新奇的景观与建筑。而自鸣钟，也不仅仅是一种计时工具，它作为十里洋场的一处景观进入人们的视野：

沪北八景　　大自鸣钟[②]

> 一响家家好共聆，应时无错较常灵。海滨多少扬州梦，何故闻声唤不醒。

还有一些事物，是伴随着西方文明的发展才出现的，这种事物在清以前的诗词创作中几乎未见。如自来火、寒暑表、火轮车等。以火轮车为例。"火轮车"，是中国人最初对火车的称谓。1840 年，德籍在华传教士郭士立撰写了《贸易通志》一书，借此夸耀西方"学艺与技术"，以图扩

---

① 《申报》，1877 年 12 月 28 日，第 11 册，第 622 页。
② 四十九峰樵子《沪北八景·大自鸣钟》，《申报》，1886 年 10 月 14 日，第 29 册，第651 页。

大西方世界对中国的影响。书中有"火轮车,车旁插铁管煮水,压蒸动轮。其后竖缚数十车,皆被火机拉动,每一时走四十余里。无马无驴,如翼自飞"①的文字,描写栩栩如生,这可以看作是"火轮车"一词的由来。之后,魏源的《海国图志》和徐继畬的《瀛环志略》等书中均有关于"火轮车"的记载。1876 年,英国人擅自修建了中国第一条营业性铁路——吴淞铁路。《申报》连续刊出《记华客初乘火车情形》②和《火车开市》③等报道。与此同时,作为与《申报》新闻报道相呼应,文人纷纷创作诗词作品来描绘这一新事物。如:

咏火轮车④

轮随铁路与周旋,飞往吴淞客亦仙。他省不知机器巧,艳传陆地可行船。

身非著翅亦生风,恍坐轮船入海中。不解西人何耐苦,黎明行到夕阳红。

数百青蚨可往回,栅门一路看争开。游人忽睹浓烟起,报道火轮车又来。

鸦鬟椎髻满街游,约伴同行话不休。寄语登车年少客,好花过眼莫能留。

从这组诗歌,我们可以看到,对于新生事物,文人们代表中国民众表达的是一种惊叹和艳羡。西洋物件如此先进,在赞叹的同时,一部分具有进

---

① 郭实腊《贸易通志》,新加坡坚夏书院道光二十年(1840)版。
② 《申报》,1876 年 7 月 3 日,第 9 册,第 5 页。
③ 《申报》,1876 年 7 月 4 日,第 9 册,第 9 页。
④ 《申报》,1876 年 12 月 18 日,第 9 册,第 581 页。

步思想的中国文人也开始思考这其中的原因。这为近代的思想启蒙奠定了一定的基础。

除此之外，《申报》文人还将自己乘坐火轮车的感受也写入诗词创作中。如 1877 年 1 月 22 日，日本人羽前远藤耕云作《乘火轮车游吴淞》①诗：

> 火轮旋转响如霆，卅里程途尪不停。吴水申江含露白，柳条竹叶带霜青。仓翁导客寻僧院，唐氏延宾至驿亭。共道支那崇信义，送迎今日太丁宁。

日本有火车的历史比中国早，从上作可以看到日本人在描写火车的时候明显没有中国文人的那种惊叹了。但是从日本人的视角，坐火车游历吴淞，将沿路的风景用诗歌的形式表现出来，介绍给大家，还是有一定的意义的。

其实，每个朝代都有新鲜事物的出现，描写新鲜事物并不算早期《申报》诗词创作的特色。但是，一旦这些描写新鲜事物的诗词与大众传播媒体相结合，那么诗词创作的"当下"意义就非常明显了。如自鸣钟、显微镜这样的物件，以往只有在宫廷或朝廷重臣家里才会有，即使有人创作了诗词对其题咏，诗词作品的刊载和传播范围也十分有限。对于普通百姓而言，他们甚至没有机会读到这些诗词作品，新鲜事物对于他们而言，始终还是很陌生的。而报刊，作为大众传播的手段，面向的是普通百姓，文人对于新鲜事物的题咏，瞬间可以传遍千家万户，在很大程度上，起到科学普及的作用。这样，诗词创作也就不仅仅是阳春白雪的高雅艺

---

① 《申报》，1877 年 1 月 22 日，第 10 册，第 74 页。

术,而是可以飞进千家万户,成为具有启蒙作用的一种文学样式。

其次,西方文明也带来了负面的影响。十九世纪,英国商人为弥补中英贸易逆差,从印度向中国走私鸦片,最终导致鸦片战争。鸦片战争的失败,导致鸦片和其它毒品的进一步传播。由于鸦片给人一时的快感,而当时中国民众中大多数人对科学知识盲目无知,很多八旗子弟纷纷吸食鸦片,以致一度中国人被蔑称为"东亚病夫"。申报馆著名报人何桂笙就是鸦片瘾很重的瘾君子。前文论及,钱昕伯曾劝其戒烟,戒烟成功后,他还作了《感昕篇》向其表示感谢。对于鸦片的危害,早期《申报》文人或深受其害,或凭着报人的敏感性,在周围人的身上看到其流毒之深。于是,对于鸦片和洋烟危害的书写,也成了洋场咏物词中重要的一部分。以"烟"和"烟具"为题材的咏物诗有 56 首之多,占了这类题材的二分之一多。

> 别□利薮汊狼贪,法令空劳禁再三。难解诘奸从左右,独怜流毒遍东南。纸窗痴立蝇俱醉,粉壁潜窥鼠亦酣。牵得丝来身自缚,半床僵卧冷春蚕。①

《洋烟咏八律》是闽中何乾生所作。此作将洋烟的危害、牟利者的险恶用心以及吸食者行尸走肉的丑态,绘声绘色地刻画出来。这类题材的咏物诗词,是咏物中具有十分尖锐的批判意义的一部分,具有较高的文学、历史学以及社会学的价值。

---

① 《申报》,1873 年 6 月 25 日,第 2 册,第 578 页。

第三节　时事与世相：动荡社会的真实写照

俄国思想家普列汉诺夫说过："每个时代都有它自己中心的一环,都有这种为时代所规定的特色所在。在世界范围内,近代资产阶级民族民主革命由西向东,如果说,这独具特色的一环在十八世纪末十九世纪初的德国,是那抽象而深刻的古典哲学;在十九世纪的俄罗斯,是革命民主主义者的文学理论与批评;那么,在近代中国,这一环节就是关于社会政治问题的讨论了。燃眉之急的中国近代紧张的民族矛盾和阶级斗争,迫使得思想家们不暇旁顾,而把注意和力量大都集中投放在当前急迫的社会政治问题的研究讨论和实践活动中去了。因此,社会政治思想在中国近代思想史上占有突出的位置,是它的主要组成部分。其他方面的思想,如文学、哲学、史学、宗教等等,也无不围绕这一中心环节而激荡而展开,服从于它,服务于它,关系十分直接。"[①]十九世纪的中国社会,处于变与不变的两难境地之中。西方列强用他们的坚船利炮轰开了中国闭关锁国的大门,伴随着一次次的军事袭击以及不平等条约的签订,满清政府的统治岌岌可危,几千年来封建专政的王朝有可能在一夜之间倾覆。这些灾难深重的社会现实,使得社会各界开明人士忧心忡忡。中国的诗歌,"从一开始就创立了关心并反映民瘼的传统。从《诗经》中的《伐檀》、《硕鼠》诸篇,到杜甫的'三吏'、'三别',以及白居易的新乐府,这种倾向一直十分明显。"[②]这种关心民瘼的传统,被历代文人很好地保存了下来。以至发展到清代,词这种与忧患意识联系甚少的文体中,也加入

---

① 李泽厚《中国近代思想史》,人民出版社 1979 年版,第 475 页。

② 张宏生《清代词学的建构》,江苏古籍出版社 1998 年版,第 8 页。

了很多民生疾苦的内容。

一、爱国主义题材的逐渐涌现及增多

鸦片战争之后,中国社会满目疮痍,社会危机四伏。早期《申报》文人大都经历了鸦片战争、八国联军入侵、太平军起义以及1882年以后的中法战争。家国的破败,经济的凋敝,鸦片的荼毒,使得这些文人忧心忡忡。梳理1872年《申报》创刊起至1890年的旧体诗词刊载情况,1882年之前的《申报》诗词中,对于这类重大事件的关注较少。这大概与美查作为外国人,在中国办报只为营利的方针不无联系。但是,随着时局的日益变化,诗人词家凭着他们捕捉社会现实的敏锐嗅觉,心里日益沉淀的爱国主义热情如火山一般,逐渐喷发。

1885年,法国海军侵略我国,偷袭我国福建海军,福建海军几乎全军覆没,全国人民极其愤慨。1885年2月8日,嘉兴杨伯润写《马江哀》①一首,不仅悼念死去的将士,也对当时清廷贻误战机的军官给予无情抨击。题下注曰:"哀扬武等兵船也。"诗曰:"哀马江,泪如洗。五军雄□万军抵。际此和战消息未,敌舰往来久阴颢。战书骤下炮旋轰,仓卒之间苦无备。血飞肉舞声如沸,千百水师中诡计。君不见鬼蜮潜伏芭蕉山,是时击之无一还。"两国交战,必下战书。福建马江之战,其实法军统帅古拔在偷袭我海军之前,已有战书交给清廷统帅。可是清廷统帅的犹豫不决,不作任何防备的错误决定,最终遗失了战机,使得法军偷袭成功。福建水师一败涂地,损失惨重。整首诗歌以白描手法,叙述马江遭袭的经过,没有华丽的辞藻,但是,字里行间透露着痛恨和惋惜。特别是最后两句"君不见鬼蜮潜伏芭蕉山,是时击之无一还",这其实是对清廷统帅的质

---

① 《申报》,1885年2月8日,第26册,第224页。

问以及对清廷软弱政策的抨击。

同时，杨伯润还写了另一首歌咏时事的诗，名为《淡水捷》，题下注曰："美舰开华军门也。"诗曰："孙将军，足智谋。淡水捷，敌人忧。敌势如潮炮如雷，将军不为动。士卒皆衔枚，示以空虚使敌误，诱之深入断归路。守如处女出狡兔，横刀跃马敌慑怖。半自践踏半伏诛，将军下马作露布。"①如果从诗歌的语句和艺术特色上来讲，这一篇与其他诗歌并没有多大的区别。全诗用一种明朗而欢快的情感基调，让读者读来欣喜万分，一个足智多谋的将军形象跃然于纸端。马江海战后，法军入侵台湾，驻守台湾的我军将领孙开华使用诱敌深入的策略，将入侵台湾的法国海军一举歼灭。透过这首诗，展现在眼前的是一幅战争的全景图。大兵压境，足智多谋的将军气定神闲，任敌势汹涌，不为所动。待诱敌深入后，果断出击。接着这首诗描写了一幅敌军抱头鼠窜的狼狈场景。结尾，镜头定格在一位将军从马上跃下的一瞬间。杨伯润的这两首诗，正好形成了鲜明的对比，对一味妥协投降者的讽刺和对英勇抗敌的将军的赞美，具有浓烈的爱国主义的感情色彩。

当然，这类题材在早期《申报》创作中，并不是主流。但随着局势的日益变化，这类题材的作品也从无到有，从少到多，从只限于诗，到诗词均有。这从一个侧面，可以看出早期《申报》文人爱国主义情愫的积累以及逐渐喷发的过程，以及报馆的编辑方针在不断发生变化。到了庚子与辛亥之后，随着《申报》副刊《自由谈》的创刊，"爱国主义"渐渐成了整个《申报》诗词创作的重要题材，这与早期《申报》在这类题材上的开拓是分不开的。同时，这类题材的创作多继承了辛稼轩的现实风尚与创作手法。从思想上看，现实主义的批判色彩流露在字里行间。从创作手法

---

① 《申报》，1885 年 2 月 8 日，第 26 册，第 224 页。

看，这类题材的写作，往往要交代背景、刻画场面，所以以文为诗、以议论为诗的手法常常用在创作中。

二、歌颂殉难忠烈成为描摹时事的一个重要方面

早期《申报》诗词创作中，有一类题材常见于作家创作中，那就是对忠烈的歌颂和悼念。忠贞之士，往往以一腔热血慷慨赴死，英勇就义。有的是百姓知道的，因此，身后常常有人祭拜、怀念。而有些忠烈并不为人知晓，其埋骨处甚至荒草丛生，一片衰颓的景象。早期《申报》文人将他们对忠烈之士的歌颂诉诸笔端，如《瀛寰琐纪》第二十二卷录有《吴门余烈士诗文汇录》。长洲黄兆麟、吴县亢树滋为之作传，常熟张瑛仁作《书后》，元和陆懋脩、长宁曾行恕、昆山徐家畴、元和吕一凤、嘉兴杨良济等诗各一首。传文中写道："余烈士，讳文昭，字赠云，自号随初子。吴县人也。居贫，力学读书。鄙章句，天分甚高……庚申城陷，以襄办乡中团练未获走避，遂率其所练勇与贼巷战，杀伤甚多，卒以众寡不敌被戕。贼大怒，焚其庐并其尸。殁之时年六十有四。子一字振之，失其名，工画墨兰，亦不屈致害。噫！先生就义捐躯，死且不朽，独其生平撰述一炬无遗，惜哉。"①这里提及的"庚申之变"，当为 1860 年太平军攻占苏州城。暂且不论余烈士与谁作战以及太平军的功过，其身上英勇的品质和临危不惧的骨气是值得赞赏的。《瀛寰琐纪》第九卷，有西脊山人所作《金山卫城三忠祠诗》②，讲述了总兵湖南人黄金友等人在城陷之时不肯弃城投降，慷慨赴死的悲壮事迹。

值得关注的是，在对忠烈的歌颂题材中，女性，尤其是那些面对贼人

---

① 《瀛寰琐纪》卷二十二，申报馆 1874 年版，第 17 页。
② 《瀛寰琐纪》卷九，申报馆 1873 年版，第 23 页。

毫不畏惧,最终英勇就义的烈女,也成了众多作家吟咏的对象。1887 年 10 月 31 日,署名禹航子川蔡济舟的诗人,为古黔舒母余太安人作诗。序文中曰:"古黔舒母余太安人,秉性贞烈,粤匪披猖时,安人骂贼捐躯。奉旨旌表,事载邑乘。孝子序述殉难节略,遍征题咏,汇寿枣梨,再小子学荒,讵足敷扬万一,惟承雅嘱,敢以拙辞,恭颂俚言,录求斧政。"①当时很多文人都相继唱和作诗,歌颂这位面对贼人毫不畏惧的余太安人,并向朝廷申请旌表。

这一时期的《申报》刊登了大量歌咏烈女、孝女事迹的诗词。这些烈女和孝女不一定是面对贼人慷慨就义的,他们中的很多是为了殉夫或者为了守节而死,也成为了《申报》文人极力歌颂的对象。这是他们身上存在的封建性所决定的,也是时代的烙印。作为旧式文人的他们,跳不出封建忠孝节烈的局限。

但从对那些为了民族和国家利益,具有大无畏精神,面对强敌毫不退缩的英雄的歌颂上,我们可以看出《申报》文人身上关注现实,关注国家、民族危亡的现实主义精神,不断的积累和滋长。他们将眼中所见、心中所想写下来,并且通过报刊发表。通过大众传媒的手段向群众宣扬这样一种爱国主义的精神,这在一定程度上也为辛亥革命的爆发、民族主义的觉醒,奠定了思想基础。因此,这部分题材也是值得我们关注的。

除了对英雄人物的赞美之外,对那些弃节投降或贻误战机的清廷将领,《申报》诗词也给予了深刻的讽刺。如 1874 年 10 月 5 日,署名客闽达塘氏的《镇海楼诗》②。序文曰:"咸丰丁巳之乱,粤督叶名琛失守粤东省垣,英酋胁业(笔者按:叶之误)往英属之孟加腊埠。随叶往者长随江

---

① 《申报》,1887 年 10 月 31 日,第 31 册,第 789 页。
② 《申报》,1874 年 8 月 25 日,第 31 册,第 328 页。

升武、巡捕蓝守备、薙头匠丁阿三耳。叶至埠,居镇海楼,初到犹作七律诗以书怀,迨病卒,缴其诗回粤。因得传录其诗。"诗曰:

> 镜海楼诗月色寒,将星翻作客星单。纵云一范军中有,争奈诸君壁上看。向戍何心求免死,苏卿无恙劝加餐。任他日把丹书绘,恨态愁容下笔难。

接着《申报》又记载:"叶到镇海楼,英官五日绘像一次,按期分报英国及广东上海英官。"其次章诗曰:

> 零丁洋泊叹无家,雁札犹存节度衙。海外难寻高士粟,斗边远泛使臣槎。心惊跃虎笳声急,望断慈乌日影斜。惟有春光依旧返,隔墙红遍木棉花。

诗后有达塘氏的跋文:"读叶公自赋诗章,恻恻凄凄,真所谓鸟之将死,其鸣也哀已。叶父某当破城时,自长春馆携歌童爱妾苍黄出走,父子离散。其次章'望断慈乌日影斜'之句大有《三百篇》'陟彼岵兮'之风,读之令人泣数行下。惜不成为忠臣,亦不得称为孝子矣。无节义而空有文章,奚足取哉?虽然,其诗固可传也,其遇亦可怜矣,其人既败,安可概置勿论乎?姑录之以供众览,又引以为后鉴云尔。"

关于晚清人物叶名琛,历史褒贬不一,评价不一。他在英法联军入侵时"不战、不守、不议和",错失战争时机,最后被英军俘往印度,传其绝食而卒。所以,此处录其诗者必然想以反面教材开启民智,也想让当局者清醒地认识到软弱退让只有挨打的道理,具有警世的作用。

三、关心民生疾苦的诗词作品比比皆是

描写国家、社会出现的大事件的诗词作品，在早期《申报》所见不多。这并不代表《申报》文人群体没有现实主义精神与爱国热情，他们将自己的关注点，更多地放在关心民生疾苦上。19 世纪后半叶的中国，不仅在军事外交上频频受辱，各地更是天灾连年。1877 年，山西、河北、河南、陕西四省大旱，其中尤以山西最为严重。有些地方甚至几年不雨，田圻塘枯，饿殍载道。接着粤东水灾，江浙两省水灾，民不聊生。对于灾情的报道，《申报》发挥了其新闻纸的传播功用，在头版经常刊登灾情情况。如 1878 年 4 月 9 日，《申报》刊出署名吴江潘少安撰的《豫行日记》："三月初五日，自徐州开车，见灾民陆续南下，皆失人形，食树叶若甚甘者，宿王家店。初六砀山东门外尖宿，难民厂中病者十人而七，给大乙丹甚效。在西关埋尸一名，初七，一路见死者甚多。夜宿马牧同瞿星翁夜行。遇一修武县病孩张姓，年十四岁，父母兄姊均途中病故。……初八日午刻到达归德府，途中见乌鸦啄尸甚惨。灾民之南下者，行数步辄倒地而死，哀呼求救之声与呻吟垂毙之声不绝于耳。……"[①]这只是关于河南灾情的一部分描写，但读来让人唏嘘不已。《申报》文人了解灾情后，从自己风花雪月的文人世界中走了出来，这时的诗词创作与社会现实很好地结合在一起，诗词的社会功用得到了进一步的拓展。

早期《申报》还刊登了大量关于宣传灾情信息，号召众人一起助赈的诗词。如 1878 年 7 月 16 日，署名沪上力绵心热人所作《劝捐助赈不忍歌并说》："呜呼！西北诸省之旱荒为时已久，现虽仰邀甘泽，然农具耕牛籽种荡焉无存，其待补救于后者正多。然则各处劝捐，更当踊跃从事，昨

---

① 《申报》，1878 年 6 月 27 日，第 12 册，第 313 页。

见苏州善士有《譬如》一歌,虽妇孺闻之亦当心恻,爰广其意作《不忍歌》劝世,伏愿普天下善男信女推不忍人之心,行不忍人之事,积少成多,源源接济,庶善果不致堕于垂成,而亿万灾黎亦当衔感于无既矣。"①

再如1885年10月27日,署名青溪德辨生所作的《乞赈词》②:

洪流为患粤西东,势若银河泻碧空。百万哀鸿随路宿,饥寒交迫泣西风。

壁削墙坍付浩流,尸骸飘逐浪中浮。妻离子散难生聚,破镜重圆愿莫酬。

田庐尽已变汪洋,莫给饔飧欲断肠。鹄面鸠形饥实甚,吹箫乞食到何方。

水气熏蒸疾易生,那堪瘟疫与饥并。官绅纵有施钱米,医药何来治病情。

该组诗一共有七绝八首,前四首对粤东粤西的水灾情况刻画细微,对灾区灾民的生活状态也描画的十分仔细。后四首,号召所有民众能够广施善心,救灾助赈:

关心昨夜觉衾单,遥想灾黎更苦寒。露宿风餐谁悯恻,无衣无褐过冬难。

幸赖仁人结善缘,按灾轻重给银钱。还忧薪米如珠桂,巧妇难炊实可怜。

---

① 《申报》,1878年7月16日,第13册,第54页。
② 《申报》,1885年10月27日,第27册,第729页。

从来行善契天衷，助赈尤为最巨功。积德愈深报愈厚，子孙相继位三公。

一纸芜词代乞援，还祈善士鉴斯言。多方设法筹成款，汇解恒驰活命恩。

这组作品，读来情辞恳切，感情真挚。"关心昨夜觉衾单，遥想灾黎更苦寒"，诗人从自己亲身感受出发，推己及人，自己尚觉得衣被单薄，更何况灾区的百姓。号召大家"多方设法、筹措款项"，为救灾之用。诗歌的现实主义精神以及诗人的社会责任感流露笔端。

除了借助《申报》这个平台宣布灾情、号召助赈外，社会上的一些有识之士在记录灾难的同时，分析灾情发生的原因，以富有远见的才识，提出缓解灾害的方法。1881年11月30日，署名邗上补梅花庵主人味青氏作《风潮行》。序曰：

光绪辛巳六月二十一日，子丑之间，东北风大作，雨若倾盆，海潮挟风而行，平地水深七八尺，奔腾澎湃，新兴伍佑草堰庙湾四场淹毙灶丁无算。洪琴西都转率属捐廉，以抚代查，随上其事，于大宪发粟发帑优加抚恤。场运各商暨沪上甬东诸善士无不乐为捐助，沿海灾黎获免于溺，复免于饥。正拟修复开煎，闰七月初三、初四、十七、十八等日，大潮又至，幸迁徙高阜，丁口无损。是两月之间，濒于危者屡矣，宽为筹备，留作冬赈。此固目前之最要，而海风海潮何时蒇有，一经泛滥海隅，苍生即有其鱼之叹。盖自海势东趋泰属，旧筑范堤或远隔百余里，近亦数十里。即堤外之避潮墩亦可望而不可即，煎丁日处危地，刻刻堪虞。呜呼，当今之世，安得如仲淹其人者，兴千百世之利，救亿万人之命，于被灾各场移建长堤乎？鄙人作客海东，伤心惨目。始为之叹，哀其死也；继为之喜，庆其生也；复为之虑，恐其生而复蹈于死也；更为之望，祝其生而永保其生也。爰作长歌以纪其事。①

其中不仅有诗人对灾民的哀叹，更有其对于灾难的反思，呼唤当世能有像范仲淹这样的治世能臣，使得百姓少受天灾之苦。

1881 年 10 月 1 日，《申报》主笔黄式权作诗二绝②：

> 萍水因缘亦偶然，如何旧句作新联。相逢等是伤沦落，君在江湖我砚田。
>
> 莫漫偷诗嗤钝贼，见君便尔杂嘲诙。请看世上衣冠辈，偌大功名窃得来。

诗前有序："去年同人邀入同仁社，售韵助赈，曾赋一诗，列入《申报》。近有相士某寓予馆之隔壁，门悬联句，上云'羞涩空囊难济急，且将笔墨作生涯'，下云'菲才如我休论价，奇癖何人竟嗜痂'，竟录予旧作上半首而托名黄孝侯侍郎钰赠句，闲步见之，哑然失笑，戏占二绝赠之。"这当然是文人之间的一则小插曲，将别人的诗句盗来偷换署名，以期附庸风雅。但是从黄式权被人盗用的这首旧作中，可以从另一个侧面看出当时文人的现状与其身上的一种社会担当。当时很多文人自己生活极为窘迫，囊中羞涩，却心怀天下。苦于没有经济实力，所以想出了书画诗词助赈的方法。

这类诗词作品中，还有对积极募捐赈灾的文人雅士的感谢与赞颂。

---

① 《申报》，1881 年 11 月 30 日，第 19 册，第 610 页。
② 《申报》，1881 年 10 月 1 日，第 19 册，第 370 页。

雪溪青藜阁主人赵炳藜所作词：

浪淘沙①

> 少钦先生筹办赈务，不辞劳瘁。甫交冬令，叠接仁人助款，并不详其姓字，惟有益寿永康、求安避凶字样。殷殷劝赈，煞费苦心，直东灾户感恩匪浅。调寄《浪淘沙》，呈雾里看花客、海上忘机客大词坛拍正。
>
> 　水患怆奔腾。告急频仍。善人恻隐勃然兴。鹄面流离何太苦，况近坚冰。　益寿永康称。福泽堪征。求安犹是避凶惩。煞费深心殷济世，比户超升。

"少钦"为上海丝业会馆筹赈公所的施善昌，字少钦。考其生平，未见有太多记载，但从《申报》的诗词酬唱中，可以得知他广行善举，筹措赈灾事宜。这首《浪淘沙》不仅赞颂施善昌为赈灾事宜不辞辛劳的事实，还对当时那些为赈灾出钱出力的好心人表达了感激之情。

　　对《申报》所载旧体诗词目录作粗略统计，关涉赈灾事宜的诗词作品有近三百多首。其主题多为劝赈、助赈以及赞美那些为了赈灾出力出钱的各界人士。对于这类题材的关注，反映出早期《申报》旧体诗词创作中的现实主义倾向。所谓"国家不幸诗家兴"，当社会处于深重灾难之际，文人必将走出自己吟风弄月的理想国，正视社会现实，歌颂爱国主义，同时也对苦难的大众给予深深的同情和关注。

四、对社会负面问题的反思

　　上述几类，都是《申报》文人对社会现实的正面赞颂与讴歌。这一时

----

① 《申报》，1886 年 12 月 2 日，第 29 册，第 954 页。

期的诗词创作中，还有对随着上海开埠、十里洋场的发展所带来的社会问题的关注与反思。浙江籍词人谢玉树作《青村新乐府》，篇目有：《饿虱沿·警乱民也》《草里花·悯女功也》《守童身·斥邪说也》《花烟灯·戒荡子也》。且每篇前都有题注。《警乱民》的题注为："奉贤风俗，每逢歉岁，乡民纠合数千往富家坐食，乘机抢夺，俗谓之饿虱沿，其为首者谓之虱头。奉贤王令密擒数虱头，焚诸火，其党始散，愚民好劝，即为乱阶，是宜警也。"《悯女功》的题注为："中浦以东皆沙土地，产木棉。每当五六月，村中妇女结队荷锄，往田中薙草，俗谓之达花。盖杀草以护花，取生机畅达之意耳。梅雨连绵，花为草掩，谓之草里花。力劳而功倍，农家妇女亦病夏畦，是宜人悯也。"《斥邪说》的题注为："乡民有奉天主教者，女当及笄，母制红绿裙二袭置架上，令女自择以观其志。女系绿裙即终身不嫁，谓之守童身，彼教中以家有童身女为荣，谓一家可超脱轮回也。邪说惑民，有伤风化，是宜斥也。"《戒荡子》的题注为："烟片流毒中国乡村殆遍，而于申浦为尤甚。更有匪人设烟馆招娼妓为饵以诱子弟，谓之花烟灯。少年荡子一入其中，有荡产丧身而不误者。设计陷人甚于蛊惑，是宜戒也。"①从这组诗的题注中，我们可以看出作者对当时社会乱民、女功、邪说、荡子等问题的清楚认识。作者在诗作中，用尖锐的、棒喝式的语言给世人以惊醒。如在呵斥荡子不再迷恋烟馆的时候，用了"烟花到处迷人性，花烟更足戕人命"这样高度警醒的诗句，怒斥荡子不要一再痴迷不悟。

　　类似这样的诗词作品，在早期《申报》的诗词创作中，还有很多。大多以"诫……"、"劝……"为题。这类作品也是《申报》旧体诗词文人创作中成就较高的一个部分。充分讴歌爱国主义，对社会民生加以关注，同时对社会负面问题给予尖利的批判。试图通过诗词的创作，呼唤人性的

---

① 《申报》，1872 年 5 月 31 日，第 1 册，第 102 页。

觉醒。其与社会生活较为贴合,现实意义十分强烈,艺术成就较高,是值得我们关注的部分。

关于时事与世相的记录,是历代文人诗词创作关注的热点,也是现实主义诗词风格的思想精髓。早期《申报》诗词创作中对于这类题材的关注,是对传统题材的继承与回归。在社会转型和变革时期,文人身上的忧患意识和使命感更加强烈,其诗词创作的现实风尚也更为浓烈。所不同的是,以往现实主义的诗词作品,在影响范围上远远不如与报刊结合后的诗词创作。以往诗词传播常有滞后性,这在一定程度下会削弱诗词的感染力。而报刊发行量大、发行快速的特点,使得很多现实问题和社会热点被及时传播,如中法海战开战,《申报》立刻刊登。这样,既激发了文人创作的热情,也使得普通民众对于社会问题的认识更为清晰,影响范围也更大。

第四节　漫游与抒怀:个人情绪的吟咏与慨叹

诗从其源头开始,就被赋予了"言志"的功能,即表达诗人的志向与情感。诗人借助诗,小则表达个人的志趣、愿望与喜恶之情,大则关乎家国天下。词虽然从诞生之初起,就被弱化了"个人抒怀"的功能,被认为是一种花间吟咏的娱乐文体,即"小道末技"。但随着宋人的努力,随着推尊词体运动的代代相承,到了清代,词全面复兴。作为常州词派的开创者,张惠言提出"意内言外"的论词主张。宏生师指出:"他在词史上的最大贡献,就是进一步把词从'小道'、'艳科'等传统观念中解放出来,使人明确词与传统的四、五、七言诗有着同等的价值和地位。"①也就是说,词可以和诗一样,有了"言志"的功能。当然,理论的总结总是滞后于创

---

① 张宏生《清代词学的建构》,江苏古籍出版社 1998 年版,第 109 页。

作的。其实，早在宋代，词人在词的创作中，早已经将"言志"的功能赋予了它。到了清代，张惠言将其上升到了理论的高度。文学作品都是作家个人思想的反映与投射。所以，不论诗人词家是否愿意，在诗词创作过程中，自觉或者不自觉地，都会带有作家个人的心境和情怀。"个人抒怀"是早期《申报》旧体诗词创作中无法回避的一个重要题材。这一题材包括了诗家词人对社会、人生的思考和慨叹，对建功立业的向往和功成名就时的喜悦，壮志未酬的失意与落寞，以及对友朋亲人的相思与对逝去之人的追思等。总之，其涵盖的内容十分广泛。

　　"读万卷书，行万里路"，中国文人历来有游历的传统。唐代著名诗人陈子昂、李白、杜甫、孟浩然、王维、柳宗元等等，都有过醉心于自然胜景的漫游经历，"此行不为鲈鱼脍，自爱名山入剡中"①。在壮游山水中，可以陶冶情操，结交朋友，增长阅历，增长才干。晚清社会，随着中国国门的打开，与外邦交流增多。走出国门，担任与外邦交流的各项工作的中国文人也愈渐增多。因此，除了在国内的纵情山水之外，记录外邦游历以及周游世界的诗词作品，成为这一时期游历题材中十分重要的一个部分。《申报》文人将他们游历的行踪记录下来，发表在报章上。一方面，可以让更多的人分享自己游历的经历，另一方面，也是对外邦文明的记录和传播介绍。毕竟，能够走出国门的中国人在晚清时期并不多，国人对外邦的了解也很有限。通过《申报》诗词的发表，大众可以阅读到这些记录外邦山水的作品，从而了解大清国以外的社会，这为"开眼看世界"，为国人的民智启蒙，都起到了重要的文化传播作用。1883 年 1 月 11 日，《申报》载孙家谷的诗作《光绪壬午中秋奉召入都留别杭州诸同人

---

① 　李白《李太白全集》，中华书局 2006 年版，第 1023 页。

并六十自述》，诗后有申报馆主笔的一段跋文："浙东孙廉访闻于上月二十六日一点钟起行，由武林门外下码头登舟，杭垣各绅董先期于二十日在佑圣观巷同善堂设宴公饯，为首者系应儆斋方伯、金少伯枢密及丁松生大令也，是日宪□，上午入席，后与诸君话别，极依依不舍之情，至晚始散，次日廉访以留别武林及六十自寿诗十二章分赠各绅，并索和章，令人读之，一往情深，回环不已，爰亟照录，留作去思也。"[1]其诗曰：

> 一官回首卅三年，依旧青毡守砚田。使粤有书征陆贾，封侯无相愧张骞。囊余薏苡休招谤，出洋时携带医药三年勿用，欣幸非常。网得珊瑚不值钱。法郎西有红海石，其纹理似珊瑚，携回中国其价甚廉。曾向地球高处望，此身已历两回圆。历聘泰西各国，绕地球二周。

孙家谷的生平资料从各种材料中都很难找到，其在《申报》中发表的诗作也为数不多。但正是从这些诗作中，我们可以考察出他应该是中国较早走出国门的文人之一，而且出任国外各职。这使得一向夜郎自大的中国文人，得以开眼看世界。任满回国之后，回首前尘往事，其感慨颇多。诗作是孙家谷六十岁生辰的时候所作，那么其生年当为1824年。孙家谷在诗作中不仅表达了他一生为官清廉的行状，还不失幽默地讲述了他在国外任职时的一些小插曲。"网得珊瑚不值钱"，短短的七字，读来十分清新有趣。当然，诗作的最后，诗人还是以一种高远的气度，表达了自己的胸怀和见识。"曾向地球高处望，此身已历两回圆"，颇有那份建立功业的豪迈情怀蕴藏其中。在《申报》旧体诗词创作中，抒写这类情

---

① 《申报》，1883年1月11日，第22册，第60页。

怀的作品不占多数，却表达出积极向上的情绪。

由于近代中国形势千变万化，晚清社会处变革之中，动荡不安，所以，在早期《申报》旧体诗词的创作中，抒写失意之情是主旋律。"愁苦之言易好，欢愉之辞难工"①，人生失意的时候，通常是心灵最为寂寞和惆怅的时候，诗词创作往往能抚慰人的心灵，因此也是诗词创作的高峰时期。这类创作常常读来情真意切，其文学成就也相较表达欢愉之情的文学作品来得更高，更易触动读者的心灵。如《申报》的一位重要作者葛其龙，1877 年 10 月 5 日作《中秋感旧》②，诗前小序云："中秋前三夕，李君芋卿招全陈曼寿丈、沈酒舲、吴益三、朱翰香诸君小集江楼，并往丹桂园观剧，赋此纪事。"记载了当时《申报》文人宴集的情况以及人数。葛其龙诗曰："秦淮几度过中秋，望月频登明远楼。回首功名成画饼，惊心时序遂江流。桂花香冷伤迟暮，桃叶情深忆旧游。去秋与诸名士泛舟秦淮，饮酒赋诗，极一时之盛。今夕问天还把酒，不胜清梦绕瀛洲。"明远楼为江南贡院的中心建筑，是我国目前所保留的最古老的一座贡院考场建筑。"明远"二字，取自《大学》"慎终追远，明德归厚矣"。葛其龙从 1867 年起，先后参加了七次乡试，"年年铩羽"。心灰意冷之际，即使是与友朋聚会，也难免流露出沮丧和灰心，才有"回首功名成画饼"之叹。

考《申报》文人圈生平，多次参加科举考试不中的大有人在。如袁祖志，年届五十，却有五次应试不中；再如邹弢、王韬等人，均是多次应试，屡屡不中。因此，这种落第的失意与悲凉，自然成为文人抒写自己个人情怀的一种悲凉的旋律。1882 年 11 月 5 日，署名为洪都百花洲畔啸梅

---

① 韩愈《韩愈文集》，上海古籍出版社 1997 年版，第 212 页。
② 《申报》，1877 年 10 月 5 日，第 11 册，第 334 页。

逸士的诗人交给《申报》一组诗,共八首,题为《落第感怀》①,很好地表现了当时贫寒士子不被知遇的酸楚:

其一

　　有命文章不在工,狂飙容易落秋红。也知璞玉投难合,讵料泥金盼竟空。元白枉传堪座压,杨朱到此已途穷。萧条四壁谋生拙,呼吁何曾帝谓通。

其二

　　贫女无媒镜岂知,空将恩怨结成痴。逃名久拟修丹灶,入世难禁泣素丝。震耳金张都易逝,许身稷契亦何奇。只惭亲旧殷殷切,日冀分荣助举炊。

……

"贫女无媒"、"萧条四壁",这是封建文人的真实写照。从小就熟读经书,希望通过考取功名入仕成名。可是,封建社会的晚期,科举制度摇摇欲坠,无法给那些读书人以起码的保障。十年寒窗苦读的士子,面对动荡不安的社会,显得十分迷茫和无力。没有谋生的手段,很多人连最基本的生活保障都无法获得,"只惭亲旧殷勤切,日冀分荣助举炊"。对于家人寄希望于他们考取功名,从而减轻家中生活窘迫的困境的期盼,他们心中该是何等的凄楚与悲凉。

　　总之,抒写个人情怀,是中国传统文人诗词创作的一个普遍题材,由来已久,新的时代和新的社会现状,给了新的文人以新的感受。行将没落的封建王朝体制下,文人已经失去了安身立命最基本的保障。因此,

———————————

① 《申报》,1882 年 12 月 14 日,第 21 册,第 998 页。

漂泊感和不安全感是这类题材的一个主要基调，成为文人抒写愤懑的一个发泄口，也是《申报》这类诗词的情绪主线。

第五节　青楼题材：后世上海狭邪小说的先导

上海的租界独立于清政府之外，很多文人为了躲避战乱来到这里，当然也有被大上海灯红酒绿的生活所吸引来的。他们来到上海的时候，多不带家属，上海租界男女比例失调，男性与女性的比例最高可达 299：100。① 因此，晚清上海，青楼之盛，不禁为人们所感慨。1872 年《上海新报》有这样一则评价："妓女之流何代蔑有，未有如今世之盛。然他处不过论十论百，犹僻处于背街曲巷，稍知敛迹，骤然过之而不觉，未有如上海之盈千盈万，遍于大市通衢。"② 娼妓的盛行，不再似以前的躲躲闪闪，而是正大光明地如茶馆、烟馆、戏院一样，成了大众娱乐的公共场所。青楼成了上海商业活动的一个部分。去青楼消遣，也成了人们日常谈生意、会友朋、交际应酬的一个"时尚"的场所。作为旧时文人的《申报》文人们，当然也不能免俗。因此，这一时期青楼题材的诗词创作，成了早期《申报》旧体诗词创作题材中自成特色的一种，也给后世上海狭邪小说的创作提供了素材和经验。

首先，是对海上青楼妓院的描述，对妓院盛况的介绍。1878 年 2 月 8 日，茗溪醉墨生写了《青楼竹枝词》③二十首，绘声绘色地将一个女子从堕入青楼，到如何接客，到最后从良的过程，用"竹枝"的形式表达出来：

---

① 邹依仁《旧上海人口变迁的研究》，上海人民出版社 1980 年版，第 122 页。
② 忧时子《论妓》，《上海新报》，1872 年 7 月 13 日。
③ 《申报》，1878 年 2 月 8 日，第 12 册，第 110 页。

元日→红庙进香→开果盘→茶围→叫局→酒局→烧路头→摆
酒→留厢→戏局→送礼→漂帐→贴恩客→女唱书→堂唱→从良

这组竹枝词的创作,从本身看,只是在记录青楼女子的日常生活过程,用语俚俗质朴,但也香艳无比。《留厢》一首,将一个风尘女子为了留着客人的那种媚态描摹得十分形象:"温香软玉倚郎怀,絮语哝哝笑口开。怪底欢娱偏夜短,望君明晚早些来。"可细细品读,让人对青楼女子的那种卖笑不禁扼腕疼惜。特别是最后《从良》一首:"嫁得多情守始终,听他香口语从容。浓髭硕腹何堪怨,只要郎心不负侬。"嫁得如意夫婿,是民间年轻女子的正常愿望。可是,对于青楼女子来说,只要有个能够对他们真心,救他们出苦海的人,不管长相如何,都可以接受,而且无从挑剔。这部分作品,尽管创作语言俚俗,但思想内容深刻,往往具有很强的震撼力。

其次,海上文人多为风流雅士,才子自爱佳人,他们中的很多人常常混迹于青楼场所。如何桂笙、黄式权、邹弢、高莹等人,都是风月场所中的常客。他们常常在青楼中招集宴请友朋,让青楼女子作陪。这种青楼宴饮,在晚清上海已经不再是一种可耻、不良的嗜好了,似乎已经成为了一种时尚。《申报》诗词中,多有对这类宴请的记录。如勾章惜花侍者葆青钱鎏的《华轩主人招饮青楼索诗》[①]等,就是对当时文人青楼招饮聚会的描写与刻画,也真实地反映了《申报》文人当时的生活环境与状态。

再次,青楼狎妓除了给当时文人生理和感官上的刺激与享受之外,他们中的很多人与青楼中一些喜好文墨的女子相处甚洽,有的甚至被他们视为红颜知己。这是因为青楼中很多人其实是良家女子,因为各种原

---

① 《申报》,1884 年 1 月 12 日,第 24 册,第 68 页。

因被迫流落平康。这在一定程度上使得《申报》文人在心理上产生了惺惺相惜的情愫。因此，文人与青楼女子的交游唱和，也成了早期《申报》旧体诗词创作中的一类题材。它既隶属于文人交游的类别，也属于青楼题材，是文人交游题材中一个特殊的类别。在这些创作中，文人为他们所喜爱的青楼女子题咏，多有为他们正名与翻案之作。如1877年10月19日，苕溪墨庄居士赠给青楼女子陈玉卿的诗作，序中说道："陈玉卿校书美而多才，系出维扬，本宦家女，少失怙恃，堕落平康，然一种潇洒丰姿，形诸歌咏，青楼中不数数觏也。率成二绝，以博一粲。"①再如珠江顾曲生周春萱所作的《赠朱墨卿》②诗，序中如此写道："余尝谓平康中女如失意才人，虽具绝大经纶，终为见浅者所鄙。况朝张暮李，真意难输，旷劫所遇，有过于水火刀兵万万者，安得杨枝一点遍洒群芳，为若辈超生净土哉？词史系出名门，秉小青之薄命，海棠憔悴，柳絮飘零，佛纵无情，人何堪此，酒阑灯炧，怜我怜卿，率成三绝句。吕庵今日因缘，尚妙莲华界，两证情禅，亦天上人间一段佳话也。"在诗作中，文人们表现出感同身受的深沉情感。正如顾曲生所说，"平康中女如失意才人"。《申报》文人原本寄希望于科举考试，从而走儒家入仕的为官之道，这是当时的读书人都向往的人生道路。可是，鸦片战争的爆发，中国主权的沦丧，王朝的岌岌可危，使得这一切几乎成了泡影，他们中的好多人不得不"卖文"为生。报人，这是早期文人所十分不屑的职业，为了生活所迫，他们不得不放下心中的尊严而求得生存。这与平康巷中的女子，在人生际遇上有类似处。所以，《申报》文人为青楼女子的题咏，除了有应酬的功用之外，一方面为其正名，褒扬其才学和娴淑，另一方面也有着"司马青衫"那样对于

---

① 《申报》，1877年10月19日，第11册，第382页。

② 《申报》，1883年1月31日，第22册，第168页。

相同人生际遇的慨叹。

最后，在青楼题材中，更多的是批判与反思。当大多数人流连于青楼妓院时，一些具有警觉性和批判力的文人开始反思这一现象的产生，分析青楼女子的悲惨生活，认清青楼妓院给社会带来的危害。既表达对娼妓生活的同情，同时也劝人们切勿沉溺于青楼之中。这部分诗词的批判性很强，同样具有现实主义的精神。他们分析了当时青楼女子的身份，发现一大部分女子是因为出身贫穷，父母无力抚养，被卖进妓院，还有一部分是士宦富家妻女，因战乱家破而被迫沦落在烟花巷中。1872年11月28日，《申报》上刊登了一组《可怜词》①，对沦落娼家女子的不幸遭遇感慨万分：

> 可怜宦裔女如花，竟陷秦楼楚馆家。回首名门泪如雨，双亲地下亦悲嗟。
>
> 可怜富室女如花，被掳偏教卖狎斜。一样红楼尊贵品，如何到处抱琵琶。
>
> 可怜士族女如花，彩凤谁教伴老鸦。辱没书香好门第，游蜂浪蝶摘残葩。
>
> 可怜贫户女如花，或误游词一念差。到底色衰情亦弛，红绫三尺毕生涯。

这组《可怜词》，作者以直接抒情的方式，一针见血地指出这些可怜女子堕入烟花的原因，以及她们今昔生活的对比。特别是第四首"到底色衰情亦弛，红绫三尺毕生涯"，这是多少风尘女子最终的归宿与悲惨结局，

---

① 《申报》，1872年11月28日，第1册，第721页。

读来确是让人"可怜"。与之相呼应，《申报》刊登了很多以"诫淫"为题的诗词，希望唤起社会世人的觉醒，不再嫖妓，从而救青楼女子于水深火热之中，也救自己远离破财伤身的境地。

青楼题材并不是晚清才有。宋代柳永作词，青楼女子争相唱之。到了清代，青楼的题材在诗词创作中逐渐增多，关注的视角也不断拓展。晚清姚燮作《苦海航乐府》108 首，用《沁园春》为词牌，描写上海妓院的情形。因此，早期《申报》诗词创作中的青楼题材，是对前代诗词创作中这一题材的继承与创新。姚燮将叙事的手法入词，用词来表现娼妓的生活。《申报》文人很好地继承了这一传统。大多数的诗词创作中，都借用了叙事的表现手法，描摹青楼灯红酒绿、纸醉金迷的迷乱生活，这为后世上海的狭邪小说的创作积累了素材，总结了创作经验，可以称得上是近代上海狭邪小说的先导。如《申报》重要诗人之一的大一山人韩邦庆，他创作了描写上海妓院生活的《海上花列传》。

韩邦庆（1856—1894），字子云，别号太仙，自署大一山人。松江府（今属上海）人。曾在豫为幕僚。光绪辛卯（1891）秋，到北京应试落第，回到上海。常为《申报》写稿，所得笔墨之资，常常挥霍在青楼妓院中。《海上花列传》就是以娼妓为题材的长篇小说。它以吴语写成，也是中国第一部方言小说。亦名《绘图青楼宝鉴》、《绘图海上青楼奇缘》，共六十四回。这部长篇小说的主要内容是写清末上海十里洋场中的妓院生活，涉及当时的官场、商界及与之相链接的社会层面。小说以赵朴斋、赵二宝兄妹为主要线索，写他们从农村来到上海后，被生活所迫而堕落的故事。赵朴斋因狎妓招致困顿，沦落至拉洋车为生，二宝则沦为娼妓。书中广泛描写了官僚、名士、商人、买办、纨绔子弟、地痞流氓等人的狎妓生活以及妓女的悲惨遭遇。赵氏兄妹的遭遇和经历，在上海下层社会生活中，有一定的典型性。作者以看似不动声色的笔墨，描写了当时贫富悬殊、贵贱分明的社会生活画面。书中的人物,也多有影射,如齐韵叟为沈仲该,史天然为李木斋,李实夫为盛朴人,李鹤汀为盛杏苏,黎鸿篆为胡雪岩等等,而且书中主角赵朴斋即为作者本人。其笔法"从《儒林外史》脱化出来,惟穿插藏闪之法,则为从来说部所未有"。[①]《海上花列传》的艺术特色在于以平淡自然的写实手法,刻画上海十里洋场光怪陆离的世相,笔锋集中于妓院青楼,使得烟花之地成为透视人欲横流的上海洋场的万花筒。

韩邦庆之所以能够写出这样的现实主义作品来,得益于在《申报》时他与文人招游青楼的所见所闻。考察韩邦庆在《申报》上发表的诗词作品,除一首为与友人的赠答之作外,其余都与青楼题材有关。也正是有了这样的日常生活体验,他才能够真切地了解青楼的现实以及人情百态,才有《海上花列传》这样的作品问世。因此,沪上文人的青楼作品,正是近代上海狭邪小说的肇始。

综上所述,早期《申报》所刊载的旧体诗词题材,内容涉及方方面面,有关乎政治的、经济的,也有关乎社会生活的。上文论述的五种题材,是早期《申报》创作中最有特色、最能反映其诗词创作总格局的题材,但这并不代表早期《申报》诗词只有这五种题材。许伯卿《宋词题材研究》一书中细细分类的 36 种题材,在《申报》诗坛都能找到。只是,有些数量比较多,诗人词家创作的热情也比较高,有些题材比较生僻,在《申报》中较少见,如宫廷类。上海远离北京,作为全国商业文化的中心,上海和北京有着明显的区别。北京的政治气息浓厚,皇城根下,其诗词创作中有一大部分会关涉宫廷生活。而在上海,清政府的控制势力已经无法波及。

---

① 　韩邦庆《海上花列传》,岳麓书社 2009 年版,第 1 页。

海派文人面对五光十色的大上海中的林林总总,尚应接不暇,更没有心思分神关注远在千里之外的紫禁城的生活状态了。反映在《申报》诗词创作中,即便是太后慈安的突然病逝,这么重大的事件,都没有在《申报》文人圈中掀起波澜,也未见有悼亡慈安的诗作出现。在《申报》诗词创作中,还有如游仙、艳情、故事、寓言等门类,或由于诗词创作数量较少,或由于前代这种题材就有,《申报》创作中并没有多大创新与突破,此处一笔带过,不再详细展开论述。另外,有一类题材,是《申报》中常见并且数量众多的,就是关于岁时风土的记载。这类题材的作品多以"竹枝词"的形式出现。鉴于下文会设专章对"竹枝"进行详细分析与论述,且关于岁时风土的题材往往会散见于其他题材的创作中。如中秋拜月的习俗,多见于文人交游的诗词中。因此,本章不再单独列为一节加以论述。

　　"对于题材来说,拥有不同文体的生存方式是天赋权利;对于文体来说,接纳不同题材进驻是神圣职责。"①题材是前提,是作家创作的源泉,也是继承前人、不断创新的关键所在。对于题材的研究,涉及文学作品、文学史研究的各个方面,值得我们认真对待。对于早期《申报》而言,分析其题材构成,对于理解在大众媒体萌生期中,报刊对旧体诗词传播所起的变革性作用,有十分重要的意义。诗人词家的创作,一定要适应报刊的要求。在题材的选择上,更具有普适性,适合大众阅读的口味,更便于发行和流传。因此,上文所述五种题材"文人交游"、"咏物"、"时事与世相"、"漫游与抒怀"、"青楼"中,"文人交游"、"咏物"、"漫游与抒怀"面对的是大多数具有阅读能力的文人士子,他们是《申报》重要的阅读群体,也是其重要的创作群体;"时事与世相"、"青楼"面对的是大部分下层百姓以及各阶层的人士。正是因为有了题材选择上的普适性原则,才使

---

① 　许伯卿《宋词题材研究》,中华书局 2007 年版,第 5 页。

得《申报》能够利用刊登文学作品这一手段,赢得与《上海新报》等近代上海报刊的竞争,最终成为上海报业以及全国报业的龙头,经久不衰。当然,也正是报刊的传播作用,使得文人在创作的时候,清楚地了解哪些题材是深受广大读者喜爱的,哪些题材能够扩大其知名度,从而有针对性地创作这类诗词作品。应该说,报刊的发行与近代旧体诗词创作题材的选择,是相互影响、相互关联的,两者在晚清近代融生共存。

第五章 逡巡与前进：早期《申报》所载旧体诗词之诗学与词学

伴随着入侵与掠夺，西方国家的先进技术以及民主观念，也在不断地传入中国。尽管这样一种传入并不是在自觉的、平和的环境下展开的，但"西学东渐"在某种程度上确实影响着近代中国社会的方方面面。如果说，晚清中国是一个由古代向现代社会转型的时期，那么作为社会意识形态之一的文学，也必然从古典走向现代，旧体诗词也是如此。这种变化，与近代中国社会的政治运动、经济活动，以及社会生活方式，休戚相关。而导致这种变化产生的介质，就是近代报刊。作为商业报刊的早期《申报》，刊登了大量的晚清文人创作的旧体诗词，以作为商业盈利的手段。当诗词这样一种高雅的、被认为应该不沾染任何"铜臭"味的文学样式，与商业运作相关联，被作为一种营利手段的时候，旧体诗词的近、现代化转变的程序就被开启了。从古典走向现代，近代报刊所刊的旧体诗词，是一种过渡形态，起到承前启后的作用。当然，考察早期《申报》旧体诗词的刊载情况，大多数作品是文人为了排解苦闷、抒发性情、建立社交网络而作。在大部分文人心中，并没有强烈的变革意识。但随着旧体诗词传播媒介的变化，其创作必然自觉或者不自觉的随之发生改变。在一定程度上，会出现与以往不同的声音，体现出一种变革。这种变革对旧体诗词在近代的发展或许有利，当然也有可能带来一定的弊端。下文就诗、词、竹枝词三类进行探讨。将竹枝词单独列为一类，是因为"竹枝"一体界乎诗词之间。在近代上海文坛，竹枝词创作之盛，超过历朝历代。特别是《申报》，近二十年时间，就刊有两千多首竹枝作品。因此，本文将其单独列为一类予以考察。

第一节　早期《申报》所载旧体诗词之诗学特色

一、从"秋柳诗"看早期《申报》文人对王士禛"神韵说"的接受

（一）王士禛与《秋柳》四首

有清诗坛，王士禛是开创风气的一位。他标榜"神韵"，一时诗名大噪，宗之者如云。《四库全书总目》提要评说："谈诗者竞尚宋元，既而宋诗质直，流为有韵之语录；元诗缛艳，流为对句之小词。于是士禛等，以清新俊逸之才，范水模山，批风抹月，倡天下以'不著一字，尽得风流'之说，天下遂翕然应之。"①指出其对"竞尚宋元"的清初诗风的扭转作用。

王士禛（1634—1711），字子真，一字贻上，号阮亭，别号渔洋山人。山东新城（今桓台）人。顺治十五年（1658）进士，官至刑部尚书。先后服官四十五年，"宗盟海内五十年"。著作有《带经堂集》、《渔洋诗话》、《唐

---

① 永瑢等撰《四库全书总目》集部一百七十三卷《精华录》提要，中华书局 1965 年版，第1522 页。

贤三昧集》、《唐人万首绝句》等。

刊于康熙四十四年(1705)的《渔洋诗话》卷首,有其门人俞兆晟所作的《序》,其中记其师晚年自述云:"吾老矣,还念平生,论诗凡屡变;而交游中,亦如日之随影,忽不知其转移也。少年初筮仕时,惟务博综该洽,以求兼长。文章江左,烟月扬州,人海花场,比肩接迹。入吾室者,俱操唐音;韵胜于才,推为祭酒。然而空存昔梦,何堪涉想?中岁越三唐而事两宋,良由物情厌故,笔意喜生,耳目为之顿新,心思于焉避熟。明知长庆以后,已有滥觞,而淳熙以前,俱奉为正的。当其燕市逢人,征途揖客,争相提倡,远近翕然宗之。既而清利流为空疏,新灵浸以佶屈,顾瞻世道,恧焉心忧,于是以大音希声,药淫哇锢习,《唐贤三昧集》之选,所谓乃造平淡时也。然而境亦从兹老矣。"①

这段话是王渔洋对其自身学诗的总结。他早年宗唐,中岁事宋,晚年又复归于唐,其诗"宗趣"。他尊唐,推崇的是王维、孟浩然诗中所表现出来的闲澹清远的意趣。所谓"神韵",是指恰到好处地把诗引向一种余意不尽、悠闲淡清的境界,即"不著一字,尽得风流"。

王士禛二十四岁时,在济南大明湖赋《秋柳》诗四首:

秋来何处最销魂,残照西风白下门。他日差池春燕影,只今憔悴晚烟痕。愁生陌上黄骢曲,梦远江南乌夜村。莫听临风三弄笛,玉关哀怨总难论。

娟娟凉露欲为霜,万缕千条拂玉塘。浦里青荷中妇镜,江干黄竹女儿箱。空怜板渚隋堤水,不见琅琊大道王。若过洛阳风景地,含情重问永丰坊。

---

① 《渔洋诗话》卷首,康熙四十四年刻本。

东风作絮糁春衣，太息萧条景物非。扶荔宫中花事尽，灵和殿里昔人希。相逢南雁皆愁侣，好语西乌莫夜飞。往日风流问枚叔，梁园回首素心违。

桃根桃叶镇相怜，眺尽平芜欲化烟。秋色向人犹旖旎，春闺曾与致缠绵。新愁帝子悲今日，旧事公孙忆往年。记否青门珠络鼓，松枝相映夕阳边。

这四首诗见于《渔洋山人诗集》卷三，诗前有小序云："昔江南王子，感落叶以兴悲；金城司马，攀长条而陨涕。仆本恨人，性多感慨。情寄杨柳，同《小雅》之仆夫；致托悲秋，望湘皋之远者。偶成四什，以示同人，为我和之，丁酉秋日，北渚亭书。"①

从诗歌创作看，诸作意韵含蓄，境界优美，咏物与寓意有机地结合在一起，有着极强的艺术感染力。更叫人叹绝的，是全诗句句写柳，却通篇不见一个"柳"字，表现出诗人驾驭文字的深厚功底。历来，学界对《秋柳》诸作的意旨多有争论。但细细品读，其借咏物以托史事，是确信无疑的。据作者《菜根堂诗集序》："顺治丁酉（1657）秋，予客济南。诸名士云集明湖，一日会饮水面亭，亭下杨柳十余株，披拂水际，绰约近人，叶始微黄，乍染秋色，若有摇落之态。余怅然有感，赋诗四章，一时和者数十人。又三年，余至广陵，则四诗流传已久，大江南北，和者益众。于是，《秋柳》诗为艺苑口实矣。"②可见，王士禛见眼前杨柳在秋风中摇曳之态，怅然若失。于是，因物起兴，由明湖想到遥远的江南和故明都城。对往事的追怀中笼罩着一层低回不尽、排遣不去的缠绵哀愁，意旨隐约。王士禛

① 王士禛《渔洋山人诗集》卷三，康熙八年吴郡沂咏堂刻本。
② 王士禛《带经堂诗话》卷五，乾隆二十七年刻本。

幼有诗才，而《秋柳》诸作正是其确立诗坛地位的重要作品。

（二）早期《申报》文人对《秋柳》诗的接受

王士禛之后的两百多年时间里，追和"秋柳"之声不绝于耳。且人们提及"神韵"诗说，必提《秋柳》诗，其影响一直绵延至晚清。考察早期《申报》诗词创作文人咏柳之作，共 117 首，其中多以"秋柳"为题，这从一个侧面可以看出他们对王士禛《秋柳》诗的接受。大体表现在以下几个方面：

首先，直接追摹《秋柳》诗的写作范式。有一部分文人直接以"秋柳"为题，取其"秋柳"的含义，全面模仿王士禛的创作方法和技巧。这部分文人有会稽春舫姚粲、会卿氏、西泠玉笛生汪一鹗、谧箫生、武陵渔隐顾钰、吴县藜床旧主、珠海钓鱼师、四明布衣、桂岭吟樵星伯氏、梦花仙子张宗延等人。其中，1874 年 1 月 2 日的《申报》刊有《秋柳四律》①的组诗，署名为"珠海钓鱼师"。后有跋文："珠海钓鱼师，岭表名诸生也。弱冠补博士弟子员，有声庠序间。随以优行，贡成均，遂官京师。客秋给假来沪，行箧中出所吟《秋柳四律》嘱和，分写戍卒文人、闺阁羁旅情况，志和音雅，格老气清。用特录呈贵馆登诸报中，倘蒙骚客词人垂赐和章，更当浣薇庄诵耳。江湖散人谨白。"诗曰：

其一

玉兰秋色近如何，羌笛声中涕泗沱。似以萧条终道路，争教憔悴老岩河。汉南木落伤心渡，塞北风高掩泪过。莫向隋堤话前事，群芳输我阅人多。

---

① 《申报》，1874 年 1 月 2 日，第 4 册，第 6 页。

从这一首诗作中，我们很明显可以看到王渔洋《秋柳》诗的痕迹。这位"珠海钓鱼师"从用典到诗作意象，都尽力模仿渔洋之作。如隋堤、羌笛等，都是曾经出现在王士禛诗作里的意象。江湖散人用"格老气清"来形容这首诗，评价不为过。但整首作品输却王士禛的是表达情感太过显露，缺少了"神韵"一派婉转缠绵之意。

细细品读，管斯骏的一首《秋柳》略得渔洋的神韵。管斯骏，名或作士骏，字秋初，别署平江藜床卧读生、藜床旧主、管可寿斋主人。江苏吴江人。开办石印书局，命名管可寿斋。在上海颇有文名，与名士王韬为知交，又与《青楼梦》作者俞达、袁祖志、邹弢、黄式权均有交往。黄式权称其"著作等身，久已风行海内"①。在《申报》上发表大量诗作。袁祖志评其曰："从来秋士惯悲秋，一曲离鸾泪倒流。自是多情人举动，征诗几欲遍瀛洲。"②在1886年9月29日《申报》上，管斯骏作了一首题为《秋柳》之诗：

> 露珠凉沁不胜秋，廿四红桥感旧游。金屋梦遥词客病，玉关寒早美人愁。雁鸣冷月平沙外，马立斜阳古渡头。共话三眠复三起，当年张绪最风流。

这首诗巧妙地将王士禛当年红桥唱和的典故引入，将离愁与别绪巧妙地表达出来。从"三眠复三起"一句，我们可以体会到因为离别而无法入眠的辗转之情。在早期《申报》文人大量的直接以"秋柳"为题的作品中，管斯骏这首还较得渔洋真传。

---

① 黄式权《题联珠集》，《申报》，1885年2月6日，第26册，第213页。
② 《申报》，1883年11月15日，第23册，第826页。

　　其次则为和韵之作。此类作品往往在题目上注明"用渔洋《秋柳》韵"、"次渔洋《秋柳》韵"等。中唐以后，随着诗作对声律的讲求日趋严格，唱和诗中出现了"依韵"、"用韵"以及"次韵"之作。其中尤以"次韵"声律最为严格。次韵，即依照所和诗中的原韵原字及用韵的先后次序写诗。宋洪迈说："古人酬和诗必答其来意，若非今人为次韵所拘也。"[1]"答其意"与"次韵"，其实是诗的创作中内容与形式的关系。而后者使得诗的发展过分追求形式化，在一定程度上阻碍了诗的发展。严羽也说："和韵最害人诗，古人酬唱不次韵，此风始盛于元白皮陆，而本朝诸贤乃以此而斗工，遂至往复有八九和者。"[2]但是，同韵唱和也有一定的益处，如更富于情趣，有利于提高唱和诗的审美价值等。早期《申报》文人对王士禛《秋柳》诗接受的一个方面，就是表现在和韵或次韵上。如1883年5月9日，金陵董实庵宗诚的《春燕，用王渔洋〈秋柳〉韵》[3]：

其一

　　双双故故引诗魂，春满雕梁翠掩门。花气入帘邀瘦影，芹香和雨上泥痕。六朝旧恨乌衣巷，万户新烟白下村。回首汉宫思往事，当年恩怨怕重论。

这首诗和王士禛《秋柳》，总体是成功的。除了用渔洋原韵之外，也借用了《秋柳》诗中类似"故国之思"的感情基调。全诗咏春燕，用了不少与燕子相关的典故，却未将燕子的形象坐实，读来颇有"不著一字，尽得风流"的韵味。

---

①　洪迈撰，孔凡礼点校《容斋随笔》卷十六，中华书局2005年版，第212页。

②　严羽著，郭绍虞校释《沧浪诗话校释》，人民文学出版社1961年版，第178页。

③　《申报》，1883年5月9日，第22册，第650页。

最后,对于《秋柳》的接受,还表现在有的诗人创作时反《秋柳》之意而用之,故意标新立异,实为借渔洋之名,宣传自己的作品。如1883年7月2日,《申报》载杨兆鋆的《绿牡丹七律十二章请雾里看花客高昌寒食生郢政》①。序中杨兆鋆说道:"昔江南王子,睹落叶而兴悲;渔洋山人,感秋柳而题唱。类皆高人雅士,纾发牢骚。不同倾国名花,铺张富艳,然当绮窗半启,碧朵双笼。出洛阳品类之奇,疑天上携来之种。金樽浮蚁,试吟学士三章;翠盖飞鸾,正合天香一品。偶成俚句,藉引同人。"柳之意象,在咏物诗词中自古就占据重要地位。秋柳向来是表达肃飒、颓唐之情的意象。自渔洋唱《秋柳》四首后,秋柳更带有一种含混而不可名状的隐约的故国之思。牡丹,向来是花中之王,有富贵气息,同时也代表着姹紫嫣红春到的欣欣向荣之气。这里,作者用《秋柳》韵咏牡丹,一肃飒,一生气,两相对比,也颇有意思。

其一

无双小谱冠群芳,乐府新歌女主昌。自是天香来碧落,不教风刺夺黄裳。郊迎青帝司韶令,夜告苍穹拟奏章。万紫千红齐俯首,延英正策绿衣郎。

诗中同样用典,不著一字,尽写牡丹的馥郁芬香,艳冠群芳。但与《秋柳》相比,缺少一种缠绵之意,这与"欢愉之辞"难工的中国古典诗词创作理论是有关系的。反用《秋柳》诗意创作诗歌作品,也是对王士禛"神韵"理论的一种另类接受。

---

① 《申报》,1883年7月2日,第23册,第8页。

二、袁祖志的文坛地位与早期《申报》文人对"性灵"诗学的接受

袁祖志在早期《申报》文人中有着很高的地位。前文已论述过,其"杨柳楼台"唱和,为晚清上海文人提供了一个寄托情绪、诗酒唱和的"吟啸"场所。文人对他都十分敬仰,从他们相互酬唱的诗作中就可以看出。如署名为其"姻再侄"的蒋怡曾,在诗序中说:"仓山旧主翔甫太姻丈,诗名久著,余数至海上,恨未识荆。今夏王选之姻兄自吴陵来,以《谈瀛阁诗稿》出示,捧读一过,着实钦慕。不揣冒昧,谨赋二律,邮寄吟坛,非敢言诗,聊志颠倒之意耳。"①序中描述的"诗名远著",为其真实情况写照。在当时的文人圈中,袁祖志是一个一呼百应的人物。这不仅从杨柳楼台唱和可以看出,与袁祖志相关的很多活动中也可以见出端倪。如他发起的为一个叫"三三"的风尘女子作诗的题咏活动,一时间和作蜂拥而至。同时,《申报》诗词创作中,时时见"怀仓山旧主"之作。如 1889 年 4 月 7 日,种榆山人胡仁寿所作《怀人诗》②中对袁祖志的描写:

> 仓山诗派继当年,字字珠玑句欲仙。更喜门墙能咏絮,簪花写出性灵篇。

这首诗中肯地评价了袁祖志的地位,以及其在早期《申报》文人中的影响。从中也能明显看出,人们对仓山旧主的敬仰之情,除了其自身才情纵横之外,对其祖父随园老人袁枚的追慕之情,也是其中一个重要的原因。

---

① 《申报》,1888 年 8 月 27 日,第 33 册,第 393 页。
② 《申报》,1889 年 4 月 7 日,第 34 册,第 515 页。

（一）袁枚及"性灵"诗学

"一代才豪仰大贤，天公位置却天然。文章草草皆千古，仕宦匆匆只十年。暂借玉堂留姓氏，便依勾漏作神仙。由来名士如名将，谁似汾阳福命全。"①这是清代奇才黄仲则《呈袁简斋太史四律》中的一首，历来被后世当作对袁枚生平及性灵诗学的著名评价。

袁枚（1716—1797），幼名瑞官，字子才，号简斋，晚年自号仓山居士、随园主人、随园老人。钱塘（今浙江杭州）人。乾隆四年进士，改庶吉士，入翰林院。因习满文不合格，故外放为江苏溧阳知县，后历任江浦、沭阳、江宁等县知县，有政绩，四十岁即告归。在江宁小仓山下筑随园，吟咏其中。广收诗弟子，女弟子尤众。袁枚是乾嘉时期代表诗人之一，与蒋士铨、赵翼合称"江右三大家"。严迪昌先生在《清诗史》中对其评价很高，认为袁枚不仅是一种文学现象，也是一种社会现象。② 在书中《袁枚论》的开头，严先生论述："如果说诗史上曾经有过本来意义的'专业'诗人，即以毕生心力集注于诗的理论与实践，持之为唯一从事的文学文化事业的话，那么袁枚就是这样的专业诗人和诗学理论家；而且，至少在清代他是唯一全身心投入诗的事业者，整个清代二百七十年间的所有大家、名家诗人中找不出类似袁枚的第二个。"③

袁枚创立了性灵一说。性灵诗学大致可分为三个部分。其一，重性情。所谓"提笔先须问性情，风裁休划宋元明"④，即主性情，反门户。其二，"赤子之心"与"有我"。所谓"诗人者，不失其赤子之心者也"⑤，"作

① 黄景仁《呈袁简斋太史》四首其一，《两当轩集》卷十，上海古籍出版社1983年版，第247页。
② 严迪昌《清诗史》，浙江古籍出版社，2002年版，第731页。
③ 严迪昌《清诗史》，浙江古籍出版社，2002年版，第731页。
④ 袁枚《答曾南村论诗》，《小仓山房诗文集》，上海古籍出版社1988年版，第73页。
⑤ 袁枚《随园诗话》卷三，人民文学出版社1962年版，第74页。

诗不可以无我"①。其三，作诗成就主以才情，不人为划分等级轻重。《随园诗话》卷三："诗如天生花卉，春兰秋菊，各有一时之秀，不容人为轩轾；音律风趣，能动人心目者，即为佳诗：无所谓第一、第二也。"②

　　作为有清诗坛一代宗师，袁枚的性灵诗说在其身后几乎立于不败之地。虽然，后世也有诟病之处，但其诗学主张，以及真性情、赤子之心的人格魅力，一直为文人所推崇。

　　（二）早期《申报》文人对袁枚"性灵"诗学的接受

　　早期《申报》诗词创作文人群体，对袁枚性灵诗学的接受，大体可以反映在以下方面：

　　首先，表现在对袁枚生活行为的模仿上。早期《申报》文人十分艳羡袁枚有买山之资，可以在小仓山下筑随园，与四海文人相酬唱。于是，有条件的则构筑产业，如王恩溥，如袁祖志。"小楼"或者"杨柳楼台"，其实都是他们在生活方式上追摹袁枚的一种意象。小楼和杨柳楼台的面积，正如前文所说"区区半弓之地"，可是他们构筑的是文人追求自由生活的精神家园，是可以不受约束的真性情的释放场所。

　　除了模仿其构筑园林之外，早期《申报》文人还模仿随园老人晚年招收女弟子之风。如邹弢，有蕙生、兰生两名女弟子，并在《申报》上屡有唱和。如1877年12月24日，《申报》刊有《吴中二闺媛诗》③，邹弢为其作跋："吴中葛氏二芳，中人家女也，具咏絮之才，居瓣莲之巷。绿窗艳质，嬉不知愁，碧玉髫年，憨而且慧，既称学士，宜适才人。乃因媒妁之欺，竟抱邯郸之戚。白莲性洁，终被泥污，红豆情深，曷禁恨结。余

---

①　袁枚《随园诗话》卷七，人民文学出版社1962年版，第216页。
②　袁枚《随园诗话》卷三，人民文学出版社1962年版，第70页。
③　《申报》，1877年12月24日，第11册，第606页。

因扫花仙史得读二乔之诗,不敢没其才用,录数章寄呈贵馆。"如 1877
年 5 月 15 日,葛蕙生所作《虞美人·题潇湘馆侍立画卷》①,邹弢又为
其作跋文:"今春黄石老人为余绘《潇湘馆侍立小影》,蒙诸闺媛及名校
书题词甚伙,兹录其尤者,呈贵馆登报,并祈海内君子及闺阁中惠赐佳
章为幸。"从这两篇跋文中,可以看出邹弢对自己的女弟子蕙生诸人的
钟爱之情。另外,从葛蕙生的诗词作品中,我们也可以看到两人的酬
唱。如邹弢喜读《红楼梦》,且自号"潇湘馆侍者"。受其影响,葛蕙生也
读了《红楼梦》,并且与邹弢有过讨论。如 1878 年 2 月 27 日,《申报》刊
有署名葛蕙生的《汉宫春·同潇湘馆侍者论〈红楼梦〉,伤感不已,因填
此阕》②。

同时,高莹也有女弟子万翠雅、李二宝,《申报》文人对她们二人也多
有题赠。如岭南龙桥外史作诗,序中言:"万翠雅、李二宝两词史执赘于
太痴生学诗,余艳其事,集诸名流觞之黛影楼。太痴首倡一律,石桥诸君
继之,诚佳话也。暑窗得句,不知可附骥尾否?"③更有林天衢别有意趣
地集随园诗句与其唱和:

> 万翠雅、李二宝两词史执赘于吴门太痴生,以为诗弟子。荷月朔
> 日,龙桥集同人于翠雅之黛影楼,觞咏其事,为集句以艳之。④
>
> 流管清丝夜不停,佳人相约拜先生。莫愁盛会传江国,二十华
> 年海内惊。太痴年仅弱冠。
>
> 诗吟瘦鲍字钟王,惹得倾城士女狂。到底难消才子气,千秋衣

---

① 《申报》,1877 年 5 月 15 日,第 10 册,第 438 页。
② 《申报》,1878 年 2 月 27 日,第 12 册,第 174 页。
③ 《申报》,1885 年 7 月 29 日,第 27 册,第 173 页。
④ 《申报》,1885 年 7 月 21 日,第 27 册,第 125 页。

钵有红妆。

似汝琼枝来立雪，金灯须向舞筵明。名山事业凭谁付，同拨琵琶第一声。

小草得春比树先，从游两个女云仙。不禁揩眼风前认，半为花怜半自怜。余慕太痴名数年，才得订交，不意香国中更有怜才过我者。

太痴生效仿袁枚收女学生，本身就是因为对袁枚的崇拜与追摹，才会在行为方式、生活范式上模仿，而林天龥又用集袁枚诗句的形式与太痴生赠答。由此可见，袁枚在早期《申报》文人群体中的影响之深。

其次，通过创作怀念袁枚的诗词作品、谒拜袁枚之墓，以及对袁祖志所作《随园琐记》的题咏，表达对性灵诗说的接受。早期《申报》诗词作品中，常见"谒随园先生墓"、"怀随园先生"这样主题的诗词创作。如白门程仲承在《读近世诸贤诗集》中，将袁枚排在赵瓯北、王葑町、张船山、洪稚存等之前，作为近世诸贤第一位。"泰山北斗望遥遥，不住杭州爱六朝。能为性灵开锁钥，有时物色到刍荛。"[1]可见其在文人心中地位之高。袁祖志作为袁枚之孙，在随园生活了近二十年。他根据自己的回忆作《随园琐记》[2]，一时题咏甚众。《申报》文人将他们对袁枚的崇敬移情至袁祖志身上。在唱和中将袁祖志"杨柳楼台"的活动，看作是袁枚风流的延续，所谓"随园孙子接风流，沪渎徜徉壶峤俦"[3]。

再次，通过诗词创作和诗论，直接继承袁枚性灵诗说理论。早期《申报》文人以"性灵"或"性情"品评他人作品，并将之作为评价诗歌艺术成

---

① 《申报》，1880 年 2 月 7 日，第 16 册，第 150 页。

② 袁祖志《随园琐记》，申报馆 1877 年出版。

③ 天壤柿叟徐维城《俚句奉赠翔甫仁兄郢政并乞赐和》，《申报》，1885 年 4 月 25 日，第27 册，第 602 页。

就之圭臬。"古冈陈君，别号铁桥山人，名下士也。所为诗一片'性灵'，不拘唐宋门户而以有关世道者为要。"①早期《申报》诗词创作，在诗风上继承袁枚性灵之说，他们主张诗歌创作的真性情，以及创作内容不拘一格，不受束缚。这表现了沪上诗坛对正统唐宋诗学门户观念的对抗，即对所谓权威的对抗。上海，作为一个商业化程度较高的城市，自由之风盛行。袁枚主性情，作诗要用赤子之心的理论，正好与城市精神相吻合，因此备受追捧。在这一时期，还有很多文人自觉探索诗的发展理论与创作方式，并深有心得。如种榆山人胡悦彭认为，诗的创作"情"为根本。"诗道一何广，迢迢峻且深。……吾谓诗言情，触情伊谁禁。情有不能已，悲惧出余音。淋漓既尽致，宜古复宜今。"②鹅湖居士更在《书所见》五首中，直接呼唤"性情贵自主"：

其一

　　作文必韩苏，作诗必李杜。茫茫千百年，喧哗相接武。我意大不然，性情贵自主。苟有门户分，识者明不取。③

面对动荡的局势以及社会大转型，近代诗的发展何去何从，将有怎样的局面？以情为主，打破门户之见，这些都是性灵一派的重要主张。这些主张挑战了某些传统的诗学观念，早期《申报》文人想通过"情"，摆脱传统诗学的桎梏，抒发性灵，表达思想。这种努力和尝试在一定程度上表现出早期《申报》文人对于诗歌创作在晚清近代发展道路的探索。这种探索无疑有启发作用，具有重要的意义。

---

① 《申报》，1874 年 3 月 16 日，第 4 册，第 230 页。
② 种榆山人《论诗》，《申报》，1885 年 12 月 26 日，第 18 册，第 1091 页。
③ 《申报》，1873 年 5 月 23 日，第 2 册，第 466 页。

三、"神韵"与"性灵"：时代的选择

"神韵"诗学和"性灵"诗学，在晚清上海，被《申报》文人广为接受，纷纷仿效，是有一定原因的。王士禛作《秋柳》，为顺治十四年（1657），这年王士禛二十四岁。此时离江山易鼎的那场大变革不过十三年。清朝建立时，王士禛虚岁十一，也略经人事。严迪昌先生在《清诗史》中辨析其《秋柳》诗的旨趣时，认为"故国之思"的意旨是存在的，但本事由郑妥娘之类女子身世起兴，而讽责福王朱由崧祸国，自取覆亡，似最妥切题旨。①

性灵诗学，与神韵诗学有关联，但又对神韵说做了一定的修正。王士禛的神韵说，认为神韵是一种艺术境界，其特征是韵味深远，化工而成。它追求一种"不著一字，尽得风流"的韵味，高雅清正。但这种诗学理论与现实生活相去甚远。袁枚吸收了神韵说的理论精华，他对神韵的理解体现在《钱竹初诗序》中："余尝谓作诗之道，难于作史，何也？作史三长，才、学、识而已。诗则三者宜兼，而尤贵以情韵将之，所谓弦外之音、味外之味也。情深而韵长，不徒诗学宜然。"②在袁枚看来，神韵说强调一种不可言说的意韵，而这种意韵只有与情感相结合，即只有感情真挚深沉，才能做到意味深长。袁枚把神韵和性情联系在一起，以真挚性情补救虚无的神韵，无论在理论和创作上，都更易被接受。

晚清上海，风云变幻，十里洋场的灯红酒绿无论在视觉还是情感上，都对寓沪的文人产生着巨大的冲击。一方面，洋场是他们安身立命之所。早期《申报》文人，多江南才子，自负才情横溢。恰身逢乱世，故园遭

---

① 　严迪昌《清诗史》，浙江古籍出版社 2002 年版，第 433—434 页。

② 　袁枚《钱竹初诗序》，《小仓山房诗文集》，上海古籍出版社 1988 年版，第 1761 页。

毁，家不可归，不得不寄身于此。多数文人生活窘迫，且精神苦闷。他们常常觉得自己人生际遇如梦，如何桂笙常说的"天地一大戏场，人生一大梦境"①。人生如戏，表明早期《申报》文人生活处境的艰难，以及精神世界中没有安全感。但即便如此，为了谋生，很多时候只得隐藏心中的悲苦。回首清廷甫立时的繁盛，康乾盛世的清平，今昔对比，这种现实与心理的落差使他们不得不将苦闷发诸笔端。因此，神韵诗学借咏物以托咏史的意象，与以婉转不尽之意表达缠绵悱恻之情的方法，使得这些文人找到了很好的契合点。这就是晚清上海《申报》文人对王士禛《秋柳》诗追摹和唱和不断最重要的原因之一。另一方面，对于一部分抛开了功名利禄的海上名士而言，袁枚"独抒性灵"的诗学观念和洒脱的行事风格，又使得他们艳羡不已。于是，即使身在这繁华场，也可以保持人格和心灵的独立，借诗词创作抒写性灵。这是早期《申报》文人，在无助的现实生活中寻求精神寄托的一种自我调适的方式。但从总体格局而言，早期《申报》文人对于性灵诗学的接受比神韵更广泛。

其实，有清一代，王士禛的"神韵说"、沈德潜的"格调说"、袁枚的"性灵说"以及翁方纲的"肌理说"，对诗学创作都产生了重要的影响，且各有膜拜与仿效者。到了晚清，时局动荡，社会即将面临大的调整与变革，传统的诗词创作较之前代也有不同的局面。表现在传播方式上，即传播媒体的变化。近代报刊的出现，使得诗词创作有不同于以往的"切近感"。文人的生活不再是"两耳不闻窗外事，一心只读圣贤书"。身边发生的时事在当天，或者第二天就能被知晓。比之以往，在消息闭塞的封建时代，一件大事或许经过半年才能被知晓，那样，当时本该有的切身感受早已消弭，即便还有感受，也不如事件发生的当时更强烈。报刊加速了信息

---

① 《意琴室主送人序》，《申报》，1887 年 12 月 14 日，第 31 册，第 1078 页

的传递,在一定程度上触发了文人创作的思绪,使得这种诗词创作感情更加真挚,这也是晚清诗坛性灵诗说更为流传的原因之一。同时,由于报章面对的读者是大众,要求通俗、晓畅。神韵诗学"不著一字,尽得风流"的诗旨相较于性灵学说的真性情,太过晦涩。性灵诗学中的"赤子之心"以及"真性情",更能走进读者的心灵,打动读者。因此,报章文体的特点,也决定了在《申报》诗学创作中性灵诗学较之神韵诗学更容易被接受。

第二节 上海都市书写与早期《申报》词的创作及词学继承

都市书写,一直是近年来学界关注的话题。从 1840 年国门被打开,中国被动地进入近代化的进程开始,近代中国如何使具有传统文化特征的"城"与"市"对应现代化都市的发展需要,也就成为了现代都市文学创作的中心命题之一。其实,每一个都市,都在为它的书写者提供着语言、经验和叙述。上海,自 1843 年开埠以来,从一个不知名的小城镇一跃成为国际大都市。现代都市的组织形式和交往方式,培养着上海市民新的审美情趣和价值取向,现代出版、交通以及电讯等新的手段的介入,又使得这种新的市民观念和情趣普及化。其"现代性"的特质,吸引着各个领域学人的目光,这是一个跨学科的共融共生的研究课题。从文学角度讲,"都市书写"是上海文学中一个重要的方面,同样,以上海为书写对象的"上海书写"更是都市文学中的重要一环。然而在文学史上,"都市书写"似乎是小说创作的专利,从清末民初大量通俗小说中的"上海书写",到民国初年"鸳鸯蝴蝶"小说流派的产生,再到现当代小说大家张爱玲、王安忆等等的"上海印迹",人们青睐于从小说中品味大上海的尘世变迁。其实，旧体诗词中，关于都市书写的信息也很多，内容也很广泛。相较于诗，词从它诞生之日起，就与城市商业文化有着紧密的联系，其城市化特征更明显。所以，本章节试图选取早期《申报》所刊词作作为研究对象，考察以早期《申报》为媒介及传播手段的"词"，作为另一种"上海书写"的工具，在题材、内容和表达方式上所发生的变化，以及在新的历史转型时期，如何利用报刊等新的传播方式反映上海都市的变迁，如何记载并体现传统文化观念浸染下的人们面对现代化进程中的都市上海时的态度和心态。

一、早期《申报》所刊词作中的"上海书写"

细细研读早期《申报》所载的词作，从中我们可以读出很多关于"上海书写"的信息，大致可以分成以下几类：

首先，对于西洋奇器及日用洋货①等新鲜事物的描摹和刻画。上文已经提及，上海自正式开埠通商以来，西方传来各式各样的西洋奇器。它们多制作精巧，外观漂亮，有很多东西比土货更好用。但是由于运输等问题，洋货的数量不多，价格也比土货贵，普通人家很少有机会接触、购买和使用。因此，在人们眼中，西洋奇货往往被视为珍贵罕得的物品，以至当时"洋"字成了指称贵重物品的时髦名词，如洋楼、洋油等。这些洋货是西方近代科技和工业的产物，在很大程度上开拓了当时上海人的眼界，也给人们带来一种强烈的感官和心理上的刺激，使得人们对于近代工业和科学技术有了初步的认识，也使得一大批词人有了新的创作灵感。他们将这些新鲜事物作为描摹的对象，将之付诸笔端。如署名"滇

---

① 关于西洋新鲜事物，在咏物一章中已涉及，但文章的选材角度不同。此处单以词为例，试图说明早期《申报》诗词创作中的词学发展轨迹与都市文明现象。

南香海词人"的杨文斌在《申报》上发表了题为《洋场咏物词》①的组词。该组词共四阕,调寄《沁园春》,分咏上海新近出现的"地火"、"电线"、"马车"和"轮船":

地火

凿地为炉,积炭成山,辉耀四溟。爱玲珑百窍,一齐吐焰,周围三十里②,大放光明。绛蜡羞燃,银蟾匿彩,海上如开不夜城。登高望,似战场磷火,点点凝青。　休夸元夕春灯。有火树银花顷刻生。看青藜悬处,千枝列炬,黄昏刚到,万颗繁星。雪月楼台,琉璃世界,游女何须秉烛行。吾何恐,恐祝融一怒,烈焰飞腾。

电线

具大神通,经纬纵横,匪夷所思。惯传消递息,捷于影响,穿河贯汉,事更离奇。欲报平安,暗牵线索,入手行间墨尚滋。从今后,任洪乔善误,那怕愆期。　何人费尽心机。纵万里关山信不迟。笑鱼笺雁帛,无斯火速,简书羽檄,枉说星飞。巧夺天工,能通造化,盼到还云一霎时。机枢动,贯蛟宫蜃窟,直达波斯。

马车

得意扬鞭,电掣风驰,香车玉骢。看四蹄疾卷,惊尘洒面,双轮怒激,碎石飞空。宝勒难羁,油幢高揭,可是潘安入市中。遨游处,任花天酒地,到处留踪。　雕鞍绣毂匆匆,也不为沙场汗马功。问谁家年少,俨如卫玠,此中坐客,定是秦宫。觅艳寻香,征歌选胜,隐隐雷声语未通。归来晚,指长街照彻,万点灯红。

---

① 《申报》,1872 年 9 月 4 日,第 1 册,第 429 页。

② 笔者按:按谱,此处多一字,为杨文斌创作时误。

轮船

不挂蒲帆，不藉兰桡，何其快哉。听圆轮转铁，翻江搅海，隔墙鼓鞳，掣电轰雷。釜气蓬蓬，涛头滚滚，黑焰迷空吹不开。飞来也，早六鳌退避，大海澜回。　此中机械难猜，但水火须从既济推。笑马当一夕，漫夸神助，长风万里，休骋豪怀。稳渡沧瀛，飞行闽粤，琛赆年年满载来。吾何愿，愿今朝驶去，直到蓬莱。

两千年来，中国一直延续着不可撼动的封建帝王制度，过着自给自足的农耕生活。直到晚清时期，1840 年的鸦片战争迫使中国被动地走上了近代化的道路。上海，是近代最早一批开埠通商，并迅速发展起来的全国最大的近代化商业城市。具体来说，这里的人们从物质生活到思想观念都最早发生了变化。摩登的生活，文明的科技，新鲜的事物，接踵而至的是西方良莠并存的思想及新的伦理观念。随着上海的繁荣，南北各地的文人词客也汇聚而来。他们中的很多人都是自幼熟读圣贤之书，谙习孔孟之教，或秉承家学，或濡染乡教，对儒家经典和纲常之说也都是烂熟于心。当他们来到上海这个被称为"万国洋场"的生活环境中的时候，所见所闻都是平生所未见未闻的新事物，这对他们来说无疑是一种巨大的冲击，这种冲击在很大程度上激起了他们的表达欲望，写作于是就成了最好的手段。我们可以看到，在词作中，香海词人用了一系列生动的词语对电线和马车等西方的先进事物进行形象的比喻，同时，用"大放光明"、"经纬纵横"、"穿河贯汉"以及"具大神通"、"匪夷所思"等词毫不避讳地表达了自己对西方先进技术的惊叹和赞许，也从一个侧面对近代上海都市的科技文明进行了有效的书写。

我们知道，在近代上海的文坛上，多见的是小说的创作。"作家往往通过他们的作品，通过作品中的人物，或者通过作品展示的背景，紧张地或者从容地述说上海，使得上海作为都市在现代文学作品中成为'出镜率'最高的地方——在民国时期，它远远高过首都南京……"①这一时期，一大批以书写上海为主的通俗小说，如《歇浦潮》、《海上繁华梦》等，涌现出来，成为后世研究晚清近代上海都市的一大珍贵材料。但是，细细研读《申报》上所载的这些词作，对于新生事物的咏唱，虽然数量不多，暂不论其文学价值，从历史档案的角度来看，这些形象的描述同样可为后世学人的近代上海研究提供宝贵的文献材料。同时，从文学史的角度，这些作品也是从一个侧面对诗界革命的反应，即以旧体裁写新事物。关于这个问题，下文会做专门探讨。

其次，对于新兴的娱乐生活方式的书写与反思。随着西方文明的传入，上海城市生活也日趋丰富多彩，形形色色的休闲娱乐场所大量涌现，如戏园、茶室、跑马厅、俱乐部等等，一时间，上海成为了全国最繁华热闹的大娱乐场。这种娱乐生活方式给传统文人诗酒唱和的娱乐方式带来了很大的冲击，当然也成为了他们创作中的重要题材。当时还有人把沪上最流行的娱乐生活方式归为十景："桂园观剧"、"新楼选馔"、"云阁尝烟"、"醉乐饮酒"、"松风品茶"、"桂馨访美"、"层台听书"、"飞车拥丽"、"夜市燃灯"、"浦滩散步"。② 这些现象在词作中均有记载。如扫花仙史鸳湖映雪生孙熙曾的《风入松·鹤鸣楼茶室瀹茗》③：

> 临流小阁净无尘。香透碧螺春。浓阴隔岸浑忘暑，一入座、一碗宜人。不必卢仝有癖，纳凉也足怡神。　俯窥水底跃银鳞。波皱

---

① 刘永丽《被书写的现代：20世纪中国文学中的上海》，中国社会科学出版社 2008 年版，第 15 页。

② 《申报》，1873 年 2 月 8 日，第 2 册，第 106 页。

③ 《申报》，1882 年 3 月 30 日，第 20 册，第 364 页。

可垂纶。静观自得天机畅,觉风生、两腋频频。到此乐而忘返,非贪茶味清新。

这首小词是嘉兴文人孙熙曾和友人去上海鹤鸣楼茶室品茶时作。从词中,我们可以看出楼室临着小溪,在这里品茗垂钓,别有一种城市山林的气象。这也许就是当时的文人词客,在上海这个风云际会的国际大都市中,寻找的另一种怡然自得的生活。

近代上海,在文化生活上的又一个突出特征就是"歌楼剧场极盛"。明清时期,江南地区经济富庶,文教郁盛。但上海地处滨海一隅,是一个人口不超过 20 万人的小县城,文化生活相对而言较欠发达。除了一些私人的会馆之外,上海只是偶有茶楼、茶馆进行小型的戏剧演出,并未形成专门化的剧院戏园。开埠以后,随着各地移民的大量涌入,戏曲演出也日趋活跃。1851 年,位于南市四牌楼附近的一家名为三雅园的茶园开张,上午卖茶,下午搭台演戏,这可以视为开埠以后上海最早的对外营业性质的戏剧演出场所。但由于演的是昆曲戏文,受语言韵律等的限制,三雅园的生意好景维持不久。1867 年,英籍华人创办了以演出京剧为主的满庭芳剧院,京剧首次进入上海。同时,浙江人刘维忠开办了丹桂茶园,一时间,"都人士簪裾毕集,几如群蚁附膻"①。据《中国戏曲志·上海卷》统计,开埠以后至 1912 年以前,上海先后有大大小小戏园120 多家②,可谓"梨园之盛,甲于天下"③。人戏园观剧,成了晚清近代上海最时尚的生活娱乐方式。这一文化氛围直接影响了近代上海词学

① 黄式权《淞南梦影录》,上海古籍出版社 1989 年版,第 116 页。
② 据中国戏曲志编辑委员会编撰,中国 ISBN 中心 1996 年出版的《中国戏曲志·上海卷》第 665 至 675 页统计得出该数据。
③ 黄式权《淞南梦影录》,上海古籍出版社 1989 年版,第 101 页。

创作的内容取向，也左右着一大批词人的生活方式。他们不仅用填词的方式来写观剧体会，还借词作表达自己对艺界名伶的赞赏和倾慕之情，《申报》正为这些身兼戏剧票友的文人词客提供了一方交流的平台。《申报》刊登过这样一篇京剧评论文章："洋泾浜戏园林立，其最著名者为丹桂茶园、金桂轩，皆京班也。金桂仅以杨月楼一人哄动时目，遂使车盖盈门，簪裾满坐，几欲驾丹桂而上之；而丹桂之扮演则争能角胜，领异标新，务在与金桂相抗，盖势成晋楚……"①这里提到了最著名的两个京剧戏园丹桂茶园和金桂轩，从中可以看出当时上海戏园的热闹场景。

先后任《申报》主笔的钱昕伯、何佳笙两人都非常喜欢看戏，他们对京剧的喜爱，也促进了《申报》对戏曲，特别是京剧的重视。钱昕伯和何桂笙"二人皆嗜音律，各能歌花曲。赏识周风林、徐介玉二伶。何桂笙也嗜京剧，与诸伶往返。何桂笙目近视，不须入座观剧，每入后台谛听之，遇佳处，必击节称赏。越日为文刊诸报端，使之顿增声价"②。他们不仅撰写文章来品评戏曲，同时也以词作相互唱和。一时间，《申报》上关于戏曲唱和、赠答的词作蔚然成风。何桂笙在《申报》发表词作《水龙吟》③，词作之前有小序："种榆山人将之黔，别有日矣。雨余过我，同往丹桂观剧。适徐郎介玉演《花报》一出，益觉娇婉可听。余顾山人曰：'此不胜于《阳关三叠》乎？'山人大笑，归而成《水龙吟》一阕。"

> 雨余苦忆良朋，虽然暂别情无已。琼浆一盏，五云深处，不妨同醉。醉后清游，玉箫檀板，怡情歌吹。算琼台旧曲，南柯梦醒，都一样、随流水。　休问软红轻翠。但听他、嫩黄清肥。花香不散，蚁忱

---

① 《申报》，1872年6月4日，第1册，第232页。
② 徐载平、徐瑞芳著《清末四十年申报史料》，新华出版社1988年版，第24页。
③ 《申报》，1888年5月9日，第32册，第738页。

不改，痴情能几。此日歌台，前宵别酒，休垂清泪。纵黔南路远，鱼鳞雁足，有书堪寄。

古人送别有《阳关三叠》，近代上海文人雅士无论送别还是欢聚，戏园听曲无疑成了一种十分体面并且雅致的生活方式。从词中我们可以看到一种友朋情深却又不失积极的生活态度。

再如，"真悔道人"有《浣溪沙·新丹桂听剧赠陈郎小桂林》[①]之作：

巧舞工歌冠一时。红遮绿映两相宜。昆山玉与桂林枝。徐郎介玉与郎齐名。　侬亦桂花林里客，天涯何幸识芳姿。沾泥柳絮也狂痴。

徐介玉是光绪时期上海的昆曲艺人，是当时名伶中之翘楚。而该词作中的小桂林也是十分有名望的艺人，曾与徐介玉同台演出《双荡湖船》等剧。近代上海文人词客与艺界名伶交往很深，一方面，文人雅士爱好听曲，另一方面，艺界名伶也借着文人赠答的作品提高身价。

当然，随着商业的发展，人们的生活娱乐日趋丰富，同时也给近代上海带来了一股崇尚奢靡的社会风气。茶馆、戏园、赛马馆，甚至是烟馆、妓院，从娱乐形式来看，大多是一些单纯满足口腹视听等生理欲望的消遣性娱乐场所，上海也被大家称为"销金窟"。"……闻洋场一区，每日瓜子一项，各处销用，合计价值，亦在千元光景。……可见洋场之繁华奢靡矣。至妓寮、烟馆、酒楼，更为无底之壑。而茶室、酒肆，点心零碎杂食，亦属无算。总计各种奢靡之数，每岁断不止于百万，岂非昔人所谓销金窝哉。"[②]于是一批词人通过他们的词作，对近代沪上"崇尚享乐和奢靡"

---

① 《申报》，1888年3月19日，第32册，第428页。

② 《论上海繁华》，《申报》，1874年2月14日，第4册，第153页。

的这种都市现象进行反思。

"乐天道人"在《申报》创刊之初,创作了《行香子·戒吃着嫖赌词》①,对晚清近代上海随着西方文明传入而带来的日益奢靡的社会现象,进行了批判与反思。

> 家积金银,盘列山珍。豹胎熊掌百味陈。耗财破钞,转盼伤贫。览釜无米,壶无酒,灶无薪。　平素委佗。衣必绞罗,束带下佩玉鸣珂。金尽裘敝,无可奈何。但倚此屐,戴此笠,披此簑。
>
> 艳色堪惊,妖态逢迎。回头一顾百媚生。贪得无厌,橐倒囊倾。也不凝眸,不开口,不留情。　门牌掷骰。钩党稽留,日夜间不肯暂休。主仆同席,渐入下流。将田也抛,地也去,屋也售。

十分有意思的是,在"乐天道人"创作了《行香子》之后,客居上海,署名为"香鸳生"的词客"有感于洋泾风俗之淫靡,人情之狡诈",在 1873 年 2 月 13 日的《申报》上发表了一组题为《海上十空曲》②的劝诫之作。曲为词之余,和词作本身有着千丝万缕的联系。作者在作品中对近代上海的青楼、酒座、戏园、女堂、烟馆等现象予以描述,并在一定程度上向沉溺于纸醉金迷生活中的人们发出了警示,如写到"青楼"和"戏园":

金络索　青楼

> 帘卷香风。著粉施朱夕照中。秋水双波动。勾引多情种。咚,酒绿与灯红。请君入甕。帐卧销金,直把金宵送。君看露水恩情总是空。

---

① 《申报》,1872 年 10 月 5 日,第 1 册,第 537 页。

② 《申报》,1873 年 2 月 13 日,第 2 册,第 125 页。

金络索　戏馆

锣鼓声中。鬼帜神旗气象雄。奇幻盘丝洞。艳冶描金凤。咚，异曲而同工。京徽争闹。士女纷纭，错坐几无缝。君看优孟衣冠总是空。

如果说，酒馆、青楼、戏馆、剧院，对于一般百姓而言还是消遣娱乐的话，对于那些富商绅缙来说，猎艳寻奇也是又一目的。他们亦借此来夸耀自身身份，炫耀富贵，这是当时都市奢华生活方式的一种表现，但也给上海这个繁华都市带来了很多负面的影响。因此，通过词作对这些奢靡的生活方式进行批判，从文学意味上讲，进一步扩展了词的表现题材，而从社会历史角度讲，无疑是当时文人在词作中融入了对沪上都市生活的反思和警醒。

再次，对于时局变幻的记录和身世漂泊的慨叹。国学大师王国维先生，有一篇著名的词学文献《彊村校词图序》，这样写道："古者卿大夫老则归于乡里……有去国而无去乡；后世士大夫退休者乃或异于是……盖有不归其乡者矣，然犹皆其平生游宦之地，乐其山川之美……至于近世抑又异于是，光宣以来士大夫流寓之地，北则天津，南则上海……入非桑梓之地，出非游宦之所，内则无父老子弟谈燕之乐，外则乏名山大川奇伟之观，惟友朋文字之往复，差便于乡居。……"①胡晓明先生认为该序文的核心大义是"讲变化的时代，文化人读书人的乡愁"②，见解十分精到。细细读来，王国维在这篇序文中提到了中国近代两处十分重要的地方，天津和上海。近代津沽是逊位清室居留之处，前朝遗嗣，环居而拱卫，奔

———————————

① 王国维《观堂集林》卷二十三，见《王国维遗书》，上海古籍出版社 1983 年版。

② 见胡晓明教授于 2009 年 10 月 11 日在上海华东师范大学中国词学国际研讨会上的致辞。

走前后，以尽忠心；沪上租界林立，声讯便捷，可望风，可存身，足以规避外界纷扰，避不欲见之象和不欲闻之声。鉴于此，文人士子纷纷聚向两地。尤其是上海，开埠以来，随着租界建立，西方先进技术涌入，以及经济、工商和文化事业的大力发展，上海渐趋退去昔日的地方特色，一跃而成为了中国的"摩登大都市"。

周武先生在《太平天国与江南社会变迁散论》一文中这样描述："当租界成为城市的主体的时候，上海的意义完全改变了，它不再是过去那个传统的棉花和棉布的生产基地，不再是普通的滨海小县城，而是中国最大的贸易中心，远东的国际商港。上海正从'江南鱼米乡'的那个社会模式中游离出来，成为镶嵌在东西方之间的一块中性地带，一个新开发的商业王国。"①而此时，中国的大部分国土却是时局维艰，战乱频仍。于是，人们纷纷涌向上海，使得上海成为了近代中国最大的一个移民城市。这些移民，并不是由政府组织的集团性移民，他们或避乱避祸，或避世退隐，或谋事谋生来到上海。其中不乏文人雅士，使得这一时期上海词坛的词风具有"漂泊感"②。初步统计一下早期《申报》所发表的词作，记录国家时局动荡和词人身世漂泊的词作，约占了全部词作的三分之二。如杨文斌的《满江红·喜闻官军克复大理城》③记录了当时清廷如何清剿党徒，收复大理城的事件：

> 万里书来，听说道、滇南大捷。十余年、负嵎逋寇，一朝歼灭。小丑自知鱼釜困，雄军已报龙城拔。大理府城经杨镇军玉科围之数重。又闻岑中丞亲征，贼众情急反啮，情愿投顺。逆首杜汶莠自知灭亡，全家服毒自尽未

---

① 周武《太平天国与江南社会变迁散论》，载《史林》2001 年第 3 期。
② 杨柏岭《近代上海词学系年初编》，上海教育出版社 1983 年版，第 11 页。
③ 《申报》，1873 年 4 月 2 日，第 2 册，第 289 页。

死，为贼众缚献军前，于去年十一月廿六日伏诛。望苍山、一片凝作去。新红，匈奴血。　怀故国，肠如结。思往事，皆还裂。问当年谁铸，六州之铁。圣主当阳消毒雾，天心厌乱收残劫。喜昆池、从此芟安澜，烽烟歇。

词的小序记载："昨接滇中友人来书，云大理业经报捷，全省指日可望肃清。喜填《满江红》一阕以当凯歌云尔。"1872年清军攻大理，云南回民起义军首领杜汶荞出击再败，服毒未死，其部下解献军前被杀。后清军攻入大理城，历时十七年的云南回民起义失败。杨文斌词作中咏的即是此事。当然，很明显杨文斌是站在清廷的立场上，对农民起义有着仇视的心理，这样的政治立场，本文暂不评论。但是，清代晚期，除了面对外国列强的瓜分，清政府内部又不得不面对很多地方势力的割据问题，内忧加上外患，国家动乱不安，反映在词作中，就出现了这样一大批写战乱时局的作品。这在一定程度上，还是加强了词的现实主义创作倾向的。

反映在词人自身，词作多表现身世感怀及漂泊凄苦。柳隐词人马相如在词作《临江仙》①的小序中写道："寒食夜雨，欹枕不寐。触绪无聊，率尔赋此，不自知其声之凄也。知我者尚乞和我。"寒夜凄雨，孤枕难眠，不免触动词人"客怀黯淡"的漂泊情绪。

雨雨风风春欲晚，客窗赢得凄清。炉花天气忒分明。可怜寒食夜，细数短长更。　曲曲阑干环四面，从今怕卷帘旌。知侬何处可酬情。尽判蕉萃死，只觉负卿卿。

记得危楼高百尺，垂杨围绕亭台。千丝万缕手亲栽。子规花外

①　《申报》，1884年4月29日，第24册，第667页。

语,都道送春来。　艳福恐教消不得,有时珍重吟怀。那堪意蕊尽尘埃。问天天不管,红雨葬苍苔。

　　往事思量判一恸,风怀凄楚谁知。几曾瘦影自扶持。死生成契阔,苦苦味相思。　淡到清灯真欲绝,酬卿血泪丝丝。多情休笑我情痴。杜鹃三月雨,零落葬胭脂。

　　薄命累卿卿命薄,空教觅遍天涯。萧郎从此是无家。伤心儿女泪,凄绝洒桃花。　泉下有灵休惜我,一般逝水年华。春魂扶不上窗纱。晓钟残梦破,欹枕听啼鸦。

这是一组《临江仙》词,共四首。词人用"凄清"、"凄楚"、"凄绝"来渲染气氛,铺垫整组词的感情基调;用"瘦影"、"薄命"、"伤心"描摹自己的形象,为我们勾勒出一个"辗转漂泊"、"天涯蓬转"的词人情感体验。其实,这并不是马相如一个人的身世之慨,它是近代上海那一个时代的文人词客的真实写照。当然,除了身世慨叹之外,这种寂寥的情绪也表现在"见春伤怀"、"落叶知秋"以及"匆匆聚散"等的词作意象上。总之,词人流寓上海的原因很多,在他们的词作中总会流露出"身世漂泊"的慨叹,而这种慨叹直接或者间接地折射出词人对时势变迁的心灵感受。应该说,这种敏锐的情绪与近代中国社会的变迁是息息相关的,打上了时代的烙印。词人们通过词作,形象生动地对身处都市上海的寓居文人的心态,以及风云际会的时代,做了形象而立体的描摹和书写。

二、传承与开拓:近代上海词坛与晚清民初词风

　　晚清民初,是社会变革的时代,也是新旧文学观念激烈碰撞的时代。尤其是近代上海,新思想、新文化与旧观念、旧文学在这里交汇,之间必然摩擦出不一样的火花。词,作为一种古老的文学样式,如何在这样一

个摩登的社会中自处，是默默地被淹没进历史的洪流，惨遭淘汰，还是以一种新的姿态去适应新的社会？早期《申报》刊载的词作或许会给我们一些启示，这也是近世上海词坛对词学传统的继承与开拓。

从词风看，上海词坛有意识地继承了常州词派强调"比兴寄托"等重视词作思想内涵的优良传统。嘉庆二年，张惠言《词选》刊布，倡导"意内言外、比兴寄托"之旨，推尊词体，使得词风为之一变，开创了清代词学的新境界。《词选序》："词者，盖出于唐之诗人，采乐府之音，以制新律，因系其词，故曰'词'。传曰：'意内而言外谓之词。'其缘情造端，兴于微言，以相感动，极命风谣里巷男女哀乐，以道贤人君子幽约怨悱不能自言之情，低徊要眇，以喻其致。盖《诗》之比兴，变风之义，骚人之歌，则近之矣。"①"比兴寄托"，是常州词派批评、鉴赏和创作的理论，在词坛上延续达百年之久。其实，"比兴"手法早在《诗经》中就被广泛采用。张惠言强调，词体的功能近于"诗之比兴，变风之义"。"比"，是用譬喻来描述事物的特征，"兴"，是通过接触事物而激发诗人的情感并托物寄意。张惠言认为，处于衰世，词人发泄对现实的不满，出于忠爱之意，使统治者能接受政治讽谏，从而振兴王道，这样的词体就近于"变风之义"。这在很大程度上推尊词体，将词的功用从原来的"末技小道"提到了与诗相等的位置。当然，这和张惠言本身的学术渊源密不可分。② 在创作过程中，张惠言的词学主张还有一些不完善或者是有争议的地方。之后的百年，周济、谭献等常州词派的后劲们，对他的词学理论或继承，或补苴，使其不断发展壮大。

任何一种文学现象都是时代的产物，也就是说，时代在一定程度上

---

① 张惠言《词选序》，见《词话丛编》，中华书局 1986 年版，第 1607 页。

② 关于张惠言经学与诗学的关系，详参张宏生师《张惠言的词学观与儒家阐释传统》对相关问题的探讨，见《清词探微》，上海古籍出版社 2008 年版，第 304—307 页。

决定了文学发展的基本走向。嘉道以后,满清政府统治日渐衰微,社会动荡不安。于是,这一时期的词学表现出一种很强的使命感和社会责任感。"常州词派产生于社会欲变未变当口"①,而近代上海词坛与嘉庆时期不约而同地吻合。近代上海,是列强瓜分中国的一个典型。在这里,中西新旧碰撞融合。身处内忧外患,上海的文人词客们很自然地滋生出社会参与意识与救世激情②,因此,对常州词派的"比兴寄托"的理论有着深刻的认同心理。

早期《申报》所载的诗词作品中,有一大批"题画"和"咏物"诗词。从词作的角度看,"题画"和"咏物"是古已有之的题材,但出现在上海词坛中,有对旧时固有事物如梅花、菊花等的描绘与抒写,也有对上海大都市特有的新生事物如火车、电话等的刻画。读这些"题画"和"咏物"词,我们能感受到词家在词作中,对常州词派提倡"比兴寄托"等重视词作思想内涵理论的接受和继承。陈廷焯在《白雨斋词话》中曾分析过词家诗人使用比兴的缘由和要求:"感慨时事,发为诗歌,便已力据上游,特不宜说破,只可用比兴体。"③从词家对一些具有意象特征的事物的描摹,可以看出时代风云际会对词人创作的影响,近代上海词坛的某些重要特征也就随之显现:既有逊清遗老身逢末世忧时伤世、哀婉无助的内心告白,又有求新者对新世界的新奇乐观,而更多的则是身处新旧交替、社会更迭中的人们喜忧掺杂的复杂情思。在这里,不仅能感受到词人出于神形之外的艺术趣味,更能深切地感受到他们对于社会的关怀情结。"词之旨

---

① 朱惠国《中国近世词学思想研究》,上海古籍出版社 2005 年版,第 60 页。

② 当然,这种社会参与意识与救世激情反映在词作中不一定全都是积极的语词。很多词家在历经社会变革后,找不到解决社会问题的方法,于是产生避世的消极情绪,蒋敦复、沈增植的出家就是最好的例证,这种情绪反映在词作中,对凄楚、愁苦意象的描写就多些。但这同样不可否定他们主观上积极救世的努力。

③ 陈廷焯《白雨斋词话》卷二,见《词话丛编》,中华书局 1986 年版,第 3797 页。

趣，实本风骚"①，这虽然过分夸大了词体的作用，但从另一个侧面反映出词学思想对传统诗学精神的回归，表现在近代上海词坛上，还出现了一批"拈大题目，出大意义"的词作，一些重大的历史事件以及在这些历史事件中出现的英雄人物成为词家创作的题材，产生了一大批"记人记事词"。传统词学题材中，"记人"并不是一个陌生的话题，但多表现为友朋之间的酬唱，表达敬慕或思念之情；而以"记事"为题材的作品却少有。近代上海词坛，在继承"记人词"这一传统题材的同时，又进一步丰富并且拓宽了"记人记事词"的思想内涵，将对人物的描写融入重大的历史事件中，努力表现英雄人物的人格力量以及民族精神。同时，突破了旧体词学创作中多言情而少记事的传统范式，对于推尊词体、开拓词境有着重要的推进作用。

其次，所谓"国家不幸诗家兴"，近代沪上被西方列强强行打开门户的同时，却也是沪上词坛创作进一步发展的时期。由于国家动荡不安，社会分崩离析，战争频仍，词人们不能像宋代的文人雅士一样吟风弄月，他们被从书斋中赶了出来，直面战争，直面人生。这时候，词不再只是一种"花前月下"的把玩品，而变成了一种抒写工具。抒写家国的破碎，民族的危亡以及身世的漂泊。正如王易在《词曲史》中所说："迨光绪中叶以降，变乱纷乘，内外交迫，忧时之士，怵于危亡，发为噫歌，抒其哀怨，词学则骎骎有中兴之势焉。迄于鼎革，著述之盛，不让于唐。"②近代上海词坛在这种背景下显得十分繁盛。区别于其他时代，由于报刊的出现和普及发行，使得近代战争的信息传递十分快速，今天发生的战争，隔天甚至是当天大众就知晓了。距离感的拉近使得近代战争的残酷性更加真实，这都震撼着词人们的心灵。

---

① 丁绍仪《听秋声馆词话》卷九，见《词话丛编》，中华书局 1986 年版，第 2689 页。
② 王易《词曲史》，上海书店影印本 1989 年版，第 453—454 页。

　　在早期《申报》上，出现了一大批记录战争，反思战争，以及哀悼死难将领的词作。这类词作词牌多用《满江红》、《金缕曲》，如前文所述杨文斌所填的《满江红·喜闻官军克复大理城》。再如1886年，署名"兰月楼主"填的《满江红》①。词有小序："红巾之乱，陈君筱春以书生从军江表，捐躯报国。事平优恤如例。今其哲嗣以遗像索题，为赋此阕，即用岳鄂王韵。"诸如这类的题材有很多。因此，在近代上海词坛的创作局面中，我们可以很清晰地找到一种"稼轩风尚"。稼轩词风，起于南宋王朝衰微之时。明清之际，面对朱明王朝的倾覆，且清廷是以满人入主中原，词人们自然地联想到北宋之亡于金。于是，很多词人自觉地继承了这种沉郁顿挫的词风，并将之发扬光大。到了清末民初，文士们又一次面对家国的破碎，而这一次，不仅仅只是王朝的更替，更有西方列强在中国领土的肆意践踏。于是，辛稼轩，这位宋朝历史上力主抗金的著名词人，则很自然地又一次引起那些面对家国破碎又痛恨于清廷无能的词人们的精神共鸣，因而再一次掀起了"稼轩之风"。

　　同时，上海词坛也是近代"词体革命"的隐形参与者。谓之"隐形参与者"，原因在于：19世纪后半叶，是中国社会发生巨变的时期，这种巨变体现在政治、经济、军事和文化等各个方面，文学自然也不例外。旧体文学如何面对新的社会环境，一时成为人们所关注的话题。19世纪末，黄遵宪、梁启超等人倡导"诗界革命"，号召"以新思想熔铸旧风格"。②1899年12月25日，梁启超在《夏威夷游记》中提出了"新意境"、"新语

① 《申报》，1886年10月12日，第29册，第634页。

② 关于"诗界革命"的起点和时间，学界看法不一。郭延礼在《"诗界革命"的起点、发展及其评价》一文中认为起点应始于"1895年黄遵宪提出'新学诗'"，参见《文史哲》2000年第2期。而张宏生师在《"诗界革命"：词体的"缺席"与"在场"》一文（文载《清词探微》，上海古籍出版社2008年版）中对各位学者所持"诗界革命"时间问题做了详细的分析与阐述，认为学界所持的三种关于"诗界革命"起点问题的观点并不互相矛盾，"不必强为之截然划分"。

句"、"旧风格"，被多数学者视为"诗界革命"的纲领性文字。之后，梁启超、夏曾佑、黄遵宪、康有为及丘逢甲等近代文人，积极参与到"诗界革命"的活动中。在内容上，他们从宣传新学、描写新事物、表现新思想开始，继而以描绘时代风云、反对封建专制、称颂民主革命为基本主题。在形式上，他们从"捃撮新名词"开始，过渡到"以旧风格含新意境"，力求冲破旧体格律的束缚，提出了"新体诗"的革新口号。在价值取向上，"诗界革命"的参与者自觉地吸取西方文化以及先进的理念和民主制度，为"诗界革命"输入了新鲜的血液。但不少学者认为这些尝试仅限于"旧体诗"的革命，作为旧体文学的"词"却没有能够进入这样轰轰烈烈的文学变革中。关于"词"缺席"诗界革命"的看法，学界亦有不少争辩。宏生师在《诗界革命：词体的"缺席"与"在场"》一文中第一次对这一现象做了深入的探讨。该文认为"'诗界革命'所提倡的主张，在词这种文体身上，却体现得并不是太充分"，"诗界革命"的参与者"在填词的时候，并没有完全表现出作诗时的追求，也看不出革新词体的要求"。[1] 同时，该文进一步阐述："'诗界革命'所提倡的主张，在词这种文体身上，却体现得并不太充分，特别是梁启超所提出的与新意境密切相关的新语句（包括新名词），在词这里，即使不能说完全没有，所表现出来的也是非常少，非常不明确。"[2]近代上海词坛，所展现出的风貌，也佐证了这一观点。杨伯岭在《近代上海词学系年初编》一书中，将近代上海词学发展分成前、中、后三期[3]，中期的划分从 1864 年至 1902 年。这一时期，虽流寓词人不断增多，但词学活动仍然属于"分散"的状态。虽然有以"香海词客"杨文斌为代表的一些结社活动，但词学创作仍然以旧体的内容为主，延续常州词

---

① 　张宏生《清词探微》，上海古籍出版社 2008 年版，第 358—359 页。

② 　张宏生《清词探微》，上海古籍出版社 2008 年版，第 362 页。

③ 　杨柏岭《近代上海词学系年初编》，上海教育出版社 1983 年版，第 1—3 页。

派"比兴寄托"的思想内涵。虽偶有描写新鲜事物的词作出现，但这只是个别现象，不成气候。因此，相较于"诗界革命"张扬地描绘新事物、新思想来看，这一时期上海词坛的"词体革命"几乎是隐形的。

但我们却不能说其不存在。而且，从早期《申报》所载词作开始，至南社诸子登上历史舞台，我们能清楚地看到"词体革命"在近代上海发展的过程。前文已经论述，"诗界革命"始于 19 世纪末期，提出了"新意境"、"新语句"、"旧风格"的三要素纲领。其实，从 1872 年《申报》创刊起，一批报章文人就揭开了"词体革命"序幕。他们描写上海大都市出现的新鲜事物、新鲜思潮，如同初生的婴孩般用自己好奇的双眼观察沪上的新景象，然后用词作将之记录下来。创作的时候，他们并没有抛却词作本身的节奏与韵律。当然，这些报章文人的词作创作或许只是无意识而为之，他们本身或许并没有意识要进行词体革命，但我们知道，文学理论的出现往往是迟于文学实践的，只有在实践的过程中，才能形成成熟的理论。那么，早期《申报》词人的词学实践对后来的"词体革命"而言，无疑是至关重要的一个起点。之后经过一个较长时期的缓慢发展，上海词坛上一个重要的文学社团"南社"的出现，最终肩负起"词学革命"的重任。南社成员邓实在《风雨鸡声集》序言中写道："文字者，英雄志士之精神也，虽然文字之具有运动力，而能感觉人之脑筋，兴发人之志愿者，惟有韵之文为易入焉。然则诗者，亦二十世纪新学界鼓吹新思想之妙也。"①南社成员多响应"诗界革命"的精神，并将之运用到词体创作和理论建构中，真正拉开了近代上海词坛"词体革命"的大幕。应该说，近代上海词坛的"词体革命"较之于"诗界革命"，是隐形而缓慢发展的，正如宏生师所形容的那样，"缺席"与"在场"是一个辩证的命题，我们必须以

---

① 　杨天室、王学庄《南社史长编》，中国人民大学出版社 1995 年版，第 7 页。

科学的态度去看待与分析。

三、媒介嬗变对近代上海词坛建构之影响

近代上海"是一个巨大的悖论，当你注视它的恶浊，它会腾起耀眼的光亮，当你膜拜它的伟力，它会转过身去让你看一看它疮痍斑斑的后墙"①。《申报》，作为旧中国历时最长、影响最大的一份报纸，它的出现是近代化的产物，同时，它也为近代上海的"都市书写"提供了理想的平台。考察早期《申报》，共刊载词作 1660 首。从数量上看，远远不及诗的创作。前文已经论述过，这与传统文人"诗词有别"的观念相关。从创作群体看，创作数量较多的文人有高莹（285 首）、何桂笙（116 首）、邹弢（109 首）、马相如（89 首）、孙熙曾（77 首）、吴家驹（65 首）、姚文藻（31首）、陈筠（21 首）。另外，有意思的是有一名苏州女子程巧巧，在 1883年 7 月 27 日的《申报》发表一组《十六字令》②共 30 首，是由太痴生删录的。这位程巧巧只在那天的《申报》发表过作品，有 8 首诗，30 首词，都是由太痴生删录，推断当为太痴的女弟子。他们作为早期《申报》词作创作的主要群体，利用词这种典雅而富有韵味的文体，书写上海都市现代特质的方方面面，这种或许在词人本身并无意识的努力，却值得我们特别关注。

首先，以早期《申报》为媒介及传播手段的"词"，作为另一种"上海书写"的工具时，在题材、内容和表达方式上发生了一系列的变化。到了近代，尤其是在近代上海这个城市中，作为旧体文学样式的词，摆脱了晚清之前中国古典文学主要靠单行本书籍行世的传统传播方式，借助《申报》

---

① 余秋雨《秋雨散文》，浙江文艺出版社 1994 年版，第 417 页。

② 《申报》，1883 年 7 月 27 日，第 23 册，第 162 页。

这种传播速度快、受众范围广、发行量大的新兴传播媒介，打破了时空的距离，有了以往词作所没有的时效性，在新的社会形态中融入了新的生命和意义。以早期《申报》所载词人词作为例，词人们自觉或不自觉地将时代风云之变融入到自身词的创作中，并且有效地利用了上海在近代化过程中伴随着国外先进技术而催生出的媒介的功用，使得旧体文学在新的社会功能下展示出了与之前不同的景象。这种景象，从旧体文学的角度看，或许词的韵律不够缜密了，词的语言中融入了新的词语，不够雅致了，但是，却体现出了一种新的气息，一种旧文学也能融入到新社会中的成功的尝试。我们从词作中看到了一大批上海本土的，或是流寓寄居上海的文人词客，对于上海这个大都市的"都市书写"，看到了十里洋场之中新的生命与旧的传统完好的结合。读描摹新生事物的词作，随处可见特别形象的比喻和令人震撼的词句，这些词句除了能让人们感受到咏物之作特有的艺术审美趣味之外，也让我们慢慢靠近近代上海人们的社会心理，更能让我们看到面对中西文化差异时，社会伦理观念的碰撞和交融。读身世感怀的词作，伴随着近代上海风云际会的社会变化，词人们将大的历史事件融入词的创作中，将近代中国内乱频仍、外辱不断的特有的社会状况付诸笔端。因此，词在近代上海并没有失去谢章铤所说的"拈大题目，出大意义"的功用，正相反，这些词作继承着常州词派的词学观念，具有"词史"的意味。

其次，在近代上海，以词进行文化书写有其特殊的价值和意义。词的起源，与城市文明的发生发展紧密相随。商品经济发展和城市兴盛，为适合市井需要的各种艺术的产生与发展提供了温床。在唐代，燕乐风靡一时，配合宴乐演唱的词应运而生。词从它产生到发展的相当一段时间内，主要表现为具有世俗特征的宴乐风俗的一种载体。北宋时期，随着商品经济的繁荣，词的发展获得了更适宜的环境。尤其是在一些大都会,出现了"举目则青楼画阁,绣户珠帘;雕车竞驻于天街,宝马争驰于御路;金翠耀目,罗绮飘香;新声巧笑于柳陌花衢,按管调弦于茶坊酒肆"①的繁华景象,教坊兴盛,勾栏瓦肆、茶坊酒楼竞演新声。这样歌舞升平的太平盛世,都是词作所表现的内容和题材。应该说,从一开始,词主要表现了城市市民情趣。早期《申报》所载词作很好地继承了这一传统。分析《申报》所载词作,近代上海新鲜的事物、繁盛的科技、摩登的生活,都是它反映的对象。这些词作将茶馆品茶、剧院听戏等上海都市市民的生活状态,描摹得淋漓尽致,为近代上海的都市书写提供丰富而详尽的资料。然而,近代上海在摩登外表之下,隐藏着诡谲的时代变迁的印迹,它不是国家自身科技发展的产物,而是在外族入侵、列强侵吞蚕食中国的过程中出现的变异品。所谓文学即人学,这些风云气在早期《申报》的词作中不断地透显出来。表现在词人对上海奢靡生活的反思上,出现了"劝诫词"。诗词在一开始的时候就分工明确,所谓"诗言志,词言情",规劝、告诫是诗常见的题材,词作罕有涉及。但到了近代上海,由于社会结构的变化,一大批有思想的文人词客在经历繁华过后开始反思社会风尚,并且将这些反思融入了词的创作中。于是,《申报》出现了大量的"劝诫词",使得词的社会功能进一步增强。表现在词人自身情感的书写上,早期《申报》词作多带有"漂泊感"。前文已详尽论述。近代上海是文人或趋吉避险,或谋生发展的理想王国,文人词客纷纷离乡背井,聚到上海。在中国历代文人的心中,"乡邦"情结是很浓重的,因此就造成了词人们在词的创作过程中这样一种集体无意识的"漂泊感"。这种"漂泊感"为我们从社会文化学角度研究近代上海文人心态提供了极其重要的帮助。表现在词人对社会政治变化的记录上,出现了大量记录并思考社

① 孟元老撰,邓之诚注《东京梦华录》,中华书局 1982 年版,第 4 页。

会政治事件的词作。晚清很多重要的历史事件都在这些词作中有所表现，如 1885 年的中法海战后，《申报》词人写了多首悼念中国阵亡将士的词作。这在很大程度上开拓了近代词的词境。晚唐五代，词大多风格柔婉，宋代词人继承并改造了这个传统，创作出大量抒情意味浓郁的抒情词。之后，经过苏、辛等人的努力，宋词的题材范围进一步拓宽，出现了咏物、咏史、田园、赠答、送别、悼亡等多种样式。清代词学中兴，词家词人辈出。张惠言倡导意内言外、比兴寄托之旨，使得词风为之一变，开创了清代词学的新境界。到了近代上海，特别是早期《申报》的词作，在面对外辱入侵、列强瓜分的社会局面时，更多地融入了对社会现实的思考，并努力寻求治国救国之路。或许，有这种思想的词作并不占多数，却是近现代词坛进一步开拓词境的积极尝试，也是继"诗界革命"后旧体文学样式如何与新的时代结合并发挥作用的一种有效尝试。

或许可以这样说，晚清近代的上海，充斥着"新"与"旧"的碰撞，作为词这种旧的文学样式以新的传播方式书写新的历史内容，无论从文学的角度还是从历史社会学的角度讲，这本身就是一种交融，一种传承与革新。

第三节　十里洋场的"风土志"：早期《申报》所载竹枝词研究

早期《申报》诗词创作中，除了诗和词之外，还有一种文体，它介于诗和词之间，那就是竹枝词。竹枝词，是起源于古代巴蜀间的民歌。《乐府诗集》记载："《竹枝》本出于巴渝。"[①]隋唐时在民间很流行。竹枝词别称

---

① 郭茂倩《乐府诗集》，中华书局 1998 年 11 月版，第 1140 页。

众多，如"竹枝"、"竹枝子"、"竹枝曲"、"竹枝歌"、"巴渝曲"等，此外，"欸乃"、"渔歌"、"棹歌"、"柳枝词"以及部分"百咏"、"杂咏"等也多以竹枝为体。唐代诗人被其凄楚婉转的民歌声调所吸引，开始仿作。其中，刘禹锡在使竹枝词从民间走向文人案头的过程中起着重要的作用。民间竹枝词由于口耳相传，没有文字记载，现在已经很难得知其原貌了。而文人竹枝词，流传下来的作品很多。雷梦水等编《中华竹枝词》①，收录了21600 多首作品，作者多达 1260 多人。刘禹锡之后，历代都有文人名士创作竹枝词。北宋有苏轼、苏辙、黄庭坚等；南宋有杨万里、范成大、汪元量等；元有杨维祯、虞集、马祖常为代表，著名画家倪瓒也有不少竹枝词创作；明代刘基、宋濂、高启、李东阳、杨慎等人皆创作竹枝词，而袁宏道、徐渭等更是对其十分热衷。清代是竹枝词发展的重要时期。这一时期，竹枝词创作不仅数量大大增多，且很多诗坛的重要人物均热衷此道，大加推崇。如神韵派代表人物王士禛、浙西词派的创始人朱彝尊、扬州八怪之一的郑板桥等，都纷纷创作竹枝词，佳作频出。由于竹枝词介于诗词之间的特性，本章节将其单独列出②，予以独立考察。

一、早期《申报》所刊竹枝词概况

考察早期《申报》竹枝词的创作概况，从 1872 年 4 月《申报》创刊以来到 1890 年，共创作竹枝词 2046 首，加《瀛寰琐纪》刊登的 247 首，共2293 首。另《四溟琐纪》与《寰宇琐纪》亦有少量竹枝词作品刊登，因此，早期《申报》竹枝词创作数量应在 2300 首左右。

就创作群体而言，早期《申报》竹枝词创作的文人多为《申报》的主笔

①　雷梦水等编《中华竹枝词》，北京古籍出版社 1997 年版。

②　本文选取的竹枝词，包括部分反映风土人情的带有竹枝性质的棹歌、衢歌、柳枝等。

和主要的文学撰稿人。如袁祖志，他本人就喜作竹枝，并号召大家一同创作。由于他的声名，加之《申报》给文人提供的免费刊登作品的平台，在《申报》创刊早期，竹枝词创作呈欣欣向荣之势。当然，也有客居上海或者游沪的文人。除此以外，也有游历他乡的上海人在外乡创作并且寄回《申报》发表其作品。从身份看，竹枝词的作者中，既有对传统文化有深厚造诣同时也对西学有相当认识的文化名流与职业报人，如王韬、袁祖志等；也有洋务派人物，如杨勋。杨勋，字少坪，号洗耳狂人，阳湖人。同治三年（1864）春，清廷设广方言馆于沪，杨勋为该馆学生。后又受应宝时、丁日昌聘，入翻译馆任英语翻译。他于1873年在《申报》上一连刊登了四组竹枝词作品，共计百首之多。还有一部分朝廷的中下层官员，他们中一部分人还精通史学，参与过史书或者地方志的编纂。

从创作内容划分，早期《申报》刊载的竹枝词大致可以分为三类：一类是洋场竹枝词。这类竹枝词，专门以十里洋场为描摹对象，介绍开埠后的上海所特有的西洋奇器、岁时风情以及时事利弊等。这类竹枝词的创作文人，或是土生土长的上海人，他们深悉上海的山川胜迹和社会民情，亲身经历或亲眼目睹了在当地发生的重大历史事件；或是寓居沪上的流寓人员或游历沪上的文人墨客，作为外来的观察者，他们对异地的风俗充满了好奇，用一个外乡人的眼光去观察上海，捕捉晚清沪上风土人情的独特之处，并用竹枝的形式记录下来。第二类为各地竹枝词。这一类的创作内容较之第一类，新奇感要少很多。在题材上以当地的山川形胜、民风民俗描写为主。这类作家除了本土文人之外，还有一批远游他乡的文人。他们久居他乡，思念故园，所以常常也会用竹枝的形式创作记录与家乡风物相关的作品，以解思乡之苦。与前朝所不同的是，随着晚清对外交流的增多，很多文人得以走出国门，因此，在这一题材中，介绍外邦行走成为一个亮点。前两类作品与地域相关，第三类作品并不特指某一地域，是对一些重要的风俗习惯、社会习气等进行描摹刻画，我们将这一类归为岁时风俗竹枝词。

二、洋场竹枝词

这部分作品占整个《申报》竹枝词创作的三分之二，多以《海上竹枝词》、《沪上竹枝词》、《洋场竹枝词》、《沪城竹枝词》命名。其描写内容大致可以分为以下几方面：

首先，对十里洋场总体描写。如果说前朝的竹枝词，给我们的感觉是一幅清新的画卷的话，那么，十里洋场竹枝词展现出的是与前朝完全不同的画卷。它笼罩着一种不真实的、虚无却又五光十色的繁华景象。如署名为鸳湖隐名氏的文人所作的《洋场竹枝词》①，从中，我们可以看出其对上海十里洋场繁华景象的惊叹和艳羡之情。录其中两首：

> 瓦屋凌空高过岭，风轮旋水驶行车。生涯半亩蚕桑地，种得人家插戴花。
> 西域移来不夜城，自来火较月光明。居人不信金吾禁，路上徘徊听五更。

十里洋场的繁华，特别体现在林立的高楼、发达的交通、热闹的人群和新鲜的事物中，夜上海的歌舞生活更是一派升平之气。当一个外乡人刚刚涉足洋场的时候，的确会惊讶地发出"西域移来不夜城"的感叹。可以想象这位久居鸳湖的隐名氏来到上海的时候，一定是瞪大了双眼，沉迷在这仿佛海市蜃楼的十里洋场之中了。他在写了前 28 首竹枝词后，不久

---

① 《申报》，1872 年 7 月 12 日，第 1 册，第 245 页。

又发表了一组《续洋场竹枝词》①。词后有跋文："前作竹枝词二十八首，颇有以为无微不悉。客曰：'是尚未尽。'为述若干事。余愧闻见之未广，醉后续此，弟恐言之无文，未免笑于方家耳。"自以为前作洋洋洒洒，已经事无巨细地描述了洋场风貌，却被人点破尚有未尽之事。从这一个侧面也可以看出仿佛万花筒般变幻多姿的洋场的繁华。

其次，对洋场西洋奇器以及景观形胜的具体描写。如 1874 年 4 月 27 日，署名云间逸士的文人所作的一组《洋场竹枝词》②。词共 30 首，有总起和总结，中间分咏了外国洋房、火轮船、马车、外国新文志、酒楼、洒水车、外国花园、跑马、戏馆、拍照、烟室、自来火灯、外国酒馆、北新关、花鼓戏馆、洋场东北大桥三顶、酒馆、华洋同知署、东西洋女、小车、天主教堂、妓馆、大自鸣钟、茶室、抛球场、唱书馆、电线、棋盘街巡捕房等洋场的各种景观以及新鲜事物。如写外国酒馆："酪浆膻肉也加餐，器皿精工尽用盘。对客无须夸下箸，刀叉拈手主宾欢。"再如写东西洋女："不拖裙幅发婆娑，面目何须香粉摩。双眼空灵情活泼，目光照处转秋波。"其实，对洋场新奇景观以及风俗的描写，在诗作和词作中都有表现。相比较而言，诗作一般用语十分工整，而气势壮大。文人更多地考虑的是如何用华丽典雅的语言增强诗的艺术感染力，读来较为艰涩。词作用传统典雅的语句，即有创新，同时又维持着自身的韵律。竹枝词本身具有语言流畅、通俗易懂的特色，且报章文学也强调简单明了的行文。所以，在这三种文体中，以竹枝词最能适应报章的需要，其朗朗上口的韵律，更容易为大众所接受。

再次，对十里洋场民情民风以及社会利弊的描写。开埠以来，上海

---

① 《申报》，1872 年 9 月 18 日，第 1 册，第 477 页。

② 《申报》，1874 年 4 月 27 日，第 4 册，第 376 页。

最大的变化就是出现了租界,租界中洋人的数量不断增加。随着西方人士的到来,他们的起居习惯以及生活方式也被同时引入。中西方文化的差别使得上海本土的一些习惯受到影响,也产生了变化。同时,伴随着文化的传入,也必然会使一些负面的问题出现。早期《申报》竹枝词中,就有对这一类民情和问题的刻画。如沪上的人们特别注重感官的享乐,喜欢逛酒楼、茶馆与妓院,所谓"醉乐居同怀乐园,别开生面又翻新。清音浊酒兼香茗,畅叙幽情足解烦"①;消费出现奢靡的现象,洋场中人为了追求享乐,甚至可以"一夜破尽中人产"②;更有甚者,鸦片成瘾,狎妓成风。晚清上海,妓馆竟然成为了促进沪上繁华的一个产业。妓女可以明目张胆地出入各种娱乐场所,更有意思的是,妓女还常常为了嫖资和嫖客对簿公堂,这从一个侧面可以看出当时娼妓制度的公开与合法化。如洛如花馆主人的《续春申浦竹枝词》,其中写到妓馆与妓女的有:

> 持螯把酒兴非常,菊有黄花处处香。美景良辰时及乐,汉宫秋色正芬芳。申江妓院每至螯菊初肥,以丛菊叠成花山,冶游者持螯对菊,泛绿依红,兴复不浅。
>
> 野草闲花杂草台,荜门蓬户为谁开。相思一样拈红豆,深怕杨梅烂漫栽。租界劣妓俗名草台,狎之者每致染杨梅毒,噬脐莫及。③
>
> 太真酥乳小蛮腰,异种妖娆别样娇。大菜完时刚出浴,一双大体尽偷瞧。西妓所设盛馔名曰大菜。每与客接,先以冷水洗澡,后进秘戏图册,任客选样仿行。④

---

① 苕溪洛如花馆主人《续春申浦竹枝词》,《申报》,1874年11月4日,第3册,第58页。
② 葛其龙《后洋泾竹枝词》,《申报》,1872年6月13日,第1册,第145页。
③ 苕溪洛如花馆主人《续春申浦竹枝词》,《申报》,1874年11月4日,第5册,第376页。
④ 苕溪洛如花馆主人《续春申浦竹枝词》,《申报》,1874年12月1日,第5册,第405页。

这里写到了中西妓馆的不同风貌，中国传统的妓院为了满足文人的雅好，还有持螯对菊的风雅举动，而对西方妓馆的描写则格外的露骨和香艳，给人以视觉的冲击力。对于劣妓的描写与刻画，让人不禁心生戒畏，具有警示的意义。对于鸦片和烟馆的描写，如："阁号眠云体势恢，游人相约共徘徊。隔河更有花成队，携手同登丽水台。眠云阁烟馆在紫来街。对岸丽水台茶场，仅隔一河，旁多妓院，时有名花登楼啜茗。"①

中国的文人历来是有正义感和敏锐性的，十里洋场的文人也不例外。面对社会道德的严重失范，早期《申报》的文人也开始了他们的思考。因此，这时沪上竹枝词的创作中，还包括了一部分警示与批判的作品。如"问柳寻花当正经，劳劳双足未曾停。家中丢却糟糠妇，偏对妖娆眼独清"②，这是对为了寻花问柳，抛却糟糠妻子的指责；还有对为追求声色物欲，散尽家财的讽刺，如"落魄青楼意似痴，鸳鸯生死誓相随。可怜情与黄金尽，一任飘零作乞儿"③。十里洋场的繁华有目共睹，伴之而来的生活方式以及伦理观念对中国传统道德的冲击也是十分强烈的。诗词具有警示的作用，而朗朗上口的民歌形式，对于劝世似乎更有效果。

除上述内容外，早期《申报》刊载竹枝词中，有一种因为形式上的独特性，似乎更值得我们关注，那就是上文提及杨勋所作的《别琴竹枝词》。《申报》在1873年3月3日、3月5日、3月13日和3月17日连续刊登了署名"洗耳狂人杨少坪"的《别琴竹枝词》，共百首。"'别琴'二字肇于华人，用以作贸易、事端二义。英人取之，以为杜撰英语之别名，盖极言其鄙俚也。余自习举业、读西书、讲究翻译以来，知英国字即语，语即字，由字学语，则音正并当，由文理学语而语斯妥。夫所谓讲英语者，岂易言

---

① 洛如花馆主人《续春申浦竹枝词》，《申报》，1874年12月1日，第5册，第405页。

② 苕上野人《申江杂诗》，《申报》，1872年9月13日，第1册，第461页。

③ 葛其龙《后洋泾浜竹枝词》，《申报》，1872年6月13日，第1册，第145页。

哉。今沪北一带通事,日与西人交接,所重在语而不之考究,敷衍了事,不讲别琴语者,百不得一。西人虽迁就之,莫不酸鼻。余恐斯语之愈变而愈差也,故于今上元节前辑《拼法举隅》一书,凡十余日即脱稿,拟作《别琴竹枝词》百首参入,以明指其敝窦,庶学英语者知所矜式焉。"①这是杨勋为《别琴竹枝词》作的序言。在 3 月 17 日,他又写了一篇跋文:"《别琴竹枝词》百首为洋泾浜语,不堪闻问而作也。然出入洋行者,虽不尽讲杜撰语而能讲文理语者殊罕见。第就英语论之,以紫夺朱,由来较名,苟辨之不早,恐以讹传误,致有毫厘千里之谬。知斯作诚不容缓而鄙俚之诮所不免也,如谓不平则鸣,吾岂敢! 同治癸酉仲春洗耳狂人杨少坪又识。"②

从序和跋中,我们可以清楚地知道杨勋创作《别琴竹枝词》的目的。所谓"别琴",即"pidgin"。"Pidgin English",一般认为是"Business English"的代称,即洋泾浜英语。洋泾浜,是原上海县城北郊的黄浦江的支河,长约 2 公里,宽不足 20 米,在上海实在是一条不起眼的小河浜。但是洋泾浜是当时上海英、法租界的界河,它的名气也随之大噪。1875 年刊印的王韬著《瀛壖杂志》中讲:"洋泾浜为西人通商总集,其间巨桥峻关,华楼彩轹,天魔赌艳,海马扬尘,琪花弄妍,翠鸟啼暮,以及假手制造之具,悦耳药曼之音,淫思巧构,靡物不奇。"③租界中常常会有华人与洋人做生意、打交道,慢慢就产生了一种以当地的方言为主要语言结构,夹杂着英语词汇的语言,即"Pidgin English"。典型的洋泾浜英语,是用汉语语法加上英语单字来表述一个意思,比如"You ask me,me ask who? (你问我,我问谁?)"有的洋泾浜英语用久了,也竟然约定俗成变为英语

---

① 杨少坪《别琴竹枝词序》,《申报》,1873 年 3 月 3 日,第 2 册,第 185 页。
② 杨少坪《别琴竹枝词跋》,《申报》,1873 年 3 月 17 日,第 2 册,第 233 页。
③ 王韬《瀛壖杂志》,上海古籍出版社 1989 年 5 月版,第 110 页。

中的正式语了，比如："long time no see！（好久不见！）"

上海开埠后，"洋泾浜英语"逐渐成为中国人说英语的主流。杨勋因为在广方言馆师从美国传教士林乐知，所以英语发音纯正。面对洋泾浜英语，他十分反对。为了帮助华人学习正宗英语，1879 年，杨勋编辑了《英字指南》，这是中国最早的英语教科书。同时，他作《别琴竹枝词》以纠正这一现象。如：

> 生意原来别有琴，洋场通事尽知音。不须另学英人字，的里温多值万金。

这一段《竹枝词》中写了 4 个英语词："别有琴"自然是指"别琴"，即"pidgin"；"的里"是"three（三）"；"温"是"one（一）"；"多"是"two（二）"。

> 清晨相见谷杨注：好。猫迎，杨注：晨。好度由途叙阔情。若不从中肆鬼肆，如何密四叫先生。

其中，"谷猫迎"为"good morning"；"好度由途"是"how do you do"；"肆鬼肆"，即"squeeze"，为赚钱的意思；"密四"即"mister"。

杨勋的《别琴竹枝词》写来颇费心思。他用七言绝句的形式，每句中都嵌有汉语译的英语单词，而且要文从句顺，这是十分不容易的。这百首竹枝词，一方面反映了当时华人学习英语的误区以及尴尬的局面，另一方面，也利用竹枝词的形式揭示了开埠初华夷混居所带来的社会众生之像。当然这百首中也不乏作为文字游戏嬉闹调笑的部分，但大体上对我们认识上海开埠时的社会百景，以及对上海社会史和文化史的研究是大有裨益的。另外，从文学史的意义上来讲，杨勋的这组作品恰恰体现了黄遵宪和梁启超等人提出的"诗界革命"的主张。在作品中出现了大量新鲜外来的词语，且表达的也是与以往竹枝词不同的意境和境界，但同时又保留了旧体诗词原有的形式，语言通俗易懂，音节朗朗上口。所以，这组《别琴竹枝词》在中国文学史上的意义是重大的，它在一定程度上启发了后来提出"诗界革命"口号的黄、梁，并且在形式上起到了先锋的作用，对"诗界革命"诗词创作的形式做了有益的探索。

三、早期《申报》所刊竹枝词之艺术特色

有清一代，竹枝词创作呈繁盛局面。竹枝创作无论在数量上还是质量上都是超过前人的。我们仅从雷梦水编的《中华竹枝词》就可知，其收录的各地竹枝词中，大部分都是清人的作品。晚清上海竹枝词创作的繁盛，其实是在继承前人创作的基础上展开的。清代竹枝词创作的繁盛，为其在创作理论和创作实践上都打下了坚实的基础。同时，上海的开埠，使得可入诗的题材和内容激增，新鲜事物的出现大大激发了文人创作的热情。如辰桥《申江百咏》序中说的那样："是以游其地如历蓬莱，睹其人都离烦恼。然而婆诃杂处，怪异迭陈，泄两闲未有之奇，极亘古罕闻之事。征为谈薮，漫嗤海客瀛洲；被诸歌谣，并类美人香草。此吾友辰桥《申江百咏》所由作也。"[①]当然，作为大众传媒传播载体的报刊，则是晚清上海竹枝词创作兴盛的重要推手。首先，《申报》"概不取值"的办报方针使得文人创作诗词的热情极大地提高，而以竹枝为先的录用理念也是刺激文人首先选择竹枝文体的原因所在。其次，报章文学面向大众的特点决定了早期《申报》文人需要利用明白、晓畅的文体进行创作，竹枝词恰恰具备这种特征。郎廷槐辑《师友诗传录》中有一段王士禛论竹枝词

---

① 顾炳权《上海洋场竹枝词》，上海书店出版社 1996 年版，第 466 页。

的话："竹枝稍以文语缘诸俚俗，若太加文藻，则非本色矣。"①这句话准确地道出了竹枝词的一大特色。正是由于竹枝词里有大量口语、俚语和地方乡音，读起来朗朗上口，并具有浓厚的乡土风味和生活气息，因此竹枝词的创作有着良好的读者基础。从总体来讲，相较于诗词，竹枝词具有自身的特点，那就是：语言流畅，通俗易懂；不拘格律，束缚较少；诗风明快，诙谐风趣。清人杨静亭在《都门杂咏》序中也说："思竹枝取义，必于嬉笑之语，隐寓箴规，游戏之谈，默存讽谏。"②《申报》文人邹弢在《三借庐笔谈》卷十一中也谈及竹枝词的创作特色："竹枝词不难于雅，而难于俗。能俗中见雅，斯得其三昧也。"③

与前代的竹枝词相比，早期《申报》刊载的竹枝词有其自身的艺术特色与价值。首先，与前代竹枝词多表现爱情的主题相比，晚清上海的竹枝词创作中少见爱情的题材，主要以记录沪上风物与风俗为主。王士禛喜作竹枝词，所谓竹枝，"泛咏风土"也。唐圭璋先生说："《竹枝》内容则以咏风土为主，无论通都大邑或穷乡僻壤，举凡山川胜迹、人物风流、百业民情、岁时风俗，皆可抒写。非仅诗境得以开拓，且保存丰富之社会史料。"④晚清上海，风云际会。满清政府统治摇摇欲坠，资本主义萌芽以及西方列强的入侵使得近代上海一跃成为时尚的都市，这为文人创作提供了很好的素材。"善竹枝者古称刘宾客、梅圣俞、孔平仲数人而已。金元之际，其调鲜弹。我朝诗教之兴，前代无有凌越。览《别裁》一书，可以知诗人之盛矣。然唱《竹枝》者亦终不能多见，岂名士性情不乐咏此体，

---

① 王夫之《清诗话》，上海古籍出版社1963年版，第134页。
② 杨静亭《都门杂咏》，清道光二十五年刊本。
③ 邹弢《惠山竹枝词》，《三借庐笔谈》卷十一，清写印本。
④ 唐圭璋《竹枝词纪事诗序》，见丘良任《竹枝纪事诗》，暨南大学出版社1994年版，第1页。

大抵无兴会之遇之者耳。沪上自中外互市以来，繁丽富庶甲天下，墨士文人，咸乐游是邦，借月旦以品题，为海上生色。况夫牟利者有陶公其术，履丰者有石氏之财，且更城开不夜，灯燃长明，国是名香，花能解语者乎？惟是名场风月，过眼生波，曲院歌丝，回头是梦，曷不以江淹之管而为是记事之章？"①这篇序文刊载于《广沪上竹枝词》前，无署名。但它真实地记录了沪上文人创作竹枝词的原因。因此，早期《申报》竹枝词就史料价值而言，它是十里洋场的"风土志"，是在史书、笔记和方志之外的重要史料补充。

从体裁而言，竹枝词长于记事，无事不可入诗。文人们或是全景式地描写沪上洋场的概貌，或是详述某一种风俗或特色，沪上的风土民情、山川形胜、社会百态、历史变迁等，皆可入诗。这样，以诗存史，诗史互证，从而将十里洋场的政治、经济、历史、文化等方方面面记录下来。文人在创作竹枝词的时候，多用注释，以文注诗。这样，也保存了大量有价值的第一手资料，有些材料甚至连正史中都未有提及，具有重要的史料价值。其次，晚清沪上竹枝词的创作中，还有一部分是与岁时节日、风俗习惯相关的作品。如《除夕竹枝词》、《洋场新年竹枝词》等，有些习俗正史中是不会刊载的，而文人将之记录下来，这为习俗的保存、传扬和研究提供了重要的依据。另外，沪上竹枝词中，多有吴方言和沪语，这对研究吴方言，特别是研究晚清沪语的变迁是大有裨益的。

综上所述，从文学史的角度观察，清以前的竹枝词创作多以抒情为主。清人创作竹枝词，慢慢从爱情题材中脱离出来，主要以记录风土为主。同时，竹枝词创作中多夹有注释。所谓"诗史结合"，这在很大程度

---

① 顾炳权《上海洋场竹枝词》，上海书店出版社 1996 年版，第 495 页。

上拓宽了诗歌创作的境界。另外，早期《申报》竹枝词创作因为与报刊紧密结合，同时具有重要的新闻性。有些作者将当日所见，以竹枝词的形式记录下来，发给《申报》，第二天便能见诸报端。这无异于报刊发表的新闻稿件。只是其文学趣味更浓厚，更易于传唱，更易为广大普通百姓所接受。最为重要的是，早期《申报》竹枝词，将新词汇与新境界融入传统的七言诗歌的形式中，这与后来黄遵宪、梁启超所提倡的"诗界革命"是有所符合的。当然，这里并不能说早期《申报》文人有意识地革新诗词创作，甚至早于黄、梁对"诗界革命"的倡导，但前文已述，文学理论的提出总是滞后于文学创作的，而文学创作的努力探索，终将为正确的文学理论的发展奠定基础。所以，早期《申报》竹枝词创作，不仅是晚清上海十里洋场的风土志；它更是近代诗界革命的垫脚石，有着重要的史学与文学价值。

| 结语：早期《申报》与晚清民初旧体诗词的发展 |

　　《申报》作为中国报刊的先行者之一，在中国报业史上有着重要的地位。早期《申报》刊载旧体诗词、小说等文学作品，一方面使得《申报》成为中国新闻史上第一份大量刊登文学作品的报纸；同时，也为晚清民初的文学作品提供了一种新的传播途径，即大众传媒。在其所刊载的文学作品中，以诗、词、竹枝词为主的旧体诗词占了很大的比重，作品数量众多，涉及文人面广。因此，对于晚清民初的旧体诗词发展而言，早期《申报》有着重要的作用与贡献。

　　首先，对诗词创作的主体，即传统文人产生重要的影响。几千年来的创作传统，诗词历来被文人看作"抒情"、"言志"的工具。文人心中的士大夫情结根深蒂固，那就是通过科举制度，走仕途之路。到了清代，特别是晚清，随着科举道路的壅塞，不少文人举子的仕途梦被打破。为了生存，他们纷纷来到上海，厕身报馆。对于早期报人来讲，这并不是件光彩的事情，所以，文人们只把这当成权宜之计。渐渐地，随着报刊的繁荣，这一观念开始发生改变。在申报馆，文人的工作慢慢为人们所接受，也受到大家的赞誉。如李芋仙有诗云:"莫轻一幅新闻纸,中外情形备见之。已似雷声随地奋,还如电线普天驰。绸缪阴雨持高议,游戏神通附小诗。最忆客星王遁窟,岭南相见定何时。"①这样,报刊文人的地位也有所提高。社会的认同使得早期《申报》文人逐渐认识一个全新的职业,他们慢慢接受自己身份的转变,并且通过不断地实践和努力,形成了职业报人的职业意识和道德规范。这在中国新闻史上有着举足轻重的作用。伴随着职业报人的形成,《申报》以营利为目的的商业理念也随之被认可。早期《申报》诗词的创作,虽然不是直接以营利为目的的,但是,它间接辅助了《申报》市场的拓展。"概不取值"的方针为近代稿酬制度奠定了基础。这一切,都影响着诗词创作主体们传统诗词创作的理念。

其次,早期《申报》作为大众传媒的一种,改变了传统诗词传播的方式。这对晚清近代的旧体诗词创作起到了重要的作用。传统诗词创作,传播方式主要是口头传播与书面传播两种。口头传播受声音、地域的限制,使得诗词无法长时间、跨地域流传。在报刊发行以前,诗词的书面传播以传统的印刷为主。无论是雕版还是石印,可以长时间地保留文字,便于流传,但是费时费力。对于大多数家境清寒的传统文人而言,要将自己的作品付梓刊行,几乎是无望的。而近代报刊的出现,一定程度上改变了这一局面。其一,它给了传统文人发表言论的空间。不用出资,即可将自己的作品发表,这无疑大大地提高了他们的创作热情,激发了他们的创作灵感。其二,与传统的诗词传播相比,报刊的发行,使得诗词创作的"当下感"大大增强。原本通过诗集刊刻,或许半年一年才问世,那时对时事题咏,或怀人赠答的情感早已淡却。报章出现后,当天创作

---

① 李芋仙《阅〈申报〉〈新报〉因柬雾里看花客、高昌寒食生、仓山旧主兼怀弢园老民》,《申报》,1881 年 9 月 19 日,第 19 册,第 322 页。

的诗词，第二天就能看到，一种"切近感"油然而生。同时，这也使得文人间的异地当下唱和成为可能，大大拓宽了传统诗词创作的范围。其三，传统诗词找到了报章这一大众传播手段，作品通过传媒被更多的读者阅读，加强了旧体诗词和普通民众的联系。而大众传媒广泛、普遍的特性，又要求刊登的旧体诗词作品要通俗易懂，既有可读性，又有娱乐性，这必然给旧体诗词的创作方式带来深刻的影响。它促使诗词创作从高雅走向通俗，从士人走向大众，从为贵族欣赏走向为平民接受。这些都给文学观念带来前所未有的冲击，迫使旧体诗词在新的社会历史条件下，从新的角度出发，考虑创作方式、内容及主题的变化。这也为晚清民初"诗界革命"等文学变革埋下了伏笔。

再次，从文学接受的角度看，早期《申报》的旧体诗词创作使得诗词这种以往只有文人士大夫关注的高雅艺术为普通百姓所了解。《申报》文人很多都是有较高文学修养和造诣的传统士子，他们不断地根据报章文体调适自己的创作风格。这些诗词一经刊出，又在一定程度上培养了大量的诗词读者。前文所述，《申报》创刊不到一年就卖了近三千份，1877 年竟达到一万份，其后更是以数万份的销售量占据晚清报刊销售排行的首位。又因报刊具有流动性以及共享性的特点，所以实际的读者数量还要更多。这样的读者基础，是传统的诗词创作和传播远远无法企及的。这些读者中，有诗词创作功底较好的文人雅士，也有普通的民众。这些文人雅士往往会被《申报》诗词创作吸引，也加入诗词创作与唱和的行列中。读者与作者身份的转变，使得旧体诗词创作队伍不断地扩充，在一定程度上推动了旧体诗词创作在晚清近代的繁荣。也可以说，在作者与读者身份互换的过程中，《申报》提供了一个同时代人及时交流的平台。据此我们可以从一个侧面考察当时的社会与文化。如晚清民初的戈鲲化，他作为第一个到美国任教的中国人，不论是在美国的教育史还是中国的教育史上，都有着较为重要的地位和作用。但戈鲲化的传记资料并不多，考察早期《申报》，他以"人寿室主人"的名义在上面发表了不少的作品，当时不少文人通过这个平台认识了他，从而交游唱和，并切磋诗词创作的技艺。这些，都弥补了其资料的不足。

对于早期《申报》刊载的旧体诗词作品进行研究，具有重要的价值。

其一，早期《申报》旧体诗词创作，具有重要的史料价值与认识价值。中国传统文人，多布衣寒士。没有进入儒家仕途体制的文人，几乎没有能力刊行自己的作品。随着岁月的流逝，他们也淹没在时光长河中。所以，《申报》诗词创作的文人中，很多生平均不可考。而通过报章刊行的诗词作品，我们可以从中勾稽出他们大致的经历和思想，如前文论述的意琴室主潘岳森等。这对传统诗词作家、作品的文学史和史学史研究，是大有帮助的。另外，早期《申报》诗词创作中，保留了大量关于上海及其他城市，甚至外邦国度风俗、习惯、历史事件的描述，这些都为我们研究城市进程、社会风俗等提供了重要的文献依据。

其二，从文学史的角度看，作为传统诗词史的一部分，早期《申报》刊载的旧体诗词是传统诗词向近现代诗词过渡的桥梁。它们在很大程度上保留了传统诗词典雅、庄重、讲求格律声调而富有韵味的创作特色。但作为报章文学的一部分，它们又不得不依附于报章。因此，在旧体诗词的基础上进行了一些变革。如用方言入诗，以洋泾浜入词，诗词创作中出现大量的新鲜事物等。同时，由于晚清近代的社会现实，使得早期《申报》文人的诗词作品中，矛盾的创作风格始终相伴左右。一方面，文人无法通过科举实现"大治天下"的抱负和理想，不得不厕身报馆、书局，因此，他们的作品中多有遁世、逃避的情绪；另一方面，时时刻刻浸染在十里洋场的氛围中，使他们更加清晰地认识到社会的问题和症结，在诗词创作中，有相当一部分作品具有浓厚的现实主义的风格，这也为近代诗词的现实主义风格奠定了基础。

　　当然，早期《申报》的诗词创作，是报刊提高销量、获取利益的手段之一。文人创作诗词有"游戏"的成分，这也使得这些作品有格调不高、创作技巧粗糙，以及境界不深等问题存在。可是，我们不能因为这点就抹杀了他们在文学史上的地位，毕竟，传播媒介的嬗变对旧体诗词的影响和意义是深远的。相信随着报刊资料的进一步整理和挖掘，早期《申报》所刊载的旧体诗词在中国诗词发展史上的价值，也将越来越被人们所重视。

附录一:早期《申报》所载旧体诗词创作年表

凡例

一、本年表主要钩沉早期《申报》旧体诗词创作中重要文人的活动及交游,兼及社会大事件、新事物等有各方面重要价值之材料。

二、本年表起讫时间为:1872年4月30日至1890年3月21日。

三、本年表中可以判定文人活动或创作日期者,以该日期为准;无法判定者,以《申报》刊载诗词日期为准。

四、本年表中出现之早期《申报》文人,首次用"题署+姓名"的形式;第二次出现,则只用姓名。若姓名不可考者,则用其《申报》中出现的题署。另,怀人诗作保留作者题咏时的原貌。如"怀缕馨仙史",不将"缕馨仙史"改成"蔡尔康"。

1872 年

（同治十年辛未十一月二十一日至同治十一年壬申十二月二日）

4 月 30 日，《申报》创刊。每两日出版一次，为双日刊，每期一张。南湖蘅梦庵主蒋其章为主笔。赵逸如为买办（经理）。创刊号上刊登《本馆条例》："如有骚人韵士，有愿以短什长篇惠教者，如天下各名区竹枝词及长歌纪事之类，概不取值。"为文人免费刊登诗词等文学作品。

5 月 2 日，蒋其章作《观西人跑斗驰马歌》，为《申报》刊登的第一组诗歌作品。

5 月 7 日，即日起，《申报》从第四号开始改为日刊，但星期日仍不出刊。刊出《申江新报缘起》之文，内容叙述《申报》创办缘由及报纸的经营方式方法。增聘雾里看花客钱昕伯、高昌寒食生何桂笙襄理笔政。

5 月 18 日，刊海上逐臭夫作《沪北竹枝词》，为《申报》刊出的第一组竹枝词，掀起该年竹枝词创作风潮。之后的一个月，《申报》刊登的诗词作品文体均为竹枝词，作者有海上忘机客张兆熊、龙湫旧隐葛其龙等。

6 月 29 日，《申报》刊登扬州梦觉人作《蝶恋花·申江感事词》，为《申报》刊登的第一组词作。

7 月 13 日，忏情生作《销金窟歌》，描叙沪上奢靡景象。序文："奢华靡费，至江苏之上海极矣。人之言曰：'此眼前之极乐世界也'。吾则名之曰'销金窟'焉。二十年来纵观盛事，遍历欢场，叹沧海之几重，乃骄淫之倍甚。暇取时事而静验之，窟之大者有三：曰妓馆，曰戏馆，曰酒馆，一日夜所销不下万数千元焉。窟之小者有三：曰清烟馆，曰花烟馆，曰女堂烟馆，一日夜所销不下千数百元焉。他物之以日计者称是，大抵一年所销不下数百万金。来游是邦者不少自检，往往失足于窟中，盖金有限而窟无穷，窟难盈而金易竭。床头有几多积聚，经得如此销磨哉？爰仿青莲《蜀道难》体，衍为长歌，藉惊短梦，嗤我詈我所不计也。"

7 月 29 日，梦芜香馆主作《沪滨花间纪事诗》。跋文："竹枝宜绝，今易以律，似较工整，用公同好，以博阅历欢场者一粲云。"可视为对竹枝词体式的思考。

8 月 12 日，《申报》刊葛其龙来书，并附录其《洋场咏物诗》四律，分咏马车、地火、电线和轮船。

8 月 21 日，刊登日本人东洋槎客诗作，并介绍其生平及创作情况。

8 月 29 日，刊登南仓热眼人《沪城竹枝词》。最后一首："聊斋志异简斋诗，信口吟哦午倦时。底本近来多一种，汇抄申报竹枝词。"可见当时《聊斋志异》以及袁枚性灵诗学之影响。同时，也可以看出《申报》刊登竹枝词的影响。

9 月 4 日，刊登滇南香海词人杨文斌的《沁园春·洋场咏物词》，分咏地火、电线、马车、轮船。词作用典雅传统的语句咏晚清沪上出现的新鲜事物。

9 月 24 日，葛其龙创作《地震书感》。记录壬申农历八月十九之事。提出"天灾示警"的看法。

9 月 28 日，《申报》首次在广告栏里刊登戏园广告。广告中只有戏园名称和戏目，没有演员名字。戏院的名称为：丹桂茶园、金桂轩茶园、九乐园。之后，《申报》多有关于文人看戏以及与演员酬唱的诗词作品刊出。

10 月 5 日，刊乐天道人《行香子·戒吃着嫖赌词》。

10 月 12 日，刊艾德埙《秋兴四首》。诗序："仆恨人也。平生笔墨，每多牢骚气。而欲效吉祥语，摹雅颂声，往往不可得。其为处境使然，抑遭时所致耶。今检旧作得《秋兴四首》呈贵馆诸吟坛青目，倘肯分'韩潮苏海'之余波，饰'郊瘦岛寒'之俭态，则为幸多已。"

10 月 14 日，刊行《瀛寰琐纪》自叙。

11 月 11 日,蒋其章主编《瀛寰琐纪》月刊刊行。这是我国最早的定期发行的文学专业刊物,以刊载诗词、散文为主,兼及小说、笔记等。为四开本,共二十四页。《瀛寰琐纪》于 1875 年停刊。第一期刊《白桃花吟社唱和诗》,葛其龙原唱,众人和,共二十四首。《申报》上亦见和作。

12 月 25 日,刊《消寒雅集唱和诗》。有序:"壬申长至日同人作消寒雅集于怡红词馆,漫成二律用索和章。"蒋其章原倡,葛其龙、云来阁主人和作。

12 月 26 日,刊江右陈继湖《归燕四首用渔洋山人秋柳韵》。后又作《新燕四首用渔洋秋柳诗韵》。

12 月 27 日,刊云来阁主作《红梅八律,消寒第一集》,后众人和作。

12 月 31 日,上海最早的华字报《上海新报》停刊。《申报》成为上海独家经营的中文日报。

是年,缕馨仙史蔡尔康在申报馆开始主持印行《聚珍版丛书》。

1873 年

（同治十一年壬申十二月三日至同治十二年癸酉十一月十二日）

1 月 10 日,蒋其章招同人小集江楼,消寒雅集第二集。由葛其龙先成诗,众人唱和。

1 月 11 日,刊鹤槎山农江湄《牧斋外集题词》,后有人唱和。

1 月 13 日,梦蕉馆主招集江楼偶成一律,消寒第三集。蒋其章作《咏雪美人》、《咏雪和尚》,云来阁主、补萝山人张庆松、杨文斌等唱和。

1 月 18 日,消寒雅集第四集。社中同人送别蒋其章回故里。葛其龙首倡,同人和之。后蒋其章作诗酬谢。

1 月 24 日,刊陈荔秋太史诗《游历美国即景》二十八首。

2 月 5 日,刊洪味经《新年杂咏》。分咏:状元筹、揽胜图、霸王鞭。

2月6日，刊葛其龙消寒雅集第四集诗作《寒鸡》、《寒鸦》。众人题咏。

2月7日，刊古月山房薪翘氏《沪北十景》，分咏：桂园观剧、新楼选馔、云阁赏烟、醉乐饮酒、松风品茶、桂馨访美、层台听书、飞车拥丽、夜市燃灯、浦滩步月。

2月17日，刊信缘生《论书十二绝句仿随园论诗体》。序文："沪上为人文渊薮，书家星聚。客窗茶话，就所闻知，率成短句。以年齿之高卑，纪词章之先后，非敢妄为轩轾也。且仆与诸君未谋半面，空唉盛名，惟其知之未深，难免论之失当。幸乞大雅谅之是祷。素仰贵馆《申报》传播遐陬，伏祈鉴定录存，藉以质正吟坛，是为深幸。"

2月25日，问梅主人原唱，天河生、香海阁主、醉裨生作《意难忘·岁暮感怀》。

2月26日，《申报》增加售价，零售每份由原来的八文钱增至十文，趸批由六文钱增至八文。

3月3日，刊阳湖洗耳狂人杨少坪《别琴竹枝词》。别琴即洋泾浜英语的别称。之后刊有《续别琴竹枝词》，共百首。

3月10日，刊二十二鸥馆主人《沁园春·新年四咏》，分咏：拜年贴、传座酒、状元筹、升官图。

4月2日，清军收复云南失地，剿匪成功。杨文斌作《满江红·喜闻官军克复大理城》。

4月19日，杨文斌作《岁暮怀人诗》。分怀：鹤槎山农，龙湫旧隐，绿天居士王萃仁，怡红馆主，漱玉词人，三魔道人和娜嬛主人。

4月21日，香海阁主人作《高阳台·无题》。词后有小序："黄曾直好填艳词，秀和尚每诃之，谓必堕犁泥地狱。然宣圣删诗，何以不去郑卫？仆填此词颇犯绮语之戒，犁泥之堕知不免矣。"

6 月 7 日，聚星吟社送味灯室主人王孟洮赴洞庭之行，众人唱和。

6 月 10 日，刊无名氏《鸦片烟词》，对鸦片的毒害予以抨击。

7 月 15 日，刊漱玉生《高阳台·和香海词人高阳台原韵》。词后有跋文："按此调描迤二韵，《词律》所载两首俱不用韵，而《竹垞集·桥影流虹》一首前后俱用韵，窃尝以为熨密可法也。今读大著正与朱体吻合，具见精细，不胜拜服。第不知此调创于何时？朱之用韵有所本否？究竟南宋以前有无用韵者？仆学识浅陋，何敢妄论，当乞明示一二，以启愚蒙而广眼界。且《词律》所载，凡金元以后，悉在所摈，微此不足以箝其口，而攻其搜辑之未备也，质之大词坛以为何如？"跋之后仍有答复之语："万红友《词律》勘校精严，固属词学功臣。然挂漏处亦复不少，如《高阳台》调，《绝妙好词》中载李莱老、李彭老、韩嵺三作，前后俱用韵，而万氏未收，岂未之见耶？他如《春草碧》之即《番枪子》，梁晋竹驳之，红友有知，当何说之辞？"此为《申报》中仅有的论词主张。

7 月 30 日，为闰六月初七，众人因《国朝诗别裁集》中载杨子式《闰六月初七夜月》一律，认为极佳，作诗唱和。

8 月 14 日，众人消夏雅集。作四律，分咏：竹帘、纱窗、罗帐、藤枕。

8 月 27 日，忆月庵主作《金缕曲·扬州张素琴校书哀词》，拗莲生同题共作，漱红外史作《高阳台·扬州张素琴校书哀词》。之后，《申报》文人多有哀悼之作。有跋文介绍张素琴。张素琴为扬州小家女，不幸堕入风尘，所托非人，吞鸦片自尽。

10 月 8 日，嘉定葛筱杏集句诗《百家姓五言诗集句》。集句之作可看成是早期《申报》文人游戏之作，也是耍弄才情之作。

10 月 13 日，刊金华山樵陆少葵《大如吟，庚子冬十二月孙妾病亡，读〈樊榭山房诗〉有感》，后有子题：《如梦》、《如幻》、《如露》、《如电》、《如影》。

　　11 月 14 日,重九日同社诸人集南园饯秋,葛其龙作《偶成》二律,请社友唱和。

　　11 月 22 日,刊岭南随俗之人作《日本竹枝词》。

　　12 月 29 日,刊慈航生《狎妓诗》十首。后有和作。

　　是年,《申报》文人揖竹词人黄文瀚寓居上海西林村。本年秋,其离开上海返回江宁。

1874 年

(同治十二年癸酉十一月十三日至同治十三年甲戌十一月二十三日)

　　1 月 2 日,珠海钓鱼师作《秋柳四律》。

　　1 月 5 日,王韬主编的《循环日报》在香港创刊。

　　3 月 16 日,选录香港中外新闻。刊《铁桥山人感事诗》。介绍"铁桥"其人,称其作诗"一片性灵"。

　　4 月 27 日,刊云间逸士《洋场竹枝词》,有《总起》和《总结》。中间分咏二十种洋场所见。

　　4 月 23 日,秣陵寄萍子春初到沪。此日刊其作品《新柳七律》十四章。

　　6 月 11 日,王以湘寓居沪上,斋名留耕砚室。作《沪游竹枝》五十首。

　　6 月 24 日,沈文兰病逝。沈文兰,姑苏人。因战乱偕母寄寓沪上。因遇人不淑,堕入平康。当时名躁申江,为《申报》文人所追捧。鸳湖散花仙史孙熙曾在市中寻得其照片一张。作《乞和题沈文兰校书小像》四首,得众人响应。唱和持续至 1875 年 1 月。

　　7 月 17 日,消夏第一集。葛其龙作《采莲棹歌》,众人唱和。

　　8 月 3 日,蓬莱仙史回京,众人送别。

8月5日,海天吟社集会。作《南园并蒂莲诗》,社长将诗作交与《汇报》,未发表。于是转交《申报》发表。《申报》刊登众人唱和诗词。

8月7日,消夏第二集。宜园观荷,因游人喧杂,集会移入内园。众人题咏。

9月21日,刊《探中秋诗》,记录郭麐逸事。诗序:"郭频伽先生曰:八月八日夜,小饮薄醉灵芬馆,月色皎然,因念上巳端午重阳皆为令序,此独以望。东坡有言:'月色佳时即中秋,菊花开日即重阳。'似此良夜,何可孤负?女儿阿茶曰:'何不呼阿叔先作中秋诗?'欣然应之。昔人后节曰展,先于节曰'探',可以义起也,因成诗。"

10月5日,署名"客闽达塘氏"录《镇海楼诗》稿。记录粤省都督叶名琛被俘事,并录其诗。

10月31日,葛其龙作《九秋补咏》九章,寄示剪淞病旅潘焘。潘焘和作,请淞南吟社诸同人和作。

是日,聚星吟社众人雅集城东小筑成饯秋之宴。

12月7日,众人启菊社。分题作诗。

12月10日,绿梅花龛主人作《消寒十咏》。

12月22日,吟啸隐簃士作《喜闻中东和约效奏凯歌》诗。

1875 年

(同治十三年甲戌十一月二十四日至光绪元年乙亥十二月四日)

1月15日,蔡尔康以诗代柬招集同人1月16日集江上酒楼消寒雅集。后众人唱和,纷纷发表诗词作品。

2月2日,署名"支离子"作《杭城冬日杂咏》。此诗人因身在杭城,无法参加沪上消寒雅集,特描述杭城冬日景象,以应景。

2月16日,湖海散仙游历沪上。从风月之游,为沪上风月场所所惊艳。作《画中八仙歌》,仿少陵八仙之意。

2月26日,丁振声作《乙亥元旦》诗。诗作:"旧梦杳然去,新年从此来。国家正多故,廊庙亟需才。望帝归何处,思君日几回。相逢莫道喜,会见诏书哀。"体现了诗人忧国忧民、心有抱负之感。

3月18日,潘焘有江右之行,作诗留别。众人送别。

4月3日,陈髻儒作《云间闺秀集句词》。

4月6日,署名"悟因"作《扬州红桥竹枝词》。

4月10日,《瀛寰琐纪》改名为《四溟琐纪》,内容相仿,六开本,出版至1876年1月停刊。

4月28日,署名"露声花舫"薄游沪上,作《忆旧游》、《金缕曲》两词。

5月7日,孙熙曾代人贺新婚,作《人月圆》、《相见欢》、《好事近》三词。

5月12日,孙熙曾作《吊江苏海运委员在洋死事诸公》八绝。4月15日江苏招商局运粮船失事倾覆,凡死者五十五人。孙熙曾首倡,后众人作诗词哀悼。

5月24日,王淑娟将返苏,作诗留别。

6月11日,花韵楼主将赴京城,作诗留别。

6月14日,静妙山房作《读〈遁窟谰言〉奉题五绝》。后有跋文:"紫诠先生与振未尝有一日之雅,而心向往之。昔年读其所著《普法战纪》已叹为史才矣,兹复得《遁窟谰言》。读之,乃知先生之才之大无所不有,无所不包,信乎,能者固不可测哉!披展未谐,钦迟曷既。敬题小律,用志瓣香。海天匪遥,风雨若接,寄语同好,与我和之。"王韬所著《遁窟谰言》4月30日出版,《申报》在头版介绍该书内容。

7月1日,署名"警迷道人"作《和戴兰芬学士戒淫词》。连续三天刊载。共三十首。

7月26日，饭夥山樵杜求煌将归海昌，众人作诗送别。

8月5日，曾经沧海人将众人题咏沈文兰镜影汇录成册。

8月10日，刊杜求煌《消夏分咏》四律，众人唱和。

8月18日，菊隐词人沈企曾题杜求煌《扁舟揽胜图》、《秋夜读书图》，众人和之。

8月20日，评花馆主芝楣氏题杜求煌《山城唱和集》。众人和。

8月28日，知非子作《五十述怀》。

10月29日，蔡尔康旧作《癸酉赴金陵省试诗作》近百首陆续刊载《申报》，题为《白门鸿雪》。

11月2日，刊蒋其章作《鹦鹉地图歌》。介绍世界地理知识。

12月16日，录治城钝根人《懒云窝词》数首。

是年，黄文瀚从由江宁返回上海，仍寓居西林村。

1876 年

（光绪元年乙亥十二月五日至光绪二年丙子十一月十六日）

1月11日，红豆词人杨葆光四十生辰，作《四十初度》诗。

1月18日，《申报》刊署名"白门隐恨人"的黄文瀚所作《忆昔词并传》[1]。

1月24日，刊《劝野猫作好人歌》，《申报》诗词作品俚俗的倾向此处可见。

2月2日，唤醒痴人客作《赠韩桂喜》。韩桂喜，为丹桂茶园伶人。

2月4日，鸳湖砺卿氏作《咏雪里蕻》，后有多人唱和。

2月21日，人寿室主人戈鲲化作组诗。内容反映其与驻宁波英领

---

[1]　据杨柏岭《近代上海词学系年初编》考证，该词写于1874年6月23日。杨柏岭《近代上海词学系年初编》，上海教育出版社2003年版，第100页。

事佛君坐兵船往温州查办案件时所见所闻所感。

3月4日，白岳山樵黄炘将返里，作组诗，并留别友人。此后，他将返里途中所见所闻作组诗寄给《申报》发表。

3月7日，《四溟琐纪》改版为《寰宇琐纪》，内容相仿，六开本，出版至1877年止。

3月14日，无名氏作《旱灾行》，为悯农题材作品。

5月11日，燕台旧酒徒作《三丽咏》，王喜寿、八十儿、陈彩林均为剧院伶人。《申报》此类作品多有刊载。

5月18日，王喜寿北归，众人作诗送之。

5月22日，蔡尔康等有兰言永寿雅集，作《兰言永寿图》，众人题咏唱和。

5月31日，戈鲲化四十寿辰，内自讼斋主作《奉赠人寿室主人即步四十生辰韵》。

6月2日，刊海宁十三岁女童兰卿《绝命诗》。咸丰辛酉冬，海宁城陷，幼女投河自尽。

6月8日，刊华亭张鸿卓与愿为明镜生江顺诒的酬唱词作。两人均作《迈陂塘》，借此结文字缘。

6月12日，刊洪都文躧生《戒溺女诗集句》、《戒溺婴诗集句》。

7月21日，葛其龙作《花田叹，为种罂粟也》。

7月26日，潇湘馆侍者邹弢作《无题》二首，借此投赠王淑娟，希与其诗词唱和，结文字缘。

7月31日，愿花常好馆主王安赠花春林诗，后众人和赠，创作数量众多。后聚星吟社蘅皋逸史将之装潢成轴。

8月3日，刊"强弩王孙霞峰氏遗稿"，有《关山月》、《从军行》诸作。

10月4日，采韵轩主伴花仙史作《扁豆》、《辣椒》二诗。

10月31日,刊葛其龙乘官轮至金陵组诗,为其在金陵游历的行踪。

11月10日,仓山旧主袁祖志五十生辰,刊其《丙子九秋五十初度述怀》六律。后屡见贺作。

是年春,王韬辞去《循环日报》编纂职务。10月,王韬《弢园尺牍》刊行,其时四十九岁。姑苏王淑娟作《消夏闺词》、《秋闺词》、《消寒会》七律,闺阁词人竞相唱和。

包天笑(1876—1973)生。

1877 年

(光绪二年丙子十一月十七日至光绪三年丁丑十一月二十七日)

1月9日,刊日本人飞驒白尾锦东《乘火轮车游吴淞》诗。吴淞铁路1876年通车,为英国单独修造。后该铁路被清政府收买后拆毁。

1月19日,刊孙熙曾丙子赴杭州应试诗作。

1月25日,《申报》之前刊登《醉墨生传》,从此日开始,文人作诗赠答。

1月31日,浙江陈鸿诰与艺兰生杨兆鋆沪上会晤,陈作诗纪之。后又有多名沪上文人作诗酬唱,陈一一奉答。

2月6日,葛其龙作消寒分咏组诗:《送灶词》、《送穷》、《祭诗》。后众人唱和。

2月22日,芝谷散人王昌通作《诗丐》、《病僧》,为消寒第一集,众人唱和。

3月7日,刊酒坐琴言室主人李东沅组诗。

3月24日,刊吴斌小轩《奉题〈随园琐记〉》诗,后众人纷纷题咏袁祖志所作《随园琐记》。

4月4日,杜求煃作诗慰问孙熙曾新病初愈。前孙熙曾在吴门养疴。

4月5日,绿天居士招饮湖心亭,众人作诗唱和。

4月26日,鸳湖映雪生病愈,作诗酬谢。

5月2日,蘅皋逸史将回安徽新安,作诗留别。蔡尔康等作诗送别。

5月14日,浣花仙史杜公曼作诗《读〈侯鲭新录〉漫成二绝句即希悟痴词兄粲政》。《侯鲭新录》1876年底由沈饱山主编,在上海刊行。

5月15日,黄石老人为邹弢作《潇湘馆侍立图》,邹弢出示各闺阁名媛为之题咏之作。后《申报》诸文人皆为此画像题词。

5月16日,刊苕溪醉墨生吴溢作《喜晤龙湫旧隐》诗。

6月5日,刊杜求煌诗。诗序交代陈鸿诰相邀合刻《海上流寓七子诗》之事。

6月15日,江湄七十寿辰,作《七十生朝自述》,众人和作。

8月16日,七夕日,钱昕伯作《问织女》诗,后众人作《七夕词》酬唱应答。

9月8日,梦翠生作《名花十友词》,描写上海风月场中女子,后文人争相仿作。

9月24日,众人题咏赠陈玉卿校书。

10月3日,孙熙曾作诗答谢袁祖志频来探望。

10月5日,葛其龙作诗记同人中秋前三日江楼小集之情形,后众人和作。

11月8日,李东沅作《沪渎联吟社唱和》组诗,记录集社游历经过,后众人和作。

12月15日,惜花主人回沪上,自称宦游杭州三年。

12月24日,刊葛蕙生、葛兰生二词史《苏台竹枝词》,邹弢为之作序,二词史从邹弢学诗。

12月25日,辽阳旧客从金陵寄《镂冰琢素》六十首,后有莫釐钓侣和作六十首,《申报》分批刊登。

是年,总主笔蒋其章赴礼部考试,得中进士,离开《申报》。由主笔钱昕伯担任总主笔一职。

俞樾作《曲园杂纂》五十卷。

1878 年

(光绪三年丁丑十一月二十八日至光绪四年戊寅十二月八日)

1 月 2 日,众人题吴溢《拈花微笑图》。

1 月 4 日,孙熙曾作《咏当票》诗,咏物题材日益生活化。

1 月 5 日,雪,众人雅集,咏雪。

1 月 9 日,梁溪可园居士杨殿奎作《题〈申报馆书目〉一律》,其妻子侣梧女史倪凤瀛和作。

1 月 11 日,邹羿作诗投赠葛其龙,希望一见。

1 月 12 日,雪后,沪上诸人集湖心亭酬唱。

1 月 15 日,葛其龙答复邹羿投赠之诗。

1 月 16 日,云间最不羁生作《梨园竹枝词》。

1 月 26 日,葛其龙作《阅今年稿本得诗一百七十余首自题一律》。

1 月 29 日,茜红馆主杏坪氏作《见赠》十韵,分赠赋秋生、蔡尔康、仓山旧主、龙湫旧隐、沈酒舫、南州徐逸生、黄兰卿、朱鄂生、补萝淑娟女史。

2 月 8 日,吴溢作《青楼竹枝词》。

2 月 15 日,皖北凡民孙点作《岁暮怀人诗》,分怀西安吴子弓(绍基)、如皋顾延卿(锡爵)、天津刘少楼(宗幹)、华亭朱子美(昌鼎)、归安蔡延青(世铃)、同里陈祐庭(树槐)、扬州虚谷方外、宝应小懒方丈、吴门陈慧芝女史、秦淮张紫香校书。

2 月 21 日,南庐主人笠泽樵子、浮槎山农、蜀山樵子、琅嬛游客作《丁丑除夕旅怀》。

2月22日，刊懒云山人潘家恩遗诗。山人诗稿散佚，《申报》此举有"代人存著"之功。

2月23日，刊钱昕伯作《送三儿之香港外王父家》。王韬与昕伯为翁婿。

2月28日，廿三间屋旧主人作《望江南》三十阕，咏申江风物。

3月7日，刊虎林醉犀生《新婚百咏》，为对江南婚俗之描写。

3月11日，白门程仲承作悼亡诗，悼念三弟及亲家鹭洲诗渔黄铎。后《申报》众人作悼亡诗挽黄铎。

4月5日，葛其龙作《喜闻官军收复新疆》诗。1877年2月清军收复吐鲁番全境，10月清军刘锦棠部收复阿克苏城。1878年1月，清军收复新疆和阗，尽复南疆。后袁祖志等人纷纷作诗感怀。

5月2日，葛其龙作《豫中吟》，记录河南灾情。

6月17日，刊沪上力绵心热人《劝捐助赈不忍歌并说》，记录西北诸省旱荒。后《申报》文人纷纷作诗捐物助赈。议赈劝捐成为下半年作诗的重要内容之一。

11月7日，杜求煃作《题梁溪潇湘馆侍者大著〈浇愁集〉》，后有多人题赠。

11月16日，卫铸生赴日本，众人题赠留别。

12月24日，杜求煃作诗题赠葛其龙《寄庵诗钞》，后有多人题赠。

是年，张文虎自金陵返沪，后在沪多年。

俞达《青楼梦》刊成。

黄铎（1821—1878）卒。[①]

---

① 柯愈春《清人诗文集总目提要》，北京古籍出版社2002年版，第1596页，黄铎卒年作"1876"，误。黄铎卒年为光绪戊寅，即1878年。

1879 年

（光绪四年戊寅十二月九日至光绪五年己卯十一月十九日）

1 月 18 日，邹弢发文号召消寒会，同时，因其将返里，作诗留别诸同人。

2 月 7 日，陈鸿诰作诗《人日喜龙湫旧隐见过》。

2 月 10 日，刊吴郡姚福奎《题丹徒包晓村祖同明经哲配严孺人割臂图册》。此亦引起当时文人纷纷唱和题咏，一直延续到 1890 年之前，仍陆续有人题咏，其中不乏缪荃孙这样的诗文大家。

2 月 20 日，常熟卫铸生自日本寄诗稿由《申报》刊载，诗题为《戊寅冬日客游东海，神户钱唐朱君季方招乘火车至大阪看枫叶，漫赋长句》。

3 月 3 日，葛其龙作《题圆圆像并序》，序文大体交代陈圆圆像及其流传。

3 月 11 日，刊登四明张斯桂《使东诗稿》。张斯桂自日本寄来《使东诗稿》，为其出使日本一路行程及在日本的见闻，近五十首，较好地记录了日本当地的风俗民情。《申报》连续多日花大幅版面刊载。

4 月 15 日，胡琪赴日本，众人作诗送别。

4 月 22 日，河阳护花馆主人将之南昌，作诗留别。

4 月 27 日，邹弢作《春斋杂咏》诗词。

5 月 2 日，小楼主人王恩溥在《申报》发表诗歌作品。

5 月 18 日，华亭朱昌鼎作悼亡诗悼念蒋石鹤。后有多人悼念。

5 月 25 日，长洲西脊山人秦云薄游沪上，第二天将回姑苏，与赋秋生姚文藻会面，姚作诗赠答。

是日，《申报》刊待鹤斋主人作《美国前总统游历申江，于闰月二十九夕租界遍设灯火并出水龙胜会诗以纪盛》诗，后袁祖志等人作《题美前总统格兰脱小像》诗。

6月，黄文瀚离沪返里，9月初返回沪上。

7月3日，程仲承作《端阳漫成》，有序言称离家已二十七年。

7月19日，蒲作英拜访陈鸿诰未果，陈作诗代柬。

8月12日，葛其龙作诗留别海上诸同人，赴京兆试，众人设宴为其饯别送行。后葛其龙复作诗答谢。

9月1日，刊蒲作英《送诗僧兰谷归日本》诗。

11月4日，柳影词人马相如作词《金缕曲·己卯出闱后作》。

11月10日，众人作诗词贺葛其龙北闱试报捷，后众人设宴庆贺。

12月13日，陈鸿诰移居城外吉祥街，作诗告知。

12月23日，葛其龙作诗答谢诸同人。

12月28日至29日，刊白下程仲承一组诗，有悼亡作，有寄内作，显落魄悲凉之情。

是年，王韬赴日本，侨居江户。7月6日，黄遵宪送王韬归国。

俞樾撰成《俞楼杂纂》五十卷。

1880 年

（光绪五年己卯十一月二十日至光绪六年庚辰十二月一日）

1月3日，刊王恩溥《言志诗》，后有徐楚亭、袁康禾、蒋云泉、顾厚斋、钟芝庭、王戟云、吴一山、曹润甫、汪铁梅、董鹤田、艾谱园、张子勋、伍玉书、夏家坝、陈采帆和作。

1月9日，刊署名"何许人"作《咏阿芙蓉诗》，后白门程仲承等人和作。

1月22日，邹弢作《乳燕飞·三十初度自嘲》。

2月25日，刊陈鸿诰《重至申江口占志感》诗。

2月26日，陈鸿诰应常熟卫铸生之邀，有日本之行。上半年《申报》

诗词作品大部分为众人留别之作。

5月8日，衢皋逸史将回皖南有纳宠之喜，作诗留别，王安作诗送别。

5月17日，刊通州张謇季直、范铸铜士、泰兴朱铭盘曼君《哀双凤联句三十二韵》诗。诗序介绍双凤其人。后有跋文："右诗为三君舟中排遣之作，无书可检而博丽如此，所蕴厚矣。《舟行》一篇，斟酌义诂，靡字不确；《画像》一篇，句奇语重，当与蔚宗论质相仿；至《哀双凤》一篇则又浸淫乎樊南矣。东南固多材士，大抵调弄风月之作居多，若元本古义发为雅音，良未多见，得此其庶几哉？戎幕寥寂，苦无好怀，偶睹诸篇，豁然大喜，深惧沦落，罔由共赏，又虑当世士夫谓吴中材士多奢艳之什，罕瑰丽之词，用录寄雕印，传视海内，有明眼者当不非吾言也。光绪六年三月江都束纶畏皇志附识。"此篇跋文可视为对江南文士诗风的评价之作。

6月7日，潘彝德作《府试式权弟高列优等诗以贺之》。可知黄式权府试成绩优异。

6月22日，邹弢游虎丘谒拜花神庙，作诗纪之。

6月25日，茂苑赋秋生姚文藻作《读〈小仓山房诗集〉、〈瓯北诗钞〉书后》。

7月18日，刊张斯桂作《日本西法四咏》。分咏：火轮车、电信局、煤气灯、新燧社。

8月6日，江筱棠为助赈募集书画作品，葛其龙作诗赞誉。序文："筱棠年十六随侍鄂垣，自号黄高峰樵。年幼乐善，值岁荐饥，集助赈书画各编成帙，索余题其简端，诗以美之。"后众人题咏，一为赞赏筱棠之功，二为助赈出力。

8月14日，刊铁城杞忧生诗，记录粤东水患之甚。

8月22日，刊陈鸿诰女慧娟女史陈宝玲诗，感谢日本天江翁等殷勤招待其父陈鸿诰。后有日本人和作。

10月16日，刊东吴陈筠《后从军行集唐》诗。

10月18日，秀水八十一岁老人董燿作《庚辰岁试重游泮宫诗》。

10月29日，刊葛其龙《挽白门程君仲承》。后《申报》文人多作诗词悼念。

11月1日，是日起，《申报》大量篇幅用来刊登程仲承遗诗。

12月16日，刊葛其龙《北行杂咏》，记录其从赴试到中魁的感怀。

12月22日，刊梦花生江云生《戏咏烟具》十首，分咏：枪、斗、灯、盒、签、通条、挖头、烟锅、过笼、烟盘，称件件皆凶可杀人。

12月31日，刊云间钟天纬邮寄诗作《庚辰重九节在普国柏灵京城遣兴之作》、《和曾侯使俄京中秋对月之作》两首。

是年黄文瀚与奚颂南、黄式权、袁祖志等人交游。

俞樾始撰《茶香室丛钞》。

程仲承（？—1880）卒。

1881 年

（光绪六年庚辰十二月二日至光绪七年辛巳十一月十一日）

1月1日，赤城餐霞洞主齐其仪一峰氏将回赤城，作诗留别寄社诸同人，众人唱和送别。

1月7日，刊孙熙曾己卯冬日作《挽堂弟惕轩县尉七律》四章。

1月17日，刊陈鸿诰自日本寄来《日本山城杂咏十二绝》、《日本浪华杂兴》。

2月15人，杜求煊舟行过访嘉兴南湖烟雨楼，作题壁诗。同时，刊杜求煊作《吴门寓斋与映雪生话旧漫成一律》。

2月18日,邹弢在《申报》刊《为管秋初征题亡室潘孺人诗启》。此后多年,众人题咏。

2月19日,姚文藻将回上海,邹弢送别。

是日,随自适斋主人倪朝芬思劬作诗与邹弢唱和,为其作《读瘦鹤词人〈三借庐诗稿〉敬题二律》。

2月26日,姚文藻回沪途经苏州,作《回苏杂咏》纪录行程。

2月27日,陈鸿诰自日本寄来所刊《味梅华馆诗钞》二册,姚文藻在《申报》发表诗作题赠。

3月2日,蒲作英将游日本,作诗留别海上诸同人。众人回赠送别。

是日刊黄炘己卯仲冬从沙溪回新安的纪游组诗五十余首。诗似日记体,从其己卯十一月二十三日众人送别写起,每天一组,至十二月二十一日止,用诗歌将每天的行程详细记录下来。

5月17日,刊葛其龙诗贺袁祖志购得"杨柳楼台"。诗序:"辛巳暮春,仓山旧主得小楼于城北绿柳深处,颜其额曰'杨柳楼台',集同人觞咏其中,因成四律以志其胜。"

5月30日,刊袁祖志作《窥园社事小引》,拉开了《申报》文人"杨柳楼台"唱和的大幕,1890年前一直有唱和诗词刊布。

8月18日,刊忠州李士菜芋仙作《昕伯茂才手赠紫诠先生诗集读竟奉题寄呈教鉴》。

8月28日,刊黄文瀚为谢杏仙作诗。谢杏仙为黄文瀚在上海相交颇深的红颜知己,黄为其作《忆昔词》。后玉鲛生《海陬冶游录》中也提到谢杏仙,为其立传。黄文瀚读之,触及往事,因此作诗答玉鲛生。

8月30日,刊李士菜诗作《天津旅舍病小愈赋投合肥爵相》,署名为"前江西候补五品官李士菜"。

8月31日,苏州王淑娟再返上海。

9月12日，张庆松作《消夏杂咏》，闺秀之间相互唱和。

10月17日，免痴道人金继作诗赞誉梨园伶人想九霄，引起众人唱和。

11月10日，邹弢从苏州一路游历至上海，作《游申杂咏》。

11月30日，刊补梅花庵主人味青氏作《风潮行有序》，介绍了海潮灾情，同情百姓的同时，追忆范仲淹修范堤之功，呼吁当权者关注百姓疾苦。

12月10日，刊平江藜床旧主管斯骏作《挽苕溪醉墨生》。吴溢逝世，众人作诗悼念。

12月13日，听涛轩主人杨耀卿作诗贺邹弢主笔益闻馆。众人纷纷作诗赠答。

12月30日，刊澄旷山房主人冬岑氏作《记得词》以及《自题〈记得词〉后》，全诗哀情婉转，大体记与爱人死别之痛。后真州王宗李作《貂裘换酒·题〈记得词〉后》。后亦有几人唱和。

是年缪荃孙三十八岁，开始编纂《续碑传集》。

江顺诒辑刊《词学集成》八卷。

吴溢（？—1881）卒。

1882 年

（光绪七年辛巳十一月十二日至光绪八年壬午十一月二十二日）

1月1日，众人继续作诗词悼念吴溢。

1月5日，袁祖志作《三三词》。三三为风尘中女子，已香消玉殒。袁祖志为其取名三三，意为三三成九，希望其早脱离苦海。是年，《申报》诗词作品中三分之一的版面都为文人唱和袁祖志之作。

2月6日，黄文瀚作《绮怀并序》。表达羁旅之感，并追忆与谢杏仙事,情词伤感苦楚。

2月7日,刊王恩溥《三十述怀》诗,众人作诗贺其三十寿。

3月31日,刊花月吟庐主人杨嘉焕怀人赠答诗作。

4月6日,刊李畹云女士作《题〈笔生花〉传奇三十二首》。有序,序中论及其"素恶传奇小说之标新立异",但对该传奇"至性天成"大加赞赏。

4月25日,琴溪道子自华盛顿使署寄来《遣怀》四首,望海内唱和。

5月3日,李士棻与王韬在海上见面,作诗纪之。

5月5日,江宁李圭作《征〈环游海国图〉诗文启》。是日,刊李圭从吴淞出发,环游纪闻之诗。途经日本,至美国金门,游三藩城,至色闷、费城,然后经英国,至法国、埃及,经亚丁湾、印度、新加坡,自香港回上海。《申报》连续多个版面刊载其诗作。

5月12日,刊李士棻作《题高昌寒食生〈劫火纪焚〉册后》。

5月22日,刊耐楼词客懒禅氏汤鞠荣作《春闺闲咏》组词,共十首。

5月28日,刊铁沙奏绿主人唐志云《三十初度漫成四律》,众人作诗贺寿。

6月6日,刊姚文藻作《水调歌头·出朝鲜王京返虎岛留别高惠舫鸿胪、徐秋堂主政》。姚文藻此年随马星使、丁军门一同前往朝鲜,与朝鲜文人唱和应答。此之后,《申报》刊登多首朝鲜人诗。

7月13日,刊管斯骏一组题画、题诗之作。

7月24日,王韬从香港回苏州,甫里同人许起作诗志喜。

7月25日,刊陈鸿诰邮寄《观都踊并引》。序文介绍都踊场的位置以及每到世博会时都踊场热闹的景象。

7月27日,涟水麦子丰收,众人作《瑞麦歌》。

7月29日,刊蔡时英先生芸窗十八首律诗,分别为《身染》、《处女》、

《寡妇》《尼姑》《婢女》《仆妇》《娟妓》《男色》《娶妾》《目桃》《口过》《心忆》《房室》《写艳》《防微》《远害》《保玉》《自新》。诗歌本身是追求美的,但是《申报》所载的诗歌似乎在美学的追求上要少了很多,而是更加注重诗歌"兴观群怨"的社会功用,从题目就可以看出。如这组诗后面附的苦口老人的一首《遏淫诗》:"堂堂正正好英雄,何事情牵狎昵中。狐媚人前流眼碧,电光天上照心红。无依芳草原招蝶,有主桃花亦笑风。试问自家闺阁里,可能终日锁房栊。"

8月7日,刊邹弢作诗谢王韬聚丰酒楼招饮,同时作诗留别,送王韬回香港。后《申报》文人亦纷纷作诗题咏送别。

8月12日,刊怡红生《题王松堂司马小像》。众人题咏。

9月12日,姚文藻在天津作《浣溪沙》六阕,邮寄《申报》发表。

10月4日,管斯骏作诗送邹弢、蔡尔康、杨嘉焕赴金陵试。

11月6日,刊缪荃孙诗作《走笔送赋秋生返津门》,可知缪荃孙与姚文藻相交甚好。

12月14日,洪都百花洲畔啸梅逸士作《落第感怀》诗。

是年,《申报》的销售数量由1876年的日平均两千份左右增加到六千份左右。

申报馆迁址。

1883 年

(光绪八年壬午十一月二十三日至光绪九年癸未十二月三日)

1月30日,味馨室主人有香港之行,坐轮舟由粤返沪,作诗纪行。

2月19日,刊珠江拙闲庐主人杜凤岐纪游诗与赠答诗。是年上半年,《申报》用了近三分之一的版面刊登杜凤岐纪游诗稿。

2月28日,湖北熊南浦作《四不戒》诗。分咏:酒、色、财、气。

3月30日，王恩溥作《送别李沧峤同转赴承德开办三山矿务》。

4月4日，马相如作《菩萨蛮》、《金缕曲》词自嘲壬午科试落第。

4月21日，袁祖志应唐景星观察之邀将赴海外，众人题咏送别。其中管斯骏作诗称其"诗坛领袖"，可见其地位。

4月23日，众人作《崔烈妇食雪殉节诗词》，赞颂崔烈妇殉节之事。

5月10日，新安胡铁梅作《日本养老山瀑布故事》诗。诗歌以日本故事为题材，讲述日本的风土民情。

5月16日，管斯骏作《怀人诗三十首》，对象基本为沪上《申报》文人圈重要文人。

7月2日，管斯骏回苏省亲，过访太痴生高莹。高莹赋诗赠答。

7月11日，听然斋主人口述《文帝劝孝歌》。

7月19日，王韬题黄文瀚《捣竹图》赠答。

7月27日，录姑苏十二岁女子程巧巧诗。巧巧为太痴生女弟子，随其学诗。后有太痴生赠答词作。

7月28日，王恩溥作《登普陀山》诗，众人唱和。

8月5日，是日开始刊登袁祖志赴欧洲参加赛珍会的纪游诗作，并引来众人作诗词赠答。诗作既有对一路行程风景的介绍，也有对欧洲风土人情的描写。

9月6日，王恩溥用"酒国将军"之名在《申报》发表诗作，并有人作诗词赠答。

10月8日，刊何杏圌《征诗》启事。内容大致为：鸦片流毒，其曾手辑《指迷汇编》一书，其中诗、文、赋、章、奏、札、谕兼收，希各界名流有诗文助赈之举，爰拟《烟具八题》不拘律绝可供刊入，题目为：《烟枪》、《烟斗》、《烟灯》、《烟签》、《烟盘》、《烟盒》、《通条》、《挖头》。

10月13日，陈鸿诰将归国，日本文人送别，分作留别与送别诗词。

上海文人争相赋诗为其接风。

10 月 18 日，丹徒杨家禾和《瀛寰琐纪》蒋敦复《开门七咏》，分作：《柴》、《米》、《油》、《盐》、《酱》、《醋》、《茶》。

10 月 29 日，杜求烟重游湖上，作诗投赠湖上诸友。

11 月 15 日，袁祖志从海外邮寄《海外怀人诗》三组，近九十首，怀海上诸文人。诸文人纷纷谢答。

是年底，中法战争爆发。《申报》刊越南三宣提督刘永福誓师檄文。

1884 年

（光绪九年癸未十二月四日至光绪十年甲申十一月十五日）

1 月 5 日，是日起，《申报》连续刊载王恩溥与各位文人的送别诗，读其内容为送别诸位友人返里。推测为各位文人在沪上小集王恩溥小楼，与其唱和。

1 月 19 日，来安孙点赴粤省，王韬回香港，两人同行，孙点作诗表示欢愉之情。

2 月 2 日，刊杜风岐《除夕杂咏》、《雪后即景》等诗作。

2 月 5 日，刊王恩溥《新正偶咏》，众人唱和。

3 月 10 日，邹弢作《四老挽诗》，挽：婺源齐玉溪学裴、无锡秦淡如缃业、浙东汤埳伯经常、秀水陈曼寿鸿诰。后《申报》文人纷纷作诗吊唁。

3 月 21 日，王恩溥作《小楼吟饮图》，后众人唱和，王恩溥又作诗回复，赠答之作达三百余首，蔚为壮观。其中还有《申报》文人中唯一一位美国人易孟士，他也作诗题《小楼吟饮图》，后王恩溥作诗表示答谢。

4 月 12 日，周骏声作《寄赠申报馆诸词长》。

4 月 30 日，常熟席彬作《烟中八咏》。

5 月 5 日，葛其龙和天香深处客朱家骅同赴试，考试结束后葛其龙过访,朱赋诗。

是日,黄文瀚为母亲祭日作《先慈忌日泣赋》。

5月24日,蔡锡龄赴天津,众人作诗唱和。

6月7日,袁祖志作《还乡杂咏》组诗。

6月19日,海昌爱花痴史太憨生徐庆龄作怀人即送别组诗。

7月1日,余瓅作诗赠答。余瓅为领事馆驻日领事。5月20日,余偕长崎美国领事及其同国按察符兰度韦里近两君到熊本县,县令富冈君热情招待,赋诗表示感谢,后中日两国官员相互酬唱赠答。

7月11日,连续刊李士棻作《卧游诗》,为其怀人、述怀、游历及酬赠之作。前有其自序文,共计一百三十多首。一时众人纷纷和之。

8月8日,杨兆鋆将之欧洲,作诗留别。众人送别。

8月16日,唐志云作《读越南三宣提督刘永福檄文》,关注中法战争事。

8月17日,马相如作《四十述怀》诗,众人作贺诗。

8月20日,苕东乘风破浪客闵汝锷正帆氏因患耳疾,耳鸣、重听近三十年,医治无效,后寻美国医生,在沪上外洋泾桥英国医院内求治,医生诊断为耳底挖伤将穿症,配给其药水一瓶,经一周,症状缓解,于是作诗表示感谢。此处可以看出上海与国外的交流,外国的技术,包括医疗等被引入,并为多数人所了解。

8月31日,刊俞樾诗《鹿门先生自海外来访我吴下兼以所撰读史偶笔〈尊攘纪事〉见赠一律即希吟正》。

9月2日,管斯骏在上海,刊其作《题大英国医院顾君松泉小影》。是年,对西方医术等方面介绍的诗作增多。

9月6日,刊马相如在吴中作《满江红·读史偶成书刘提督檄文后和悟轩兄之作》。

10 月 5 日，何桂笙作《哭杜邠农刺史凤岐》。杜凤岐去世，众人作诗词挽联悼念。

10 月 6 日，蔚亭黄炳垕作《七旬初度自述》诗，有《总说》一首、《六旬后事》四首。其子黄维瀚随后为其在《申报》刊文征诗文，希望文人能赐诗文为其父亲贺寿。

10 月 17，李士棻作《奉怀曾洗甫九丈》诗，从序中可看出其晚境较为潦倒。后众人作诗宽慰。

12 月 3 日，管斯骏有续胶之喜，且其母亲七十大寿，众人作诗贺喜。之前，管斯骏登报请众人为其原配亡妻潘孺人作诗，众人唱和一时。

12 月 11 日，刊邱履平大令心坦《东征集》组诗。

是年苏州太痴生高莹来沪上，与《申报》文人交游。

王韬五十七岁，任上海《申报》编纂主任。所著《淞隐漫录》刊行。

慕真山人俞达（？—1884）卒。

杜凤岐（？—1884）卒。

陈鸿诰（？—1884）卒。

王蕴章（1884—1942）生。

1885 年

（光绪十年甲申十一月十六日至光绪十一年乙酉十一月二十六日）

1 月 4 日，刊汉寿碧湘秋梦词人纪游组诗。后接连几天均刊其诗作。

1 月 11 日，刊日本鹿门山人冈千仞与王韬酬唱之作。诗序记录其在酒楼与李士棻、易顺鼎、黄式权、黄文瀚等人偶遇，与日本诗人寺田望南一同相约饮酒论诗之雅事。后鹿门山人、寺田望南等人在《申报》常常刊登作品，与《申报》文人唱和。

是日，刊松隐居士周逸卿作《寄社第十八会诗题，梦菊》，可知寄社第十八会诗题为《梦菊》。

1月18日，刊怡红园惜花侍者钱鋆《二十三生辰自述》。按此推，钱鋆生于1863年。

1月24日，寄社第二十一会，诗题为《围炉饮酒》。

1月31日，接连多日刊李士棻《天瘦阁》近作。此亦该年《申报》诗坛一件大事。后多人作诗题咏其《天瘦阁》诗，如姚文藻从海外寄来《李芋老惠寄〈天瘦阁〉诗寄怀一律》。

2月6日，为李士棻六十五岁生辰。钱昕伯、何桂笙、王韬、蔡尔康、黄式权等聚沪上聚丰酒楼饮酒，李士棻作诗纪盛。刊出后众人作诗贺其生辰。

2月8日，刊杨伯润《马江哀》以及《淡水捷》两首配合时事的诗作。

2月9日，李士棻作《用生日韵再酬昕伯桂笙两仁兄方家鉴定》，诗后有跋，该篇跋文对其平生创作主张研究有重要作用。跋文："前夕，诸至好忘形开心，使我醉酒饱□，精神四飞扬，如出天地间。留沪五年，以此遭为最乐。与从前京洛隽游，并皆佳妙。复乘余兴，续此二篇。非两仁兄埙篪齐视，安能笙磬同音，成斯雅集。来沪五月未作家书，幸附报中，俾豫章亲友妻率见之，知棻平安近状，亦为仁兄所赐也。'抱诗还蜀'四字系秋间在浔阳江上寄陈右铭书中语。棻蓄此愿已历三十余年，今已开□排印，只须三百金使可装订成帙。有诗本千部，流布人间，无论他日传不传，即此四十年中与师友唱酬，亦有未经识面之投赠。其见棻姓名篇什于各名家诗文集中者，棻已见有四五十人，此数十人者不传，斯无幸矣。果皆传也，则之候虫时鸟，必将附鸾凤之吟，钟吕之响，同声于天地间，岂不幸哉？王泽山同年二十年前序棻诗曰：'芋仙以诗鸣一世。'一世之名既成矣，千秋万岁犹今日也。世可就今日交游多雄骏非常之士决之，又以两仁兄之爱我决之也。甲申腊月廿四日忠州弟李士棻并识于同庆公客栈之天补楼。"

4月3日，管斯骏作《寿苕溪海上忘机客张遂生吟长六十》。张兆熊六十寿辰，当为1826年生人。众人题咏祝贺。

4月23日，何桂笙四十五岁生日，众人作诗祝贺。

5月1日，刊朝鲜人诗，为应试之作，题为《使天下后世之修身齐家治国平天下者皆得以取法焉》。

5月7日，双红豆馆词人顾麟六十寿辰，众人欲出资为其祝寿，因慈母在堂，不宜称老，作诗答谢。

5月14日，李士棻《天瘦阁诗半》六卷印成，用活字排印成上、下册。作诗赋谢，诗题为《题新印诗草酬徐君子静兼呈昕伯桂笙两君》。

6月2日，刊俞樾作《孙儿陛云入学口占志喜》，后何桂笙等人皆作诗祝贺。

7月1日，刊管斯骏《悼红吟稿》诗词。后多日，《申报》文人屡有题咏。

是日，袁祖志作诗记录管斯骏与鲍叔衡在益庆酒楼订交事，此事被《申报》文人传为佳话。此后多日，各文人作诗词唱和。

9月10日，何桂笙作诗慰问李士棻。李士棻卧病同庆公旅邸，其公务繁忙，未获亲自前往，遣家人前往照顾。李士棻似病重，经旬未愈。

9月22日，李士棻逝世。《申报》文人作挽联、挽诗悼念。

10月9日，《申报》刊众人作挽联、挽诗，悼念左宗棠。

10月16日，刊《赈捐歌》，此为民间劝善的一种方式。

10月17日，刊《育婴歌》，有民歌的风格。

11月4日，刊浙东可人诗。其素有烟霞癖，得恒济局主人钟洪南用药除之，因此作诗表示感谢。

11 月 6 日，《申报》主笔沈饱山逝世，刊胡仁寿挽诗悼念。

11 月 25 日，刊何桂笙《感昕篇》。何桂笙素有鸦片瘾，得钱昕伯极力劝其戒烟，又得钟洪南戒烟药相助，作此诗表示感谢。

11 月 27 日，葛其龙去世，众人作挽诗、挽联悼念。

12 月 26 日，刊胡仁寿《论诗》诗。

12 月 30 日，王恩溥作诗，告知其《小楼吟饮图》题咏唱和之作已满二百首，希再集名作成三百篇之数。

是年，王韬刊蒋敦复《芬陀利室词集》五卷、《芬陀利室词话》三卷。

左宗棠(1812—1885)卒。

李士棻(1821—1885)卒。

葛其龙(？—1885)卒。

沈饱山(？—1885)卒。

张文虎(1808—1885)卒。

薛时雨(1818—1885)卒。

1886 年

（光绪十一年乙酉十一月二十七日至光绪十二年丙戌十二月七日）

1 月 3 日，沈嵩龄五十寿辰，作诗述怀。

2 月 11 日，刊何桂笙为钱昕伯所作五十四岁生辰贺诗，后众人纷纷作诗词祝贺。

3 月 1 日，刊无名氏作《戒淫诗》三十首。

3 月 11 日，俞樾作诗祝贺日本岸田吟香五十得子，记录岸田请俞樾帮其子取名事，俞樾给其子取名"艾生"。后有文人附和作诗。

4 月 22 日，刊俞樾春季携眷坐轮船送孙赴礼部试所作诗。

6 月 14 日，刊胡仁寿《观车利民马戏归后作》诗。

6月17日,刊平湖潜园主人张梦龙作《观〈西洋朝贡典录〉得诗二十三首》。

6月27日,刊古吴观乐词人吴家驹词作数首,请高昌寒食生指政。

8月6日,刊归安何其昌《题〈江湖载酒图〉并跋》。

8月28日,刊今又抱区室主烺书氏及吴家驹词作数首,该年《申报》刊登词作数量为历年最多。

9月3日,刊南汇蕉窗女史咏史诗作,分咏:秦始皇、汉高祖、陈后主、唐玄宗、武乡侯、西施、昭君、丽华。

9月6日,袁祖志六十寿辰作《自述》诗,后何桂笙等人作诗唱和。

9月9日,刊日本人北条鸥所《读〈桃花扇〉传奇》等数首诗词,后北条鸥所以海上浮查客之号与《申报》文人多有唱和。该年,北条鸥所在上海。

9月12日,刊高莹作《津门旅夜》诗词,知高莹在天津。后《申报》连刊多首高莹在天津游历之作。

9月23日,刊俞樾诗作。沪上学诗之风盛行,多有人假托俞樾之名作《虑字注释》、《误字辨正》等书,俞樾作诗讽刺。

9月24日,何桂笙、黄式权两人于沪上三庆酒楼宴请日本人北条鸥所以及海上诸文人,众人作诗唱和。后连续多日,参加的以及未参加的文人均作诗词酬唱。

10月30日,黄文瀚卧病数日,多有文人探望,是日《申报》刊其诗作向诸位表示感谢。

11月9日,刊吴家驹词作《玉烛新·电灯》、《霓裳中序第一·屏风》、《眉峰碧·铁马》,均是以典雅的词体歌咏新事物之作。

12月5日,刊何桂笙诗作,记录意琴室主潘岳森招海上同人在王佩兰校书寓所为其祝贺生辰。众人作诗酬唱。

12月18日，高莹作感怀诗词，大体记录其从天津返回沪上近两月，又将作台北之行，贫病交迫，生活十分困窘，作诗词遣兴。

是年，王韬任上海格致书院院长。

1887 年

（光绪十二年丙戌十二月八日至光绪十三年丁亥十一月十七日）

1月9日，刊潘岳森《三十初度述怀诗》。后众人纷纷唱和。

1月12日，刊《王松堂司马〈小楼吟饮图〉题咏汇录序》，《小楼吟饮图》题咏超过三百篇，王恩溥将之刊刻成书。后在聚丰酒楼设宴款待《申报》众文人，众人又争相唱和题咏。《申报》后来还刊登了众人为其作的序文数篇。

1月18日，小蓝田忏情侍者魏塘毕以堮作《徐园四咏》，分咏徐园菊篱、桂窟、竹径、梅岩四景。后又作《徐园探梅》诗，引来《申报》文人对徐园景致的纷纷题咏与唱和。

1月30日，黄式权作《三雅园观剧歌》。

2月9日，刊毕以堮《徐园雅集并引》。元宵后二日，为元代倪瓒生辰纪念日，其后人桂林倪耘劬招集众人在徐园赋诗祝嘏，众人作诗唱和。可见，徐园成为《申报》文人集会之所。

4月21日，刊一组咏美人诗，作者为浔溪师石山人，分咏：美人目、美人眉、美人口、美人手。

4月23日，袁祖志作《哭四诗人诗》，分别悼念葛其龙、陈曼寿、李士棻、徐韵笙四位知己好友。

6月26日，刊北固山民《题种榆山人〈医论〉》。种榆山人胡仁寿为寄社诗友，精研医道有三十年时间，作《医论》一书，书出后，多人题咏。

7月1日，北条鸥所将归日本任宫城县长官，作《沪上留别诗》，回顾其在上海与友朋诗酒唱和之情景。之后，众人在上海叙丰园设宴作诗为其送别。

7月29日，唐志云作《秋试纪程》。曾钰作诗题咏。

8月5日，众人游西园，赏夜景，分别作诗唱和。

8月13日，毕以堮招集众人集徐园祝莲花生日，席上作诗。后众人和诗。

8月17日，刊许懋和作《舒母余太安人殉难，奉旨旌恤，谨作乐府体纪其事》。舒母余太安人为黟县人，咸丰十一年三月殉难。后有人为其作传时提及："古黟舒母余太安人秉性贞烈，粤匪披猖时，安人骂贼捐躯，奉旨旌表。"后连续一两年之内，各文人均作诗赞誉，表现了《申报》文人传统的节烈观念。

8月19日，刊江湖散人作《望岁歌》，记录海门粮食歉收之情景。

8月25日，是日为七夕，邹弢招饮同人于法华寺，众人作诗唱和。

8月27日，毕以堮生日，鸿印主人与何桂笙招集同人在徐园又一村为其祝贺，众人唱和，毕以堮作诗酬谢。

9月6日，刊钱塘可石主人施则忠作《谢池春·论夜游之害》，词作有论说之功用。

9月9日，刊何桂笙送别潘岳森之作。潘岳森将有闽中之行，而毕以堮将赴姑苏，众人诗词送别。潘岳森作《惜分飞·别情》赠答酬谢。

9月27日，刊黄式权《偕零华馆主观剧三雅园戏成四绝句》诗。

9月28日，刊晚霞生戏集词名作一绝句。

10月18日，日本人秋山俭为回国，叶庆颐首倡，为其送别，众人纷纷和作。

10月22日，韩庆邦作《满江红》词，词为金兰芳作。金兰芳为沪上青楼名妓，原本为苏州人，父亲去世后，不幸堕入平康，韩庆邦因人引荐得见其面，于是作词赠之。

10 月 27 日，刊高莹一组新词作。大体为怀人、书怀、咏物之作。

11 月 9 日，袁祖志与卫铸生见面。卫铸生久在日本，因倦游回国。两人在沪上见面，袁祖志作诗纪事。后众人见报，纷纷作诗题咏。

11 月 8 日，王韬六十寿辰，众人作诗祝贺。之前，有文人已在《申报》上作诗预祝生日，众文人见报，纷纷题咏唱和。其中有很多为王韬的门生。王韬作诗酬谢。

11 月 17 日，何桂笙与徐介玉相交过从，介玉回苏，何桂笙作诗送别。何桂笙为戏剧票友，喜欢观剧。三雅园雏伶徐小金宝，请何桂笙题名，何桂笙为其取"玠"字，常以"介玉"之名称之。《申报》文人中有许多人与徐介玉交情均很好。

12 月 24 日，王安作《德昕篇并序》。此篇为仿照高昌寒食生而作。王安亦有烟霞癖，钱昕伯亦劝其戒除。后在钟洪南处得戒烟药，戒除鸦片瘾，因此，亦作《德昕篇》。

1888 年

（光绪十三年丁亥十一月十八日至光绪十四年戊子十一月二十九日）

1 月 19 日，毕以堮作《姑胥怀古》等诗。时在苏州。

是日，刊海昌鹿洞山樵《题徐园十二景》诗。分咏：草堂春宴、寄楼听雨、曲榭观鱼、画桥垂钓、笠亭闲话、平台眺远、长廊觅句、柳阁吟蝉、桐阴对弈、萧斋读画、仙馆评梅、盘谷鸣琴。后得众人题咏唱和。

1 月 29 日，沪上文人结"鹤露社"。是日刊署名"误半生"所作《同人结鹤露诗社喜赋》诗。从其序中可以看到众人借茶社为结社之地。提及"相逢何必曾相识，同是天涯沦落人"之感慨，此为沪上多数文人落魄生活的真实写照。

2月20日，刊谢朝恩作《题张叔和观察〈味莼园图册〉分景八咏》，分咏：北楼揽胜、南阜流霞、渔矶观水、罗径寻诗、水亭待渡、梅坞探春、芳墩浮翠、小桥步月。徐园景致在《申报》文人诗词中多有提及。

2月21日，丹桂园名伶徐介玉回沪，重到丹桂园唱曲。《申报》文人纷纷前往捧场，并作诗词相送。

3月1日，胡仁寿新婚。但其提出不请客，不收礼，众文人便作诗相贺。

3月5日，刊荑庵退叟耿苍龄作《多金叹》诗，是对上海社会现象的一种现实反映。

3月14日，刊李纯嘏《赠种榆山人》诗。此诗序中有对胡仁寿生平之介绍。

3月29日，刊署名"昔游梁人"作《劝人百钱助赈歌》。

4月8日，日本人岸田吟香五十五岁生日，邀海上文人至寓所饮酒庆祝，并建立"玉兰吟社"，由王韬任社长。每月活动一到两次。第一集题为《咏玉兰》。后王恩溥仍觉意犹未尽，又作一首，并号召社友同作。

4月30日，岸田吟香将有夏口之行，作诗留别沪上文人。玉兰吟社第二雅集诗题即为《送岸田吟香先生游夏口》。众人集社为其饯别。

是日，刊何桂笙《一叶落》词，记述其掉落一齿之事。是年，何桂笙四十八岁。

5月28日，刊《玉兰吟社第三集纪事》文，记录玉兰吟社结社之事。

5月30日，刊《台湾竹枝词》。

8月2日，刊高莹《挹翠庵小令》数首。此为录其旧作。后众人读其词清新婉丽，有袁枚性灵之感，多有诗词赞誉。

8月14日，刊露葵轩主作《感闻四章》。是时，其在欧洲差次，此作为邮寄《申报》发表。《感闻》之作，为其记录三月郑州河堤决口之事。此灾殃及邻省，百姓死亡流离，使其不忍见。分作：《哭爷娘》、《鬻妻》、《鬻儿女二首》。

是日，邹弢用《临江仙》调作《七夕怀人词》二十四首。

8月25日，刊漱石生孙家振作《鹤沙浮槎仙侣张郁周兄将赴南闱率成小诗恭送》。张郁周作诗答谢。

8月28日，刊娄关古香室主蒋怡曾作《瘞琴草六律》。此为悼念亡妻之作。情辞恳切，引得众人纷纷唱和。

10月7日，刊邹弢作《祭蒲柳泉记》文，悼念《聊斋志异》作者蒲松龄。后《申报》文人读之，纷纷作诗词表示哀悼。

10月20日，玉兰吟社第四集。题目为《九秋吟》、《馆西人赛船》。后王恩溥作《观西人赛船即应东瀛岸田吟香之属》。

11月6日，刊马相如《辞场柳枝词》。

11月10日，何桂笙作《东风第一枝》词与高莹赠答。高莹自天津回沪上，邀何桂笙前往咏霓剧院观剧。高莹为雏伶牡丹花索诗于何桂笙，何桂笙未应。是日，子陵后人再再生又约其观剧，而剧院十分拥挤，何桂笙看完牡丹花《新安驿》一折即归。后赋此词与高莹赠答。

11月17日，是日起，连续多日刊高莹旧作。包括其幼年作品，多为感怀、抒情、漫游之作。并时有《申报》文人为其诗稿题咏。

11月26日，何桂笙至徐园，见徐园主人浦生为菊花拍照共十二张，活色生香，而浦生索诗于何桂笙，因此，作诗四绝。

12月13日，双红豆馆主顾麟作《满江红》词，记录其听闻之东瀛事。

是日，高莹作《金缕曲》词。高莹迷恋咏霓剧院之牡丹花，为之神情恍惚。

1889 年

（光绪十四年戊子十一月三十日至光绪十五年己丑十二月十日）

1 月 8 日,仍刊高莹诗词旧作。

是日,何桂笙作《醉思凡》一词。九香茶园开业以来,何桂笙一直未前往,而主人邀请徐介玉做客串,于是前往观之,作此词。

1 月 14 日,玉兰吟社第六集。题目为《借楼赏雪用坡老聚星堂韵》。

是日,俞樾遣嫁孙女,作诗志喜。

1 月 21 日,高莹作观剧杂诗,述其不爱观淫戏。

1 月 27 日,高莹作《金缕曲·岁暮怀段郎翠魁》词,后有长序。大致述其在天津时,因与伶人段郎翠魁相交,几至身败名裂,抒发其悲愤之情。后又有数首作品怀念翠魁。

2 月 9 日,刊半田居士《筑园艳》。分咏:秀艳周凤林、富艳想九霄、幽艳小桂林、哀艳金菊花、丰艳小双凤、鲜艳高彩云、素艳小金虎、娇艳牡丹花、明艳小采珠、妖艳万盏灯。

2 月 10 日,高莹作《观牡丹花演血手印剧歌》。

是日,玉兰吟社雅集。岸田吟香将回日本,以日本清酒赠送吟社诸人,诸人作诗送别。

2 月 16 日,此后几日连续刊登高莹《沧海集诗录呈老师削政》。高莹拜师于何桂笙门下。

3 月 3 日,刊何桂笙、高莹诗词,记牡丹花将回浙江四明。高莹黯然神伤,何桂笙作诗调笑太痴。后几日,高莹连续作词表达伤离别之情。

3 月 10 日,徐园琴会第二集,何桂笙雨中听琴,作诗纪念。

3 月 17 日,擅梦生查济元将赴礼部试,东武惜红生居世绅等作诗送别。

3 月 19 日,何桂笙又落一齿,作《梦江南》词。后其又拔去一齿,作

《忆少年》词。此年之内共作五首落齿词。

3月30日,刊潘飞声《过虎门》、《七洲洋放歌》等组诗。

4月2日,刊高莹组词。是年,刊高莹词作多首。

4月7日,胡仁寿自贵州寄来《怀人诗》二十首,怀沪上文人。《申报》刊出后,众人作诗词表示怀念。

6月2日,日本人秋山俭为、盐川一堂宴众人于徐园。华人只有袁祖志、王韬、黄式权、叶庆颐与何桂笙,都为玉兰吟社同人。何桂笙作诗纪念。后另外四人均作诗回应。

6月15日,刊锄月轩居士《申江竹枝词》。题咏:《招商局》、《电报局》、《自来水》、《番菜馆》、《酒楼》、《跑马厅》、《更上一层楼》、《南诚信烟馆》、《西园》、《申园》。

6月24日,刊毕以堮《摔琴词十绝》,学子期因伯牙死而摔琴之意,悼念潘岳森逝世。后刊丹徒劭轩词客少仙杨家禾挽潘岳森挽诗。众人亦纷纷作诗悼念。潘岳森去世。

7月2日,刊闲闲道人《上海竹枝词》。

7月21日,刊醉花主人作《沪上名花十二咏》,分咏:姚蓉初、周月琴、姚如玉、林湘君、章鸿枝、林黛玉、朱素秋、陆小宝、吴小香、谢湘娥、匡月春、林桂卿。

7月22日,刊日本女子三小素作《闺情六首》。三小素为岸田吟香女弟子,读玉兰吟社诗作,此诗邮寄至《申报》发表,并请玉兰吟社诸词宗教正。后又邮寄诗作,怀玉兰吟社诸人。怀:仓山旧主、天南遁叟、雾里看花客、高昌寒食生、梦畹生、西脊山人、策鳌游客、联珠女史。

9月21日,刊朱俨作《读杜一律录呈桂师教政》。

是日,惜花生居世绅作《海昌水灾行》。

11月15日,卫铸生自新加坡邮寄诗作《星嘉坡客次》。

11月26日,刊袁祖志诗。山阴俞达夫为任伯年高足,得其师真传,来沪上,众人与之交游。俞达夫为袁祖志画《杨柳楼台》,因此,袁作诗感谢。后众人也纷纷作诗投赠于他。

12月24日,刊黄文瀚《四十初度自述》,后众人唱和。

12月25日,日本人秋山俭为将回国,众人作诗词题咏留别,此风延续至下一年。

是年,美查股份有限公司招股事宜告一段落。华洋合股,三英国人一华人组成董事会,董事会由英国人埃皮诺脱负责。美查兄弟收回资本,合股票二千份,计白银十万两,航海回国。

潘岳森(? —1889)卒。

1890 年

(光绪十五年己丑十二月十一日至光绪十六年庚寅十一月二十日)

1月1日,秋山俭为将回国,毕以堮过访寓斋,出示《海天骊唱图》,毕以堮作《〈海天骊唱图〉书后》。众人题诗。

1月8日,何桂笙自新丹桂园改成天成戏院后,因其不演昆曲而不去。而天仙茶园演昆剧,因此去观戏。第一次太挤,无法进入,后早去,才得以进入,作诗纪事。

1月28日,刊杨殿奎作《榜后感怀》、《己丑落卷书后》诗,借诗书怀。

1月30日,刊袁祖志作《代马控词》,对马车伤人事件予以警示与反思。

3月4日,刊徐庆龄作《三十述怀》诗。众人唱和。

3月21日,刊《词坛雅鉴》,从此日起《申报》暂不刊登诗词作品。

附录二:《瀛寰琐纪》所载旧体诗词及诗话词话目录

年份	卷号	题目	署名	简介	文体	首数
1872	01	《白桃花吟社唱和诗并序》	龙湫旧隐	共24首,龙湫旧隐原倡,和者分别为咏雪主人、鹭洲诗渔、绿天居士、味灯室主人、听樵生、醉乡仙史、拈红豆寮主人、梅村逸史、昆池钓徒、蕉梦词人、半痴道人、苍筤轩主人、怡红馆主人、绿蕚花龛诗隐、西畴桑者、诗钵斋主人、姚江逸史、香海词人、龙江酒徒、琴冈居士、懒吟仙史、裁香女史、雅如女史等。每人各1首。	诗	24
	02	《搜辑茗余小录与可人意室主人索旧赠诗歌启》	蓉江梅龛小隐	征诗启示。	文	
	02	《绮怀诗十六首》	黄仲则景仁	选自《两当轩剩稿》。后有蘅梦庵主所附跋文:"此毗陵黄仲则二尹景仁《两当轩剩稿》也,其所传《悔存诗钞》经翁覃溪阁学方纲删定,而此作以少年绮语删去不存。予从梦湖友人处抄得之,珍藏行笥已阅二年,重检读之,爱其旖旎清华,不徒效玉溪生獭祭者,是可传已。亟取付雕工,以取媲竹垞翁闲情风怀等作,当亦异曲同工。"	诗	16

年份	卷号	题目	署名	简介	文体	首数
1872	02	《罗孝子诗并序》	昆池钓徒	前有序，大抵介绍罗孝子其人。	诗	1
	02	《附兰溪陆君少葵和作四解》	陆少葵	后有昆池钓徒跋文："右亡友陆君和作，古节古音，远媲汉魏，胜于拙作远矣。陆君于庚午夏间橐笔奉邑，与余为文字交，嗜杯中物，今岁春竟以酒病化去。呜呼，天忌才人至斯已极，所著《迎晖楼诗话》若干卷惜未付梓。"	诗	4
	02	《白桃花诗次韵龙湫旧隐元韵并函抱砚四明诸同人呈稿》	白下痴道人等和	白下痴道人、星江湘湖居士、不惹庵主人、西泠一了山人、慈溪煮石子眉仙、醉月楼词史、武林二十珠帘池馆主人等人作。每人各2首。	诗	14
1873	03	《海滨酬唱词八阕调寄满江红录呈贵馆并乞诸吟坛赐和壬申九月十五夜望月感怀》	鹤溪渔隐原唱	钵池山农（《自伤》《自慰》）、漱玉词人、醉禅外史、香海词人、昆池钓徒等人作。鹤溪渔隐、钵池山农各2首，其余每人1首。	词	8
	03	《吟秋偶集并序》	滇南香海词人	此为香海词人和杜少陵《秋兴八首》之作。后有钵池山农黄天河、金华山樵陆少葵、鹤槎山农江伊人、鹤溪渔隐、醉禅外史琅嬛主人次韵和作。每人各8首。	诗	48
	04	《沪城岁事衢歌》	上海张春华秋浦		竹枝词	20
	04	《闺中九九消寒图上下平声七绝三十首》	弇山吴勉斋作、韵石山房主人录	后有跋："寒窗静坐，颇觉寂寥，偶于箧中检得前弇山吴勉斋先生所著《九九消寒图》诗三十首，清新俊逸，擅庾鲍之长，祈贵馆登诸梨枣，以公大雅诸君子赏鉴云。"	诗	30
	04	《古琴词调寄百字令附和作并小序》	滇南香海词人	前有序文："庚午仲冬以事泛棹吴门，过关君寓所，得见古琴一床，因思世间奇物沦落风尘中者不知凡几，请钱君吉生绘图并填《百字令》一阕。"后有钵池山农、金华山樵、茧绪外史、龙湫旧隐、漱红词人、绿天居士、问梅主人、袖东海客、红杏词人、醉禅生、漱玉词人和作，每人各1首。	词	12

续　表

年份	卷号	题目	署名	简介	文体	首数
1873	04	《绮月词》(《买坡塘·题罗溪寻梦图》、《高阳台·咏叶永元沣流虹桥故事用曝书亭原韵》、《齐天乐·题芳影瘦红图卷子》、《喝火令》、《柳梢青》、《江城梅花引》)	壬申冬太仓南门词生填时客浒浦	前有序:"近阅《申报》,见佳章林列,美不胜收,有令人读其文而恨不得亲见其人者也。仆不揣剪陋,爰有近作词数阕,录呈贵馆吟坛拍正。东施效颦,不自知其丑耳。"	词	6
	05	《燕市群芳小集叙》	山阴王眉子诒寿序于戴园之校经庐	后有王眉子题词(《洞仙歌》)3首、河阳生题词1首、仁和朱虎儿题词(《湘春夜月》)1首、寄瓢生题词4首、长安游侠儿题词4首、吴门小史薛宝笙瑶卿题词(《金缕衣》)1首。最后附宝笙跋文。	诗、词	词5诗9
	05	《津门大水行》	江浙士民同叩	同治辛未五月,京师大雨,天津受牵连。各方赈灾,因作此诗。	诗	1
	05	《易安室咏物诗》	香初居士遗稿	《秋草用渔洋山人秋柳韵》4首、《前题叠用前韵》4首、《秋味》1首、《秋影》1首、《秋信》1首、《秋梦》1首、《秋色》1首、《老将》2首、《冷官》2首、《故妓》1首、《病僧》1首、《寒蛩》1首、《制裘》2首、《书灯》1首、《佛灯》1首、《驿灯》1首、《鱼灯》1首、《织灯》1首、《猎灯》1首、《美人风筝》4首。后有跋文:"右诗一卷,录祈大雅摭入《瀛寰琐纪》,以广流传,不胜幸甚。癸酉孟陬画游诗寄主人手录。"	诗	32
	05	《江右女儿行》	狭湖痴梦生		诗	1
	05	《忏悔词十六首用两当轩主人绮怀词韵》	镜花水月楼主人惺初氏漫稿	后有钓鳌旧侣附跋文,认为黄仲则诗以"浓艳胜",后者"冷艳胜",但蕴藉风流,笔笔工妙,如出一手。	诗	16
	05	《子夜新歌》	兰雪梦室词客草		诗	29
	05	《续子夜新歌》	未署名	疑与上条为同一人所作。	诗	9
	06	《风雨落花曲同内子章兰言作》	潜园张天翔	后有兰言章韵清和作1首。	诗	2

年份	卷号	题目	署名	简介	文体	首数
1873	06	《虎阜画舫词旧作并序》	元和女史姚联珠稿	姚联珠,字莲姿。前有序文,内容为昔日虎阜山塘之繁盛与今日庚申劫难之后的对比。后有跋文:"右诗为嘉善孙小云司马荣寿之箧室元和姚莲姿女史联珠所作,录呈贵馆,倘蒙登之《琐记》,则虎阜旧日之胜景,读者亦可想见焉。"	诗	14
	06	《海市唱和诗用吴梅村集中韵并序》	乳溪村农原唱	枫溪逸史、焦桐散人、淡然瓶隐、伴鹤山客、听香主人、索梅小史次韵。每人各4首。	诗	28
	06	《比玉楼词》	天河饮犊子黄钧宰填词	篇目有:《齐天乐》、《百字令》、《金缕曲·题句子梁美人屏幅》、《浣溪沙·庚申纪事》、《醉花阴·弹泪》、《疏影·咏美人影》、《台城路》、《金缕曲》、《齐天乐》。	词	9
	07	《柳翠云行》	未署名	为歌颂节烈之作。提及"予友吴县王君养初有《沁园春》词记其事,刊《吟碧仙馆词钞》中"。	诗	1
	07	《狮林题壁诗三十首有序》	吴县吴瀛亮	字先洲。前有序文,为感时伤怀之作。诗后署名"咸丰甲寅百花生日吴趋情忏生酒后率尔",推断当为吴瀛亮。后有跋文:"先洲吴君,泸州刺史编山先生之次子也,天才卓越,工娴笔札,道光甲辰应试京兆,倦境复失。屡佐戎幕,弹铗归来。咸丰庚申四月城陷时,骂贼遇害,妻子同殉,壮志未遂,以身报国。诵其遗诗,可以知其意之所存已。"	诗	30
	07	《香奁诗》	不愁明月尽馆主人小游仙草	篇目有:《艳情用袁香亭效疑雨韵》4首、《无题和某先辈韵》2首、《记梦》1首、《复梦》1首、《再赠》4首、《残妆》1首、《偶成》1首、《春夜独游城北》1首、《寒夜有忆》1首、《红梅》2首、《索居自悼》8首、《读疑雨集》1首、《无题》1首、《即事》1首、《代赠即用前韵》1首。后有跋文:"小诗三十律,涂鸦草草,知不足当大雅一粲也。惟而时光景,如在目前,敢乞贵馆刊入《瀛寰琐纪》,以存梗概,感荷无既。"	诗	30

年份	卷号	题目	署名	简介	文体	首数
1873	07	《题画七言长律》	沈祖懋	字念农。前有跋文:"沈祖懋太史念农,咸丰辛亥秋闱题汪醇卿太史蓝笔山色湖光共一楼画卷,和座师翁邃庵先生韵。时钦命出此题得庱字。"	诗	1
	08	《鸿爪偶存》	归浔阳蒋氏采芝学吟	篇目有:《早梅》、《新月》、《纸鸢》、《春雨》、《小楼》、《山塘》、《山家》、《牡丹》、《芭蕉》、《芭蕉扇》、《月上穿针》、《红菊》、《绿菊》、《白菊》、《白菊》、《墨菊》、《夜雨》、《二月十三日日中下雪月夜复然诗以纪之》、《春日汛舟山塘》、《白燕》、《蝉》、《夜来香》、《秋日同三妹过西跨塘游贝氏程氏园》、《惜花春起早》。后有其夫跋文,大体介绍蒋氏生平及对其哀思。	诗	24
	08	《张南山怀仙四律》	张维屏	前有序文。张南山,名维屏。粤之番禺人。为诸生已名噪一时。通籍。后作宰湖湘。擢司马,引疾归里。十三岁时聘里中方氏女,美艳能诗。越五载,将卜吉亲迎,而女以哭母病殁,张得其小影一幅并手临洛神赋一纸什袭藏之。为赋怀仙四律,艳情哀思不减,奉倩伤神矣。	诗	4
	08	《鹿潭词客杂诗》	鹿潭词客		诗	10
	08	《野花遗作》	秋水陈穆清	后有浪仙沈筠 13 首、改之金泰 4 首、琴客袁天授 4 首、雪子林福勋 4 首同题同作。诗后有龙湫旧隐跋文:"呜呼,此皆余旧友也,当唱和野花诗时,裙屐风流,极一时之盛。追庚申乍浦失陷,诸君相继归道山。故园风景,不堪回首矣。偶从破簏中检得此诗,亟付梨枣,以公同好并志人琴之感,其存者诸作请以异日。龙湫旧隐寄庵氏附跋。"	诗	29
	09	《万里雪鸿草》	桐江渔隐	前有序文:"庚午季秋转饷至黔,兼办运铅销册,阅两月复奉楚北江南催饷之檄,感旧游之重到,鸿爪未消,念归路之云遥,骊歌又唱,爰成俚句,用志别怀,就道匆匆,不复计其工拙也。"	诗	4
	09	《金山卫城三忠祠诗》	西脊山人	前有序文,大体介绍三忠烈之概况。	诗	1

年份	卷号	题目	署名	简介	文体	首数
1873	10	《十国宫词》	西脊山人稿	篇目有：《吴》、《南唐》、《前蜀》、《后蜀》、《南汉》、《楚》、《吴越》、《闽》、《荆南》、《北汉》。后有跋文，介绍这组七律十首与前七卷中柳翠云行为长洲秦肤雨所作。肤雨名云，与朱子馨、汪诒孙有吴中三山人之称，刊有《吴中三山人诗》。"余为刊西脊山人诗集，姚梅伯先生序而行之。今板片均毁于兵火。是稿藏尘箧中十余年矣。偶检得之，亟为录出，望刊入《琐纪》以公诸同好。暨阳十三古砚斋主人陆为栋梧生氏识。"	诗	10
	10	《恬庵存稿》	上海李曾迪康民	篇目有：《秦淮杂诗》4 首、《题友人水流云在图》1 首、《望月有感》2 首、《初秋夜作》1 首、《抱琴曲》1 首、《秋雨》1 首、《代简兰英女校书》4 首、《题旧院寻春图》3 首、《登栖霞山望江》1 首。	诗	18
	10	《湘月楼琴趣》	苍溪倚玉生	篇目有：《洞仙歌四阕》、《离亭燕·留别》、《浣溪纱·忆旧》、《高阳台·本意》、《柳梢青·访湘月楼故居》、《念奴娇·重有赠》、《祝英台近·别意》。后有作者自己跋文："右旧作词十阕，为湘月楼女士唐云卿赋，予前后游申浦，颇多倚声，每成一解，辄付云娘歌之，今者料量旧箧，偶录小笺，尚希采纳以存尚日情事，幸甚幸甚。"	词	10
	10	《高阳台》	鸳湖韵竹居士	《湘月楼琴趣》附录。	词	1
	10	《念奴娇·和苍溪倚玉生韵》	浣纱溪上渔人	《湘月楼琴趣》附录。	词	1
	10	《忆梅盫近词》	倚玉生	《湘月楼琴趣》附录。篇目有：《清平乐·赠王幼娟兼柬临海周郎》、《虞美人·赠王丽娟兼寄韵竹居士》、《秦楼月·题李巧玲小影》。后有跋文："该组词为辛未旧作。"	词	3
	10	《兰雪梦室词》		篇目有：《听雨有感即次〈琐纪〉中鹤溪渔隐望月感怀〈满江红〉原韵》、《春怀即次〈琐纪〉中太仓南问词生题罗溪寻梦图〈买陂塘〉原韵》。	词	2
	11	《七夕诗二十首》		存目。	诗	20

年份	卷号	题目	署名	简介	文体	首数
1873	11	《畹云女史徇秋轩诗草》		存目。	不详	不详
	11	《湘畹女史凝翠庵诗存附题词》		存目。	不详	不详
	11	《廋云摘艳》		存目。	不详	不详
	11	《感旧述愁诗三十六律》		存目。	诗	36
	11	《感旧述愁诗附题词》		存目。	诗	不详
	12	《蝶梦楼诗话》		存目。	诗话	不详
	12	《浪游生诗草》		篇目有:《虎丘》、《秦淮杂咏四首》、《春申涧》、《姑苏访古》、《壬申冬四明放船出浒墅复回木渎将适维扬意甚漂泊,作诗二十四韵》。	诗	8
	12	《节选金华山樵古今体诗并引》	鸳湖映雪生孙熙曾录并序	前有序文,大抵介绍其亡友陆少葵其人其事。诗作有:《陈元龙》、《王仲宣》、《孙子荆》、《梁昭明太子》、《陶宏景》、《绿珠》、《美人风筝》(赵瓯北梁山舟吴毅人诸名公皆有此题,中间意有感悼,不能无辞,非效颦也)、《金陀园怀古》、《南湖晓泛》、《丙辰重九日遣闷》、《薪米屡告罄,余方醉又无所谋,及醒又无所谋,山妻调停储蓄,不使余知炊烟未至冷绝,可谓贤矣,慨然赋诗》、《题叶宾秋秋夜载花图》、《题嘉兴沈渠林间煮酒烧红叶图》、《戊申四月自春波里移居秋泾老屋口占五六七言诗》、《题双柑斗酒听莺图菩萨蛮词》。	诗、词	诗20词1
	13	《听苕山馆诗存》	吴梅伯手稿	篇目有:《题许雪斋玉湖柳隐图》2首、《九日陈泊如潘左江招游归云庵》2首、《秋日还家》4首、《题许雪斋溪上草堂图》2首、《登石公山望太湖》1首、《偕秋翁小浦豫生访莲隐庵即谒松菊先生墓以步屧寻幽句分韵得屧字》1首、《题陈秋翁秣陵感旧图》2首、《王竹侣见过有作》1首、《雨后登楼》1首、《立秋前一日霞江家叔祖招同人宴集寓斋分韵得客字》1首、《题郑闻斋小照》1首、	诗	25

年份	卷号	题目	署名	简介	文体	首数
1873				《溪桥望月同秋翁作》1 首、《赠陈秋翁即次雨窗书怀韵》1 首、《溪头夜坐》1 首、《七夕前三日偕秋翁嵩翁也香游风林访丈子良分韵得村字率成二律》2 首、《雨窗同莱仙也香夜话》1 首、《秋日偕悔翁过昂溪访蓬莱仙值钱湘文同游西资庵归饮莱仙斋头分韵得觞字》1 首。		
	13	《感遇十二首有序》	紫薇村农梅衫氏初稿	前有序文："余少壮时潜心经史，并习余艺。自问非碌碌有长者，乃东西奔走，三十年来竟无一遇，命蹇运乖乃至斯乎？今老矣，无复望矣。旅馆无聊，赋此志慨。"后有跋文，为小吉庵主所撰，介绍梅衫明经为嵊城名宿。	诗	12
	14	《四时乐境》	梦湘主人录	篇目有：《春时》、《夏时》、《秋时》、《冬时》。后有跋文，介绍该组诗作者。程蓋臣先生，名羽。古歙人。著有《清闲供》一卷。此为山居清暇之事，限于篇幅，选录几首。	诗	4
	14	《开门七咏同秦肤雨作》	宝山蒋敦复剑人	《柴》、《米》、《油》、《盐》、《酱》、《醋》、《茶》。后有跋文："剑人茂才负奇才，以诗名大江南北，著有《啸古堂诗集》行世。板片毁于兵火，应敏斋廉访刊其古文遗集，尚有遗诗数卷，此诗未经刊行，舒铁云《瓶水斋集》中亦有是咏，今剑人所作有过之无不及也。"	诗	7
	14	《乘风破浪图题词》	昆池钓徒	前有序文："癸酉夏将有入都之役，同人设饯送行，马君笈云绘《乘风破浪图》赠别，爰感其意，自题《买陂塘》诗余一阕，录请大词坛斧政，并附诸同人题词。"后有附作：钵池山农诗 1 首、云间沈祥龙约斋诗 1 首、蔊梦庵主诗 1 首、鹭洲诗渔诗 1 首、鹤槎山农诗 1 首、汉阳关棠季甫作于都门诗 1 首、绿天居士诗 4 首、漱红词人诗 1 首、沈治孙子毅诗 1 首、茧绪外史诗 1 首、杨葆光古醖即次原韵时客都门诗 1 首、龙湫旧隐即用原调原韵 1 首、山阳黄世隆调寄《水龙吟》1 首、甘泉李寅生调寄《金缕曲》1 首、鹤溪贺少楼调寄《金缕曲》1 首、云间沈希庭调《满江红》1 首、不愁明月尽馆主人调《满江红》1 首、白门黄瘦竹调《满江红》1 首、彤芳阁主调寄《高阳台》1 首、醉禅外史调《贺新凉》1 首。	诗、词	诗15词11

续　表

年份	卷号	题目	署名	简介	文体	首数
1873	14	《续录听苕山馆诗存》	吴梅伯手稿	篇目有：《有感》1首、《仙溪归舟作》2首、《秋夜偕梅翁莱仙步月》1首、《秋日寓斋作》1首、《访家莲浦即赠》1首、《访家醉香即赠》1首、《子高过访赋赠》1首、《和秋翁游凤林》1首、《病中有感》2首、《将之申江留别前溪诸同人》2首、《雨泊西杨村》1首、《盛湖雪阻》1首、《夏日游蕊珠宫》2首、《赠陈丈嗜梅》1首、《重游蕊珠宫作》1首。	诗	18
1874	15	《秋兰吟卷》		也为唱和之作。篇目有：《秋兰用渔洋秋柳韵，和恩竹樵方伯、德清俞樾荫甫》8首、《元和袁学澜文绮》8首、《长洲秦云肤雨》4首、《吴县亢树滋铁卿》4首、《长宁曾行恕亮卿》4首。	诗	28
	15	《碧梧秋馆诗》	苕翠词人宝山沈穆孙	篇目有：《春晓曲》1首、《春夜曲》1首、《文丞相松风琴歌和周秋史夫子作》1首、《题瘦琴铭后》1首、《吴寓词》6首、《游仙词》8首、《柳影》1首、《柳眼》1首、《清夜吟》1首、《偶成》1首。	诗	22
	15	《无题三十绝上下平韵》	补萝山人集唐	补萝山人喜用集句作诗词，《申报》上的作品也多用集句。	诗	30
	16	《砭俗新乐府》	震泽韩森宝荼甫	前有序言："吴越之间民贫俗奢，数年以来日趋于荡，游闲子弟废事失业。目击时弊，有心者慨焉。仿香山新乐府播为长谣，亦风人惩恶之意云。"篇目有：《摊庄》《烟墩》《花鼓戏》《跳板船》《枪船》《零押店》《女唱书》《尼姑庵》《讼师》。	诗	9
	16	《荒政新乐府》	吴江仲湘壬甫	篇目有：《放钱厂》《施粥担》《清门米》《老人粮》《恤孕妇》《留弃儿》《棉衣票》《稻柴房》《收饿殍》《瘗浮棺》。	诗	10
	16	《外帘杂咏》	宝山沈学渊梦塘	篇目有：《搜检》《点名》《坐号戳》《供给所》《受卷》《贴出》《誊录》《对读》。	诗	8
	16	《南宋杂咏》	宝山蒋敦复	组诗。	诗	3
	16	《孤山三女士墓》	未署名	后有序："陈云伯大令为小青云友菊香修建见颐道堂。集中有'云伯固好，竟不知何许人也。'姑妄言之，吊之以诗。"	诗	1

年份	卷号	题目	署名	简介	文体	首数
1874	16	《花市老人歌》	长洲秦云	前有序:"偶至虎丘花市,遇一老人,自言姓朱,年七十,世业卖花,盛道昔日吴门奢华,遭乱后重理旧业,衣食不给。余闻其言,有感于中,而不能已于辞。为作《花市老人歌》。"	诗	1
	16	《忠贞咏》	嘉善孙荣寿小云稿	组诗。对几位城陷就义的将领的歌颂。	诗	6
	16	《买陂塘·题杨利叔燕山匹马图》	陈寿熊	号子松。"邃于经学,兼工诗词,庚申夏练乡兵御贼,以身殉之。生平著作宏富,散佚无存。"此处摘录,当是借词存人之意。	词	1
	17	《〈红楼梦〉竹枝词》	合肥卢先骆半溪	前有《〈红楼梦〉竹枝词序》,为同治己巳愿为明镜室主人作于西泠旅次。后有愿为明镜室主撰《读〈红楼梦〉杂记》。	竹枝词	100
	17	《醉乡仙史猗园怀古诗并序》	醉乡仙史	前有序:"古猗园在槎溪镇,乃明季李长蘅先生游息处。……"介绍园的兴废,有兴废之慨叹。	诗	1
	17	《与沈子扬苏稼秋游猗园即事》	醉乡仙史		诗	1
	17	《紫鸾笙谱》	长洲秦云	篇目有:《醉思凡》、《买陂塘·雁》、《鹊桥仙》、《高阳台》、《摸鱼子》、《江城梅花引》、《高阳台》(此首为悼念之词。前有词序,介绍莲溪禅师所绘王桂仙校书小像)、《太常引》、《金缕曲·题陈笃堂浮生梦影图》、《虞美人·游莫愁湖作》。	词	10
	17	《定念禅师翠微一笑图赞》	息襄居士	四言体。	诗	5
	17	《车壶铭》		四言体。	诗	1
	17	《臂阁铭》		四言体。	诗	1
	17	《甲戌春词扬州作》	未署名		诗	5
	18	《碧浪湖櫂歌八十首》	当为"许雷门"	前有归安沈秉成序,介绍该组櫂歌为仿朱彝尊《鸳鸯湖櫂歌百首》而来。还有自序。	竹枝词	18
	18	《珠江纪游竹枝词三十四首》	抱真子		竹枝词	34

续　表

年份	卷号	题目	署名	简介	文体	首数
	18	《钱塘江船竹枝词》	愿为明镜生		竹枝词	20
	19	《游石公山记附古迹诗十二首》	味灯主人	篇目有:《石公山》、《归云洞》、《夕光洞》、《一线天》、《联云嶂》、《断山》、《湖山第一》、《明月坡》、《云梯》、《月梯》、《翠屏轩》、《浮玉北堂》。	诗	12
	19	《樽洲词》	西江勒方锜少仲	篇目有:《采桑子》、《大江东去》、《鹊桥仙》、《绛都春·丁未南归重经邗上,十年朋侣云散风流,棹小舟出城,寻囊时游赏处,荒凉满目,光景全非,命酒孤斟,怅然成咏》、《醉春风》、《百宜娇·和杨朴庵咏帐钩》、《醉花阴·宝应湖晚泊》、《水龙吟》、《解连环·别金陵后却寄》、《金缕曲·舟中感怀和胡佛成同年泰州客次见忆之作却寄》、《点绛唇》、《青玉案》、《醉花阴》、《御街行·检亡室李恭人手抄词卷赋此寄哀》、《眉妩》。	词	15
1874	19	《燕游草》	瓯东山樵	篇目有:《金台花品弁词》48首(有序,"燕赵佳人之地……",实为品评花榜性质)、《都中杂咏,柬怡道人》4首、《柬嘉颖主人》1首、《再柬怡道人》2首、《出都留别景和》2首、《惜别词》1首、《忆霞词》12首、《怀南谷舜云兼柬怡道人》1首、《轮舟感怀》7首。	诗	78
	20	《梦花问月仙馆诗余》	画游诗寄主人手稿	篇目有:《浪淘沙·西风乍凉,病随秋至,隐几孤坐,书以遣怀》、《买陂塘·题秋声夜读图》、《踏莎行·客中散步》、《生查子》、《百字令·茗上初归答友人见寄》、《荷叶杯》、《减兰·和小云》、《金缕曲·寒食送别后城西散步,香花所借友亦将有行》、《九张机·次韵》、《柳梢青·题晓妆画帧》、《新荷叶·题停琴待月图》、《满庭芳·访词友读其所作数知己清言移晷赋赠》、《百字令·咏尘》、《金缕曲·即席次韵》、《前调·双喜女郎》、《江城梅花引·为人题梅月纨扇》、《满江红·题举杯邀月图》。	词	25
	20	《观剧杂咏·戏咏应制体》	西余山樵	篇目有:《采莲》、《盗绡》、《别姬》、《演官》、《独占》、《别母》、《挑帘》、《嫁妹》、《刺虎》、《喫糠》、《花婆》、《卖兴》、《弹词》、《劝妆》、《合钵》。	诗	15
	21	《销夏三会诗夏日田园杂兴》	浮眉阁		诗	10

年份	卷号	题目	署名	简介	文体	首数
1874	21	《夏日游仙诗》	浮眉阁		诗	10
	21	《夏日闺中词》	浮眉阁		诗	10
	21	《江东老剑遗诗》	蒋敦复	前有序言，为录蒋敦复之作。蒋敦复，字纯甫，一字剑人。五十后自号江东老剑。宝山县人。录诗：《乙卯秋感八首》、《秀水周存伯大令为余作空山扪虱图自题七古一章》、《周刺客匕首图歌为陈叔潜作》、《题伍大夫祠壁》、《无题》、《讹言》、新乐府四首（《救命布》：官军讨贼，袭贼记号，腰系红绸。有问者，曰："此救命布也。"《烧锅手》：贼语人曰："有乞余作烧锅手者，余知其官，怜而活之，贼退，其人出著府事。"《棋盘山》：杭郡钱塘门外有棋盘山。往时，众议此处可驻官军，为犄角，方保城守。无何贼至，辄扎营焉。近闻有数千人诡称江南大营溃，卒奔驻此山，官不能诘，甚可虑也。《典史死》：仁和林典史朝服坐于庙事，见贼大骂，被戕。死时，咸丰十年二月二十七日也。同日巡抚某自经于节署后圃大树下。先是比关火属吏及百姓，苦请出兵，拒不许，亟令闭城，城破咸归咎焉）、《游天中庵作》、《自天中庵至潭上晚入太平里》、《三忠牙印歌》。	诗	20
	21	《柴桑小筑吟草》	白岳山樵黄炘	《品茶》3首、《读吾邑诸绅士公禀督抚两宪求查革粮役诈索永纾民困禀帖感而成此》14首、《遥和龙漱旧隐饯秋四咏》（枯荷、衰柳、冷枫、晚菊）、《戏和了然老人南园并蒂莲原韵》1首。	诗	22
	22	《吴门余烈士诗文汇录》		篇目有：《余烈士传》（长洲黄兆麟颂阁）、《书后二则》（常熟张瑛仁、吴县亢树滋铁卿）、《题辞》（长洲秦云肤雨），	文	4
				篇目有：元和陆懋俦九芝、长宁曾行恕亮卿、昆山徐家畴、元和吕一凤箫史诗4首、嘉兴杨良济利叔诗1首、长洲潘钟瑞麟生诗1首。	诗	6
	22	《台湾赏番图为李黄门友棠作》	藏园集	后有跋文："藏园此诗罗列番人情形，台湾事实最为精博，亟为印出以广眼界，恍如游灵山之城，狎鲲身之浪，而亲见土番嘎咷搦之状，想留心时事者，当不在病其剿袭也。让道人附跋。"	诗	1
	22	《沪城岁事衢歌》	未署名	后有诗歌多首。	竹枝词	19

续　表

年份	卷号	题目	署名	简介	文体	首数
1874	22	《梅笛庵词》	长洲宋志沂浣花著	篇目有:《八声甘州·秋柳》、《渡江云·寒夜舟泊松陵,天低欲雨,水冷不波,荒寂之景增人旅感,扣舷歌此,风水声如相鸣咽也》、《好事近》、《浪淘沙·春雨乍歇,落红半阶,辄诵绿肥红瘦之句,花若有知,应念我惜花心苦也》、《惜余春慢·春暮坐万绿阴中,愁丝不约而来,因谱此遣寂,然言愁又欲愁矣》、《琐窗寒·冬夜风雪作寒恻然有怀》、《锦缠道》、《声声慢·秋夜客子玉峰,招凉不寐,邻家长笛犹鸣鸣,明月下悲秋者何以为情》、《雨中花》、《念奴娇·张砚孙先生客西泠时,校书潘芸娘者本良家子……》、《相见欢》、《点绛唇·冻雨敲窗,残灯未灭,一夜春寒知梨花落去多少也》、《南浦·春草已碧,白云弄晴,所思不见,渺予怀,调此从玉田体》、《如梦令》。 另:第23卷有《宋浣花传》,为对宋志沂的介绍。	词	14
	23	《郭频伽词品》	郭麐	词品。前有序言。	词话	12
	23	《杨伯夔续词品》		前有序:"灵芬馆诗话云余少作词品十二则,以仿佛《诗品》之意,颇为识曲者所赏,后见杨伯夔续作十二首,语皆名隽,予作已刻入杂著,复录伯夔之作于此,以为词场歌吹云。"	词话	12
	23	《燕闺香奁诗》	陈芳国主	篇目有:《燕姬行》1首、《燕闺咏物诗》4首(翠钿、罗由、宫袍、绣屧)、《红帘》4首。	诗	9
	23	《山城倡和集》	众人唱和	前有饭夥山樵《山城倡和集引》。《倡和集》有诗:《赠海昌杜晋卿茂才》1首(秀水陈鸿诰曼寿)、《赠海昌杜晋卿茂才》1首(钱塘石纶藻翰臣)、《次韵赠石渠阁即题其橐笔吟新稿》1首(海宁杜求烊晋卿)、《赠陈曼寿即题其己刻味梅花馆初二集及喜雨倡和诗》1首(晋卿)、《送别金彝仲鼎再迭前韵》1首(渠阁)、《送别金彝仲鼎再迭前韵》1首(曼寿)、《晋卿招同人燕集尊古斋赋此奉谢三叠前韵》1首(曼寿)、又1首(渠阁)、《晋卿以翠瓜见饷四叠前韵奉谢》1	诗	27

年份	卷号	题目	署名	简介	文体	首数
1874				首(曼寿)、《晋卿分饷甘瓜炎伏中得此真清凉散也倒叠前韵赋谢》1首(渠阁)、《题曼丈梅窗觅句图照》2首(晋卿)、《读晋卿浣花吟馆诗草即题其端》1首(曼寿)、《曼寿丈出示味梅花馆诗四集索题》1首(晋卿)、《秋感》1首(曼寿)、《次韵》1首(晋卿)、《晋卿拟即日赴省秋试诗以送别》1首(曼寿)、《晋卿将赴省试察诗为赠未有以应适曼寿以送行诗见示有所触发依韵即成二律用连环体奉颂吉行连捷》2首(渠阁)、《泊子陵钓台用曼丈送别诗韵》1首(晋卿)、《将赴试入邓先期旋里留别陈社二君》2首(渠阁)、《送石翰臣孝廉北上即次留别原韵》3首(曼寿)、《送石翰臣孝廉北上即次留别原韵》2首(晋卿)。		
	23	《沪城岁事衢歌》	未署名	诗歌多首。	竹枝词	19
	24	《戊戌茱萸会诗》	唱和诗会	前有秋水氏的序文。有诗人秋水殳澄、逸仙陈言、篷湖陈子雅、笠亭陈祝尧、冰壶高元智、笠舫程柏、卍生明融、水村赵子镜一同唱和。后有半道人范敦作跋,以及锦裳毕云附识。	诗	9
	24	《霁山遗诗》	秀水郑瑞清午生	《钱塘怀古》5首、《秋日杂诗》2首、《秋日寄怀仲兄》1首、《赠何君卓唐》1首、《杨利叔象济从庐州归诗以怀之》1首、《过青浦》1首、《题陆朗夫先生山水册》1首、《戊午入都应京兆试留别相送诸子》1首、《镇江》1首、《渡扬子江》1首、《途遇仲巢民朝桢之官杭州诗以送之》2首、《峒峿道中》1首、《自京还里再应本省乡试舟中口占》1首、《避居雪巷晤田明府赋呈二律》2首、《闻蛩》1首、《乱云》2首、《和赵竹生观察景贤重九兵回湖城途中口占》1首、《湖城陷赵方伯竹生被擒诗以吊之》1首、《春去》1首。	诗	27
	24	《长生殿传奇题诗》	蒲仙葛其龙		诗	1
	24	《沪城岁事衢歌》	未署名		竹枝词	6

续　表

年份	卷号	题目	署名	简介	文体	首数
	25	《青灯余墨五则》	嘉善孙荣寿小云述	《诗扇》、《清献公诗》、《于秋泾》、《张筱峰诗》、《梅花道人题画诗》。此五篇短文具诗话性质,故录入。	文	5
	25	《冬学杂咏并序》	猇湖痴梦生	前有长序。诗目:《千字文》、《百家姓》、《三字经》、《备用杂字》。	诗	4
	25	《沪城岁事衢歌》	未署名	有诗多首。	竹枝词	21
	25	《忏余绮语》	浮眉阁	有《祝英台近》十七阕。	词	17
	26	《古别曲》	陈芳国主		诗	8
	26	《后古别曲》	陈芳国主		诗	7
1874	26	《武邱乐府》	郭麐和二娱唱和之作	此收录了频伽与二娱唱和词作。有《天香·花露》(频伽)、《前调·和作》(二娱)、《齐天乐·塔铃》(频伽)、《前调》(二娱)、《摸鱼儿·荡湖船》(频伽)、《前调》(二娱)、《水龙吟·吴歌》(频伽)、《前调》(二娱)、《桂枝香·蕉扇》(频伽)、《前调》(二娱)。后有跋云:"右武邱乐府五首,结夏僧房,端居无俚,辄仿南宋人《乐府补题》之制,谱山中风物,希同调者继声焉。二娱尤君首先属和,其词尤工,用同著于篇。小吴轩行馆书。"注:尤维熊,字祖望,号二娱,江苏长洲人,清代官吏、诗人。拔贡出身,官蒙自知县。工诗词。有《二娱小庐诗词钞》。	词	10
	27	《吊孤山林少尉墓并序》	旌德江顺诒秋珊	前有长序,介绍林少尉。后附诗。	诗	1
	27	《林少尉墓》	长洲程龙光杏楼		诗	2
	27	《吊林小岩少尉》	丹阳吉正常瀛帆		诗	1
1875	27	《击筑余音》	有明王笋夫	前为诗。后有跋:"此歌为王季重先生所作。作歌后遂不食而死,当天崩地坼之时,宜其作此狂歌,洩其抑郁,然万古奇文至斯极矣,因录王侍郎传略于后。"后有王侍郎传略。	诗	1
	27	《香奁偶录诗》	碧城仙史	《定是》4首、《相思》4首、《闲情》8首。	诗	16

年份	卷号	题目	署名	简介	文体	首数
1875	28	《聚星叠雪》	众人唱和	前有序文："东坡聚星堂雪诗作于元祐七年，岁在辛未，公年五十六，迨同治辛未距宋甲子十三周矣。余与何廉舫皆丙子生。今年正月大雪中怅然有感，即用苏韵寄怀。"诗有：《雪中怀吴门诸友即寄何贞老冯林一吴平斋恽次山小舫潘玉泉李梅生高碧湄》、《贞老见和前诗三用原韵奉答》、《方子箴谒贲来吴门四叠前韵》、《恽石松公子见和前诗五叠前韵》、《香山生日香严招集子山斋中戏作六叠前韵》、《子山斋中观定武兰亭真本七叠前韵》、《顾井叔得古琴十数癖嗜非今人所有矣八叠前韵以美之》、《闻马化泷已降复叛事九叠前韵纪之》、《蝯叟见和二诗十叠前韵奉答昔冯林一许我与叶水心规模相似故演其说》、《予为侯官东阿益阳三公作传海内知交咸赏之书来云此作不当以文论即论文亦已雄绝余愧不敢当也十一叠前韵》、《苏游五日即归吴江道中再用前韵却寄诸君子已十二叠矣》。	诗	10
	28	《黄布衣麓樵遗诗小传》	黄布衣麓樵	后有古箬山房作《布衣黄麓樵小传》。有跋文。遗稿诗目录：《夜窗听雨》1首、《小斋》4首、《晚步近村》1首、《白菊》1首、《秋日书怀次韵》2首、《和也是园题壁》3首、《秋夜》1首、《戊申六月二十日风潮纪事》2首、《挽友人十四韵》1首、《秋柳》3首、《四时闺词和金自山韵》4首。	诗	23
	28	《午生词稿》	秀水郑瑞清	为词稿。篇目：《高阳台·秋柳》、《疏帘淡月·白秋海棠》、《江亭怨·登松陵挹秀阁》、《金缕曲·文信国公玉印》、《摸鱼儿·饯春用稼轩春晚韵》、《小重山·南屏访六舟上人不遇登雷峰观黄妃塔》、《金缕曲·铁如意明赵忠毅公……》、《山亭柳·游丝》、《台城路·山行漫赋》、《水龙吟·落叶用碧山韵》、《玉京秋·玉簪花》、《金缕曲·庚申岁携家避乱飘泊廉定舟中赋此以当击楫之歌》、《清平乐·春草》、《石湖仙·白石道人像即用老仙自制越调旧谱》。	词	14

参考文献

一、专著

A

A newspaper for China：power，identity，and change in Shanghai's news media，1872 - 1912   Barbara Mittler   Harvard University Asia Center，2004

B

白居易集	白居易著,顾学颉校点	中华书局 1979 年版
白雨斋词话	陈廷焯著	词话丛编本
报馆旧踪	郭汾阳、丁东著	江西教育出版社 1999 年版
北海三考	胡元仪著	民国十五年刻湖南丛书本
被书写的现代：20 世纪中国文学中的上海	刘永丽著	中国社会科学出版社 2008 年版

C

沧浪诗话校释	严羽著,郭绍虞校释	人民文学出版社 1961 年版
草庐吴文正公全集	吴澄著	清乾隆五十一年万氏刻本
茶烟歇	范烟桥著	上海书店 1989 年版

苌楚斋随笔	刘声木著	中华书局 1998 年版
陈衍诗论合集	钱仲联编校	福建人民出版社 1999 年版
传播学:以人为主体的图像世界之谜	沙莲香著	中国人民大学出版社 1990 年版
传播学概论	威尔伯·施拉姆著,陈亮、周立方、李启译	新华出版社 1984 年版
传播学教程	郭庆光著	中国人民大学出版社 1999 年版
词话丛编	唐圭璋著	中华书局 1986 年版
词集序跋萃编	施蛰存著	中国社会科学出版社 1994 年版
词品	杨慎著	词话丛编本
词曲史	王易著	上海书店 1989 年版
词选	张惠言著	词话丛编本
词综	朱彝尊著	上海古籍出版社 1999 年版
词综补遗	林葆恒辑,张璋整理	上海古籍出版社 2005 年版
从理学到朴学——中华帝国晚期思想与社会变化面面观	艾尔曼著	江苏人民出版社 1995 年版

D

带经堂诗话	王士禛著	乾隆二十七年刻本
第二媒介时代	马克·波斯特著	南京大学出版社 2000 年版
东京梦华录	孟元老撰,邓之城注	中华书局 1982 年版
东南沿海城市与中国现代化	张仲礼著	上海人民出版社 1996 年版
都门杂咏	杨静亭著	清道光二十五年刊本

F

贩书偶记	孙殿起著	上海古籍出版社 1982 年版

G

歌德谈话录	爱克曼辑录,朱光潜译	人民文学出版社 1997 年版
古代社会(新译本)	路易斯·亨利·摩尔根著,杨东莼译	商务印书馆 1977 年版
故宫博物院藏历代绘画题诗存	赵苏娜著	山西教育出版社 1998 年版
广陵唱和词	程康庄著	康熙六年留松阁刻本
归田录	欧阳修著	中华书局 1981 年版

H

海上花列传	韩邦庆著	岳麓书社 2009 年版
韩愈文集	韩愈著	上海古籍出版社 1997 年版
红楼梦	曹雪芹等著，中国艺术研究院《红楼梦》研究所校注	人民文学出版社 1996 年版
胡适文存	胡适著	上海亚东图书馆 1924 年版
胡适自传	胡适著	江苏文艺出版社 1995 年版
沪游梦影	池志澄著	上海古籍出版社 1989 年版
沪游杂记	葛元煦著	上海古籍出版社 1989 年版
花间集注	赵崇祚编，华钟彦注	中州书画社 1983 年版
寰宇琐纪	申报馆编	申报馆 1876 年版
黄庭坚诗集注	黄庭坚著，任渊等注，刘尚荣校点	中华书局 2007 年版

J

机械复制时代的艺术	瓦尔特·本雅明著，李伟、郭东编译	重庆出版集团 2006 年版
江浙藏书家史略	吴晗著	中华书局 1981 年版
近代词钞	严迪昌著	江苏古籍出版社 1996 年版
近代上海词学系年初编	杨柏岭著	上海教育出版社 1983 年版
近代上海大事记	汤志钧著	上海辞书出版社 1989 年版
近代上海商人与"海派文化"	朱英著	华中理工大学出版社 1996 年版
近代中国社会文化变迁录	刘志琴著	浙江人民出版社 1998 年版
近代中国史纲	郭廷以著	香港中文大学出版社 1979 年版
近代中国史料丛刊三编	沈云龙主编	台北文海出版社 2000 年版
近现代金石书画家润例	王中秀、茅子良、陈辉编著	上海画报出版社 2004 年版
近现代上海出版业印象记	朱联保著	学林出版社 1993 年版
警钟日报	蔡元培主编	1904—1905 年陆续出版
旧上海报刊史话	曹正文、张国瀛著	华东师范大学出版社 1991 年版
旧上海人口变迁的研究	邹依仁著	上海人民出版社 1980 年版

L

老上海三十年见闻录	陈无我编	大东书局 1928 年版
老上海四马路	胡根喜著	学林出版社 2001 年版
礼记正义	孔颖达著	十三经注疏本
李清照集笺注	李清照著，徐培均笺注	上海古籍出版社 2002 年版
李太白全集	李白著	中华书局 2006 年版
梁实秋自传	梁实秋著	江苏文艺出版社 1996 年版
两当轩集	黄景仁著	上海古籍出版社 1983 年版
六十年出版风云散记	赵晓恩著	中国书籍出版社 1994 年版
鲁迅全集	鲁迅著	人民文学出版社 1981 年版

M

Modern Chinese Literary Thought：Writings on Literatue 1893 – 1945	Krik A. Denton	Stanford University Press，1996
漫游随录图记	王韬著，王稼句点校	山东画报出版社 2004 年版
贸易通志	郭实腊著	新加坡坚夏书院道光二十年版
民国上海县志	吴馨等编	上海书店 1991 年版
墨子闲诂	孙诒让著	中华书局 1986 年版

N

| 南社史长编 | 杨天室、王学庄著 | 中国人民大学出版社 1995 年版 |

O

| 欧阳修全集 | 欧阳修著 | 中华书局 2009 年版 |

Q

七缀集	钱钟书著	上海古籍出版社 1994 年版
清词探微	张宏生著	上海古籍出版社 2008 年版
清代词学的建构	张宏生著	江苏古籍出版社 1998 年版
清代地方人物传记丛刊	江庆柏主编	广陵书社 2007 年版
清代科举人物家传资料汇编	来新夏主编	北京学苑出版社 2006 年版
清代日记汇抄	姚廷遴著	上海人民出版社 1982 年版
清代朱卷集成	顾廷龙主编	台北成文出版社有限公司 1992 年版

清末四十年申报大事记	徐载平、徐瑞芳著	新华出版社 1988 年版
清末四十年申报史料	徐载平、徐瑞芳著	新华出版社 1988 年版
清人诗文集总目提要	柯愈春著	北京古籍出版社 2002 年版
清诗话	王夫之著	上海古籍出版社 1963 年版
清诗史	严迪昌著	浙江古籍出版社 2002 年版
秋雨散文	余秋雨著	浙江文艺出版社 1994 年版
屈原集校注	屈原著,金开诚等校注	中华书局 2008 年版

R

人间词话	王国维著	词话丛编本
日本填词史话	神田喜一郎著,程郁缀、高野雪译	北京大学出版社 2000 年版
容斋随笔	洪迈撰,孔凡礼点校	中华书局 2005 年版

S

Social Organization: A Study of the Larger Mind	Charles Horton Cooley	Charles Scribner's Sons, 1909
三借庐笔谈	邹弢著	清写印本
三借庐剩稿	邹弢著	民国三年活字本
三借庐赘谭	邹弢著	续修四库全书本
商务印书馆一百年	商务印书馆编	商务印书馆 1998 年版
上海,1862 年	于醒民著	上海人民出版社 1991 年版
上海近代报刊史论	秦绍德著	复旦大学出版社 1993 年版
上海近代史	刘惠吾著	华东师范大学出版社 1987 年版
上海近代文学史	陈伯海、袁进著	上海人民出版社 1993 年版
上海鳞爪	郁慕侠著	上海书店出版社 1998 年版
上海名人辞典	吴成平主编	上海辞书出版社 2001 年版
上海少年儿童报刊简史	简平著	少年儿童出版社 2010 年版
上海社会与文人生活(1843—1945)	叶中强著	上海辞书出版社 2010 年版
上海史	唐振常著	上海人民出版社 1989 年版
上海通史	熊月之主编	上海人民出版社 1999 年版

上海外贸史话	《上海外贸史话》编写组编	上海人民出版社 1976 年版
上海闲话	姚公鹤著	上海古籍出版社 1989 年版
上海县续志	沈宝昌等编	民国上海南园精刻本
上海新报	林乐知、傅兰雅主编	1861—1872 年陆续出版
上海研究论丛	上海市地方志办公室、上海研究中心编	上海社会科学院出版社 1993 年版
上海洋场竹枝词	顾炳权著	上海书店出版社 1996 年版
上海——现代中国的钥匙	罗兹·墨菲著	上海人民出版社 1986 年版
上海轶事大观	陈伯熙编	上海书店出版社 2000 年版
上海游览指南	中华图书集成公司编辑所编	中华图书集成公司 1919 年版
上海掌故辞典	薛理勇著	上海辞书出版社 1999 年版
申报（影印本）	申报馆编	上海书店 1983 年版
申报的兴衰	宋军著	上海社会科学院出版社 1996 年版
申报馆书目	申报馆编	申报馆 1877 年版
申报七十七年史料	徐忍寒编	1962 年油印本
诗屑与印屑	徐正濂著	大象出版社 2000 年版
十里长街·坎墩	方柏令主编	新华出版社 2006 年版
十三经注疏	阮元校	中华书局 2008 年版
石林避暑录话	叶梦得著	上海书店 1990 年版
士与中国文化	余英时著	上海人民出版社 1987 年版
市隐书屋诗文稿	亢树滋著	清同治刻本
室名别号索引（增订本）	陈乃乾著	中华书局 1982 年版
书报旧话	郑逸梅著	学林出版社 1983 年版
书林清话外二种	叶德辉著	北京燕山出版社 1999 年版
双溪诗余	王炎著	上海古籍出版社 1989 年版
顺康之际广陵词坛研究	李丹著	上海古籍出版社 2009 年版
四库全书总目	永瑢等撰	中华书局 1965 年版
四溟琐纪	申报馆编	申报馆 1875 年版
淞南梦影录	黄式权著	上海古籍出版社 1989 年版
宋词题材研究	许伯卿著	中华书局 2007 年版

苏轼文集	苏轼撰,茅维编,孔凡礼点校	中华书局 1989 年版
涑水纪闻	司马光著	中华书局 1989 年版
随园诗话	袁枚著	人民文学出版社 1962 年版
随园琐记	袁祖志著	申报馆 1877 年版

T

The Law of the Mind, *Collected Works*, *The Process and Effects of Mass Communication*	Charles Sanders Peirce	Cambridge University Press, 1933
唐宋词传播方式研究	钱锡生著	复旦大学出版社 2009 年版
唐音癸签	胡震亨著	上海古籍出版社 1981 年版
陶渊明集笺注	陶渊明著,袁行霈笺注	中华书局 2005 年版
听秋声馆词话	丁绍仪著	词话丛编本
桐城文学渊源撰述考	刘声木著	合肥黄山书社 1989 年版
退醒庐笔记	孙家振著	上海书店出版社 1997 年版

W

晚清、民国时期上海小报研究:一种综合的文化、文学考察	李楠著	人民文学出版社 2005 年版
晚清报刊与维新舆论建构	王天根著	合肥工业大学出版社 2008 年版
晚清报业史	陈玉申著	山东画报出版社 2003 年版
晚清的新式传播媒体与知识分子:以报刊出版为中心的讨论	李仁渊著	稻乡出版社 2005 年版
晚清民国时期上海小报·插图本	李楠著	人民文学出版社 2006 年版
晚清文艺报刊述略	阿英著	上海古典文学出版社 1958 年版
王国维遗书	王国维著	上海古籍出版社 1983 年版
王士禛年谱(附王士禄年谱)	王士禛撰,孙言诚点校	中华书局 1992 年版
王韬评传	忻平著	华东师范大学出版社 1990 年版
王韬评传	张海林著	南京大学出版社 1993 年版

文明小史	李伯元著	上海古籍出版社 1997 年版
文坛五十年	曹聚仁著	东方出版社 1997 年版
文学理论教程	童庆炳主编	高等教育出版社 2004 年版

X

西学东渐与晚清社会	熊月之著	上海人民出版社 1994 年版
先秦唐宋明清新闻事业论集	朱传誉著	台湾商务印书馆 1988 年版
现代日本大众传播史	张国良著	学林出版社 1992 年版
小仓山房诗文集	袁枚著	上海古籍出版社 1988 年版
辛亥革命时期期刊介绍	方汉奇著	人民出版社 1982 年版
新上海	陆士谔著	上海古籍出版社 1997 年版

Y

艺术哲学	丹纳著,傅雷译	人民文学出版社 1963 年版
饮冰室合集	梁启超著	中华书局 1989 年版
瀛寰琐纪	蒋其章编	申报馆 1872 年版
瀛壖杂志	王韬著	上海古籍出版社 1989 年版
渔洋山人诗集	王士禛著	康熙八年吴郡沂咏堂刻本
渔洋诗话	王士禛著	康熙四十四年刻本
乐府诗集	郭茂倩著	中华书局 1998 年版

Z

在传统与现代性之间：王韬与晚清改革	柯文著	江苏人民出版社 1994 年版
中国报刊图史	李焱胜著	湖北人民出版社 2005 年版
中国报学史	戈公振著	上海商务印书馆 1927 年版
中国的现代化	吉尔伯特·罗兹曼主编	江苏人民出版社 1995 年版
中国古代题壁文化研究	刘金柱著	人民出版社 2008 年版
中国古代文体形态研究	吴承学著	中山大学出版社 2000 年版
中国古代文学传播概论	王金寿著	甘肃教育出版社 2009 年版
中国近代报刊发展概况	杨光辉等著	新华出版社 1986 年版
中国近代报刊名录	方汉奇著	福建人民出版社 1991 年版
中国近代报刊史	方汉奇著	山西人民出版社 1981 年版
中国近代藏书文化	李雪梅著	现代出版社 1999 年版

中国近代出版史料初编	张静庐著	上海群联出版社 1954 年版
中国近代出版史料二编	张静庐著	上海群联出版社 1954 年版
中国近代大众传媒与中国近代文学	蒋晓莉著	巴蜀书社 2005 年版
中国近代教育大事记	陈学恂著	上海教育出版社 1981 年版
中国近代思想史	李泽厚著	人民出版社 1979 年版
中国近代图书事业史	来新夏等著	上海人民出版社 2000 年版
中国近代文学研究概论	徐鹏绪、张俊才著	天津教育出版社 1992 年版
中国近世词学思想研究	朱惠国著	上海古籍出版社 2005 年版
中国近现代经典广告创意评析:《申报》七十七年	林升栋著	东南大学出版社 2005 年版
中国历史地名大词典	史为乐主编	中国社会科学出版社 2005 年版
中国社会史	谢和耐著	江苏人民出版社 1995 年版
中国诗学考索	张宏生著	江苏教育出版社 2006 年版
中国书法史·清代卷	刘恒著	江苏教育出版社 2007 年版
中国文艺副刊史	冯并著	北京华文出版社 2001 年版
中国戏曲志·上海卷	中国戏曲志编辑委员会编撰	中国 ISBN 中心 1996 年版
中国印刷史	张秀民著,韩琦增订	浙江古籍出版社 2006 年版
中国印刷术的发明和它的西传	卡特著,吴泽炎译	商务印书馆 1957 年版
中国租界史	费成康著	上海社会科学院出版社 1991 年版
中华民国史资料丛稿·民国名人传记辞典	包华德著	中华书局 1983 年版
中华民国史资料丛稿·人物传记	中国社科院近代史研究所等著	中华书局 1986 年版
中华竹枝词	雷梦水等编	北京古籍出版社 1997 年版
中兴词话	黄昇著	中华书局 1986 年版
诸子集成	国学整理社辑	上海书店 1986 年版
竹枝纪事诗	丘良任	暨南大学出版社 1994 年版
最近之五十年	申报馆编	申报馆 1923 年版

二、硕博论文

《晚清小说与晚清报刊发展关系研究》,方晓红,南京师范大学中国古代文学专业 2000 年。

《晚清小说期刊研究》,王燕,北京师范大学中国古代文学专业 2001 年。

《文学性与新闻性的消长——早期〈申报〉文人研究》,方迎九,北京大学中国古代文学专业 2002 年。

《30 年代〈申报〉副刊研究》,王灿发,中国社会科学院新闻学专业 2004 年。

《晚清报刊小说研究》,刘永文,上海师范大学中国古代文学专业 2004 年。

《前期〈小说月报〉与清末民初上海都市文化》,邱培成,复旦大学中国古代文学专业 2004 年。

《早期申报馆》,李彦东,北京大学中国古代文学专业 2004 年。

《〈申报〉广告与上海市民的消费主义意识形态》,王儒年,上海师范大学中国近现代史专业 2004 年。

《中国传统诗画关系探究》,刘晔,南京艺术学院 2004 年。

《申报馆与中国近代小说发展之关系研究》,文娟,华东师范大学中国古代文学专业 2006 年。

《晚清报载小说研究》,文迎霞,华东师范大学中国古代文学专业 2007 年。

《失落与缅怀:邹弢及其〈海上尘天影〉研究》,钱琬薇,台湾政治大学中国文学系 2007 年。

《晚清报刊翻译小说研究》,阚文文,华东师范大学中国古代文学专业 2008 年。

《我国最早之文学期刊——〈瀛寰琐纪〉研究》,孙琴,苏州大学中国古代文学专业 2010 年。

《乾嘉词坛专题研究》,夏志颖,南京大学文学院中国古代文学专业 2010 年。

《清代咏物词专题研究》,蔡雯,南京大学文学院中国古代文学专业 2011 年。

三、期刊论文

《中国画题画诗的源流》,任秉义,《美苑》1985 年第 4 期。

《蠡勺居士和藜床卧读生——〈昕夕闲谈〉的两位译者》,郭长海,《明清小说研究》1992 年第 1 期。

《释江南》,周振鹤,《中华文史论丛》第 49 辑,《中华文史论丛》编辑部 1992 年。

《关于蠡勺居士其人的点滴臆测》,严廷亮,《甘肃社会科学》1992 年第 5 期。

《论题壁诗——兼及相关的诗歌制作与传播形式》,吴承学,《文学遗产》1994 年第 4 期。

《〈诗经〉:中国古代诗歌题材类型的滥觞》,卞良君,《延边大学学报》1995 年第 4 期。

《明清江南进士数量、地域分布及其特色分析》,范金民,《南京大学学报(哲学・人文・社会科学)》1997 年第 2 期。

《"诗界革命"的起点、发展及其评价》,郭延礼,《文史哲》2000 年第 2 期。

《〈申报〉与中国近现代报刊文学》,鲁湘元,《中国现代文学研究丛刊》2001 年第 2 期。

《谈第一部汉译小说》,韩南,《文学评论》2001 年第 3 期。

《太平天国与江南社会变迁散论》,周武,《史林》2001 年第 3 期。

《新时代与旧文学——以民初〈小说月报〉刊登的诗词为中心》,张晖,《中国现代文学研究丛刊》2005 年第 4 期。

《报刊文学与商业交换规则——以〈瀛寰琐纪〉的出版史为分析个案》,陈大康,《学术月刊》2006 年第 5 期。

《〈申报〉第一任主笔蒋芷湘考略》,邵志择,《新闻与传播研究》2008 年第 5 期。

| 后　记 |

　　岁月流转，时光倏忽，求学南雍已十数载。记得十年前，看着老师带领师兄、师姐们出版"清词研究丛书"第一辑，心中无比艳羡，总盼着第二辑、第三辑可以陆续问世，自己的论文也能忝列其中。十年一瞬，老师再度提及结集出版清词研究丛书第二辑时，距我博士答辩已经八年。论文即将付梓，往事历历在目。

　　从南京大学到南京师范大学，这些年，我用键盘和文字丈量我的学术生涯，感知寒来暑往。转眼，电脑里藏了满满一百多万字的清词录入文档与民歌录入文档。而我也从当年的懵懂无知步入不惑之龄。至今，还记得十年前的种种过往。记得那三百多个披星戴月复习迎考的白昼与黑夜，记得第一次踏入南大校园参加考试时踌躇满志的心境，记得面试完被巩师"黑"着脸问得哑口无言的那种沮丧到无以复加的心情，记得回到苏州大哭过几场的样子。这一切，被宏生师的一个电话所改变。当时觉得人生的大悲大喜也莫过于此。电话那头的老师，声音洪亮、稳当。总之，很好听。他干脆利落地告诉我，如果我只填报南大，他打算录取我。我竟然激动得什么话都没有说出来，甚至在老师挂电话时都未及道谢。就这样，我成了张门的一分子，成了我一生都会引以为豪的 QQC 的一员。

在南大的这些年，我真正感受到了高等学府的神圣和美好。入门时，宏生师告知师公程千帆先生以"敬业、乐群、勤奋、谦虚"八字教导南大的博士研究生，并以"风流莫做高低论，海在江河最下游"勉励我们要沉静下来做学问、做人。老师如父亲般呵护甚至有点小溺爱我们每一个人，包容我们身上的一切缺点和不足，从生活到学业，事无巨细地操心。在学业上，老师引领我们探索治学门径，告诉我们打开格局，叮嘱我们求学贵在勤思，常常嘱咐我们勤奋、有爱。每有论文习作，老师更是费尽心力帮我们修改每一处可以商榷的地方，甚至是每一处标点符号。这满页红色的批注，是 QQC 每一位成员前进的动力，因为我们中的每一位，都怕辜负恩师的一片心血。后来的后来，师生变成了父女，变成了挚友，变成了知交，跟着老师访书，校稿，登山，聚餐，"如切如磋，如琢如磨"，人生最快意的那几年也是我继续学术研究的原动力。张门惯例，每一位同门答辩都能获得老师的题诗。我的博士论文选题与上海旧时十分重要的商业报刊《申报》有关，老师题诗：

古今新旧总相容，申报馆开第一宗。诗笔邮传能计日，八方风雨汇吴淞。

这是我与上海结缘的开始吧。之后的很多文章，都是关于上海城市书写与诗词革新的，而这一切源自博士论文的选题，源自老师孜孜不倦的教诲与鼓励。

2011 年，遇到书录师，一切似乎显得顺理成章，不像投奔张门那样跌宕起伏。书录师话少，为人极其谦和，总是微微笑的样子。他是张师请来做我博士答辩主席的，后来就成了我博后的导师。博后不像博士在读时那样。在QQC，老师和我们同吃同住，长时间在一起，点词校词，讨论相关问题，我们几乎是"黏着"老师的，而博后却不是。因此，见到书录师，总觉得少几分亲近，多一些敬畏。可是，慢慢地，发现书录师虽然话语不多，却极其细心，他清楚地知道我们每个人的特点，我们遇到的困难，我们踟蹰不前的原因。每每在我们踌躇彷徨时，他都会伸出手，携你向前。当困难克服时，那个握着你的手会轻轻地抽走，让你毫不察觉。那句四两拨千斤的"莫愁前路无知己，天涯谁人不识君"，我永远铭记。

2012到2014年，我经历了人生中很多的变故，走了不少坑坑洼洼的路。正是在这两位慈严的庇护下，我才没有失了初心。桃李不言，下自成蹊，想起前段时间微信朋友圈中见到的一句话"你许我青春妄为，我还你桃李天下"。人到中年，遇过形形色色的人，走过弯弯曲曲的路，有的擦肩而过，有的刻骨铭心。最值得庆幸的是，我这半生，遇到的良师无数。如带我开启人生学术道路的硕士导师陈桂声先生、马亚中先生和张修龄先生，如一见如故，唤我小友的忘年交马大正先生，如无比睿智、深受我们爱戴的武秀成先生，如每每见到我都道我瘦小，嘱我当心身体的程杰先生，如带我进入吴文化研究天地的吴恩培教授和徐静院长，如常和我探讨古玩把件的历史研究大家王国平先生，如在我最失意的时候以姐姐的身份陪伴在我身边的吴雨平教授，如仅有一面之缘却全心为我的前途谋划的冯保善教授，如待我亦师亦兄的沙先一教授，初中班主任臧剑玲老师、高中班主任吴慧敏老师……能成为你们的学生，是我这些年最幸运也是最值得骄傲的事。纳兰有"人生若只如初见"的感慨，他慨叹的是物是人非的无奈。我与老师的初见也仿佛近在眼前，正是有了你们，我才能继续做善良的自己，潇洒而坦荡。如今，我已为人母，都说好妈妈胜过好老师,我既要向我的恩师们学习,做学校里那些学生的好老师,也要努力胜任初为人母的艰巨任务,做我亲爱的永晏一辈子的好老师。

大学时,我最爱的一本书是席慕蓉的《七里香》,扉页的题词是"献给爱与生命"。她在《青春》中写道:"含着泪,我一读再读,却不得不承认,青春是一本太仓促的书。"年少轻狂走过的路里,有外公满满的疼爱与期许,有家人、亲朋、同门的理解与鼓励,有单位领导和同事的包容与体谅,更有爱人的呵护与扶持。很多年前,读过一首诗,题为《影》:

> 影中渗透了光的机遇,
> 露珠将那丽日视作胸饰。

> 我没有太阳那样灿烂的光芒,
> 可以迷醉你,
> 迷醉你以我淡色的执着。
> 我不能给你流光溢彩,
> 不能为你编织七色的光环,
> 我以我的真诚做的项链,
> 挂在永恒的你的胸间。

> 微风拂过,你轻轻地摇曳,
> 而我则静静伫立。
> 哦,永恒的影哟,
> 你可知道,
> 只有在月光下你才不必逃遁。

这首诗，是我在前行途中遇到艰险时心里常常默念的内容，无可名状地给我力量，"迷醉你以我淡色的执着"。求学道路艰辛，为学亦非坦途。以淡淡的执着，做深深热爱的事业，如《无问西东》中的那段独白——"爱你所爱，行你所行，听从你心，无问西东！"

致敬爱与生命！

己亥正月于姑苏篱斋

图书在版编目（CIP）数据

继承与革新：早期《申报》所载旧体诗词研究 / 陈
璇著. —南京：南京大学出版社，2018.5
（清词研究新境域丛书/张宏生主编）
ISBN 978 - 7 - 305 - 19616 - 4

Ⅰ. ①继… Ⅱ. ①陈… Ⅲ. ①古体诗—诗词研究—中
国—现代 Ⅳ. ①I207.2

中国版本图书馆 CIP 数据核字（2017）第 286070 号

出版发行	南京大学出版社		
社 址	南京市汉口路 22 号	邮 编	210093
出 版 人	金鑫荣		

丛 书 名 清词研究新境域丛书
主 编 张宏生
书 名 继承与革新：早期《申报》所载旧体诗词研究
著 者 陈璇
责任编辑 李晨远 李 亭
责任校对 王亦文

照 排 南京紫藤制版印务中心
印 刷 江苏扬中印刷有限公司
开 本 635×965 1/16 印张 21.75 字数 261 千
版 次 2018 年 5 月第 1 版 2018 年 5 月第 1 次印刷
ISBN 978 - 7 - 305 - 19616 - 4
定 价 80.00 元

网 址：http://www.njupco.com
官方微博：http://weibo.com/njupco
官方微信：njupress
销售咨询热线：(025)83594756